김
씨
의
나
라

| 일러두기 |

* 큰 줄기는 조선왕조실록에서 가져왔다.
* 조선왕조실록에 의거했으나 소설적 개연성을 얻기 위해 재구성이 불가피했다. 학술적으로 정론화
  된 사실이 아닐지라도 오히려 그런 야사들이 정론을 설득력 있게 뒷받침하고 있다면 그대로 소설
  화했다.
* 연도는 부득이한 경우를 제외하고는 알아보기 쉽게 서력으로 표시했다.
* 왕후는 임금의 정비가 죽은 후에 추시되는 존칭이므로 왕비로 표시했다.
  예: 인현왕후-인현왕비.
* 명예를 실추시키기 위한 작업이 아님을 밝혀두면서 후손들의 혜량을 바란다.
* 소설이다.

김씨의 나라

2

백금남 장편소설

책방
도서출판

고조녁이엔티
GOJOKNOCK ENT

김씨의 나라 2

초판 1쇄 발행 2020년 6월 22일

지은이 백금남
펴낸이 방미정, 배선아
펴낸곳 도서출판 책방, (주)고즈넉이엔티

출판등록 2017년 3월 13일 제2020-000053호
주소 서울특별시 강남구 역삼로 221, 6층 601호
대표전화 02-6269-8166 **팩스** 02-6166-9199
이메일 gozknock@naver.com

ⓒ 백금남, 주피터필름, 2020
ISBN 979-11-6316-110-3   04810
      979-11-6316-108-0   (세트)

이 도서의 국립중앙도서관 출판예정도서목록(CIP)은 서지정보유통지원시스템
홈페이지(http://seoji.nl.go.kr)와 국가자료공동목록시스템(http://www.nl.go.kr/kolisnet)에서
이용하실 수 있습니다. (CIP제어번호: CIP2020021989)

2부

바람의 꿈

그날의 사초 2

계묘년(1723년) 12월 4일.

계속해서 김상궁을 추문해야 한다는 상소가 올라왔다.

— 전하, 분명하옵니다. 김상궁이 장세상의 독극물을 받아 수라에 탔다고 자백했나이다. 잡아들여 추국하신다면 연잉군이 개입되었다는 사실이 드러날 것이옵니다.

김일경이 간했다.

경종이 그를 노려보았다.

— 그만두라 하지 않았는가!

— 어이 그러시옵니까?

— 이제 끝내라. 번거롭구나.

― 전하!

경종이 사건을 마무리 지을 생각을 않자 사헌부 대사헌 및 유생들에게서 상소가 올라왔다.

경종은 그래도 고개를 내저었다.

대신들은 임금이 이상하다고 했다. 혹 정신병이 아니냐는 사람도 있었다.

갑진년(1724년) 8월 6일

계속해서 상소가 올라오자 임금은 창경궁 환취궁으로 거처를 옮겨버렸다. 그가 자목과 밀행을 하던 곳이었다.

경종은 자목과 있을 때처럼 잡인의 출입을 금했다. 무슨 생각에서인지 어떤 간섭도 받지 않았다.

이 사실을 안 연잉군이 그제야 한숨을 쉬었다는 말이 돌았다. 살았구나. 그렇게 말했다는 것이다.

이어 연잉군을 왕으로 세우려고 노심초사하던 김춘택 무리의 사주를 받은 김씨 궁녀들이 다시 연잉군의 명령을 수행하기 시작한다는 말이 돌았다.

노론을 등에 업은 연잉군이 자신의 군사를 풀어 환취궁을 겹겹이 둘러쌌다는 말을 접하고 사관들이 달려나갔다.

연잉군은 형을 찾아뵙는다는 명목 아래 환취궁으로 들어갔다고 했다.

연잉군은 대단히 위축된 모습이었다. 자신의 목숨줄을 쥐고 있는 사람이 바로 경종이었다. 생각 같아서는 그의 가랑이라도 붙잡고 살려달라고 애원하고 싶은 심정일 것이라고 대감들이 수군대었다. 그는 속을 감추고 형님을 돕게 해달라며 용기를 내 자신의 마음을 드러내었다.

— 전하, 전하의 건강을 보필하고자 이리 왔나이다.

경종이 참으로 가소롭고 어이없다는 표정을 지었다. 그러나 그는 이렇게 말하고 있었다.

— 그렇구나. 너는 의학에 아주 밝은 사람이지?

— 전하, 저의 자그마한 지식이 힘이 되게 하소서.

경종은 이미 예상이나 한 듯이 그를 그렇게 맞았다.

경종이 전혀 음식을 들지 못하자 연잉군이 걱정스러움을 드러냈다. 정이 철철 흘러넘치는 표정이요, 음성이었다.

— 저 표정 좀 봐라. 좀 전까지 가랑이라도 붙잡고 살려달라고 애원하고 싶었던 표정이 금세 변하는 거.

누군가 중얼거렸다.

보일 듯 말 듯한 미소가 연잉군의 얼굴을 스쳤다.

경종은 별 반응이 없었다. 이미 연잉군의 심중을 간파하고 있는 것 같았다.

— 은근히 연잉군의 심중을 저울질하고 있다.

이훈선 사관이 내 곁에 있다가 그렇게 말했다.

— 왜 그러십니까? 전하, 입맛이 없어도 뜨셔야 하옵니다.

연잉군이 임금을 향해 그렇게 말했을 때 이훈선 사관이 다시 소곤거렸다.

— 저 표정. 여전히 속을 숨기지 못하고 있다.

— 먹지 못하겠구나. 입안이 소태 같아. 모래알을 문 것 같이.

경종이 그렇게 말했다.

— 그럼 입맛이 도는 걸 올리라 하겠습니다. 입맛이 없을 때는 게장
밖에 없지요.

연잉군이 갑자기 게장을 입에 올렸다.

— 게장? 방금 게장이라고 했느냐?

경종이 되물었다.

— 그러하옵니다.

— 그렇구나. 게장이 있었구나.

그렇게 말하고 경종은 연잉군을 넌지시 바라보았다. 어의 이공윤이
약을 쓰면서 말했다.

— 전하, 이 약을 쓸 때까지만이라도 비린 것은 좋지 않으니 찾지 마
옵소서. 비린 것을 삼가야 할 약이옵니다.

분명 그렇게 말했다. 그런데 의학 상식이 한의 수준에 이른 연잉군이
느닷없이 비린 게장을 들먹이고 있다.

— 게장이라…….

경종이 연잉군에게 들으라는 듯 낮게 뇌까렸다.

— 올리라 하겠습니다.

경종이 고개를 끄덕였다.

곧바로 연잉군의 명이 떨어졌다.

— 여봐라. 게장으로 수라를 다시 올리라.

수라상궁이 밥상을 다시 올리자 경종은 밥 한 그릇을 다 비웠다.

— 자신감은 때로 호기로 작용할 때가 있지. 이복동생의 말이 애틋하게 들렸다면 경종의 마음이 그만큼 어질다는 증명이지.

역시 이훈선 사관이 말했다.

— 게장을 먹어 입이 비리구나.

그러자 기다렸다는 듯이 연잉군이 대답했다.

— 입이 비릴 때는 단 생감이 도움이 됩니다.

— 생감?

경종이 확인하듯 물었다.

— 그러하옵니다.

— 그렇구나. 그것이 있었구나.

궁인이 생감을 가지고 오자 이번에도 경종은 맛나게 먹었다.

먹고 난 후 경종은 이렇게 말했다.

— 입가심을 하고 나니 한결 입안이 개운해졌다.

경종이 설사와 복통을 일으킨 것은 그 이후였다.

유시에 의관이 입진하였다. 혼곤한 증후가 극심했다. 가슴과 배가 조이듯이 아프다고 했다. 설사를 계속하자 어의 이공윤이 게장과 생감을 함께 먹었다는 것을 알고 화들짝 놀랐다. 게장과 생감은 상극의 음식이라며 부랴부랴 약을 지어 올렸다.

4경에 도제조 이광좌가 삼다를 올렸다. 그리고 이광좌와 제조 이조가 죽을 올렸다.

경종은 그것을 전혀 뜨지 않았다. 뜰 수 없을 정도로 쇠잔한 모습이었다.

그러자 이공윤이 삼다를 써서는 안 된다며 계지마황탕 두 첩만 쓸 것을 진언했다. 그 약을 진어하면 설사가 즉시 멎는다는 것이었다.

계지마황탕이 달여 올려졌다.

경종은 그것을 마셨으나 차도가 없었다.

환후가 예사롭지 않다고 생각했는지 모든 신하들이 모여들었다.

경종은 눈을 부릅뜨고 그들을 노려보았다.

이공윤이 이광좌를 꾸짖었다.

— 왜 삼다를 다시 올리는가. 내가 처방한 약을 드시고 삼다를 드시게 되면 기를 돌리지 못할 것이다.

잠시 경종의 눈이 안정되고 콧등이 따뜻해졌다.

그때 연잉군이 말하였다.

— 금상의 양기가 부족한 것 같으니 인삼과 부자를 써 양기를 회복시켜야 할 것으로 안다.

2경쯤에 기식이 미약해지자 도제조 이광좌가 삼다를 다시 올렸다.

경종은 이제 그것마저 스스로 마실 힘이 없었다. 의관이 숟가락으로 떠넣기에 받아먹었다.

그 모습을 보며 이광좌가 눈물을 흘리며 아뢰었다.

— 용서하시옵소서. 어찌 신이 어리석고 혼미하다 않을 수 있겠사옵니까. 증후(症候)에 어두워서 제대로 약물을 쓰지 못하옵고 합당함을 잃은 것이 많았으니, 그 죄는 만 번 죽어 마땅하옵니다.

잠시 후 연잉군이 와 상태를 살피고는 이광좌에게 무슨 약을 올렸느냐고 물었다.

— 약방문을 보았더니 인삼과 부자가 빠졌더구려. 왜 인삼과 부자를 쓰지 않았는가?

연잉군이 이공윤에게 따졌다.

— 제세자마마, 게장과 생감이 상극이듯이 인삼과 부자는 극과 극이라 써서는 안 되옵니다. 지금 소신이 처방한 약을 드신 마당이옵니다. 여기에 인삼과 부자를 올리면 기를 움직여 돌리지 못하옵니다.

죽는다는 말이었다. 이공윤은 강력한 처방으로 명성을 얻은 당대 제일의 어의다. 그런 그가 자신의 처방과 인삼과 부자는 상극이라고 함에도 연잉군은 그를 내몰았다.

— 무슨 말인가? 기를 보충함에 있어 인삼만 한 것이 없고 무너진 형기를 보충함에 부자만 한 것이 없거늘.

— 부자는 열이 많으며 맛은 맵고 독성이 강한 약입니다. 나이 들어 기력이 떨어질 때 쓰기도 하나 중풍, 신경통, 관절염 따위에 쓰는 약입니다.

— 헛소리! 그렇게 하려거든 물러가라. 내가 하겠다.

— 제세자마마!

— 어허, 물러가라고 하지 않는가!

이공윤이 물러나자 연잉군은 부자를 썼다. 독성이 강해 함부로 쓸 약재가 아닌데도.

경종은 죽어가면서 연잉군을 불렀다.

— 아무래도 좋지 않다. 얼마 남지 않은 것 같구나.

— 전하, 어이 그런 말씀을…….

— 내 죽기 전에 너에게 할 말이 있느니라.

— 말씀하옵소서.

— 속을 숨기지 말고 내 말을 들으라.

경종이 그렇게 말해서야 연잉군이 흠칫했다.

— 너에게 물을 것이 있다. 그러니 솔직히 대답하라.

— 전하, 하명하시옵소서.

— 어떠하냐, 너는 짐을 형제라고 생각하느냐?

— 그럼 우리가 누구이겠습니까?

— 그래?

경종이 되뇌자 연잉군이 화들짝 놀라는 척했다.

순간 경종의 입가에 지독한 조소가 물렸다. 잠시 후에 그는 그 미소
를 밀어내며 입을 열었다.

— 너와 내가 형제라고?

— 전하!

연잉군이 눈을 크게 뜨고 부르짖었다. 그러고는 허물어지듯 그 자리
에 무릎을 꿇고 엎드렸다.

— 어이 이러시옵니까?

경종이 그를 싸늘하게 노려보았다.

— 제세자! 내 모를 줄 알았더냐?

— 무엇을 말이옵니까?

— 너는 김춘택의 씨가 아니었더냐?

— 전하!

— 알고 있었다. 네가 짐을 끝없이 제거하려 했다는 걸.

— 전하, 천부당만부당한 말이옵니다.

— 내가 게장과 생감이 상극이라는 걸 모르고 있었을 것 같으냐?

— 상감마마!

— 왜 변명이라도 하고 싶은 것이냐? 그저 우연이라고. 그럼 인삼과 부자는 뭐냐?

— ⋯⋯.

— 역시 아니라는 말이구나. 그래, 아닐 수도 있지. 하지만 똑똑히 들어라. 나는 알고 있었다. 김춘택의 가문에서 너를 조선의 왕으로 등극시키기 위해 어떻게 노력하고 있었는지를. 김춘택의 집사요, 사촌동생인 김용택, 너의 집사 백망, 너의 처조카 서덕수. 그들이 너를 용상에 앉히려던 수괴였다.

— 전하, 어찌 그런 말씀을!

— 노론의 수괴들이 너를 금상으로 추대하려다 보니 나를 죽이려 했다고 자백한 마당이다. 더욱이 모의에 직접 가담한 목호룡이 고변하지 않았느냐 말이다. 나를 3급수로 살해하려 했다고 고변하지 않았느냐 말이다. 문제는 너였다. 역적들의 수괴로 네가 지목되었다는 사실이다.

그제야 연잉군이 고개를 떨어뜨렸다. 그의 눈에 눈물이 그렁그렁했다. 경종의 눈가에 차가운 조소가 떠돌았다.

— 내가 너를 수사 기록 「임인옥안」에 역적의 수괴로 등재하면서도 죽이지 않은 것은 이유가 있기 때문이다. 그것이 무엇인지 알고

싶으냐?

— 전하, 그것이 무슨 말씀이온지?

경종이 흐흐흐, 웃었다.

— 진실을 알고 싶었기 때문이다.

— 진실?

연잉군이 되뇌었다.

— 나는 알고 있었다. 그 말을 해주랴?

그러면서 경종이 차갑게 연잉군을 쏘아보았다.

그는 잠시 후 사관들을 물리라 했다. 사관들이 눈치를 보며 물러나지
않으려고 했으나 경종은 물러가라 소리쳤다.

어쩔 수 없이 그곳을 나왔다. 그 뒤 그들 간에 무슨 말이 오갔는지 본
사관은 알 수 없었다.

그날이 경종이 붕어한 8월 25일이었다.

영조 4년 무신년(1728년)

세월이 흘러 본 사관이 재입궁한 것은 영조 4년이다. 4년 동안 궁의
소식을 잊고 산 것은 아니었다. 영조는 금상에 앉기가 무섭게 왕의
장례를 앞두고 소론 제거 작업에 착수했다. 먼저 김일경과 목호룡은
역적으로 몰아 죽였다.

국문 시 소론은 두려움에 떨었다. 그러나 김일경과 목호룡은 영조를
인정하지 않았다. 경종에 대한 충성심으로 태연하게 국문을 맞았다.
그 바람에 그들의 몸은 고신에 의해 형체를 알아볼 수 없을 정도였

다. 그런데도 영조는 수족을 잘라내 8도에 내려보냈고 그 머리를 떼어내 철물교 거리에 내걸었다.

그뿐만이 아니었다. 경종이 그들에게 내린 공신 칭호를 모두 거둬들였으며 자신을 지키려다 죽은 백망과 서덕수 등의 죄를 모두 없앴다. 노론 4대신을 신원시킨 그는 노량진에 사충서원을 세워 그들을 기림으로써 역모의 수괴는 역시 영조 자신이었다는 걸 인정했다.

경종 독살에 대한 의혹은 이공윤이 대신 감당했다. 영조는 그에게 독한 약을 써 임금의 성신에 화를 자초했다며 국문하지 않고 유배보냈다. 그리고 경종의 죽음이 그 때문이라 못 박음으로써 자신의 역모 사실을 지워버렸다.

그사이에 왕조의 씨가 바뀌었으니 바로잡으라는 선의왕비의 밀령이 이인좌에게 전해졌다는 정보가 있었다. 경종에게 후사가 없자 노론의 4대신과 인현왕비가 나서 연잉군을 왕세자로 책봉해야 한다고 주장했을 때 그녀는 고개를 내저었다. 그녀는 소현세자의 직손 밀풍군이 아니면 소현세자의 아들 판석을 입양하겠다고 했기 때문이다.

그때쯤 밀풍군의 처질 조덕징은 동료 이유익과 함께 밀풍군의 집을 자주 드나들고 있었다.

— 아제, 이제 종실은 끝났습니다.

— 무슨 소린가?

— 현 임금이 이씨의 씨가 아니라고 하지 않습니까? 이미 대비께서 선언한 마당입니다. 왕조의 씨가 바뀌었으니 바로잡으라고.

— 왜 이러시나? 죽으려고 환장한 것인가? 그래도 그렇지 임금이 있

는데 바로잡으라니. 가시게, 그런 말 하려거든.

물론 위의 대화는 본 사관이 추론해본 것이다. 앞뒤를 유추해 충분히 그런 대화를 나눌 수 있지 않겠느냐는 생각에서다.

사관으로서 천부당만부당한 일이겠으나 그렇지 않고서야 조덕징이 그 후 정행민, 이사주, 이유익, 한세홍 등과 모의하고 청주의 이인좌에게로 내려갔을 리 없다.

그렇다면 조덕징은 밀풍군의 심중을 알고 있었다는 말이 된다. 밀풍군은 정작 말은 그렇게 하고 있었지만 그 역시 소문의 진상을 믿고 있었을 터이니 말이다. 대비가 의심을 했다면 말 다한 일이다. 더욱이 청주에 있는 이인좌에게 밀령을 내렸다면 더 의심할 여지가 없다.

조덕징이 정행민 등과 청주의 이인좌에게로 내려갔을 때 이인좌가 그를 반갑게 맞았다고 한다.

— 거사일은 잡혔습니까?

조덕징이 물었다.

— 아직 잡지 못했소.

— 빨리 잡아야 할 것입니다. 언제 소문이 날지 모르니.

— 지금 한양의 분위기는 어떻소?

— 이미 끝났습니다. 난리가 아닙니다. 선왕을 영조와 노론이 죽였다고. 이때 밀어야 합니다. 대비를 만났는데 거듭 당부하셨소. 충량한 선비와 무장을 모아 김씨 왕을 들어내고 밀풍군을 내세워 이씨 조선을 세우라고 말이오.

영조에게 목숨을 잃은 김일경의 아들 김녕해, 목호룡의 형 목시룡은 이미 영남으로 내려가 준비를 하고 있었다. 동계 선생의 현손 정희량, 정온손도 힘을 모았다.

한양에서도 총융사 김중기가 준비를 끝내고 기다렸다.

그것은 평안병사 이사예도 마찬가지였다.

이상한 소문이 모습을 드러낸 것은 계묘년(1723년) 겨울에 들어서면서다. 전국 각처에 괘서가 유포되기 시작했다. 그 내용은 경종이 영조에 의해 독살되었으며, 영조가 숙종의 자식이 아니라는 내용이었다. 이 유포물은 처음에는 전주, 남원, 부안 등지의 장시를 중심으로 집중되었는데 무신년(1728년)으로 들어서면서 더욱 기승을 부렸다.

2월로 접어들자 유언비어가 서울의 종루와 서소문, 경상도 곤양 등지로 확산되었다. 곧이어 삼남지방에서 경종 시해설이 상식화되다시피 했다.

2월로 들어서자 반군주체들이 유언비어를 호남 전역에 유포시키기 시작했다. 이들의 노비, 하인을 중심으로 부안, 고부, 순창 등지로 불길처럼 번져나갔다.

영조 4년 무신년(1728년) 3월 15일.

드디어 이인좌는 스스로 대원수가 되었다. 그는 상여에 무기를 싣고 청주성에 진입했다. 충청병사 이봉상, 군관 홍림, 영장 남연년 등을 살해 청주성을 점령했다. 영남에서는 정희량이 안음, 거창, 합천, 함양을 점령.

그제야 한양에서 술추렴이나 하던 신하들이 걱정스러워했다.

— 전하, 난이 심상치 않습니다. 난에 참가한 백성이 20만이 넘는다고 하옵니다.

— 벌써 한양 턱 밑까지 올라왔다고 합니다.

— 여봐라, 이덕리와 최천약을 부르라.

이덕리와 최천약은 영조가 아끼던 사람들이다. 최천약은 자명종을 만든 이였고 이덕리는 포를 만드는 데 일가견이 있는 사람이었다.

그들이 입궁하자 영조는 일거에 역적을 섬멸할 수 있는 무기를 만들 수 없겠느냐 물었다. 최천약과 이덕리가 합심해 선자포를 만들어냈다. 먼저 최천약이 대포 스무 개를 탑재한 수레를 만들었다. 스무 명의 병사가 어깨에 대포를 메야 하는 수고를 덜 수 있도록 만들어진 총차였다.

열 개의 포를 하나의 도화선에 연결하는 다발식 대포 선자포도 세상에 나왔다. 한 번 불을 당기면 수무 발이 연속해서 터지는 대포였다.

비가 장대처럼 쏟아지기 시작했다.

한양 수비를 철저히 하라 이르며 영조는 외쳤다.

— 걱정할 것 없다. 하늘이 우리를 돕고 있지 않는가. 저들은 올라오면서 지쳐갈 것이다. 빗속에서 싸운다면 저들은 상대가 되지 않는다. 가서 그들을 맞아 싸우라.

그는 최천약과 이덕리가 만든 포를 앞세운 관군을 내려 보냈다.

영조의 말은 맞았다. 지친 병사들은 포를 앞세운 관군의 상대가 되지 않았다.

왕조의 씨앗을 바로잡자면서 서울로 복상했지만 안성과 죽산에서 관

군에게 격파되고 말았다. 청주성 세력도 상당성에서 박민웅의 창의
군에 무너졌다. 호남에서는 거병해보지도 못하고 가담자들이 체포되
어 처형당했다.

관군에 체포되어 송환되어 온 이인좌는 당당했다. 친히 관군을 맞았
던 영조는 이인좌를 향해, '네놈이구나' 하고 물었다.
— 이보시오. 대감은 선왕의 아들이 아니외다. 선왕은 대감처럼 그렇
게 수염이 많지 않다는 걸 모르시오이까?
영조는 수염을 말끔히 깎고 이인좌를 잡은 지 이틀 만에 죽여버렸다.
거의 광기의 극이었다. 이인좌만 죽인 것이 아니었다. 그 아래 참모
들이 모두 죽었다.
사람들이 다시 수군거렸다. 임금이 숙종의 핏줄이라고 한다면 굳이
수염을 깎을 이유가 있겠냐는 것이었다. 유가의 이념이 이 나라의 기
본이온데 털을 깎는다는 것이 말도 안 된다는 것이다.
그때 본 사관은 모르고 있었다. 이인좌의 난이 평정되고 홍봉한이 대
국에서 혈조를 들여와 영조의 친자확인 사건이 일어나리라는 것을.
나중 길에서 잠시 만난 이흥선 사관으로부터 그 소식을 전해 들었을
뿐. 보아하니 그도 쫓기는 신세 같았고 나 역시 몸을 숨기고 그날그
날의 연명에 지쳐가고 있었다.

영조 6년 경술년(1730년) 6월 29일.
영조의 맏아들 효장세자가 요절한 것은 이인좌의 난으로 나라가 시

끄럽던 영조 4년 무신년 11월 16일이다. 창경궁 진수당에서 영조의 후궁 정빈 이씨 사이에서 출생한 맏아들 효장세자가 10살의 나이로 요절했다.

영조는 죽어가는 효장세자를 지켜보며 눈물을 흘렸다.

효장세자가 그렇게 죽고 뒤이어 후궁 영빈 이씨 사이에서 태어난 화덕옹주가 요절했다.

두 자식이 연이어 죽자 영조는 직감했다.

― 분명하다. 왕대비다!

영조는 끈질기게 그 사건을 파헤쳤다.

점차 사건의 내막이 드러나기 시작했다. 알고 보았더니 영조 자신이 즉위하면서 여종으로 데리고 들어온 나인이 그 주모자였다. 영조는 선의왕비를 감시하기 위해 저승전으로 그 여종을 들여보냈는데 어떻게 된 판인지 그 여종이 자신의 자식을 독살한 것이다.

결국 여종이 잡혔다. 그녀를 치국한 사람은 영조 자신이었다.

― 이년, 네년이 감히 앙심을 품다니. 누구냐? 누가 시킨 것이냐?

― 시킨 사람 없사옵니다.

― 없다? 이년이 더 혼구멍이 나야 볼 모양이다. 여봐라. 뼈가 으스러지도록 주리를 틀어라.

고통을 참지 못한 여종이 불기 시작했다.

― 동궁 나인이 되지 못해 그랬사옵니다. 저를 궁으로 데려올 때 그러기로 약속하지 않았사옵니까?

― 네 이년, 어디서 거짓말이냐?

— 거짓말이 아니옵니다.

— 네년이 누군가에게 겁박 당하지 않고서야 그럴 리 없다. 누구냐?

— 겁박 당한 적 없사옵니다.

— 네년의 사주를 받고 짐의 침전으로 들어온 놈. 필시 네년이 들인
것이렷다?

— 모르옵니다.

— 이년, 뼈마디가 모두 부러져서야 불겠느냐?

주리가 관절 마디마디를 분질러나갔다.

— 그만하시옵소서. 이충정이란 사내이옵니다.

— 이충정을 잡아오라!

그러나 이미 이충정은 몸을 숨겨버린 뒤였다.

다시 주리가 틀렸다.

— 세자와 옹주는 어떻게 죽였느냐?

고신에 못이긴 여종이 다시 불었다.

— 대궐 밖에 과부가 하나 있사옵니다. 세경이라고.

— 그년과 어떤 작당을 했느냐?

— 그 여자가 사람의 뼛가루를 구해 궁으로 넣어주었사옵니다.

— 그것으로 세자와 옹주를 죽였단 말이냐?

— 그러하옵니다.

— 여봐라, 즉시 세경이란 년을 잡아들이라.

세경이란 여자가 잡혀왔다. 세경 역시 고신에 못 이겨 입을 열었다.

— 뼛가루는 어떻게 구했느냐?

― 이충정이란 사내가 구해주었사옵니다.

― 또 그놈이냐?

이미 선의왕비는 영조가 자신을 의심하자 이충정에게 밀령을 내렸다.

― 그를 죽여야 할 것이다. 실패한다면 너와 나는 살아남지 못하리라.

― 걱정 마시옵소서.

이충정이 궁 안으로 숨어들었다.

영조의 어전으로 숨어들었으나 경비가 삼엄해 더 들어갈 수 없었다. 머뭇대다가는 분명 화를 당할 것 같아 금군들이 한눈파는 사이에 영조의 침전으로 기어이 들어갔다.

영조 가까이 다가들어 보니 영조가 눈을 뜬 채 자고 있다.

이충정이 깜짝 놀라 뒤로 물러섰다.

그때 영조가 일어났다. 뒤이어 금군장이 금군들을 이끌고 들어섰다.

― 꼼짝마라.

그렇게 잡힌 이충정은 살이 불에 타들어가서야 실토를 했다.

― 왕대비요. 왕대비가 시켰소.

영조는 이충정 역시 능치처참하고 아들과 딸의 복수를 시작했다. 선의왕비를 독살하기로 결심한 것이다.

영조는 선의왕비를 유폐시키고 훈련대장 이삼과 어영대장 장봉익을 불러 명했다.

― 궁문을 지키라.

영조는 삼국문(三國門― 훈련도감, 금위영, 어영청)의 대장들에게 궐문을 지키게 했다.

그런 다음 선의왕비에게로 나아갔다.

선의왕비가 들어서는 영조를 매섭게 쏘아보았다.

— 나를 의심하다니. 여기가 어디라고 허락도 없이 들어서시오?

— 제가 못 올 곳을 왔습니까.

— 지금은 몸이 좋지 않소. 물러가시오.

— 그래서 온 것입니다. 제가 직접 왕대비를 간병할 것입니다.

두 달 뒤 선의왕비는 구역증과 몸을 떨며 헛소리를 하며 죽어갔다.

그녀의 나이 27세. 때는 무더위가 기승을 부리던 6월 29일이었다.

그 길로 돌아온 영조는 국상 중인데도 후궁 숙의 이씨를 빈으로 봉하고 큰 잔치를 베풀었다.

나중 선의왕비가 죽어간 현장 검증을 하던 금부도사가 흡사 손톱으로 긁어놓은 것 같은 벽을 보며, '이게 무엇이오?' 하고 물었을 때 늙은 상궁이 말했다.

— 돌아가실 때 긁은 손톱자국 아니오.

— 아아, 얼마나 고통스러웠으면.

그 후 금부도사는 그 말 한마디로 파직 당했다.

또 하나의 증거

한동안 의충은 일이 손에 잡히지 않았다. 사공의 기록은 사관 특유의 형식에서 벗어나 개인적인 감정이 녹아들어 객관성이 결여된 점이 없지 않아 보였지만, 거짓을 기록하고 있는 것 같지는 않았다. 이 글을 보고서야 비로소 이동녕이 보여준 사관의 일지조차 조작되었다는 생각이 들었다.

아침나절 정신 못 차리고 있다가 오길과 점심을 먹고 나오는데 보이지 않던 정목인이 다가왔다.

발걸음이 어느 때보다 힘차 보였다.

— 오늘 포청에 들렀다가 이상한 말을 들었습니다. 휴밀이 독살된 현장에서 결정적 단서가 나온 모양입니다.

또 한 건 물고 왔다는 듯이 정목인이 말했다.

— 결정적 단서요?

— 하종사관이 아랫사람에게 묻고 있더라구요. 이게 분명 휴밀의 현장서 나온 것이냐고요.

— 그랬더니요?

— 노부장이 틀림없다고. 아마 우리들이 알까 쉬쉬했던 모양입니다.

— 그게 뭔데요?

오길이 눈을 번뜩이며 물었다.

— 옥관자와 한 움큼이나 되는 머리카락이랍니다.

— 옥관자(망건에 달린 단추)와 머리카락?

의충이 되뇌는데 유생들이 끊임없이 곁을 지나쳐갔다. 음식 냄새가 옷에 배여 툴툴거리는 유생도 있었다.

— 우리가 보지 못한 옥관자 하나가 피해자의 한 손에 그리고 다른 한 손에 머리카락 한 줌이 쥐어져 있었던 모양입니다. 아마 숨지기 전에 실랑이가 있었던 듯합니다.

— 그럼 하종사관에게서는 연락이 있었을 텐데…….

의충이 중얼거리자 정목인이 난색을 표했다.

— 하종사관 저번 갱초 문제로 속이 많이 상한 모양이더군요. 세손의 명을 받았다 하여 굽실거렸는데 상부에서 또 당했으니 말입니다. 상부에서 예사로 당한 것이 아닌 모양이었습니다. 고친다고 고쳤는데 그렇게 되었으니…….

— 그래서 내게 보고도 안 하겠다?

— 해봐야 뭐하느냐, 저들의 공만 가로챌 것이 아니냐 뭐 그럴 수도 있는 것 아닙니까.

— 그나저나 머리카락은 그렇고, 어떻게 옥관자가?

— 그 옥관자의 임자가 이한조 사예 것이라고 합니다.

이건 또 무슨 소린가 하면서 의충이 시선을 들었다.

— 글쎄, 저도 그걸 모르겠습니다. 왜 그의 손에 이한조 사예의 옥관자가 쥐어져 있었는지.

— 아닐 수도 있는 것 아닙니까?

— 아마 후학들로부터 받은 것이었던 모양입니다. 졸업하는 유생들이 돈을 모아 이름을 새겨 선물하고는 했으니까요. 옥관자 안쪽에 이한조라는 이름이 선명히 박혀 있다고 합니다.

정말 이상한 일이었다. 어떻게 죽은 사람의 옥관자가? 그렇다면 이한조가 죽기 전에 휴밀을 살해했다는 말밖에 되지 않는다.

— 포청으로 가봅시다.

포청으로 들어가보니 정목인의 말이 사실이었다. 하종사관은 여느 때와 달리 굴었다. 그대가 세손의 명을 받으면 받았지 이 사건의 책임자도 아니고 보고할 이유도 없다 뭐 그렇게 작정을 한 것 같았다.

그래서인지 옥관자도 아랫것들을 닦달을 해서야 볼 수 있었다.

이한조 사예가 범인이라는 것이 확실해지자 본격적으로 그에 대해 좀 더 자세히 살펴봐야 한다는 데 의견이 모아졌다.

정목인이 무슨 생각을 했는지 하종사관에게 다가갔다.

두 사람이 옥신각신 하는 것 같자 의충이 오길에게 가보라고 눈짓을 했다.

오길이 가보니 정목인이 하종사관을 윽박지르고 있었다.

― 나랏님의 명을 받아오신 분이 이미 눈치 다 채고 있는데 이럴 겁니까? 그 양반 점잖아서 그렇지 정말 웃전에 보고하고 볼 수도 있습니다. 그리고 금부에 알려 협조를 하지 않는다고…….

― 아, 아니 왜 이러시나 모르겠네.

하종사관이 그제야 그래도 겁은 나는지 일어났다. 그래도 쉽사리 원하는 걸 내놓지 않았다.

다시 정목인의 음성이 들려왔다.

― 정말 이러실 거요?

정목인의 말에 오기가 붙을 대로 붙었다.

― 그럼 사건을 금부로 옮겨달라 나랏님에게 건의할 수밖에 없다고 하오. 그래도 좋소이까?

― 지금 무슨 소릴 하는 것이오?

그제야 하종사관이 뜨끔해 하는 눈치였다.

― 겁박하고 있소. 왜 겁박죄로 잡아넣으시려오? 그러시지요. 세손의 명을 받아온 사람을 잡아넣었다면 보기 좋겠시다.

― 어허, 참. 왜 이러시는지 모르겠네.

― 그러니 나온 거 봅시다.

더는 안 되겠다고 생각한 하종사관이 정목인과 오길을 번갈아 보았다.

― 보이는 것이 좋을 거요. 금부로 옮기기 전에. 얼마나 무능하면,

그런 소리 당장에 나올 텐데…….

오길이 느질거렸다.

— 에이, 넨장.

하종사관이 더 못 참겠는지 그대로 문을 차고 나가버렸다.

장금사

어색한 자리였다. 장금사도 별로 내키지 않는 눈치였다. 세손의 명으로 의충이 관여하고 있다는 걸 이미 알고 있어 더 그럴 것이다. 그래도 품계가 있는데, 하는 것 같았다. 그래도 막 숙일 수는 없다 뭐 그런 것인지도.

주모가 굼떠 빨리 잔을 가지고 오지 않자 오길이 부엌으로 달려갔다. 잔을 가져다놓기가 무섭게 주모가 술 한 병과 닭을 그릇에 담아 들고 나왔다.

— 저는 그럼 가볼랍니다.

오길이 눈치를 채고 꽁무니를 뺐다.

— 그래, 먼저 가거라.

오길이 장금사에게 인사를 하고 총총히 주막을 나갔다.

— 자, 한 잔 받으시지요.

의충이 술병을 먼저 들었다. 장금사가 말없이 술잔을 받았다.

— 한 번 인사드린다고 하면서도 이리 되었습니다.

의충이 깍듯이 예를 차리자 그제야 장금사가 좀 푸는 것 같았다.

— 말은 들었습니다.

— 그래요? 제가 데리고 다니는 사람들이 무례해도 좀 이해를 해주십시오.

— 그렇지요, 뭐. 철들이 없어서.

— 너그러이 이해해주시니 고맙습니다.

— 그런데 무슨 일이십니까? 그런 말이나 하려고 날 부른 것 같지는 않은데요.

의충이 술병을 놓자 장금사가 술병을 들었다.

— 한 잔 받으시죠.

의충이 술잔을 들었다.

— 사실 금잠 사건 규명해내는 걸 보고 놀랐습니다.

— 뭘 그런 걸 가지고……

그렇게 말하고 장금사가 닭다리 하나를 북 뜯어 입으로 가져갔다. 한입 물어뜯고 씹다가, '연한데요' 하고 말했다. 그러고는, '닭은 좀 질긴 게 제 맛인데' 하고 토를 달았다. '그래요?' 하고 의충이 맞장구를 치듯 하자, '사실 폐닭이 맛있지요. 질깃질깃한 것이 씹는 맛이 나거든요' 하고 말했다.

의충은 장금사의 얼굴을 쳐다보았다. 그래서일까. 유달리 하관이 발달하고 턱관절이 툭 튀어나왔다. 무쇠라도 씹어 부술 듯이 강인해 보였다.

— 폐닭에 맛 들여 놓으면 약병아리 못 먹지요. 냄새 나서.

— 뭐든 그렇지요. 인생도 살 만큼 살아야 연륜의 맛이 나듯이.

의충의 말에 장금사가 풀썩 웃었다.

— 사실 푸성귀들이 너무 설쳐요. 개뿔도 모르면서.

— 개뿔은 없지 않습니까. 그러니 모를 수밖에요.

— 그런가요? 우하하하.

입가에 모멸감이라도 매달릴 줄 알았는데 의외로 큰 웃음이 터지자 의충이 술잔을 비웠다.

그도 닭다리 하나를 집어 들어 뜯었다.

— 맛이 괜찮은데요.

그러자 장금사가 들고 있던 닭다리를 놓아버렸다.

— 하던 얘기나 계속하시지요.

— 예전에 검시 생활을 좀 했었지요.

— 그래서요?

의충은 좀 더 과감하게 속내를 드러내지 않고는 안 될 것 같다는 생각에 말을 이었다.

— 사실 세손에게서 이 사건을 해결하라는 명을 받긴 했는데 난감한 것이 한두 가지가 아닙니다.

장금사가 눈을 치떠 의충을 보았다. 아니꼽다는 낯빛이었다. 의충이 사람 좋게 웃었다. 그제야 장금사도 풀썩 웃었다.

— 제 의향을 듣고 싶다니요?

— 피살자 휴밀의 사건이 나기 전까지만 해도 일이 이렇게 복잡해지리라는 걸 몰랐습니다.

장금사가 술을 호륵하고 마셨다.

— 그래서요?

— 금잠 사건 현장에서 이한조 사예의 옥관자가 발견되었다는 것이 너무 이상해서 말입니다. 포청에서는 내가 세손의 명을 받았다고 하니까 계속 눈치를 보는 것 같고 그래서 이렇게 단도직입적으로 협조를 구하는 것입니다. 모든 사실을 보고 받고 계실 텐데 말입니다.

장금사가 생각하는 표정이더니 그제야 진심이 느껴졌는지 의충을 똑바로 건너다보았다.

— 별것 없다오. 옥관자 문제는, 아마도 사예가 학궁 출신이다 보니 사예로 부임했을 때 후학들이 마련해준 것 같고. 그렇기에 옥관자 안에 사예의 이름이 파져 있었을 테지요. 자연스레 사예가 죽기 전에 이미 그를 죽인 것이 아니냐 그런 말이 나온 거요.

— 그래요? 바로 그겁니다. 하지만 사예가 사람을 죽였다는 게 영.

— 나도 사실 놀랐소.

— 그가 죽기 전에 휴밀을 죽였다면 뭔가 이해가 되지 않기도 하고…….

— 그러게 말이오. 그래서 나도 곰곰이 생각해보긴 했는데…….

— 결론은요?

― 아직 이르오만 이한조 사예와 휴밀이 아마 뜻이 맞는 관계가 아니었을까 하는 거요. 조사를 해보았더니 같은 학궁 출신이더구만. 그 후 두 사람 다 불교 사상에 빠져 밀승이 되었고. 사상에 물들었다는 말이 맞겠지. 이한조 사예는 학궁으로 부임하면서 휴밀을 만나 영향을 받기 시작한 것이 아닌가 하는 것이오.

의충은 자신도 모르게 고개를 갸웃했다. 그와 가깝게 지냈지만 한 번도 밀교에 대해서 말한 적이 없었다.

― 그런데 이상하군요. 왜 휴밀의 손에 이한조 사예의 옥관자가 쥐어져 있었을까요?

― 아직 사건이 끝난 게 아니라 뭐라 말할 수 없지만 사예의 가족력을 살피다 보니까 딸이 한 사람 있더군요.

― 딸이라고 했습니까?

의충이 속을 숨기고 물었다.

― 지금으로서는 뭐라 단정적으로 말할 단계는 아니오만.

― 그 딸을 만났습니까?

― 아직. 그런데 정혼을 한 사내가 있었소. 그래 그 사람을 만나보았는데…….

장금사가 말을 끊고 입술에 침을 궁글려 발랐다.

― 그게 누구이던가요?

― 홍문관에 있는 이조좌랑이었소. 표민수라고.

― 방금 표민수라 하셨습니까?

의충의 반응에 장금사가 왜 그러느냐는 표정을 짓다가, '왜 아는 사람이오?’ 하고 물었다.

— 어쩐지 제가 아는 사람을 말하고 있는 것 같아서요.

— 학궁 다니셨나 보오?

— 그렇습니다.

— 그럼 맞을게요.

— 그분 지금 이조좌랑으로 계신가요?

장금사가 고개를 끄덕였다.

— 맞소, 그럼 더 말이 필요 없겠군요. 그 사람을 만나보면 이 사건
의 개요가 대충 나올 게요. 내가 도울 수 있는 건 여기까지일 것 같소.

그렇게 말하고 장금사가 일어났다.

용성인간

1

 문득 허불이의 모습이 떠올랐다. 그러고 보니 그녀를 보지 못한
지 여러 날이 지났다.

 오라비를 그렇게 잃고 갈 곳 없이 헤매는 모습이 풍경처럼 눈앞을
스쳤다. 어두운 칼날 하나가 가슴 깊숙이 들어와 박히는 느낌이었
다. 그동안 그토록 잊어버리려고 하던 그 서러운 기억이 분명했다.
어머니도 그게 늘 마음에 걸려 죽어가면서도 부탁하지 않았던가.

 ─ 의충아, 미안하구나. 그러나 잊어야 한다. 잊어야 해. 이 어미를
위해서가 아니냐. 내 서러운 것은 그런 너를 위해 무엇 하나 해주고
가는 게 없어서다.

 의충은 지그시 이를 악물었다. 눈물 한 줄기가 매달리려는 것을

억지로 뿌리치고 오길을 데리고 나섰다. 사예 이한조의 사건을 풀기 위해 어제 장금사가 말한 표민수를 만나보기 위해서였다.

표민수를 알게 된 것은 그가 성균관을 나갈 무렵이었다. 막 성균관에 입교했던 그때 소두를 맡아 상소를 책임지고 진두지휘하던 사람이 바로 그였다. 의충의 이름을 보고는 '이의충?' 하고 되뇌며 희미하게 웃던 생각이 가끔 떠오르던 선배였다.

술자리에서 그를 다시 만나, '제 이름을 보고 왜 웃었습니까?' 하고 물었다.

그때 그가 필필 웃었다. 얼굴이 유난히 희고 창백해 글만 알지 세상 물정 모를 서생 같은데 소두를 맡는 걸 보면 예사롭지 않아 보이기는 했다.

— 의충(意忠)? 마음속에 품은 참뜻? 얼마나 기막힌 이름인가.

— 제 이름자는 옳을 의, 충성 충 자입니다.

— 하하하, 그거나 그거나.

표민수를 다시 만나보니 창백한 얼굴은 여전히 해맑아 보였지만 이마에는 세월의 골 깊은 주름이 잡혔다.

— 저를 기억하시겠습니까?

그렇게 묻고 의충이 예전에 만났던 일을 설명해서야 그가 아하, 하고 기억하는 것 같았다.

그렇게 수인사가 끝나고 의충은 비로소 속을 내보였다.

2

그는 이한조 사예에 대해 들으며 고개를 갸웃거렸다.

— 어떻게 해서 그 양반이 사건에 휘말렸는지 모르겠군. 그분은 내가 스승처럼 모시던 분이었는데……. 꼭 무릎을 맞대어야 스승과 제자지간이겠는가. 마음속으로 흠모하던 분이 그분이었지. 남과 척 지을 양반도 아닌데.

— 그러게 말입니다.

어느 사이에 말꼬리가 내려가 버린 그의 살가움이 싫지 않아 그렇게 대답하자 의충의 진심이 느껴졌는지 표민수가, '좀전에 휴밀 스님이라고 했나?' 하고 물었다.

— 그렇습니다. 아십니까?

— 알지. 한때 그 양반 밑에 있었거든.

말을 내뱉고 표민수가 후훗 웃었다.

— 건강이 좋지 않아 수양차 절을 찾았는데 선인가 뭔가를 공부하다가 밀교에 빠져든 적이 있었으니까 말이야.

바로 그 사람이 독살을 당해 죽었다는 말을 하려고 하는데 표민수가 말을 이었다.

— 휴밀이란 사람……. 오래전이었네. 영주에서 한양으로 올라온 이듬해였던가. 그때 만났지. 아마 이한조 사예의 소개였을 것이야. 그 길로 그 양반이 주석하는 절을 찾아다녔어. 스님들이야 지나온 세월 말하지 않는 사람들이라 과거는 잘 모르겠고. 이한조 사예도

그때 자주 찾아뵈었다네. 그때 사예는 딸과 함께 살고 있었지.

─ 딸요? 이한조 사예에게 딸이 있었다 그 말입니까?

의충은 역시 속을 숨기고 물었다.

─ 사실 내가 그분의 사위가 될 뻔했다네.

표민수가 그렇게 말하고 또 후훗 하고 웃었다.

─ 그 양반 딸과 정혼을 했으니까 말일세. 그때만 해도 젊었지. 그 양반의 거침없는 행동이 불교의 밀법 사상과 맞물려 홀딱 반하고 말았지 뭔가. 지금도 잊지 못한다네. 어느 날 그의 방으로 들어갔는데 혼자가 아니더군. 구루와 하나가 되어 있었어. 그대, 구루를 아나?

─ 조금은요.

─ 그날 보았다네. 밀교의 정점에서나 볼 수 있다는 환희의 세계. 기가 막히더구먼.

─ 도대체 어쨌길래요?

─ 그렇게 아름다울 수가 없더란 말일세. 늙은 몸뚱이와 젊은 여자의 몸뚱이가 하나의 그림이었다네. 그들의 정사는 끝이 없었고 결코 파정하지 않았으니 말일세. 그래서 나는 미칠 듯이 감동했지 뭔가. 그것이 도라는 생각이 들었으니 말이야. 파정 없이 여자를 안을 수 있다? 기가 막힌 일이 아니고 무엇이겠나. 그래서 나는 밀교에 더 젖어들었는지 몰라.

─ 그럼 선배님의 그때 관직이?

열린 문 밖으로 구름 한 점 보이지 않았다. 어디선가 갈가마귀의 울음소리가 들려왔다.

― 식년문과에 급제하여 내가 맨 먼저 받은 직책은 승문원부정자였네. 이한조 사예의 사가로 드나들 때가 그때였네. 그 집에 드나들다 보니 그 집 딸과 눈이 맞았지 뭔가. 그래서 언약까지 하게 되었는데 그녀와 언약을 하고 두어 달이 지났나? 언젠가부터 그녀가 이상하게 집에 없는 것이야. 그때는 몰랐다네. 왜 그녀가 자주 집을 비우는지.

의충은 침을 꼴깍 삼켰다.

― 어느날 나는 이한조 사예에게 딸을 달라고 했다네.

의충을 응시하던 오길의 시선이 표민수에게로 옮겨졌다.

― 이한조 사예는 명쾌한 대답을 하지 않더구먼. 그때 내가 어찌 알았겠나. 그녀가 좌찬성의 아들 이문적이란 자에게 마음을 두고 있는 걸.

― 양다리를 걸쳤다 이 말입니까?

잠에서 깨어난 듯이 오길이 갑자기 표민수를 향해 물었다.

표민수의 시선이 오길을 향했다.

― 이문적이란 자는 식년문과에 을과로 급제 승정원주서로 있던 사람이었어.

― 그런데 어떻게 그 여인과?

의충이 물었다.

― 나도 젊은 혈기에 질투에 눈이 멀어 그 이유를 묻곤 했다네. 선비 하나가 드나드는데 예사롭지 않다고 말이야.

― 그런데요?

이번에는 오길이 물었다.

— 그녀는 그때마다 자리를 떠버리곤 했다네. 이해할 수가 없었지. 눈이라도 마주치면 그때마다 음전하게 시선을 내리깔았는데. 그런 여인이 어떻게 정혼자를 두고 다른 남자를 드나들게 할 수 있는지……. 물론 이문적이란 그자 이한조 스승을 찾아다니는 사람이었지만 말일세.

— 혹시 오해했던 것이 아닙니까?

— 그때까지도 몰랐다네. 그녀가 밀교의 구루였다는 것을. 도가의 방중술에 음양의 도를 가르치는 여인들이 있듯이 밀교에도 성의 기교와 음양의 도를 가르치는 여인들이 있다는 걸 겨우 알 때였으니까.

— 그러니까 이한조 사예에 의해 그 딸마저 영향을 받아 구루가 되었다 그 말인가요?

— 맞아.

— 그럼 선배님이나 이문적이란 사람은 유가의 전당인 학궁에 적을 두고 있으면서 불가에 발을 들여놓고 있었다는 말인 것 같은데요?

— 그렇지.

— 그렇다면 그녀가 이문적이란 자에게 연정을 느끼지 못하면서도 관계를 맺고 있었다는 것은 흉이 될 것도 없지 않습니까? 밀교의 법칙 때문이었다면 말입니다.

— 바로 보았어. 어리석은 것은 이문적이나 나나 불가의 세계를 너무 몰랐다는 것이지. 어느 날 밀교의 비밀집회가 있다기에 이한조 스승을 따라갔지 뭔가.

— 그래요?

의충이 눈을 빛내며 묻는데 오길은 무슨 생각을 하는지 딴청을 부리듯 문밖의 햇볕을 바라보고 있었다. 의충이 그의 눈길을 따라 밖을 내다보았더니 아지랑이가 아질아질거렸다.

— 말도 말게. 감시가 아주 철저했고 사람들이 많이 모였더군. 사람들이 모인 장소로 들어가자 가부좌를 튼 부처의 상이 나왔는데 다들 부처를 향해 기도하고 있었어.

그날 표민수가 이상하게 생각한 것은 모두가 가면을 쓰고 있다는 것이었다.

그들 앞에는 설교하는 이가 있었다. 가면을 썼기 때문에 누구인지 알 수가 없었다. 한순간 자신을 유심히 보는 이가 있어 눈이 마주쳤지만 서로를 알아볼 수 없었다. 표민수는 나중에야 알았다. 바로 그들이 비밀불교의 사람들이라는 것을.

요승 신돈에 의해 밀교, 즉 비밀불교가 이 땅에 들어왔을 때 '오마사회'라는 비밀집회가 있었다는 말은 들었다. 그러나 얼마 가지 못해 이 땅에서 자취를 감추었다고 알았는데 밀교에서 그런 집회를 주관하고 있었다. 유교의 심장부에서 비밀리에 열리고 있었던 것이다. 그리고 심신 단련을 목적으로 그 세계에 은밀히 몸담고 있는 유림의 내로라하는 사대부들 속에 자신이 섞여 있었다.

잠시 후 성전 밖 평평한 도량 중앙에 가면을 쓴 신도들이 모여 들었다. 신도들은 원을 이루었다.

잠시 후 여인들이 나타났다. 구루라고 했다. 성의 양성소에서 교육을 받은 성의 선생들이 그녀들이었다.

어느 한순간 회랑 문이 열리더니 한 늙은이가 나타났다. 회를 주관하는 진두였다.

— 다 모였는가? 이제 기도를 올리도록 하겠다.

진두가 등잔에 불을 당겼다.

이윽고 둘러서 있던 사람들이 두 손을 마주잡고 기도를 올리기 시작했다.

진두가 앞으로 나섰다. 그의 손에는 방울이 달린 지팡이가 쥐어져 있었다. 뒤이어 지팡이가 바닥을 울렸다.

탁 탁 탁.

그 소리가 끝나기 무섭게 구루들이 옷을 벗기 시작했다.

표민수는 숨도 쉴 수 없었다.

구루들은 거침없었다. 가슴이 드러났고 살이 드러났다. 실오라기 하나 걸치지 않은 몸이 모두 드러났다. 숨소리도 들리지 않았다. 이내 구루들이 신도들이 앉은 곳으로 다가갔다.

구루들이 다가들자 신도들이 일어났다. 구루들이 그들에게 안겼다. 그때 진두의 음성이 울려퍼졌다.

— 지금부터 오마사회를 시작하겠다.

벌거벗은 무리들이 모든 이들이 지켜보는 가운데 하나가 되어 뒹굴었다.

표민수는 어이가 없었다. 유가 쪽에서는 상상할 수도 없는 작태가 이루어지고 있었다.

— 파정치 말라. 둥글게 돌아라. 파정한다면 범부로 떨어지리라.

여인의 자궁 속에 남성의 근본을 밀어 넣고 파정치 말라? 이것이 도의 궁극적 모습이다? 그 모습을 보면서 표민수는 공자의 모습을 떠올렸다. 도저히 참을 수가 없었다.

표민수는 주먹을 쥐고 벌떡 일어나면서 고함쳤다.

— 사기다!

3

— 그러니 어떻게 되었겠나. 배운 사람이 어떻게 그럴 수 있느냐고. 그렇게 날 무시하자 울화가 치밀더군. 그래서 이한조 사예에게 물었다네. 그러니까 뭡니까, 부처의 밀법 사상이 최상승의 법이다 그 말씀입니까, 하고. 그랬더니 뭐랬는 줄 아는가? 두고 보라고. 이 나라가 유림 천국이 되었지만 이제 유가의 세계를 뛰어넘는 밀법의 성전이 어딘가에 있다고 하더군. 이제 조금 있으면 그것이 나와 세상이 될 것이라고.

— 그게 무슨 말입니까?

오길이 침을 꼴깍 삼키며 물었다.

— 비화밀경이라고 하던가? 부처의 사상에서 나온 최상승의 법이 거기 있다고 하더군. 이 세상을 구할…….

— 그 밀경인가 뭔가가 어디에 있기에요?

역시 오길이 물었다.

— 하하, 그걸 내가 어떻게 알겠는가? 사실 이한조 스승도 모르는 것 같았다네. 뭐 신돈 성사가 어디엔가 숨겼다나.

— 신돈 성사?

— 아무튼 모를 소리만 했다네. 아직 때가 안 됐다고. 그 경전이 이해될 세상이 아니어서 신돈 성사가 숨겨놓았는데 그걸 찾아야 할 것이라고 했으니까 말일세.

산등성이가 검게 물들어왔다. 검은 구름장이 밀려오는 것으로 보아 소나기를 한바탕 퍼부을 모양이었다.

— 너무 어이가 없어 한동안 잠을 이룰 수 없었다네. 그런데 솔직히 이상하더군. 뭔가 말이 되지 않을 것 같으면서도 묘하게 신경을 긁어 오는 게 있더란 말이지. 그런데 얼마 지나지 않아 그것이 현실이라는 사실에 경악하고 말았지 뭔가.

— 네?

오길이 본능적으로 반응했다.

— 보고 만 거야.

— 보다니요, 뭘?

— 그녀가 이문적과 하나가 된 모습을.

— 네? 그 연놈이 붙었단 말입니까?

오길이 버럭 고함을 질렀다. 의충은 순간 당황했다.

그런데 정작 표민수는 실실 웃으며 고개를 주억거리고 있었다.

— 결국 요상한 그 여자에게 차이셨다는 말이네. 그럼 그 후 이문

적과 그 여자는 혼인을 했나요?

오길이 의충의 반응을 알면서도 충격이 컸던지 그렇게 느물거리듯 물었다. 의충이 이번에는 표민수의 눈치를 보았다.

— 에이고, 모르겠네. 내가 지금 무슨 소리를 하고 있는 것인지. 아무튼 그래서일지 모르겠네만.

오길이 무슨 말이냐는 표정을 지으며 그의 다음 말을 기다렸다.

— 듣기에 그녀와 결혼하지 못하고 갈등이 심했다는 말이 있더군. 이한조 사예가 말렸다는 말도 있고.

— 왜 딸의 결혼을?

역시 오길이 물었다.

— 그때는 몰랐다네. 그 양반의 마수가 사도세자에게까지 뻗치고 있을 줄.

— 사도세자요?

오길이 깜짝 놀란 음성으로 물었다.

— 맞아. 어쩌면 그때 그들은 그러한 비극을 장만하고 있었을지도 모르지.

— 무슨 말입니까?

— 사도세자의 기이한 행각은 이한조 사예에게서 영향 받았을지 몰라.

— 말을 이해하기가 쉽지 않은데요?

이번에는 의충이 햇살로부터 시선들 거둬오며 물었다.

— 어느 해인가 사도세자가 사냥을 나갔다가 이한조 사예의 도움

으로 목숨을 구했고, 그 후로 두 사람은 한 형제처럼 지냈다는 말이 있어. 그렇기에 밀교의 밀의가 자연스럽게 사도세자에게 흘러갔을지도 모르지. 평범한 사람이 보기에는 그들의 밀의가 난잡한 남녀의 관계로 비쳤을 수도 있고.

— 화완옹주와 이상한 관계까지 맺었다는 말도 있던데 그것 역시 밀법의 산물이었다?

의충의 말에 표민수가 잠시 고개를 숙였다. 그러고는, '그럴 수도 있지. 사도세자가 여동생을 맨정신으로 건드릴 사람은 아니었지. 그렇다면 그 여파라 해야 하지 않을까' 하고 말했다.

— 평양 나들이에서 기녀들을 데려오고 여승과의 관계 때문에 전하의 미움을 많이 사지 않았습니까.

의충의 말에 그가 하하하, 하고 웃었다.

— 바로 그것이야. 그래서 하는 말이니까.

— 그래서라니요?

의충이 재차 묻자 그가 고개를 내저었다.

— 아직도 눈치를 못 챘나 보군. 그 여승 말일세. 누군지 아나? 바로 이한조의 여식이야.

의충과 오길이 동시에 놀라자 그것 보라는 듯 표민수가 웃었다.

새로운 사실 앞에 의충과 오길이 입만 벌리고 할 말을 잃었다.

— 그럼 선배님의 정혼자가 바로 그 여승?

의충이 묻자 그가, '맞아' 하고 대답했다.

— 그 여자였어. 이름이 가선인가? 아마 그럴 거야. 본시 기생이라

고 하지만 아니야.

— 소문에는 세상이 싫어 여승이 되었다가 세자를 만나 한양으로 온 여자라 했는데?

의충의 말에 표민수가 고개를 내저었다.

— 그래, 소문은 그렇게 났지. 세자가 을밀대의 한 암자에서 만났다고. 을밀대가 아니라 이곳 암자였어. 세자와 처음 만나던 날 그녀는 샘가에 앉아 있었다고 해. 막 세수를 끝낸 참이었어. 물방울이 뚝뚝 떨어지는 맑고 투명한 모습에 세자는 넋을 빼앗겨버린 거야. 그는 평양으로 갈 때 그녀를 데려갔지. 그리고 기녀 속에 그녀를 끼워 데려왔어. 그 사실을 부왕이 안 것이야. 홍씨는 남편이 미쳤다고 했고 아비는 아들을 죽일 결심을 굳혔지.

오길이 입을 딱 벌리고 말할 엄두를 내지 못했다. 그것은 의충도 마찬가지였다. 뒤늦게야 오길이 눈치도 없이 무슨 질문인가 하는 것 같았는데 충격이 커서인지 의충은 무슨 말인지 들리지 않았다. 표민수는 이제 할 말 다했다는 듯 대답이 없었다.

잠시 후 그는 몸을 일으켰다. 밖을 향해 돌아서 버리자 갑자기 실내에 무거운 침묵이 감돌았다.

— 그 여승 말입니다. 선배님의 말을 듣는 순간 어쩌면 그녀가 결정적 증거를 가지고 있을지도 모른다는 생각이 듭니다. 세자는 죽었지만 여승은 살아 있을 것 아닙니까?

고개 돌린 표민수의 낯빛이 곤혹스럽게 일그러졌다.

— 그 여자의 집을 좀 알았으면 합니다.

의충의 말에 잠시 생각하는 표정이더니 고개를 들었다.

— 그러세. 사도세자는 이미 고인이 되었고, 이문적 그 사람은 홍문관 직강이 되었다는 소문을 들었네.

의외로 표민수는 시원하게 대답했다.

4

이한조의 딸 가선이 산다는 집은 한양의 변두리에 있었다.

질척거리는 신작로를 따라가자 그녀가 산다는 마을이 나타났다. 변두리 마을답지 않게 입구를 지나자 꽤 큰 난전이 나타났다. 저잣거리 끝머리에 대죽이 어우러진 등성이가 나오고 그 끝 무렵에 그녀의 집이 있었다. 댓 평도 안 되는 마당을 낀 자그마한 기와집이었다.

이리 오너라, 하고 몇 번을 불러서야 사십 중반의 사내가 대문을 반쯤 열고 얼굴을 내밀었다. 전형적인 촌로처럼 초라한 몰골의 사내였다.

이한조 사예의 딸을 찾는다고 하니까 자기는 집을 보는 사람이라고 했다. 먼 친척뻘로 시골에서 올라와 객식구로 사는데, 이한조의 딸은 절에 가 있다가 돌아와 벌써 며칠 집을 비웠는지 모르겠다고 했다. 자기 아버지가 죽었다고 하자 다시 집을 나갔고 그 길로 돌아오질 않는다는 것이다.

이곳저곳 집 안을 둘러보았지만 신통치 않았다. 돌아가야겠다고 생

52

각하며 건넛방을 나오려는데 구석에 놓인 두루마리 하나가 보였다.

두루마리를 펼쳐보니 그림이 그려져 있었다. 얼른 봐도 처자의 얼굴이었다. 머리가 길고 얼굴이 둥글었다. 눈망울이 유달리 검고 깊었다. 이마가 넓고 코가 오똑했다.

출가하기 전의 모습인가?

마침 사내가 밖에서 힐끗거리는 것 같기에 그에게 물었다.

― 이 여자가 이한조 사예의 딸이오?

― 네, 맞습니다.

의충이 묻는 사이 제목도 없고 그린 연도나 날짜, 날인도 없는 그림을 살펴보던 오길이 중얼거렸다.

― 이미앵?

오길이 그림 뒷면에 붓으로 아무렇게나 쓴 이름자를 보고 중얼거렸다.

의충이 보니 이름이 설었다.

― 흐흠, 그러니까 출가하기 전 이름이 이미앵이다?

오길이 고개를 끄덕였다. 수확이라면 수확이었다.

― 이한조 사예로부터 언젠가 딸이 하나 있다는 말은 언뜻 들은 것 같지만 이러나저러나 이상하지 않아? 그의 아버지는 죽기 전 내게 이상한 피리를 남겼고, 그의 딸은 몸을 숨겼다?

말을 몰다가 의충이 물었다.

― 그러게 말입니다.

― 홍문관으로 가자고. 그녀와 정혼했다는 이문적을 만나야겠으니.

두 사람이 홍문관으로 가 이문적을 찾았으나 그 역시 벌써 며칠째 행방이 묘연하다고 했다.

— 두 사람이 함께 없어졌다?

— 혹 그들도 피살된 것이 아닐까요?

— 피살?

생각이 거기까지 미치자 의충은 몸이 호르르 떨렸다.

뜰마루

— 오늘도 무지하게 더울 모양이군.

의충이 창경궁이 바라다 보이는 곳에서 혼잣말처럼 중얼거렸다.

말발굽에 여름의 뜨거운 열기가 꺼져가는 숯불을 밟는 듯하다. 하늘을 올려다보면 쨍쨍 내리비치는 햇살이 깨어질 것만 같다. 그런데도 창경궁 돌담길은 고즈넉하다.

광화문을 벗어나 종로통으로 접어들자 우포청이 보였다.

포청으로 들어서자 마침 비쩍 마른 몸을 흔들며 사내 하나가 나오고 있었다. 정목인을 발견한 그가 발걸음을 멈추었다. 하종사관이었다.

— 알고 계시면서 왜 그러십니까?

정목인이 초장부터 넉살을 떨었다.

— 무슨 소립니까?

하종사관이 능청스럽게 정목인의 말을 받았다.

— 뭘 찾았다고 하던가?

정목인은 분명 넘겨짚기를 하고 있었다.

— 왜 또 트집이실까?

— 갱초 올릴 때까지만 해도 보고가 되더니 갑자기 보고도 없고?

정목인의 말에 종사관이 힐끗 의충의 눈치를 살피다가 고개를 내저었다.

— 상부에서 직접 챙기겠다고 하는데 낸들 어쩌겠소.

— 아하, 세손의 명쯤이야 이제 무시하겠다? 그렇지! 아직도 엄연히 금상이 살아계시지. 그쪽을 싸고도는 무리들의 기세가 등등하고 보면…….

정목인의 말은 영조를 싸고도는 무리들과 세손을 싸고도는 무리들의 세력을 말하고 있는 것 같았다. 의충은 비로소 장금사가 나온 뒤 돌아서버린 하종사관의 속내가 손에 잡힐 듯이 느껴져 씁쓸하게 입맛을 다셨다.

— 이평전 체포령이 떨어졌다던데?

이번에도 정목인이 앞서 넘겨짚었다. 종사관이 고개를 홰홰 내저었다.

— 그러지 마십쇼. 그 자식 잡으라는 게 어제 오늘이오? 반촌에 처박혀 지랄을 하고 있는데 무슨 수로 잡아요. 그리고 그놈이 범인이라고 단정할 그 무엇도 없습니다.

정목인이 웃었다. 그는 잠시 후 갑자기 그 웃음을 거두고 아주 짧은 순간 날카롭게 종사관을 쏘아보았다.

— 그럼 하나만 더 물읍시다. 언젠가부터 내로라하는 사대부들이 한 달에 한 번씩 비밀리에 모여 이상한 모임을 가지고 있다고 하는데, 알고 있는지 모르겠군요?

정목인의 갑작스런 질문에 종사관이 눈을 크게 떴다.

— 그대가 비밀리에 법회에 참석하고 있다는 말이 아니고, 그 법회를 주관하는 무리들에 내로라하는 이들이 있다는 소문이 있어서 말이오.

— 무슨 소립니까?

— 우리들이 접수한 정보에 의하면 비밀집회 비슷한 것이라고 하더군요. 뭔가 짚이는 게 없는가요?

급소를 찔리기라도 한 것처럼 하종사관의 얼굴이 멍하니 우거지상이었다.

— 모르시는 모양이군요? 아, 모르면 그만두오.

갱초를 올릴 때와 달리 의충을 향해 목례를 보내는 둥 마는 둥하고는 고개를 내저으며 하종사관이 서둘러 발걸음을 옮겨버렸다.

— 어제 보이지 않더니 왜 무슨 말을 들었습니까?

의충의 물음에 정목인이 웃었다.

— 별것은 아니고요. 밀승들의 수도원 불이원 말입니다. 그곳 밀승들의 동태가 이상하다고 해서요. 비밀집회라던가, 그런 집회가 있을 것이란 소문이 돌고 있다고 하더군요.

아마 의충과 오길이 표민수를 만나는 사이 그도 그런 정보를 입수
한 모양이었다.

의충은 시선을 내리깔았다. 갑자기 사건이 참 재미있게 돌아간다
는 생각이 들었다. 순간적으로 정목인이나 현 사예 박필조나 죽은
이한조 사예나 모두가 밀교도일지도 모른다는 생각을 문득 했다.

파독

정목인이 휴밀의 시체가 발견된 방에서 습득한 것을 내놓았을 때, 박필조 사예는 고개를 홰홰 내저었다. 불교의 밀서 목판본이었다.

— 이것뿐이더냐?

박필조 사예가 물었다.

— 이것이 시신의 신분을 말해주는 것 같아 가져왔습니다.

정목인이 말했다.

— 이것뿐만이 아니니라.

— 저도 그런 생각이었습니다만 그것 이외엔 아무것도 없었습니다.

— 그러니까 찾아오라는 게 아니냐.

정목인은 너무 막막하다는 생각에 가만히 앉아 있었다.

— 휴밀을 죽인 범인은 아직 잡히지 않았느냐?

사예가 이맛살을 찌푸리고 물었다.

— 그렇습니다.

— 그를 죽인 것이 이평전 일파라면 그들도 그 궤를 찾기에 혈안이 되었다는 증거가 될 터이고, 이한조 사예의 짓이라면 그 궤가 어디에 있는지 알고 있었다는 말이 된다.

— 그럴지도 모르지요.

— 이한조가 휴밀을 죽였다면, 이한조의 기밀을 휴밀이 빼내었다는 말이 된다. 그럼 휴밀이 죽자 그 딸이 기밀을 들고 이문적과 궤를 찾아 나섰다? 그럼 말이 되지, 암. 그러니 드러내지 말고 그 딸과 이문적의 행방을 알아보라는 말이야.

— 알겠습니다.

— 나가서 이의충 공을 들도록 해라.

곧이어 의충이 사예실로 들어갔다. 오길이 따라 들어오려다가 정목인이 잡아끄는 바람에 멈칫거렸다.

의충이 방으로 들어가 보니 오히려 밖보다 안이 시원한 것 같았다. 밖에서는 바람기조차 느껴지지 않았는데 열린 문으로 제법 바람이 든다.

마주앉아 이런저런 말을 나누는데 사예가 '어째 사건이 좀 풀려나가는 것 같습니까?' 하고 물었다.

— 글쎄요.

— 큰일이외다. 그 어함으로 인해 사람들이 자꾸만 죽어나가는 것

같아서 말입니다. 노론의 압력을 받고 있는 불교 쪽도 그렇고, 향도
계에서는 이평전이 눈을 붉히고 있으니.

그렇게 말하고 사예가 때아닌 한숨을 쉬었다. 그러고는 갑자기 생
각난 듯이 의충을 쳐다보았다.

― 참, 그 피리상자 말입니다. 이제야 하는 말이지만 왜 이한조 사
예가 공에게 남겼는지 알고 있었습니다.

― 알고 있었다고요?

뜻밖의 말에 의충이 시선을 들며 물었다.

― 사실 저번에는 어함의 연유에 대해서 말하다 보니 정작 중요한
말씀을 드리지 못했더랬습니다. 그래서 뵙자고 한 것입니다. 지금
생각해보니 아마도 이한조 사예는 자신의 죽음을 예감하고 있었던
것 같아요.

― 그게 무슨 말입니까?

― 저와 그렇게 가까이 지내면서도 입이 무거운 사람이었어요. 자
신의 가문에 대해서는 통 말이 없었는데 처음으로 속을 털어놓더라
는 말입니다. 사건이 나기 며칠 전에 이한조 사예가 그러더군요. 아
마 공을 만나고 온 날이었을 겝니다.

― 저를요?

― 맞습니다. 공에 대해 그날 처음으로 상세히 말하더군요.

― 무엇이라고?

― 처음엔 몰랐다고. 바로 그분이 기다리던 사람이었다는 것을.

의충이 무슨 소린가 얼떨떨한 표정을 지었다.

사예가 눈을 지그시 감았다 떴다.

— 놀라는 것도 무리가 아닐 것입니다. 하지만 이한조 사예는 현
몽을 했다는 말을 분명히 했습니다. 하루는 꿈을 꾸었는데 형님인
용파대사와 휴밀이란 자가 함께 보였다고 합니다. 그들은 이상한
동굴 속을 헤매며 이런 말을 나누더랍니다. '이곳이 분명하오. 보시
오. 그분인들 몰랐겠소. 이곳이 적당하다는 걸 첫눈에 알아보았을
것이오.'

— 무슨 말입니까?

— 아무튼 그런 말을 나누더랍니다. 또 꿈을 꾸었는데 경종에 이
어 전하를 모시던 용파대사가 어함이 있는 곳을 알고는 아무도 모르
게 접근하더랍니다. 그 후 용파대사가 죽었는데 산을 올라온 한 늙
은 여승이 대사가 남긴 유서를 보고는 그를 다비해 그 뼈로 피리를
만들더라고 했습니다.

의충은 상자 속에서 본 피리가 떠올랐다.

— 그리고 여승은 출가하기 전 용파대사와 연을 맺어 낳은 아들에
게 피리를 주었다고 해요. 잘 간직하라, 그러면서 말입니다. 그리고
말하더랍니다. 상자 속의 그 피리가 언젠가 임자를 부르리라. 그 후
용파대사의 아들이 이한조 사예를 찾아온 것이지요. 그는 이렇게
말했다고 합니다. 어머니가 이 피리를 저에게 남겼습니다. 아버지의
몸으로 만든 것이라 하더군요. 무엇 때문에 이 피리를 남겼는지 모
르겠으니 도와주십시오. 그랬는데 그날 이후 아들은 역적으로 몰려
죽었다고 해요. 그 벼슬이 이조좌랑이었는데 말입니다. 그 후로 그

피리는 이한조 사예가 가지고 있게 되었다는 것입니다.

— 이상한 이야기군요. 전설 같기도 하고. 그런데 왜 저에게 그런 말씀을 하시는지?

가만히 듣고 있다가 의충이 물었다. 피리 이야기도 그렇고 뭔가 이상하다는 생각이 들었기 때문이었다.

— 눈치를 못 채신 모양인데…….

난감한 표정이 사예의 얼굴로 흘렀다. 그는 무엇을 생각하다가 말을 이었다.

— 혹시 아직 어머니가 살아 계신가요?

— 아닙니다. 돌아가셨습니다. 아버지가 돌아가신 후로 어머니는 제가 모셨지요.

— 아버지가 돌아가시기 전에 무슨 말씀이 없으셨던가요?

— 별로.

— 할아버지나 할머니에 대한 말은 없으셨던가요?

의충이 고개를 갸웃했다. 그렇지 않아도 어릴 때 할아버지나 할머니에 대해 물은 적이 있었다. 그럼 아버지는 이렇게 말했다. 종소리가 들리는 곳에 계신단다.

종소리가 들리는 곳.

길을 가다가도 종소리가 들리면 자신도 모르게 뒤를 돌아보는 버릇이 생겨버린 것은 그 때문이었다.

— 바로 그래서였군요.

사예가 이해가 된다는 듯이 고개를 주억거리며 그렇게 말했다.

의충이 그래도 영 눈치를 못 채고 있자 그는 자세를 좀 고쳐 앉으며, '제가 왜 이런 말을 하는지 지금도 모르시겠습니까?' 하고 물었다.

— 글쎄요?

— 그럼 제가 말씀드리지요. 용파대사 말입니다.

— 용파대사요?

— 그분이 바로 공의 할아버지 되신다 그 말입니다.

— 지금 뭐라고 하셨습니까?

의충이 너무 놀라는 것 같자 한동안 사예는 눈을 뜨지 않았다.

그가 눈을 뜬 것은 잠시 후였다.

— 아직도 감이 안 잡히시는 모양이군요?

— 지금 무슨 말씀을 하시고 계신 것입니까? 지금 농담하십니까?

의충이 어이가 없어 웃음을 터트리자 사예가 고개를 내저었다.

— 아버님 살아 계실 때 할아버지에 대한 말이 전혀 없었다고 하셨는데 어머님도 그러던가요?

의충이 기억의 골방을 뒤적였다. 그러고 보니 할아버지 할머니 말만 나오면 어머니는 일찍 돌아가셨다고 했던 것 같았다.

— 알 만하군요. 용파대사의 핏줄들을 살려놓지 않았을 테니까요. 용파대사, 현 임금을 거역한 인물 아닙니까. 아버지나 어머니 대단하셨던 것 같군요. 혹여 해가 미칠까.

아, 그러고 보니 그날 밤. 비가 오던 밤. 자고 있는데 어머니가 일어나라고 자꾸 깨웠었다.

— 일어나. 일어나, 아가야.

음성이 밖으로 새나갈라 어머니는 그렇게 말하고 있었다. 의충이 일어나자 어머니는 등에 업었다. 뒤에서 비명소리가 들렸다. 어머니는 울면서 달렸다. 짚신도 신지 않고 발에 피가 나도록 달렸다. 다음 날 새벽, 외할아버지는 두 모자를 돼지막 아래 구덩이를 파고 집어넣었다. 외할아버지는 두 모자를 그곳에서 살게 했다.

돼지 먹이를 줄 때 넣어주던 주먹밥이 다였다. 그렇게 몇 년을 살고 나서야 밖으로 나올 수 있었다. 하지만 주위의 눈이 예사롭지 않았다. 어머니의 첫째 오라비는 당시 절친하게 지내던 시골 선비 호패철에다 의충을 올렸다. 터무니없이 비관적이고 반골 기질이 강해 과거도 포기한 이씨 가문의 자손이었다.

그렇다면?

한순간 무엇인가 아롱대던 것이 선명해지는 느낌이 왔다.

그럼 이한조 사예가 내 작은할아버지? 그래서 그렇게 인자했던가? 제 핏줄처럼 살갑게 대했던가? 아버지의 이름을 묻고 어머니의 이름을 묻고, 그래서 그랬던가?

비로소 사예의 알 수 없던 대답이 기억났다. 그래서였다는 대답. 그래서였군요, 하던 그 대답. 그 대답이 이해되는 느낌이었다. 그래서 어머니가 할아버지 이야기는 들려주지도 않았고 아버지 말도 못하게 했다?

사예가 부채질을 멈추었다.

— 너무 갑작스러웠나요? 하기야 어찌 그렇지 않겠습니까. 그럴 것입니다. 하지만 왜 내가 공에게 연락을 했고 불러들였는지 생각

해보십시오. 그래서 공이 학궁으로 처음 들어서던 날 먼저 상자부터 전했던 것입니다.

의충은 눈을 감았다. 머릿속이 하얗게 번지는 느낌이었다. 이게 사실일까 하는 생각보다는 설마라는 생각만 들었다. 가득한 의혹 속에서 의충은 갈피를 잡지 못하면서 무슨 말이라도 다시 물어야 되겠다는 생각에 풀썩 웃었다.

내가 용파대사의 손자라고? 웃긴다. 참 웃기는 사건이야, 하하하. 살다 보니 별. 뭐 내가 용파대사의 손자고, 할아버지 용파대사가 영조 임금이 보낸 자객에게 참살당해? 하하하, 참.

— 만약 사예께서 한 말이 사실이라면 왜 이한조 사예는 제게 직접 그 말을 하지 않았을까요?

— 그야 때를 기다리다 그럴 수도 있는 것 아닐까요.

사예는 무슨 말을 더 하려다가 머뭇머뭇 망설였다.

의충이 다음 말을 기다렸지만 그는 입을 다물었다. 잠시 후에야 결심을 굳힌 듯했다.

— 경종 임금을 모시다가 지금의 전하를 모신 것은 사실입니다.

— 용파대사가요?

의충이 물었다.

— 네, 아들 사도를 죽이려고 하니까 용파대사께서 더 참지 못하고 주상의 용안에 그만…….

— 예?

— 침을 뱉었던 겁니다. 자신이 모시던 경종 임금을 죽였고 선의

66

왕비마저 그렇게 보냈는데 이제 아들마저 죽이겠다고 하니…….

사예가 말을 끝맺지 못하고 입을 꽉 다물었다. 결국에는 속을 내보이고 말았다는 자괴감이 어린 그런 표정이었다.

— 그럼 그 자리에서 성치 않았을 텐데요?

어릴 적 누군가의 비명소리를 생각하며 의충이 말했다.

사예가 고개를 끄덕였다.

— 정말 이상한 일이 벌어졌어요. 주상이 용파대사의 침을 맞고 고함을 지르는데 용파대사의 몸이 허공으로 불쑥 솟아올랐던 겁니다. 그러고는 정말 용이 미끄러지듯 주상의 턱밑으로 가서 혀를 날름거리더라는 겁니다. 주상이 너무 놀라 사색이 되었지요. 용은 그대로 궁궐을 빠져나갔는데 주상은 거의 실성 상태였다고 해요. 그래 신하들이, 전하, 헛것을 보신 것이라고……. 신하들이 계속 그렇게 간하니까 점차 안정을 되찾았는데 신하들이 용파대사를 그냥 둬서는 안 될 것 같아 군사들을 그의 사가로 보내 베 죽였지요. 용파대사는 이상하게 순순히 칼을 받았다고 하더군요. 하지만 그 후 한동안 주상은 아들을 죽이겠다는 생각을 접었어요. 세월 이기는 장사 없다고 하나요. 용파대사의 망령이 점점 사라지자 결국 노론의 세에 밀려 사도세자를 죽이고 말았지만요.

의충은 자신도 모르게 눈을 감았다. 정신이 붕붕 떠다니는 것 같았다. 실감되지 않는 현실들이 조각조각 흩어져 있는 것 같았다. 그것을 어떻게 맞추어내어야 할지 전혀 계산이 서지 않았다.

— 목인의 말을 들으니 이제 이평전 일파를 찾아봐야 할 것 같다

고 하셨다던데?

의충이 충격에서 벗어나지 못하고 있는데 사예가 말머리를 돌렸다.

— 하긴 그게 순서일지도 모르지요.

그렇게 혼잣말처럼 하고 사예가 고개를 내저었다. 의충은 사예가 분명히 무엇인가 숨기고 있다는 생각이 들었다. 그런데 입을 열 것 같지 않던 사예가 먼저 입을 열었다.

— 그를 만나보겠다는 것이야 말리고 싶지 않습니다만 만날 수가 있으려는지……. 원체 비밀리에 행동하는 자들이라서 말입니다.

여전히 의충은 좀 전의 충격에서 벗어나지 못하고 있었다.

의충이 고개를 숙이는데 사예의 음성이 들려왔다.

— 이 길로 김무일이란 사람을 한 번 찾아가 보시지요. 서린방 부근에 사는 사람인데 도움이 될 것 같아서 말입니다.

— 김무일! 그가 누굽니까?

의충이 비로소 그렇게 물었다.

— 가보시면 알 겁니다. 사도세자를 뒤주 속에 넣을 때 뒤주를 궁으로 옮긴 인물이니까요.

— 뒤주? 뒤주라고 했습니까?

정신이 번쩍 들었다.

— 네, 뒤주!

의충은 그가 그려주는 지도를 들고 사예의 방을 나왔지만 그때까지도 제정신이 아니었다.

— 왜 그래요?

오길이 이상한지 물었다.

─손에 든 것은 뭐고?

오길이에게 약도를 주고 말았다.

원 살다 보니 별일을 다 겪는구나.

다리가 후들후들 떨렸다. 여전히 머릿속이 텅 빈 느낌이었다. 사예의 다른 말들은 생각나지 않고 피리에 얽힌 말이 엉킨 실타래처럼 어지럽게 떠올랐다.

용파대사가 내 할아버지라고?

의충은 고개를 홰홰 내저었다.

사예나 된 사람이 말 같잖은 소리나 하고 있다는 생각을 하고 있는데 오길의 고함소리가 들려왔다.

─삼촌, 왜 이래요?

쓰러지는 몸을 얼싸안은 건 분명 곁에 있던 정목인이었을 것이다.

용의자들

1

뒤주를 생각하자 의충은 가슴 한쪽이 처르르 무너졌다. 죄 짓고 못 산다더니 그 말이 하나도 틀린 것이 없었다.

그때마다 언제나 어머니가 보인다. 어머니를 살리기 위해 동지를 버렸으나 모순이었다. 천륜과 의리. 그 사이의 모순.

김무일이란 사람을 만났다.

키가 크고 덩치가 좋았다. 마흔댓이나 되었을까.

— 뒤주를 옮겼다고?

— 마침 뒤주 옮길 인부를 찾는다고 하여 알음알음으로 끼게 되었소.

— 그럼 그곳이 어디였소.

— 집경당 앞이었습니다.

— 그러니까 병조참판 이희명의 집에서 그곳까지 뒤주를 옮겼다 그 말이오?

— 병조참판이라니요?

— 그럼?

그때만 해도 의충은 스무 살을 바라보는 나이였다. 병조참판의 아들 이금모, 남성하 그렇게 셋이 달라붙었는데 예사 무게가 아니었다.

— 뭔 뒤주가 이렇게 커요?

분명 의충이 그때 그렇게 물었을 것이다.

— 본시 쌀뒤주였는데 콩 뒤주가 되어서 그래.

병조참판의 아들 이금모가 말했다.

— 날이 가물어 벼농사를 못 짓게 되자 콩을 많이 심었거든.

— 그래도 이렇게 큰 뒤주는 처음 본다.

남성하가 말했다.

— 그 뒤주는 창경궁과 동궁 사이에 있었습니다.

의충이 생각에 잠겼는데 김무일이 말했다.

— 어디서 그리로 옮겨졌다고 하던가요?

이동녕의 집에서 나온 것인 줄 알면서 그렇게 물었다.

— 궁 어딘가에서 들어낸 것 같더군요. 뭐 창경궁 뒤꼍에 있던 것이라던가. 뒤주 곁에는 창과 칼이 수북이 쌓여 있었어요.

필시 잘못 알고 하는 말 같았다.

— 창과 칼이라니요?

— 누군가 그러는데 그 뒤주 속에서 나왔다고 하더라고요. 거미줄

도 보이는 걸로 봐 아마 창고나 지하실에서 꺼낸 것이 아닐까 싶던데……. 나중에야 안 것이지만 세자가 그 뒤주에 반역할 무기들을 숨겼다고. 그래 그러더라고요. 반역할 무기가 다른 뒤주 속에도 수없이 있을 것이라고.

의충은 의아하게 김무일을 쳐다보았다.

— 그게 사실이오?

그럼요. 김무일이 정색을 하고 대답했다. 거짓말 같지 않았다.

의충은 잠시 생각해보았다.

뒤주 속에 창과 칼이 가득 들어 있었다고?

가짜다, 하는 생각이 문득 들었다. 말이 안 되는 소리였다. 반란군이 어디 무기 숨길 데가 없어 뒤주 속에?

— 그럼 뒤주를 옮긴 뒤 그 속으로 세자가 들어가는 것도 보았겠구려.

— 아닙니다. 모두 쫓겨나왔으니까요.

대화는 그 정도에서 끝났다.

아마 그 뒤주는 가짜일 것이었다. 그 뒤주 속에서 사도세자가 죽었다면 어떻게 창과 칼이 들어 있을 수 있는가. 분명히 사도세자가 죽은 뒤주는 본래 있던 이금모의 지하실로 옮겼다. 그럼 아랫사람들이 형구 취급을 문제 삼지 않을까 하여 임시방편으로 다른 뒤주를 가져다 놓은 것일 터였다. 그리고 다음 날 뒤주를 불살랐을 것이다.

그러나 말이 새나갔고 그 비밀을 임금이 알게 되었을 것이다. 세자가 죽은 뒤주를 찾으라고 했을 테고 뒤주 주인 병조참판 이희명과 뒤주를 훔친 자들이 체포되었을 것이다.

그런데 헤어질 때쯤 김무일이 느닷없이 물었다.

— 혹 이홍이란 이를 아시오? 아직 벼슬길에 나아가진 않았지만 이한조 사예가 친아들처럼 아끼는 사람이 있었다오.

이홍? 의충이 되뇌었다.

— 이한조 사예를 어떻게 아십니까?

— 그분이 한때 송현에서 서당을 열었을 때 글을 배운 적이 있지요.

— 이홍이 누굽니까?

— 저는 이한조 사예가 학궁으로 들어가면서 헤어졌는데 이홍은 학궁으로 함께 들어갔지요. 그 바람에 스승 곁에서 제대로 학문을 배운다는 말을 들은 적이 있습니다.

— 그래요? 이한조 사예가 친아들처럼 아꼈다면 뭘 알고 있을 것 같은데?

그러면서 의충이 정목인을 향해 시선을 던졌다.

— 그분 집 아십니까?

정목인이 물었다.

2

의충, 목인, 오길 일행이 도착한 곳은 남촌 어디쯤이었다.

이홍은 이제 삼십대의 젊은 사람이었다. 키가 훌쩍하니 컸다. 귀 골이었다.

수인사가 끝나고 본론으로 들어가자 이한조 사예가 돌아가시기 얼마 전에 다녀갔다고 했다.

가던 날 학궁의 학록이란 직책을 맡고 있는 선비가 와 사예를 모셔갔다고 했다.

— 그 학록이란 사람 이름을 기억하시겠습니까?

의충이 물었다.

— 김이상이라고 하던가?

학록 김이상? 사예 이한조 어른과 함께 사고를 당해 넋을 잃은 사람의 이름이 김이상이 아니던가? 이한조 사예가 시해되던 날 학궁 앞에 너부러졌다가 손가락을 깨물고 김춘택이란 이름을 쓴 사람.

— 왜 왔다고 하던가요?

의충이 물었다.

— 학궁의 누군가가 찾는다고…….

— 잠시만요.

의충이 그의 말을 잘랐다.

— 그 찾는다는 사람이 박필조 사예라고 하지 않던가요?

— 박 뭐라고 하는 것 같았는데, 맞습니다. 사예라고 하더군요.

정인목이 듣고 있다가, '그럼 학궁으로 함께 가셨겠군요?' 하고 물었다.

— 그랬지요. 함께 나가셨으니까요.

— 그 후 만나지 못하셨다?

오길이 되뇌듯 물었다.

─ 그렇습니다.

의충이 알겠다는 듯이 고개를 끄덕이다 말고 불현듯 박필조의 얼굴을 떠올렸다. 이한조 사예와 박필조 간에 무엇인가 있다. 그랬으니 이한조 사예에게 학록을 보내 찾은 것이 아닌가. 그럼 그가 보낸 지도는 무엇인가.

상자가 생각났다. 박필조가 준 피리 상자. 그 상자를 처음 볼 때 분명히 자물쇠가 채워져 있었다. 그런데 그는 그 자리에서 내용물을 전혀 본 적이 없는 것처럼 굴었다. 왜 박필조는 시침을 딱 떼고 있는 걸까?

그런 생각을 하고 있는데 정목인의 음성이 들려왔다.

─ 사실 그렇습니다. 성균관의 이한조 사예는 시해당했고 그곳에 용파대사의 어도가 떨어져 있어 헷갈리는 상황이거든요. 뭐 도움 될 만한 것이 없겠습니까?

─ 이곳으로 왔다는 선비도 지금 의식이 없는 상황입니다.

오길이 거들었다.

─ 그럼 구자춘 교수를 한 번 만나보시지요.

─ 구자춘?

되묻는 정목인의 음성이 튀었다.

─ 학궁 교수로 있는?

이번에는 의충이 물었다.

─ 맞습니다. 아시는군요.

─ 한 번 뵌 일이 있지요. 그분과 스승님 오랫동안 함께 생활하셨

거든요.

정목인이 이홍의 눈치를 보다가 말했다.

―그분을 한 번 만나보시지요. 제가 그분 있는 곳을 알려드릴 테니.

셋은 남촌을 빠져나와 구자춘 교수를 찾아보기로 했다.

유생들에게 몇 번을 물어서야 명륜당 안에 지어진 구자춘 교수의 서재 앞에 설 수 있었다.

문을 두들기자 앳된 유생의 음성이 들려 왔다. 문을 열고 들어서니 소년티가 가시지 않은 유생이 그들을 맞았다.

―누굴 찾아오셨죠?

―구자춘 교수님을 좀……

―강학 들어가셨는데요. 실례지만 어디서 오셨어요?

―그분을 좀 만나뵈려고.

정목인이 성가시다는 투로 말했다. 그제야 정목인의 얼굴을 유심히 보던 유생이 환하게 웃었다.

―아니, 학정 나리 아니십니까? 난 또 누구시라고. 좀 기다리시죠. 끝날 때가 되었으니까요.

얼마나 기다렸는지 몰랐다. 유생은 처음 보는 의충과 오길을 연신 흘끔거렸다. 그러다가도 눈이 마주치면 해사하게 웃고는 하였다.

한순간 낯선 사람이 들어섰다. 이제 오십 대여섯이나 되었을까. 새까만 눈썹과 오뚝한 콧날, 얇은 입술이 고집깨나 있어 보이는 귀골풍의 남자였다.

―안녕하셨습니까?

정목인이 먼저 엉거주춤 일어나며 고개를 숙여 인사를 했다. 잠시 일별하던 교수가 눈을 크게 떴다.

— 정목인 학보 아니시오. 어쩐 일이시오, 이곳까지?

— 교수님께 뭐 좀 여쭤어보려고 왔습니다.

교수가 실내 끝 쪽에 있는 자신의 자리로 돌아가더니 앉은뱅이책 상 곁에 있는 자리를 그들에게 권했다.

정목인이 그에게 의충과 오길을 소개했다.

— 자자, 앉읍시다.

교수가 권하는 대로 마주 앉기가 무섭게 정목인이 이한조 사예에 대해 물었다. 그는 고개를 끄덕였다. 알고 있다고 했다. 그럼 이한조 사예와 매우 가깝게 지냈다고 하던데 돌아가시기 전에 뭐 이상한 점이 없었느냐고 묻자 고개를 갸웃했다.

— 이한조 사예가 가끔 찾아와 밀법이 어떠니 유가법이 어떠니 그런 말을 나누긴 했소만 별다른 점은 없었는데⋯⋯. 그런데 하루는 이상한 말을 듣긴 했소.

셋의 눈이 그에게 몰렸다.

— 딸이 하나 있는데 두 남자 사이에서 영 갈피를 못 잡고 있다고.

— 그래서요?

정목인이 다가들었다.

— 한 사람은 홍문관 직강이고, 한 사람은 그 관직이 뭐라더라? 뭐라고 했는데? 어쨌거나 딸이 홍문관 직강을 더 좋아하는 것 같아 골치가 아프다는 거요.

의충이 생각해보니 그가 기억하지 못하는 관직의 사내는 표민수를 두고 하는 말 같았다.

— 왜요?

정목인이 물었다.

— 아마 딸이 표인가 뭔가 하는 사람을 먼저 만난 모양인데 그자가 달라붙으니까……. 그런데 알고 보았더니 홍문관 직강이란 사람은 내가 잘 아는 사람이었소. 이문적이라고.

— 그렇군요. 그분이었군요.

교수가 눈을 동그랗게 떴다.

— 아는 분이오?

— 네, 알고 있습니다.

— 그분 어디 있는지 혹 아십니까?

— 글쎄 요즘 이상하게 보이지 않더군요. 누구는 중국에 나갔다고 하는데 사실 중국에는 작년에 갔다 왔거든요. 아마 휴밀이라는 사람이 알 것 같은데…….

— 휴밀이라는 그분 돌아가셨습니다.

교수가 깜짝 놀랐다.

— 죽었다고요?

— 그렇습니다.

— 어허, 무슨 이런 일이. 정정하셨는데…….

— 그래서 이렇게 오게 된 것입니다. 이한조 사예와 휴밀 그리고 그의 딸 가선이라고 하던가요? 그리고 이문적 그리고 또 한 사람 표

민수……. 이한조 사예도 죽고, 휴밀도 죽고, 이문적과 그 딸은 행방
불명이고, 건재한 사람은 표민수뿐입니다.

— 맞소. 그 사람의 이름이 표민수였어. 그래 표민수란 사람은 만
나보았습니까?

교수가 떨리는 음성으로 물었다.

— 만나보았는데 별 이상스러움은 발견할 수 없더군요. 왜, 뭐라
도 짚이는 게 있으십니까?

계속해서 의충이 물었다.

— 아니, 꼭 그렇다기보다는 그 양반 이한조 사예의 딸과 정혼할
사이였던 모양인데 그 딸과 파혼하자 한동안 팔도를 돌아다니다
가…….

— 표민수, 그와는 어떻게 아는 사이신지?

— 이문적 직강 때문에 그를 만난 것은 3년쯤 되었나요.

— 그렇군요.

— 우연한 자리에서 뵈었지요. 반가웠소. 그때 나는 집사람이 병
으로 세상을 뜬 상태였고 교수라는 직업에 심한 회의감을 느끼고 있
던 때였으니까. 이리저리 돌아치다가 그를 만났어요. 술이 취해 주
로 이기론에 관한 말들을 나누었던 기억이 나오. 어느 날 표민수 그
자가 묻더군요. 혹시 밀법을 어떻게 생각하느냐고. 밀교에서 이상
한 의식도 가진다던데 가본 적이 있느냐고. 그래서 이한조 사예와
휴밀 어른도 만나게 된 것이오. 이한조 사예를 만나보니 그분에게
는 딸이 하나 있었소. 그녀는 이미 표민수와 장래를 약속한 사이였

소. 그제야 안 것이지만 왜 그가 휴밀 같은 사람을 알게 되었는지 알 만하더군요. 이런 말 해서 어떨지 모르지만 그때쯤 이한조 사예는 밀법에 아주 깊이 빠져 있었어요.

그는 여기까지 말하고 숨을 조절하고 난 다음 말을 이었다.

— 거기엔 그만한 사연이 있더군요. 그가 밀법을 알게 된 것은 형님인 용파대사 때문인 것 같았는데 그 딸도 밀교의 여승이 되었다는 말이 있었어요. 그의 밀법 사상에 미친 이문적이 가끔 그의 집을 찾고는 했는데…….

그는 여기서 또 말을 끊었다.

의충은 이문적에 대해서 먼저 물어보고 싶었지만 그대로 지켜보기로 했다.

한참이 지나도 그는 입을 열지 않았다.

이상하게 대화의 맥이 자꾸만 끊긴다는 생각을 하며 의충이 기어이 묻고 말았다.

— 그럼 표민수란 분을 마지막으로 만나본 것은 언제였습니까?

표민수에 대해서는 물을 이유가 없었지만 혹시나 해서였다. 이한조 사예의 딸, 그녀의 배신이란 말이 자꾸 신경을 긁어대고 있어서였는지도 몰랐다.

— 글쎄, 얼마나 됐나요. 아, 그러고 보니 생각이 나는군요. 하루는 그의 집으로 가보았더니 마침 이한조의 딸이 있더군요. 그런데 문을 열다가 깜짝 놀랐지요.

— 왜요?

정목인이 눈을 빛내며 말을 받았다.

— 안에서 그 표민수라는 사람의 거친 음성이 들려왔거든요. '이럴 수 있느냐고. 이럴 수는 없다고' 그렇게 고함치고 있더군요. 그의 앞에는 그 여자가 새하얗게 질려서는 떨고 있었는데 나는 민망해서 그만 돌아서고 말았지요.

— 그러니까 교수님이 가셨을 때 심각하게 싸우고 있었다는 말입니까?

문이 열려 있었으나 바람이 통하지 않아서인지 실내가 더웠다. 오길이 휴, 하고 더운 바람을 목으로 토해내는 걸 보며 정목인이 물었다.

— 그렇소.

— 그럼 그 후 표민수는 만나지 못하셨나요?

정목인이 물었다.

— 그랬던 것 같소.

그럼 이한조의 딸과 이문적을 표민수가? 이거 혹 떼려 왔다가 혹 붙이고 갈지도 모르겠군.

의충이 그런 생각을 하는데 그의 말이 이어졌다.

— 이상한 건 표민수라는 사람이 가끔 들르면 우리를 쳐다보는 눈길이 곱지 않았다는 거요. 그래도 사람을 해칠 만큼 어리석은 사람 같지는 않았는데.

— 그럼 이문적은요?

정목인이 계속해서 물었다.

— 그럴 리가 있겠소. 처음엔 이한조 사예가 왜 그 사람을 그렇게

아끼나 했소. 나중에 그 원인을 알게 되었는데 믿기지 않더군요. 그런 사람이 어떻게 그런 큰 발심을 지녔나 해서인지 모르겠소만……

— 큰 발심이라면?

의충이 되물었다.

— 그렇소. 나도 시중에 나와 있는 밀교 성전을 읽어본 적이 있소. 그곳에서 본 성인의 모습. 모든 이의 모범이 될 만해요. 하지만 환희법이라고 하는 좌도(左道) 쪽으로 가니까 왜 그렇게 외설적인 냄새가 나는지, 사실 나도 그게 불만이었는데 그러다 어느 날 생각지도 않게 그 사람들을 만났지요. 만나보고 난 후에야 그 의문이 조금은 풀렸지요.

— 그러니까 그들이라면 이한조 사예와 이문적 말씀입니까?

— 이곳이 어딥니까. 유학의 본거지가 아니오. 이곳의 사예가 밀교라니요. 그것도 신돈이 끌어들인 밀교라니. 하지만 엄격한 유교의 제약에 넌더리를 내던 이들은 혹할 수밖에요. 쉬쉬 하면서도 나는 그 양반들이 가진 신심도 함께 볼 수 있었소.

— 그럼 교수님은 그들이 속해 있던 비밀단체에 가본 일이 있나요?

의충이 용기를 내어 단도직입적으로 물었다. 표민수를 데려간 양반이 이 양반이 아닐까 하는 생각이 들었기 때문이다.

— 누군가 한 번 가보자고 해서 가보긴 했소.

그럼 그렇지 싶었다. 표민수도 누군가 따라 갔다고 했고 지금 이 교수도 누군가 가자고 해서 갔다고 한다. 그렇다면 두 사람 다 비밀단체의 일원이라는 말은 아닌가? 그렇다면 내로라하는 사람들이 벌써 그 단체의 일원이 되어가고 있다는 말이었다.

의충은 엉뚱하게 사예 박필조가 생각났다. 그는 무엇인가 시치미를 떼고 있는 것이 분명해 보였다. 이평전은?

도대체 어떻게 얽혔기에 여기까지 온 것일까?

교수와 헤어진 세 사람은 제각기 생각에 사로잡힌 채 말 없이 걸었다.

광통사

　도성을 떠난 지 얼마나 되었을까. 굽이치는 물굽이 위로 흘러가는 낙조. 사랑했던 사람들이 떠올랐다. 어린 날 외할머니는 추수기에 완전히 여물지 않은 첫 벼를 베어 찐쌀을 만들어 주곤 하였다. 그런 날이면 동리 전체가 술렁술렁 떠나갈 듯 들떴다. 화덕에 불이 피워지고 솥이 얹히고 절구통이 광에서 나왔다.

　옆집 누나들은 벼를 볶고 그 볶은 벼를 어머니들은 절구에다 찧었다. 어른들은 그 쌀을 머리에 이고 가 사원에서 제사를 지냈다. 한 해 농사가 잘된 것에 감사드리고 다음 해도 풍년을 기원했다. 그러고는 아이들에게 그것을 먹이며 조상의 은혜를 잊지 말라고 가르쳤다.

　꼽추는 웬 감상인가 하면서도 알 수 없는 슬픔이 북받쳐 올랐다.

광통사 안으로 들어섰다. 비워둔 사원이 아닐 터인데 곰팡이 냄새가 코를 찌른다. 이내 석실이 나타났다. 부하가 얻어온 정보가 정확하다면 석실 어딘가에 놈이 있을 것이었다.

— 저기군.

불빛을 발견하고 꼽추는 속으로 낮게 부르짖었다.

불빛이 켜진 석실로 들어서자 안이 엄청나게 넓었다.

석실 안으로 들어서다 말고 그는 멈칫했다. 석실 한쪽에 쓰러져 있는 남자의 시신을 보았기 때문이다.

가슴이 섬뜩하게 얼어붙었다. 한눈에 보아도 백골 사체였다. 살이 완전히 탈골된 상태는 아니었지만 죽은 지 꽤 오래된 것 같았다.

백골 사체를 살펴보다 백색 가루가 널려 있는 곳으로 다가갔다. 맞았다. 이곳 건축물을 보수하는 대목수가 맞았다. 그러고 보면 이 석실은 피살자의 작업실이었던 모양이었다.

마음을 진정시키고 사방을 둘러보았다. 제법 큰 작업대가 근처에 놓여 있었다. 그 위에 잡다한 도면들이 널려 있었다.

꼽추는 종지 하나가 떨어져 엎어진 것을 보았다. 그곳에서 쏟아졌을 흰 가루에 신발 자국 하나가 선명하게 찍혀 있었다.

재빨리 그곳을 빠져나오면서 그는 생각하고 있었다. 누군가 먼저 왔다 갔다는 말이 아닌가.

현장 2

1

아침에 눈을 떴을 때 어제 내내 내린 비로 인해 앞산은 좀 맑아 보였으나 비안개는 물러가지 않았다.

낙수 소리를 의식하며 밤새 이상한 꿈에 시달렸다.

뼈가 여물고 꿈이 자라던 바로 고향집. 어머니와 살던 돼지 막집이 보였다.

외삼촌들은 어디로 가버린 것일까. 외할아버지는 소등에 멍에를 지워 논으로 나가고 외할머니는 옥수수를 까고, 어머니는 감을 깎아 곶감을 만들었다. 그들이 떠나가고 있었다. 고향을 떠나가고 있었다.

정목인이 헐떡거리며 들어섰다.

— 가십시다, 빨리.

— 왜 그러오?

오길이 물었다.

— 포청 사리 하나가 이상한 말을 했어요. 어떤 절에서 사건이 났
는데 아마도 이한조 사예 사건과 관련이 있는 것 같다고.

오길이 벌떡 일어났다.

— 어디래요?

— 그건 모르겠고 수사관원들을 기다리고 있는 것 같았습니다. 나
가고 없었거든요. 지금 빨리 가면 될 것 같으니까 나갑시다.

— 갑시다.

의충이 먼저 바람같이 밖을 향해 뛰었다.

세 필의 말이 앞서거니 뒤서거니 포청을 향해 달렸다.

그들이 우포청에 도착했을 때 마침 노중근 부장이 문을 밀고 나오
다가 그들을 발견했다. 눈치를 살피더니 감나무 밑에서 나졸과 말
을 나누고 있는 하종사관을 향해 다가갔다.

부장이 종사관을 한쪽으로 끌었다. 그들은 구석자리로 가 무슨
말인가를 다급하게 나누었다.

의충은 직감적으로 정목인이 말하던 사건 현장으로 출동하려는
게 틀림없다는 생각이 들었다. 아니나 다를까, 두 사람이 한데 어울
려 마방으로 다가갔다. 말을 끌어낸 그들이 쏜살같이 포청 문을 빠
져나갔다.

— 가봅시다!

정목인을 향해 그렇게 소리치고 의충은 오길과 함께 불에 덴 듯 마방으로 달렸다. 그때까지도 정목인은 그들을 향해 멍하니 서 있었다.

— 어서 타요, 빨리.

정목인이 그제야 깨어난 사람처럼 말을 향해 달려왔다.

세 사람은 바람처럼 그들을 따라붙었다. 홍살문을 향해 달렸다. 한참을 달리다 종로통 쪽으로 방향을 잡았다. 세 사람은 말고삐를 꽉 잡은 채 그들의 뒤를 끈질기게 따랐다.

— 어디로 가는 걸까요?

의충이 속도를 줄이며 정목인을 향해 물었다.

— 글쎄요?

대답은 그렇게 하면서도 정목인은 그제야 짚이는 게 있어 속으로 웃음을 지었다. 분명히 그들은 이쪽을 의식하고 있을 것이었다. 그들이 종로통 쪽으로 꺾어질 때까지도 북한산 쪽으로 가는 줄 알았다. 그런데 갑자기 피맛골 쪽으로 가닥을 잡았다. 그러는가 했더니 이내 아래쪽으로 길을 꺾어 들었다. 길을 우회하고 있는 것이다. 이쪽을 떼놓겠다는 의도가 분명했다.

— 도대체 무슨 일일까요?

정목인이 큰 소리로 의충에게 물었다.

— 잘 살펴요. 언제 사라져버릴지 모르니까.

한순간 그들의 모습이 보이지 않았다.

— 보이지 않아요.

오길이 소리쳤다.

─ 그럼 청계 쪽으로 빠졌군요.

정목인이 속도를 내며 말했다.

청계로 쪽으로 빠진 줄 알았는데 아니었다. 광통교를 지나 막 돌아서려는데 그 속으로 빨려들 듯이 들어가는 포도 관헌의 옷자락이 보였다.

─ 저깁니닷!

앞서 달리던 오길이 소리치며 말고삐를 당겼다.

이번에는 의충이 앞장을 섰다. 말발굽 소리가 어지러웠다.

앞선 이들이 들어선 곳은 비어 있는 절이었다. 다 허물어져 가는 사원이었다.

비워둔 사원인지 들어서자마자 곰팡이 냄새가 코를 찔렀다. 어디에나 나무들이 자라나 있었다. 조금 들어가자 건축물이 멀쩡해지면서 석실들이 나타나기 시작했다. 그 석실 한곳에 앞서갔던 포도 관헌들이 웅성대는 게 보였다.

─ 가봅시다.

정목인이 앞장을 섰다. 인기척에 고개를 든 하종사관이 그들을 발견하고는 눈을 크게 떴다. 뒤따라오는 것은 알았지만 예까지 따라 들어올 줄은 생각지 못했던 모양이었다.

─ 어떻게 알고 온 겁니까?

─ 개코가 따로 없다는 말로 들리는데…….

정목인이 넉살스럽게 굴자 머리를 홰홰 내저었다.

겉과는 달리 건물 안은 엄청나게 크고 화려했다. 석실 한쪽에 방이 꾸며져 있었다. 그곳으로 다가가다 말고 의충은 걸음을 멈추었다. 휴밀의 독살 현장에서 보았던 장금사가 거기 서 있었기 때문이다.

장금사가 현장에 파견되었다? 그렇다면 상부에서 사건의 중대성을 감안했음이 분명하다.

장금사가 의충을 향해 먼저 목례를 보냈다.

— 이곳에서 다시 뵙는군요.

잠시 생각하던 의충이 그제야 마주 인사를 했다.

장금사가 몸을 움직이자 서재 한쪽에 쓰러져 있는 남자 시신이 드러났다.

주위를 살피던 누군가가 소리쳤다.

— 아마 이곳 건축물을 보수하는 대목수인 것 같습니다.

그러고 보니 방이라고 생각했던 곳은 피살자의 작업실 같았다.

잠시 마음을 진정시키고 의충은 조심스럽게 시신이 누워 있는 곳으로 들어가 보았다.

서쪽으로 난 창을 마주하고 제법 큰 작업대가 비스듬히 놓여 있었다. 그 위에는 잡다한 도면들이 널려 있었다.

의충은 사체를 보기 위해 시선을 돌렸다. 바닥에 떨어져 엎어진 종지. 그곳에서 쏟아졌을 흰 가루가 널려 있는 것이 보였다. 그 위로 신발 자국 하나가 선명하게 찍혀 있는 것이 보였다.

그 너머 작업대를 등진 자세로 모로 쓰러져 있는 사람이 눈에 들어왔다. 시신이 눈에 들어오는 순간 가슴이 섬뜩하게 얼어붙었다. 그것은 한눈에 보아도 백골 사체였다. 살이 완전히 탈골된 상태는 아니었다.

오길은 애써 얼굴을 돌리며 서성거렸다.

의충은 백색 가루가 널려 있는 곳으로 다가갔다. 한쪽 무릎을 꿇고 손가락으로 가루를 찍어 냄새를 맡아 보았다. 쌀가루인지 밀가루인지 분별이 힘들었다. 입으로 가져가 맛을 보았다.

백반이었다. 흔히 집 짓는 사람들이 해충의 피해를 막기 위해 쓰는 백반가루.

포도 관헌들은 현장을 면밀히 감식하는 데 주력하고 있었다. 현장의 유류품들은 하나도 빼놓지 않고 증거물로 이미 채취된 것 같았다.

작업대 위를 살피던 관헌이 뭐 결정적인 게 발견되지 않는지 고개를 갸웃거리며 종사관을 향해 다가갔다.

— 모발 형태나 옷으로 보아서는 여자 사체는 아닌 것 같은데요?

탈골된 머리카락이 해골 밑에 놓여 있었으나 상투를 풀면 여자 머리와 다를 바 없어 그렇게 말하는 것 같았다.

의충이 정목인을 잡았다.

— 모발을 수거하고 신발 자국의 본을 떴으면 합니다.

— 그러실 줄 알고 준비하고 있습니다.

정인목이 슬쩍 자리를 비웠다.

종사관 앞으로 지명인 가설부장이 돌아섰다.

— 늙은이인지 젊은이인지 알 수가 있어야지요. 모발의 상태로 보아선 젊은이 같은데…… . 늦기 전에 늑골과 대퇴골 일부 그리고 잔존해 있는 모발 등을 마저 수거해야 할 것 같습니다. 그리고 먼저

도착한 장금사가 신고인을 만나본 것 같은데 우리들이 다시 한 번 만나봐야 하지 않을까요? 저기.

종사관이 시선을 들었다. 사십대의 사내가 등을 돌리고 있는 모습이 보였다.

— 이곳의 관리인이랍니다. 피해자의 친인척이 전혀 없답니다.

— 그럼 저 사람이 신고한 거야?

— 그렇답니다.

— 데려와 봐.

관리인답지 않게 어딘가 어수룩한 느낌이 드는 사내였다.

— 피해자가 누굽니까?

단도직입적인 물음에 관리인은 좀 얼떨한 표정을 지었다. 그는 손가락으로 장금사를 가리켰다.

— 조금 전에 저분한테 죄다 말씀드렸는데요.

— 그럼 피해자의 성함은 알고 계시겠군요?

곁에 있던 지명인 가설부장이 물었다.

— 그럼요. 이정선 씨라고…….

— 이정선? 나이는요?

— 예순아홉이라고 알고 있습니다.

— 뭐하는 사람이었습니까?

— 건물 짓는 대목수였죠. 최근에 이곳 보수공사 책임을 맡고 있는 분이었습니다. 더러 지방을 돌며 강학도 하고 있다고 하던데요?

— 그럼 교수란 말입니까?

— 그건 모르겠고. 아무튼 건축하는 사람이라고 했어요.

그때 밖에서 보초를 서던 아전이 중년 사내 한 사람을 데리고 들어왔다.

— 피해자의 제자 된답니다.

지명인 가설부장이 재빨리 그를 맞아들였다.

사내가 성큼 안으로 들어섰다. 사십대 중반쯤으로 보였는데 훌쩍하니 키가 크고 상당히 지적인 분위기가 느껴지는 사람이었다.

— 어떻게 된 겁니까?

사내는 들어서기가 무섭게 그렇게 물었다.

가설부장이 잠시 고개를 숙이고 있다가 난감한 어조로 그를 끌었다.

— 이리 오시죠.

사내가 주춤거리며 그의 뒤를 따랐다. 작업실로 들어간 사내는 시신을 발견하고 한동안 얼어붙었다.

관헌이 곁에 있다가 그를 부축했다. 끌려나오듯 비틀거리는 사내의 눈가에 눈물이 흘러내리고 있었다. 사내는 나와 앉았어도 한동안 눈 밑을 수건으로 쓸었다.

그때까지 그들을 지켜보고 있던 노중근 부장이 종사관을 찾았다.

— 사인은?

종사관이 온기가 느껴지지 않는 음성으로 물었다.

— 둔기에 의한 것입니다. 문제는 전혀 증거가 발견되지 않고 있다는 사실입니다. 범인이 흘렸을지도 모르는 머리카락, 연초 부스러기까지 철저히 수거된 상태지만 범행에 사용한 증거물이 발견되고

있지 않아요.

― 더 철저히 주위를 수색해보도록 해. 그리고 피해자의 인척 사항이나 주위 사람들을 통해 범인의 윤곽을 좁혀 가도록 하고.

― 그런데 이상하군요. 어떻게 이런 곳에서 이제야 발견되었을까요? 관리인까지 있는 마당에?

― 아마도 죽은 사람은 이곳에서 무슨 연구를 하고 있었던 모양인데 사람들의 출입을 지극히 제한하고 있었나 봅니다. 관리인이라 하더라도…….

곁에 있던 수사 관헌이 말했다.

― 그래도 그렇지.

― 관리인도 그를 만나보기가 쉽지 않았다고 하더군요. 어쩌다 문을 두드리면 짜증이나 내고 그러니까 무신경해질 수밖에 없었겠지요.

그렇게 말하고 노부장이 머리를 내저었다.

종사관이 피해자의 제자 된다는 사내에게로 다가갔다. 그 사이에 사내는 많이 진정되어 있었다.

― 성함을 물어도 실례가 되지 않겠습니까?

점잖고 지적인 사람에게는 어디까지나 그 수준에 맞게 굴어야 한다는 걸 종사관은 오랜 경험으로 알고 있었다.

― 제 이름은 손수오라고 합니다. 성균관에서 시학을 가르칩니다.

종사관이 그러냐는 듯이 고개를 끄덕거리다가 피해자에 대해 아는 대로 말해 달라고 했다. 의충이 다가갔다.

사내는 무엇을 생각하는 것 같더니 고개를 들었다.

피살자의 이름은 이정선. 나이는 69세.

아버지가 포교사로 있던 승원에서 비구 과정을 이수했지만 평소 꿈이었던 대목수가 되고 싶어 천축으로 넘어가 나란다 대학에서 건축학을 전공했다. 그런 뒤 돌아와 건축 일에 몰두했다. 천축에 유학할 당시 대국 주변에 있는 참파족이 사는 나라에 들어가 그곳의 건축물을 연구했다고 한다.

— 돌아온 후 이곳에서 아예 숙식을 하며 집으로 가지도 않고 연구를 계속하고 있었지요.

— 이런 질문을 해서 어떨진 모르겠습니다만 선생님께서는 무언가 짚이는 게 없는지요?

— 글쎄요. 남과 척 짓고 살 분이 아니라서……. 헌데 언젠가 뵀더니 절을 유림의 문묘로 바꾸어 나간다면 가만두지 않겠다는 승려들의 협박이 있어 왔다고…….

그렇다면 이 절을 유림들의 근거지로 만들기 위해? 문득 의충의 뇌리 속으로 그런 생각이 스치고 지나갔다. 하긴 그런 세월이었다. 유림들이 절을 접수하고 그 기둥뿌리를 뽑아 사당을 짓거나 절을 보수하여 묘원으로 쓰는 세상이다.

— 그럼 승려들이 조직적으로 나섰다는 말인데……. 어떻게 했기에요?

헷갈린다는 표정으로 종사관이 어두운 표정을 지으며 물었다.

— 그대가 참파족이 사는 나라인가 어딘가에서 배워온 방식대로 이 절을 유림의 전당으로 만든다면 죽이겠다고 했다는 겁니다.

─ 그렇다면 이 건축물들에 반감을 가진 자들의 소행이 분명한
데…….

그렇게 중얼거리며 종사관은 그의 앞을 서성거리다가, '잘 알았
습니다, 이만 돌아가셔도 됩니다' 하고 말했다.

노부장이 사내를 데리고 밖으로 나갔다.

그제야 의충은 손수오란 사내의 말을 떠올려보며 혹시 이한조 사
예 사건과 이 사건이 연관이 있지 않을까 하는 생각을 했다.

현장에서 시신을 살피던 포도 관헌이 나오더니 종사관을 불렀다.

의충 일행도 시신이 누워 있는 서재로 들어갔다. 장금사가 시신
곁으로 다가들고 있었다.

─ 오른팔을 들어봐.

장금사가 말했다.

포도관헌 하나가 시신의 오른팔을 들어올렸다. 썩어 문드러져 살
점이 덜렁거리는 오른팔이 들어올려지자 어깨 밑이 드러났다. 장금
사가 무엇을 보았는지 어깨 밑을 살폈다. 오른쪽 어깨 밑에 끼어 있
듯이 박혀 있는 종이쪽지 하나가 보였다. 인육 썩은 물이 고여 있어
서인지 얼른 보아선 부패한 살덩이처럼 보였다. 자세히 보니 핏물
에 절은 종이쪽지였다.

종사관이 더 가까이 다가들어 허리를 굽히고 그것을 살폈다.

─ 종이 같은데…….

장금사가 뭉툭한 것을 손가락으로 건드려보며 중얼거렸다.

그는 엄지와 검지로 그것을 잡아 당겼다. 엉겨 군은 피 때문인지

쉽게 빠져나오지 않았다.

— 시신의 팔을 좀 더 들어올려 봐.

종사관이 곁에 선 포도관헌에게 일렀다.

포도관헌이 벌벌 떨다가 시신의 팔을 허공으로 들어올렸다. 시신의 어깨는 잠깐 들리다가 그대로 맥없이 떨어져버렸다.

장금사가 눈을 치떴다.

— 좀 더 들어올려 보라니까!

포도관헌이 이마의 땀을 소매 끝으로 훔치며 고개를 내저었다.

종사관이 가세해 시신의 팔목을 한 손으로 단단히 잡고 들어올렸다.

장금사가 그제야 그것을 빼내었다. 빼내고 보니 핏물에 절은 종이 쪽지가 맞았다. 등 쪽으로 깔려 있던 부분만이 멀쩡했다.

종이 가득 빛바랜 글자가 나타났다. 탁본이었다. 탁본된 글자는 물기로 인해 희미하게 번져 있었다.

무슨 글자일까. 그런 생각을 하면서 의충은 장금사 곁으로 다가갔다. 우선 종이에 쓰인 글을 내려보았다. 찢겨져 나간 윗부분엔 글이 보이지 않았고 조금 아래 깨알 같은 글씨가 찍혀 있었다.

'혹 이런 시를 아느냐?'

꼭 경종 임금이 살아 내게 그렇게 말하는 것 같았다. 그래서 전하에서는 나를 은밀히 불렀던 것일까. 모를 일이다. 아무튼 환취궁의 석실이 경종 임금의 환희궁이었다는 걸 알았을 때 나의 충격은 형용할 수 없는 것이었다. 환취궁의 석실을 고쳐나가는 나의 눈에 들어온 것은 꼭 망나니 유생 하나가 반촌에서 떠도는 춘화도 몇 점을 숨겨 들여온 것 같았다.

……

그 뒤는 도무지 알 수 없는 글자들이 엉켜 있었다. 정목인이 오길과 함께 그제야 가까이 다가왔다.

ㅡ 무슨 글이 이래?

내려다보고 섰던 장금사가 고개를 갸웃했다. 그는 무엇에 홀린 얼굴이었다.

장금사가 밖으로 나가는 걸 의식하면서 의충은 이상스런 예감에 주위를 살펴보았다. 분명히 보았다. 시신 밑에서 빼어낸 종이. 그 종이가 한순간 문틈으로 흘러드는 햇살에 번쩍 드러나는 순간 언뜻 눈 속으로 파고들던 그 무엇.

의충은 그것을 확인하려는 듯 주위를 살펴보았다. 천축에서 건축학을 전공했다는 사람답게 그에 관한 목판본이나 필본들이 수북이 꽂혀 있는 게 보였다. 주위는 포도관헌들에 의해 철저히 수색을 당해 어지러웠다. 증거가 될 만한 것들은 모두 포청으로 옮겨지고 있을 것이었다. 그래도 뭔가가 있을까 하며 의충은 계속해서 이곳저곳을 살폈다. 그러다가 벽면 사이에 쑤셔 박히듯 처박혀 있는 피 묻은 종이 한 뭉치를 발견했다. 직감적으로 좀 전에 본 암호문과 연관이 있을 것이란 생각이 들었다.

의충은 본능적으로 그것을 향해 다가들었다. 그 순간 의충의 시선과 하종사관의 시선이 딱 마주쳤다. 우연히 마주친 종사관이 가까이 다가왔다. 그가 눈치를 채고는 의충이 흘끔거리는 구석 자리로 시선을 날카롭게 던졌다.

이내 그의 손에 그 종이뭉치가 들려나왔다.

— 뭐야, 이게?

종이뭉치를 꺼낸 종사관이 혼잣말처럼 중얼거리며 이리저리 살펴보았다.

의충이 가늠하니 그렇게 양은 많아 보이지 않았다. 곳곳에 피가 묻어 있는 것으로 보아 분명히 시신 밑에 깔려 있던 종이쪽지와 연관이 있을 것 같았다. 그런데 종이뭉치의 글을 보니 이상했다. 이 나라 글이 아니었다. 아니 깨어진 글이었다.

암호문이 분명했다.

— 뭐야, 이거? 무슨 글이 이래?

하종사관이 중얼거렸다. 그러면서 종이 수를 세는 것 같았는데 열서너 장쯤 되어 보였다. 그 뒤에는 광통사 건축물들을 유림의 문묘로 재건축할 수 있는 건축 설계라고 짐작되는 그림이 그려져 있었다.

2

— 백골 사체의 실제 초상화를 구할 수 없겠습니까?

하종사관을 향해 성균관에서 검시학과 법의술을 가르치는 박경만 박사가 말했다.

— 있습니다. 학궁에 있는 피해자의 제자에게 마침 대목수의 초상화가 있다고 하더군요.

박사가 환하게 웃었다.

— 다행입니다.

— 그런데 그게 실제 초상화 같지는 않았습니다.

— 얼굴 모양 정도겠지요?

보지 않아도 알 수 있다는 듯 박사가 물었다.

— 얼른 보기에 그랬습니다.

— 그럼 됩니다. 얼굴 모습을 보면 그 얼굴을 자로 재어 실제 크기를 알아낼 수 있으니 말입니다.

종사관이 노중근 부장을 시켜 대목수의 초상화를 구해 가져다주었다.

박사가 이내 실물 크기를 계산해 내었다. 곧바로 크기와 넓이를 정해 골상을 그리기 시작했다.

— 때로 아랫사람들을 현장에 보내놓으면 영 마음이 내키지 않을 때가 있습니다. 아랫사람들이 잘못 판단하기라도 하면 신발본 하나 제대로 못 뜰 때가 있거든요. 그러다 보니 골상학까지 연구하게 된 겁니다. 본시 그림이라는 것이 골상을 먼저 그리고 살상, 그 위에 옷을 그려야 제대로 된 그림이 되거든요. 그래서 대국에서는 그림 공부를 하려면 최소한도 해부학 정도는 이수해야 합니다.

골상을 그리면서 박사가 말했다.

― 해부학요?

종사관이 말을 받았다.

― 칼로 죽은 시체를 해부해 그 내부를 연구하는 의술이지요.

― 칼로 시신을 훼손한다 그 말입니까?

종사관이 놀라 물었다.

― 우리의 정서로는 이해하기 쉽지 않겠지만 대국에서는 이미 그 정도의 의술은 발달되어 있습니다. 속이 곪기라도 하면 칼로 찢어 그 곪은 부위를 들어낼 정도니 말입니다. 그러니 해부학 공부는 의술의 기본이지요.

박사는 초상화를 완성해 먼저 물건과 물건을 이중으로 겹치게 하는 이복술을 적용했다. 대국에서 배워온 것이었다. 백골 사체의 두개골과 자신이 그린 실물 크기의 대목수 해골을 중첩시켜 여러 각도로 비교 검토해보는 실험이었다.

― 자, 이것은 제가 그린 해골도입니다. 이 해골과 백골의 해골을 비교해볼까요. 보시죠. 제가 그린 앞머리와 해골의 머리가 정확하게 비교됩니다. 해골의 코와 해골도의 코 그리고 사각턱…… 남은 두개골과 비교해본 결과 두정부의 형태 즉 눈, 코, 치아, 입의 위치와 형태가 그림과 동일 인물임이 확인되었습니다. 하악하선의 형태 또한 초상화의 두개골과 동일인이라는 것이 판명되었고요. 백골 사체의 임자는 대목수가 분명합니다.

꿈의 언저리

1

꼽추가 천천히 문가로 걸어가 밖을 내다보았다.

금방이라도 비가 쏟아질 것 같다.

구름장 뒤로 숨어버린 해는 어드메 있는 것일까.

― 어젯밤 꿈을 꾸었소. 그가 보이더군. 아버지에게 독을 구해오라던 그 사람. 금상에 앉아 면류관을 쓰고 있었소. 이 나라의 군주다웠소. 자신의 죄과를 숨기기 위해 내 아버지도 모자라 제 아들을 죽인 뒤주를 숨겼다며 오라비를 찾아내 목을 베는 꿈이었소. 그리고 그 사실을 고발한 이의충을 죽이는 꿈이었소. 거기까지였소. 거기서 꿈을 깨고 말았으니까.

운심이 말을 끝내고 머리를 내저었다.

꼽추의 눈에서 눈물이 흘러내렸다.

2

— 그런데 어떻게 알게 된 거요?

오길이 사건 현장을 나서면서 의충에게 물었다.

— 또 다른 뭔가가 경상 뒤에 처박혀 있을 줄 어떻게 알았냐고요?

— 알았던 게 아니고, 예감이었지 뭐. 그 피 묻은 종지쪽지를 보는
순간 직감적으로 알 수 있었거든. 어딘가에 사건의 단서가 될 만한
것이 숨어 있을 것이라고.

— 그들도 그걸 모를 리 없었을 텐데요?

— 사실 사체 밑에서 끄집어낸 종이쪽에서 장 수를 헤아리는 숫자
를 보았거든.

— 숫자요?

기억에 없다는 듯이 이번엔 정목인이 되물었다.

— 그 시신의 몸 밑에서 빼낸 종이 끝에 피가 묻어 잘 보지 못했을
지도 모르지만 종이가 햇살에 드러나 슬쩍 옆으로 보이는 순간 '십
사'라는 검은 글자가 언뜻 비치다가 사라지더란 말이지요.

— 포도관헌들도 그건 눈치 못 챘을 텐데요?

정목인이 눈을 빛내며 물었다.

정월도 아닌데 걸립패가 솟을대문 앞에서 한바탕 놀고 있었다. 앞

잡이의 꽹과리에 신이 붙었다. 둥둥 징이 울고 북이 울었다. 나룻배를 새로 건조했거나, 서당을 새로 지었거나, 다리를 새로 놓았을지도 모른다. 솟을대문 앞에서 풍물을 치고 있는 걸 보면 양반집네 성주굿이나 쳐주고 돈이나 곡식을 얻어보겠다는 속셈이다.

아니나 다를까. 솟을대문이 열리더니 후덕하게 생긴 안주인이 달려 나와 우두머리 화주를 데리고 들어갔다. 열댓 명이나 되는 패거리가 옳거니 하고 풍물을 울리며 집 안으로 몰려 들어갔다.

— 그야 모르지요. 밤새 퍼먹은 술 때문에 그걸 놓칠 수도 있었을 테고. 아무튼 갱초로 올라오겠지요. 기다려보지요.

걸립패를 멀거니 바라보다가 의충이 대답했다.

— 정말 대단한데요.

— 그건 그렇고 우선 들어가야 되겠습니다. 배도 고프고.

오길이 말했다.

— 어디 가서 속을 채우고 들어갈까.

— 그럽시다.

의충의 말에 학궁 밥이 슬슬 물리는지 오길이 들뜬 목소리로 달라붙었다.

주막에서 국밥으로 속을 채우고 돌아오면서 의충은 계속 암호문 생각에 매달렸다.

3

의충이 눈을 뜬 것은 아침 북소리가 들려오기 직전이었다. 두 시각 정도의 잠이었다.

오길의 성화에 눈을 떴을 때 참 어쩔 수 없다는 듯이 그가 내려다보고 있었다.

겨우 일어나 앉았다. 생각 같아서는 그냥 그대로 눈을 붙였으면 싶었지만 그럴 수 없는 형편이고 보면 하는 수 없는 일이었다.

— 잠이 와요? 지금 우리가 무슨 짓을 하고 있는지 원…….

생각만 해도 끔찍하다는 표정을 지으며 오길이 일어섰다.

어제 살인사건 현장이 충격적이었는지 꿈자리도 어지러웠던 모양이었다. 휴밀의 사건 현장에서 돌아온 후에도 영 잠을 못 이루는 것 같더니만 이번에는 더 심한 것 같았다.

의충은 하품을 하며 하기야, 하는 생각을 했다. 처음에야 살기 위해 시체를 주물렀지만 이제 살 만하다 이거지.

— 사건은 평생을 풀어도 풀리지 않을 것 같고, 계속 사건은 터지고……. 도대체 어떻게 되려고 이러는지 참 알다가도 모르겠다고요. 원 꿈자리까지 뒤숭숭하니…….

— 왜 그 백골 사체가 손이라도 벌리고 달려들대? 원, 녀석. 예전에는 오작인 생활 어떻게 했대.

— 그때만 해도 뭘 알았나. 젊은 혈기에…….

— 녀석, 다 늙은이처럼 말하네.

— 현장에 가면 제발 좀 억지로 날 끌지 말아요. 나도 이제 진저리가 난다구요.

— 너 그래서 어떻게 날 따라다니겠다는 거야?

— 못 따라 다니면 말지.

오길이 횃대에 걸린 저고리를 내려 입으며 될 대로 되라는 듯이 말했다.

— 왜 그래? 어제만 해도 멀쩡하더니……. 안 하던 투정을 다 하고. 이보다 더한 곳도 쫓아다니던 놈이.

— 아, 밤새도록 잠 한숨 못 잤다고요. 지금까지 본 시체들이 떼거리로 달려들더라니까. 아이고, 무서워. 그래요, 이젠 무섭다고요. 가는 곳마다 사람이 죽어 나자빠졌으니. 참는 데도 한정이 있지, 제기랄.

— 사내새끼가 예전에 안 그러더니 왜 그래? 이놈아, 나라님의 명을 받았다는 걸 잊었느냐? 왜 갑자기 생떼야. 멀쩡하던 놈이.

— 겉은 멀쩡해도 속은 오줌이 지린다구요. 이제사 말이지만 예전에도 내 정신 아니었다구요.

— 그래서 지린내가 그렇게 났던가?

농담인 줄 알면서도 오길이 쌩하게 돌아섰다.

— 그럼 어떡해? 이대로 정말 봇짐이라도 싸? 끝은 봐야 될 거 아니냐.

돌아서는 그를 보며 의충이 소리를 높였다.

— 불안해요. 너무 험한 것 같아서. 사람이 계속 죽어나가니. 이러다가 잘못하면 우리들까지…….

― 적극적으로 달려들어도 풀릴까 말까 한 사건이야. 이제 와 물러서면 어떡해. 이제 그만 징징대. 정학보 알면 무슨 창피야.

― 그래서 어제도 이를 악물고 참았다구요.

험한 꼴을 보다 보니 신경이 예민해졌을 터였다. 사실 의충도 어제 대목수의 죽음을 보면서 자신들에게 누가 미치는 게 아닌가 하는 불안이 들지 않았던 건 아니었다. 언제 어느 때 누군가로부터 협박이 있을지 모를 일이다. 분명 사람을 죽이고 다니는 범인들은 이쪽의 정보를 들어 알고 있을 것이었다. 수사가 진행되어 좁혀 들어가면 위기감을 느끼고 먼저 손을 쓸 수도 있다.

그런 면에서 오길이 생명의 위험을 느끼는 것도 당연한 것인지 몰랐다. 하지만 어떡하겠는가. 조심하면서 앞으로 나아가보는 수밖에. 세손의 명이 있었고 보면 이제 와 돌아서버릴 수도 없는 일이었다.

의충은 유생들 속에 끼여 세숫물을 앞에 하고 멍하니 물속에 드러난 얼굴을 내려다보았다.

이게 누구인가 싶었다. 부스스한 얼굴에 눈곱이 낀 얼굴, 동태눈처럼 확 풀어진 동공, 오뚝하게 솟긴 했으나 콧방울 밖까지 자라난 몇 가닥의 코털, 그 주위에 가득 어린 조소. 도대체 누구를 향한 것인가.

제기랄 다 그런 것이라니까.

잠시 후 오길과 정목인은 학궁을 나왔다. 의충은 그동안 쓰지 못한 수사일지를 써야겠다며 그들을 내보냈다. 포청으로 가봐야 얻을 것도 없을 것 같았다. 장금사가 버티고 있는 이상 포도 관헌들이 제대로 협조할 리 없었다. 그들에게 협조를 바라느니 차라리 독자적으로 행동해 뭔가 알아내는 게 나을 것이었다.

정목인과 오길이 포청으로 들어서자 관헌들이 보이지 않았다. 아전 몇이 모여 있었다. 정목인이 포도관헌들은 어디들 나갔느냐고 물었다.

그들은 고개만 내저었다.

무슨 사건이 또 있나 하고 긴장하고 있는데 노중근 무료부장이 땀을 흘리며 들어왔다.

사건현장에서 뭐 나온 게 없느냐고 정목인이 물었다.

그제야 노중근 무료부장이 땀을 닦으며 별 거부감 없이 백골 사체의 신변에 대해 대충 얘기해주었다. 듣고 보니 별다른 건 없었다. 그의 말은 피해자 작업실에서 만난 증인의 증언 그 이상의 것이 아니었다. 정목인은 거부감 없이 말해주는 그의 심정을 이해할 수 있을 것 같았다.

어쩔까 하며 기웃거리고 있다가 일단 포청을 나왔다. 그들은 말을 몰고 느릿느릿 이 생각 저 생각에 잠긴 채 성균관으로 돌아왔다.

— 어디 가셨지?

의충이 보이지 않자 오길이 여기저기 둘러보며 중얼거렸다. 학궁 앞까지 나가 살펴봐도 의충의 모습이 보이지 않는다.

4

사건의 진두지휘를 맡은 장금사가 세손의 명을 받은 이의충이 아랫사람들을 시켜 애를 먹이고 있다는 보고를 받은 것은 저녁을 먹는 자리에서였다.

— 그 친구 정말 겁대가리가 없구먼. 아무리 지위고하를 막론하고 조사하라 특명을 받았다지만 세손이면 다야.

심사가 뒤틀린 장금사의 말에 노중근 무료부장이 흠칫했다.

— 대전에 드나드는 사관이었으니 오죽하겠습니까.

노중근 무료부장이 하종사관의 눈치를 살피며 말했다.

— 사관이면 사관답게 굴어야지. 제까짓 게 뭘 안다고 설치고 난리야.

종사관은 맺힌 것이 많았지만 가만히 있어야 되겠다는 생각에 입을 다물었다.

— 그런데 죽은 그 작자 이한조 사예와 아는 사이라면서? 어떻게 알게 된 사이라는 거야?

장금사가 침묵하는 종사관에게 물었다.

— 자세히는 모르겠고 학궁에서 과거 볼 때부터 연이 있었다는 말이 있습니다.

종사관의 대답에 장금사는 눈을 감았다.

그렇다면 뭐 별것도 아니지 않은가. 그런데 왜 호들갑인가. 이 사건에 이한조 사예가 연관되어 있다는 것은 이해할 수 있다. 그렇다면 그런 것이지 세손은 왜 그를 특별히 학궁으로 들여보냈는가.

박필조 사예는 어제 만난 자리에서 어쩌면 세손이 들여보낸 그가 이 문제를 풀 수 있을지 모르겠다고 했다. 왜냐고 했더니 바로 죽은 이한조가 그에게 무엇인가를 남겼다는 것이다. 그것이 무엇인가.

장금사는 당장에 이의충이란 자를 만나보고 싶었으나 참기로 했다. 분명히 다시 올 것이었다. 그런 생각을 하면서 방금 노부장이 넘긴 시루떡을 한 입 덥석 씹어 물었다. 그때 부장 하나가 헐레벌떡 들어섰다.

하종사관이 시루떡을 씹으면서 그를 바라보았다.

— 왜 그래?

— 사건입니다.

그 둘레

— 아침에 사예께서 불러 갔더니 요즘 어떻게 돼 가느냐고 묻더군요. 별 진전이 없다고 했더니 말이 없기는 했는데…….

— 그랬군요?

정목인의 말을 듣던 의충이 마상에서 흔들리며 대답했다.

정목인이 눈이 부신 듯 그를 돌아보았다.

그의 눈길이 부담스러워 의충은 눈을 감았다. 어제 혼자 이한조 사예가 죽은 현장부터 시작해 휴밀이 죽은 곳, 대목수가 죽은 곳을 샅샅이 살펴보았다. 뭐라도 건질 수 있을까 하며 뒤져보았는데 별다른 것이 나타나질 않았다.

특히 대목수가 쓴 저작들이 어디 있을 것 같아서 찾아봤지만 최근에 쓴 것들이 전혀 발견되질 않았다.

휴밀이 살던 암자를 뒤져보아도 마찬가지였다. 이상하게 그가 쓴 서찰 한 장도 발견되지 않았다. 포청에서 전부 수거했다고 해도 그랬다.

살림살이도 어찌 그리 단출할까 싶었다. 옷가지 몇 개, 낡은 살림살이들. 꼭 빚쟁이가 살림을 빼돌리고 쓸데없는 것만 모아놓은 것 같았다.

방안을 샅샅이 뒤져보니까 서책 몇 권이 그대로 어질러져 있었다. 무심히 그 책을 들춰보다가 경전 중 몇 권에 이한조라는 이름이 써 있는 것을 보았다. 휴밀과 이한조 사예가 연관이 있다는 말은 증명되는 셈이다. 그럴 수 있다는 생각이 들었다. 용파대사가 이한조 사예의 형님이라면, 휴밀 역시 밀법에 정통한 이다. 휴밀의 암자에서 이한조 사예의 서책이 발견되었다고 해서 이상할 것은 없다.

그럴까?

말굽이 지축을 찰 때마다 풀썩풀썩 흙먼지가 일었다. 갑자기 앞이 안개처럼 희미해지는 것 같더니 시커먼 구름더미가 물살이 흐르듯 저쪽 산등성이에서 흘러왔다.

세 사람이 포청으로 들어서자 실내 분위기가 이상했다.

— 무슨 일 있었습니까?

정목인이 억지로 웃으며 인상이 후덕하고 까탈스럽지 않기로 소문난 접사 조민이라는 사람에게 물었다.

접사가 부장 자리 쪽을 힐끗 살피더니 빠른 어조로 나직이 말했다.

— 그 암호 풀었답니다.

— 풀어요?

되묻는 정목인의 목소리가 컸기 때문인지 접사가 놀란 얼굴로 자라목을 하고선 그 자리를 피해버렸다. 의충이 하종사관을 찾았는데 어디로 가버렸는지 보이지 않았다.

정목인은 부장에게 물어보고 싶지 않았지만 마음이 급해 견딜 수 없었다. 잠시 후 노중근 무료부장을 발견하고 뻔뻔한 얼굴을 하고 다가갔다.

— 노부장, 그동안 안녕하시었소?

노부장이 멀뚱한 얼굴로 정목인을 올려다보았다. 알고 있으면서도 생뚱하게 어쩐 일이냐는 표정이었다.

— 암호가 풀렸다면서요? 백골 사체 밑에서 발견된 종이뭉치 그 암호 말입니다.

정목인은 작심을 하고 운을 뗐다.

— 암호?

노부장이 짧게 되뇌었다.

— 그래요. 어떻게 풀었습니까?

— 누가 그래요?

그제야 정색을 하고 노부장이 언성을 높였다.

— 다 알고 왔는데 왜 이러십니까?

— 정목인 학보!

오늘따라 왜 이렇게 시건방지냐는 듯이 노부장이 정색을 하고 정목인을 불렀다.

마침 지명인 가설부장이 들어오자 벌떡 일어나더니 자리를 박차고 나가버렸다.

들어서던 지부장이 영문을 모르겠다는 얼굴로 눈망울을 굴렸다.

때를 놓칠세라 기다렸다는 듯 정목인이 그를 향해 다가갔다.

의충과 오길의 시선이 허공에서 마주쳤다.

— 지부장, 그 암호 말이야.

지명인 가설부장이 멈추어 섰다.

— 왜, 무슨 일 있습니까?

— 일은 무슨 일. 노부장이 그러시더군. 지부장님이 아실 거라고.

— 내가 뭘 알아요?

— 그 암호, 풀었다면서?

그제야 감을 잡은 지부장이 자신의 자리로 다가가며 중얼거렸다.

— 정말 눈치들이 없으시네. 아, 그런 얘기라면 내게 직접 하거나 종사관에게 할 것이지 왜 노부장에게 해요. 보통 화가 난 게 아닌 것 같은데…….

— 무슨 일이 있는 거요?

— 집사람이 집을 나갔답니다. 매일 수사한다고 날밤 치니 어떤 여편네가 견뎌낼까. 봉록이라도 주나, 상것들 주머니나 털어야 입에 풀칠이라도 하니 에이, 젠장. 학궁의 학보인지 뭔지는 매일이다시 피 쑤셔대고…….

지부장이 자신이 생각해도 화가 난다는 듯이 씹어 뱉었다. 그러든

말든 정목인이 눈치 없이 물고 늘어졌다.

— 살다 보면 그럴 수도 있지 뭘 그런 걸 가지고. 암튼 어떻게 됐어요? 풀었다면 보여주지 그래요?

지부장이 어이없다는 표정을 짓다가 음성에 날을 세우고 눈을 치떴다.

— 누가 그래요? 풀었다고…….

— 아, 좀 전에 노부장이 그랬다니까. 우리들이 못 믿겠다고 보여 달랬더니 화를 내고 나가는 거 못 봤어요.

지부장이 어이가 없어 풀썩 웃었다. 말 같은 소리를 하라는 표정이었다.

의충이 생각하기에도 정목인의 대답은 어설픈 데가 있었다.

그런데 이상하게 지부장이 제 책상에서 종이 한 뭉치를 꺼냈다. 뭐 그렇게 귀중하지도 않은 것을 가지고 학보와 옥신각신하기 싫다는 그런 표정이었다.

그때 어딜 갔다 오는 것인지 하종사관이 빙글빙글 웃으며 들어섰다. 그는 들어서다 말고 실내의 분위기가 이상한지 걸음을 멈추었다.

그런 사이 정목인은 지부장에게 종이를 받아 들어 그 위로 시선을 던지고 있었다. 의충은 안색을 살피는 종사관을 무시하고 정목인을 향해 다가갔다.

종사관의 눈빛이 사납게 지부장을 쏘아보았다.

의충이 다가가 보니 암호문 밑에 누군가의 글이 보였다. 아마도 암호문처럼 쓰인 글자를 풀어 나름대로 문맥을 맞추어 쓴 글 같았다.

이인좌를 빨리 죽이지 않으면 안 된다는 말이 나도는 가운데 그날 노론의 수장 홍봉한은 전하께 이렇게 아뢰었다.

— 전하, 이대로 나가다가는 세상의 의혹을 잠재우기 힘들 것 같사옵니다. 난의 주장 이인좌가 해대는 주장을 어떻게든 돌려세우지 않으면 안 될 것 같사옵니다.

그렇게 아뢰고 홍봉한이 아랫사람을 돌아보았다.

— 가져오너라.

명이 떨어지기가 무섭게 금부도사가 둥근 새장을 들고 들어왔다.

주상이 보았더니 독수리 같이 생긴 새 한 마리가 동그란 눈을 껌벅거리며 주위를 살피고 있다. 부엉이처럼 귀가 벙긋 솟고 부리가 매부리인데 눈이 동그랗고 새까맣다. 까마귀처럼 그 몸이 검어 까마귀가 아닐까 했는데 그보다 몸집이 두 배나 컸다.

— 전하, 혈조라는 새이옵니다. 서장에서 건너온 것인데 아주 희귀한 새이옵니다.

주상이 가까이 다가가 새를 살펴보았다. 생긴 모습이 험악하고 냄새가 지독했다.

— 서장에서는 죽으면 자신의 몸을 새에게 보시하는 풍습이 있다고 하옵니다. 배가 고픈 새들에게 제 몸을 보시하는 것이옵지요. 사람의 살을 토막 내 던져주는데 독수리들이 그것을 먹는다고 하옵니다. 하지만 사실은 이놈들인 것이옵니다. 이 새는 인육 중에서도 특히 사람의 피를 제일 좋아한다고 하옵니다.

— 사람의 피를?

─ 그런데 이상한 것은 처음 맛본 피를 기억하고는 그 피를 다 마실 때까지는 다른 피를 먹지 않는다는 것이옵니다. 중국의 사기에 보면 이런 얘기가 있사옵니다. 어느 고을에 두 모자가 살고 있었는데 전쟁이 나 사람이 많이 죽어 새들이 새까맣게 몰려들었다고 하옵니다. 바로 이 새들이옵지요. 두 모자가 놀라 새들을 쫓았는데 도저히 쫓을 수가 없었다고 하옵니다. 그래 문을 닫아걸고 지켜보았는데 정말 이상했다고 하옵니다.

─ 이상하다니?

─ 그 마을 사람 중에 아비와 아들이 죽었는데 아비의 피를 마시던 이 새가 그 피를 다 마시고 아들의 피를 마시기 시작하더라는 것이옵니다. 새는 이상하게 널린 것이 시체인데 그 피와 흡사한 피를 찾아다니는 것 같았다는 것이옵니다. 아들이 시체 속에 있다는 걸 용하게 알아내고 그 피를 마시더라는 것이옵니다. 처음 피 맛을 못 잊어 그런다는 것이옵지요.

주상이 흥미를 느끼는 것 같자 홍봉한이 눈을 감고 생각하는 척하다가 본심을 열었다.

─ 전하, 한 마디로 저 새를 이용하자는 것이옵니다. 백성은 물과 같은 존재이옵니다. 물길이 지금 이인좌 쪽으로 흐르고 있다면 물길을 바꾸면 되는 것이옵지요. 대국의 야사를 정사인 양 백성들에게 전하는 것이옵니다.

그렇게 말하고 홍봉한은 아랫것을 돌아보았다. 아랫것이 품에서 서책 하나를 꺼내 홍봉한에게 주었다.

홍봉한이 그것을 주상에게 올렸다.

서책 머리에 '진황전'이라고 써 있다.

— 진시황의 실록을 적은 기록이옵니다. 그 중에서 이 혈조 부분을 기록한 것이니 읽어보시옵소서.

주상이 갈피를 넘겨보니 이런 내용이었다.

진황전

　여불위는 한나라의 양적(하남성 우현) 사람이다. 젊었을 때부터 고
생을 하며 거부가 된 그는 예의가 발랐고 야망이 컸다. 장사꾼으로
서의 철학이 있었고 긍지와 자부심이 있었다. 그는 용의 뇌에 뱀눈
의 소유자였다. 그의 직관력은 정확했다. 눈빛은 예리함과 차가움
이 한데 어우러져 사람의 마음을 헤집었다.

　어느 날 당대의 관상쟁이 허조가 그를 보고 장차 금상의 아비가
되겠다고 했다. 금상의 아비라면 천하를 쥘 황제를 낳는다는 말이
었다.

　어느 날 그의 눈에 이인이란 인물이 들어왔다. 그는 진나라의 태
자 안국군의 아들로 조나라에 볼모로 잡혀와 있었다. 이인은 타국

에서 초라한 생활을 하고 있었지만 여불위가 볼 때 예사 인물이 아니었다.

— 기화가거로다!

기화가거, 좋은 상품을 비축해 두었다가 때가 되면 좋은 값에 판다는 말이었다.

여불위가 그의 집을 찾았을 때 그는 마침 돼지 밥을 주고 있었다.

— 큰 나라의 공자께서 이 무슨 일입니까.

— 뉘시오?

돼지 밥을 주던 이인이 물었다.

— 저는 여불위라고 합니다.

— 허허허, 여불위. 알고 있소이다. 세상의 재화를 모두 걷어 들이는 양반이라 소문이 났더구려.

— 공자께서 심기가 편치 않을 만도 하다는 건 알겠지만 돼지 밥이나 주고 있어서야 어디 사내대장부라 할 수 있겠습니까.

이인이 아니꼽다는 표정을 지으며 여불위를 쏘아보았다.

— 왜 이러시오, 아침부터.

— 대의를 논함에 때가 문제이겠습니까.

— 대의라?

이인이 허망하게 뇌까렸다. 이미 그런 것으로부터 떠나버린 것 같은 허망함이 묻어나는 음성이었다.

— 그렇다면 잘못 찾아왔소이다.

— 앞으로 그대는 한 나라를 책임질 자리에 오를 것이나 제 말을

듣지 않는다면 결코 그 꿈을 이룰 수 없을 것입니다.

이인이 계속해서 여불위를 쏘아보았다. 여불위가 보니 그의 눈빛이 말하고 있었다. 이자가 누구인가.

여불위는 이후로 환심을 사기 위해 계속해서 그를 찾았다. 쉽지 않았다. 온갖 재물로 그를 꾀어보았으나 넘어가지 않았다. 결국 그는 자신의 애첩 조희를 이용해보기로 했다.

— 화려하기보다는 소박하게 꾸며 이공자를 모시고 오너라.

— 왜 화려하게 꾸미지 말라 하십니까?

애첩이 물었다.

— 그는 대의를 품은 비범한 사람이다. 그런 사람에게는 오히려 번잡한 꾸밈은 독이 된다.

그는 물건을 팔 때 상대를 봐가면서 물건을 팔아야 한다는 원칙을 그렇게 활용하고 있었다.

애첩은 그의 말대로 화장기 없이 소박한 얼굴로 이인을 만나러 갔다.

애첩을 본 이인은 그만 한순간에 마음을 빼앗기고 말았다. 어떻게 찾아왔느냐고 물었을 때 애첩은 자신을 여불위의 수양딸이라고 속였다. 양아버지가 공자를 모셔오라고 저를 보내셨으니 청을 거절하지 말아달라고 하였다.

이인은 그만 약속을 하고 말았다.

그때 여불위의 집은 조나라의 도성 한단에 있었다.

저녁 무렵 찾아오겠다는 전갈을 조희가 가지고 오자 여불위는 그럼 그렇지 하고 집 주위를 대낮처럼 밝혔다.

그는 철저한 장사꾼이었고 모사꾼이었다. 왕손인 이인을 잘만 이용한다면 한 나라의 주인이 될 수 있다는 확신이 선 것이다. 훗날 기필코 권세를 쥘 수 있다는 확신을 가진 그는 조희가 애첩이라는 사실을 숨기기로 마음을 굳혔다.

저녁 무렵 약속대로 이인이 여불위의 집을 찾았다. 비록 볼모로 잡혀오긴 하였으나 말쑥하게 차려입고 온 이인을 보자 여불위는 자신이 사람을 잘못 본 것이 아니라는 확신이 섰다.

술상이 차려지고 술잔이 돌았다.

조희가 들어와 교태를 부리며 춤을 춘다.

이인은 넋을 놓고 그녀를 바라보았다. 여불위가 그 눈빛을 놓칠 리 없었다.

— 예전에 한단에 간 일이 있었지요. 바로 저 아이의 고향입니다. 저 아이를 보는 순간 내게도 저런 딸이 있었으면 하는 생각이 들지 뭐겠습니까. 지금은 저렇게 장성해 아름답지만 그때는 어렸거든요.

— 그런데 어떻게 이곳에 오게 된 것입니까?

이인이 묻자 여불위가 슬픈 표정을 지었다.

— 저 아이의 아비는 그곳의 지주였습니다. 그런데 그만 집안이 망하고 말았지 뭐겠습니까. 제가 성심껏 도왔으나 전혀 가망이 없을 정도로 말입니다. 그래 그 친구가 날더러 저 아이를 부탁했지요.

— 그랬군요. 세상에 저렇게 아름다운 여인은 처음 보았습니다.

이인은 그녀의 미색과 가무에 넋이 빠져 그렇게 말했다.

— 공자님이 아니었다면 어떻게 저 아이를 보내 공자님을 모시게

했을 것이며 춤을 추게 하겠습니까. 공자님을 보는 순간 알 수가 있었습니다.

여불위가 넌지시 이인의 손을 잡았다.

— 무슨 말씀이신지?

— 언젠가는 천자가 되시어 천하를 호령하실 상을 타고 나셨다는 걸 말입니다.

이인이 손을 훼훼 내저었다.

— 무슨 말씀이십니까? 그런 말씀 마십시오.

여불위는 여유롭게 고개를 내저었다.

— 걱정하지 마십시오. 이곳은 안전합니다. 엿듣는 이도 없습니다.

그제야 이인의 얼굴이 밝아졌다.

그때부터 이인이 여불위의 집을 들락거렸다.

경제적인 도움은 사양했지만 떨칠 수 없는 게 바로 조희였다. 언제나 그녀의 모습이 그의 가슴을 뛰게 하였다. 이인은 술에 취하면 그녀를 향한 욕정이 끓어올랐다. 그렇잖아도 타향살이 외로움에 길든 몸이었다.

이를 눈치챈 여불위가 불타는 가슴에 기름을 부었다. 보석이 든 보석함을 선물로 내놓았다.

— 아닙니다. 이러지 마십시오.

이인이 그의 선물을 사양했으나 이미 전의를 상실한 뒤였다.

— 사양하지 마십시오. 성에 차지 않으십니까? 도대체 무엇을 올려야 되겠습니까? 공자께서 원하시는 게 있으시다면 말씀해주십시오.

여불위의 말에 이인의 시선이 조희를 향하였다. 저 여인을 달라 하고 싶었으나 차마 입이 떨어지지 않았다.

그대로 돌아오는 마음속이 그렇게 허전할 수가 없었다. 홀로 지새는 차디찬 방이 더 을씨년스럽고 스산하다. 아아, 그 여인과 같이 있을 수 있다면.

어느 날 이인은 술자리에서 여불위에게 그만 조희를 아내로 달라고 말하고 말았다.

— 당치도 않구려.

여불위가 냉정히 소리쳤다.

— 내 저 아이를 금지옥엽처럼 키웠거늘 어찌 내게서 가장 소중한 보물을 내놓으라고 하십니까. 공자님을 위해 내 재산을 모두 내놓는 한이 있어도 저 아이만은 드릴 수가 없습니다.

진정한 장사꾼은 손님이 흑심을 보였을 때 튕기는 법이다.

— 어찌 그렇지 않겠습니까. 하지만 은혜는 잊지 않겠습니다.

— 그냥 돌아가십시오.

그렇게 말하고 여불위는 쌩하게 일어나버렸다. 이인은 고개를 숙이고 낙담하여 돌아갔다.

— 왜 그러셨어요?

조희가 달려와 여불위에게 말했다. 여불위가 고개를 내저었다.

— 천하를 쥐기가 그리 쉬운 줄 아느냐. 천하를 만들려면 그의 마음을 찢을 대로 찢어놓아야 하느니라. 달거리가 언제냐?

— 이달 말입니다. 그런데 왜 거절하셨습니까?

— 우리의 자식이 들어설 때까지는 절대 안 되느니라.

— 만약 여아가 들어서면 어찌합니까?

— 걱정할 것 없다. 여자라고 해서 천하를 다스릴 수 없다더냐. 내가 그렇게 만들 것이니라. 달초 짝수 날인 2, 3, 6일을 피하고 홀수날 1, 3, 5일에 합궁하면 분명 남아를 가질 수 있을 것이다.

조희가 임신하자 그는 당부의 말을 잊지 않았다.

— 명심하거라. 적어도 달거리가 두 번은 없어야 할 것이다. 다음 다음 달까지는 결코 그에게 몸을 허락해서는 안 된다.

여불위의 말대로 이인이 조희와 맺어진 것은 두 달 후였다.

두 달째 달거리가 없자 임신을 확신한 여불위가 야밤중에 변장을 하고 의원을 찾아 진맥을 했다. 임신이 틀림없었다.

그제야 여불위는 이인에게 두 사람의 결혼을 허락했다.

결혼식도 올리지 않았다. 허락이 있던 그날로 조희는 이인을 따라 나섰기 때문이다. 이인이 그래도 결혼식을 올려야 하지 않겠느냐고 하자 볼모로 잡혀온 사람이 무슨 결혼식이냐, 장차 왕위에 오르면 그때 올려달라고 조희가 말했다.

8개월 후 조희는 아들을 보았다. 이인은 영문도 모르고 좋아하였다.

그사이에 여불위는 진나라 태자 안국군의 맏부인 화양부인의 환심을 사고 있었다. 수레에다 온갖 보물을 싣고 가 그녀에게 바치며 이인의 안부를 전하였다.

— 가장 존경하는 사람이 누구냐고 했더니 이인 공자께서 화양 마마라고 했사옵니다. 제가 물었사옵니다. 무슨 말씀이냐, 아버지

도 있고 친어머니도 있는데 어째서 화양마마냐고 말이옵니다. 그러자 그 어머니께서 어릴 때 자신을 불러 안아주던 모습이 잊히지 않는다며 어느 품속이 그만큼 따뜻하고 안온하겠느냐고 하셨사옵니다.

— 그래? 그러고 보면 그의 어미 하희가 매정한 여편네이긴 하지. 제 아들이 볼모로 잡혀 있는데도 저는 따뜻한 방에 누워 대왕을 홀릴 궁리만 하고 있으니 말일세.

— 이인 공자께서는 바로 마마의 그 덕을 그리워하고 있었사옵니다. 어디 낳기만 한다고 해서 자식이겠사옵니까. 품어주고 안아주고 길러주어야 어미이겠지요.

— 아아, 그 불쌍한 어린 것이 그곳에서 얼마나 고생이 심했을꼬? 그래, 여자를 만나 아들을 낳았다고?

— 그렇사옵니다. 제가 키우던 여식이옵니다.

— 코를 흘리던 그것이 벌써 이국땅에서 아이를 낳았다니.

— 마마, 불러들이옵소서. 아무리 볼모로 잡혀갔다고 하지만 진나라의 체면이 있지 않사옵니까.

여불위는 그렇게 화양부인의 마음을 돌려놓고는 보석을 또 바리바리 싸 이번에는 화양부인의 언니를 찾아가 하소연하였다.

그러자 화양부인의 언니가 화양부인을 찾아가 맞불을 놓았다.

— 지금은 살기름이 있어 대주를 섬길 수 있지만 살기름이 다 빠져 늙으면 누가 돌아보겠느냐. 태자가 왕위에 올라도 영원하지는 않을 것이야. 만약 무슨 일이라도 있으면 뒤를 이을 사람이 필요한

데 없지 않느냐. 그럴 바에야 심성이 고운 이인을 데려다 후사를 도모하는 게 낫지. 그래야 말년이 불행하지 않을 것이야. 더욱이 이인은 제 어미보다도 너를 더 그리워하고 있다고 하니 지금 은혜를 베풀면 나중 지극히 섬길 것이 아니냐.

그날로 화양부인은 안국군에게 자신의 의도를 드러냈다.

— 볼모로 보낸 이인을 데려와야겠습니다. 그 코 흘리던 것이 벌써 커 아내를 맞고 아들까지 두었다고 하지 않습니까. 외로운 곳에서 공자로서의 품위를 잃지 않고 결혼을 하면서도 아버지를 생각하며 울었답니다.

아비 안국군의 눈에 눈물이 어리었다. 안국군은 다음 날 당장 이인을 데려오라고 신하들에게 명령했다.

진나라가 대군을 이끌고 쳐들어오자 더 이상 참을 수가 없게 된 조나라 사람들은 외교상의 관례를 깨고 인질로 와 있는 이인을 처형하려고 했다. 이 정보를 미리 안 여불위는 6백금을 주어 조나라의 관리를 매수했다. 6백금은 고위관리라 하더라도 평생을 벌어도 모을 수 없는 거금이었다.

여불위는 이인과 조희 그리고 아들을 데리고 조나라 한단성을 탈출해 진나라 군영으로 들어갔다. 그때 이인의 식구들은 하나 같이 초나라 복장을 하고 있었다. 화양부인이 초나라 출신이기 때문이었다. 초나라 복장을 한 이인의 식구들을 맞으면서 화양부인은 눈물을 흘렸다.

— 그래, 너는 초나라 사람이다. 이 어미가 초나라 사람인데 어찌

자식이 초나라 사람이 아니겠느냐. 고맙구나. 어미를 생각해 초복을 입고 살았다니 너는 진정 내 아들이다. 이제 이름도 초로 바꾸도록 하라.

이인의 이름은 그때부터 자초가 되었다.

소양왕이 죽자 안국군이 왕위를 계승했다. 효문왕이 바로 그였다. 자초는 태자에 봉해졌다.

효문왕은 왕위에 올라 자주 자리보전을 했다. 본시 허약한 사람이었다. 결국 그 해를 넘기지 못하고 숨을 거두었다. 여불위가 예상했던 대로 자초가 그 뒤를 이었다. 장양왕이 그였다.

어느 날 여불위와 조희가 은밀히 마주했다.

— 왜 머뭇거리고 있는 것이야?

여불위가 조희에게 물었다.

— 틈이 생기지 않습니다.

— 직접 용상을 챙기라니까. 그대가 용상을 챙기겠다는데 누가 뭐랄 것인가. 때마다 이걸 타 먹이시게.

— 알았습니다.

조희가 재빨리 여불위가 내미는 약주머니를 집어 옷 속으로 넣었다.

— 하루에 반 숟갈씩 타시게. 서서히 죽어갈 테니. 그럼 이 해를 넘기지 못할 것이야.

— 우리들의 아들이 용상에 오를 수 있을까요?

— 그렇다마다! 탈신공개천명이다.

탈신공개천명, 신의 힘을 빼앗아 천명을 고친다는 말이었다.

장양왕의 뒤를 이어 왕위에 오른 여불위의 아들 영정은 나이 겨우 열 셋이었다. 영정은 스스로 자신을 진시황제라 칭하고 왕위에 올랐다.

왕이 관례를 치르지 않았으므로 태후가 섭정을 하였다. 태후가 곧 영정의 어머니 조희였다. 세상은 이제 여불위의 뜻대로 그들의 손에 들어가 있었다. 여불위는 자신의 애첩이었던 태후를 뒤에서 조종했다. 진나라의 실질적인 통치지가 된 것이다. 진시황은 아무것도 모르고 여불위를 존경했다. 중부라고 부를 정도였다. 중부는 곧 숙부를 일컫는 말이었다. 진나라에서는 태후가 병이 들어 섭정을 못하게 되면 숙부가 이어 맡게 되어 있다.

여불위의 위세는 이제 하늘 높은 줄 몰랐다. 그는 낙양의 십만 호를 식읍으로 삼았는데 그것에 만족하지 못했다. 그는 남전의 12개 현을 가졌다. 하인만 만여 명이 넘을 정도였다. 그는 꿈꾸고 있었다. 자신의 아들이 강대한 진나라의 국력을 업고 나머지 6국을 병합하기를. 그는 바로 천하 통일을 꿈꾸고 있었던 것이다.

그의 거대한 계획은 끈질겼다. 그는 자신에게 주어진 권력을 최대한 활용하여 진나라의 통치권을 영구히 장악하려 하였다.

문제는 태후 조희였다. 그녀는 색녀였다. 여불위를 궁으로 불러들여 정염을 불태웠는데 여불위가 정치를 한다며 발길이 뜸해지자 다른 상대를 찾기 시작했다.

자신의 육체는 세월이 갈수록 쇠잔해지는데 어떻게 된 판인지 조희의 정염은 거세어지고 있었다. 당해낼 수가 없었다.

여불위는 어느 날 시장바닥에서 로애라는 청년을 만났다. 시장바닥에서 기예를 펼치며 살아가는 청년이었는데 하초가 얼마나 큰지 다리 하나가 더 있는 것 같았다.

여불위의 모사심이 또 한 번 살아났다.

그렇다. 저놈을 데려다주자.

여불위는 로애를 궁중으로 데리고 들어갔다. 그를 숨겨놓고는 태후를 찾았다.

— 나를 보시오. 벌써 나도 늙어가고 있소. 내가 기를 쓰고 당신을 만족시키려 하나 저놈의 힘만 하겠소. 우리 서로 솔직해집시다.

— 그럼 저자를 제게 주시겠다는 말씀이십니까?

— 생각해보오. 난 이곳에 올 때마다 진왕이 알까 오금이 저리오. 그대는 남자가 없으면 잠을 잘 수 없는 몸이니 내가 없어도 저자가 잠들게 할 수 있지 않겠소. 그래야 천하가 오래도록 우리들에게 있을 것이오.

천하의 색녀와 색남이 비로소 만났다.

밤이나 낮이나 천둥이 치고 번개가 쳐댔다.

건강한 로애와 그렇게 관계를 가지다 보니 조희는 그만 임신을 하고 말았다.

조희는 사람들의 눈을 피해 함양성을 빠져나가 애를 낳았다. 옹성의 대정궁으로 거처를 옮겨 아이를 낳은 것이다.

로애에게도 벼슬이 내려졌다. 진왕이 내린 것이 아니었다. 태후 조희에 의해서 장신후에 봉해졌다.

본시 시장바닥에서 놀던 몸이 태후의 총애를 얻고 벼슬까지 얻고 보니 로애는 눈에 보이는 게 없어졌다.

더욱이 태후는 권력의 실세가 아닌가. 사람들은 태후에게 줄을 대기 위해 로애를 찾았다. 그는 태후가 아이를 낳던 대정궁에 본거지를 틀고 사람들을 맞아 큰소리를 쳐댔다. 태후와의 사통은 결코 드러나서는 안 될 일이었으나 점차 세력이 커지자 겁이 없어졌다.

그러는 사이 진시황은 관례를 치르게 되었다. 관례를 치르면 태후의 섭정 없이 친정을 하게 되어 있는 것이 진나라 법이었다. 진시황은 총명한 사람이었다. 이미 그는 태후의 사통을 눈치채고 있었다. 그리고 여불위와의 관계도 알고 있었다.

그는 그들을 견제하기 위해 화양부인의 조카 창평군과 창문군을 상국으로 앉혔다. 그러자 로애의 성질이 폭발했다. 술좌석에서 조정의 대신들과 다툰 것이다. 그대가 뭔데 황제의 내정에 간섭하느냐는 지적을 받자 로애는 화가 나 소리쳤다.

— 내가 바로 황제의 양부다. 그런 나를 업신여기다니.

로애의 말은 그대로 진시황에게 전해졌다. 진시황은 그동안 어머니의 사통을 눈감았지만 더 이상 그대로 놔둘 순 없다고 생각했다. 더욱이 하루가 멀다 하고 진시황의 심중을 간파한 대신들이 그동안 로애에게 당한 분풀이를 하듯 진언을 서슴지 않았다.

— 장신후는 환관이 아니며 여불위가 태후마마를 위해 끌어들인 시정잡배이옵니다. 태후마마와 사통하여 이미 두 아이를 두었고 황제께서 곧 죽게 되면 자신의 아이에게 대를 잇게 한다고 공언한 바 있습니다.

— 로애를 조사하라.

로애가 이 사실을 알았다. 큰일 났다고 생각한 그는 태후를 찾았다. 그는 정을 통한 다음 자초지종을 말하고 옥쇄를 빌려야겠다고 했다. 태후가 펄쩍 뛰었다.

— 아니, 날더러 내 아들을 죽일 옥쇄를 내놓아라?

— 그럼 어떡합니까? 이미 우리들의 사통은 들통이 났습니다. 모후라고 해서 황제가 용서할 줄 아십니까. 다 죽일 것이라고 대신들 앞에서 고함쳤다는데. 막을 길은 단 하나입니다.

— 그래도 옥쇄는 내어줄 수 없다. 더욱이 내 아들을 죽인다면.

어쩔 수 없는 일이었다. 결국 로애의 구애 앞에 태후는 무너지고 말았다. 아들은 없어도 로애 없이는 살 수 없다고 생각한 태후는 옥쇄를 내어주고 말았다.

로애는 그 길로 군대를 소집했다. 그리고 진시황이 머물고 있는 옹성의 참년궁을 공격하려고 준비했다.

진시황은 모후와 로애가 공격할 것이라 미리 내다보고 창문군과 창편군에게 먼저 공격 명령을 내렸다. 전투는 진시황의 승리로 끝났다.

진시황은 로애를 잡아다 거열형에 처했다. 그의 모든 종실친척을 몰살하는 한편 로애와 모후 사이에 태어난 아이를 죽였고 모후는 냉궁에 가두었다. 모후가 소리쳤다.

— 이 후레자식! 이놈아, 어미를 냉궁에 가두다니 네놈도 사람이냐?

— 어머니는 저를 죽이려 하지 않았소.

할 말이 없어진 모후가 다시 소리쳤다.

─ 이놈아, 너는 진정한 진나라의 왕족도 아니야. 한낱 장사치에 지나지 않는 놈의 새끼야.

장사치라면 여불위라는 걸 모를 리 없는 진시황이었다.

고민을 하던 그는 와우단 상봉에서 수도를 하고 있는 현자를 찾아갔다.

그를 본 현인은 이런 말을 했다.

─ 모후의 말이 맞습니다. 선왕은 그대의 친부가 아닙니다. 그대의 친부는 장사꾼 여불위입니다. 친자임을 확인하시려면 엄청난 결단이 필요하실 것입니다. 그래도 따르시겠습니까?

진황이 망설이다가, '어떻게 하란 말인가?' 하고 물었다.

─ 우선 여불위의 피가 필요합니다.

─ 피는 왜?

현자가 하늘을 향해 이상한 소리를 냈다.

그러자 북쪽 하늘로부터 새까만 새 한 마리가 날아와 현자의 팔목에 내려앉았다.

─ 이 새를 보소서. 혈조라는 새입니다. 사람의 피나 동물의 피를 먹고사는 새인데 인가를 습격해 피 맛을 보면 한 번 같은 혈통의 피가 남아나지 않습니다. 그러니까 같은 혈통끼리의 피 맛은 동일하다는 것입니다. 이가의 피와 김가의 피가 다르고 앞집 가족과 옆집 가족의 피가 다르다는 것입니다. 그럴 수밖에 없지요. 각각의 전통이 있고 음식, 물, 먹거리 등이 다르기 때문입니다. 그러니 어찌 혈

맥끼리의 피와 남의 피가 같을 수 있겠습니까.

— 그러니까 한 번 피 맛을 보면 그 피 맛에 탐닉한다?

— 그렇습니다. 그래서 예부터 같은 핏줄임을 확인하지 못할 때 이 새를 이용했던 것입니다. 그릇에 피를 받아놓고 이 새에게 먹여 보면 용하게도 처음 먹은 피를 골라내 먹는다는 것입니다. 가령 할아버지의 피 맛을 이 새가 보았다. 여러 사람의 피를 받아 그 가운데 아들의 피를 받아놓으면 용하게 냄새와 맛으로 아들의 피를 찾아내 먹는다는 것입니다. 그래서 핏줄인 것입니다.

현자를 데려온 진황은 여불위를 불러 그 피를 받게 했다. 그리고 자신의 피를 그릇에 받았다.

— 여봐라. 저 새에게 여불위의 피를 먹여라.

현자의 말대로 신하들의 피를 받아 자신의 피 종지와 그들의 피 종지를 아무렇게나 섞어놓았다. 여불위의 피 맛을 본 혈조가 그릇 주위를 맴돌았다. 새는 이내 진황의 피를 마시기 시작했다.

진황이 무릎을 쳤다.

비로소 사건의 전모가 밝혀졌다. 진황은 친아버지 여불위를 죽여야겠다고 생각했다. 자신이 왕족이 아니라는 사실이 그를 더 아프게 했다. 그 근본을 없애야겠다고 생각한 것이다.

그는 일차적으로 여불위를 파직해 낙양으로 유배를 보냈다. 여불위는 진시황에게 대적할 만한 힘이 있었으나 아들과의 투쟁을 원치 않았다.

아비와 아들의 관계는 그렇게 끝나지 않았다. 여불위와 진시황의 관계가 소리 소문 없이 진나라에 퍼진 것이다. 설마 아들이 아버지를 죽이겠냐며 힘 있는 사람들이 여불위에게 붙었다. 유세객들의 발길이 끊어지지 않고 있다는 말을 들은 진황은 다시 아버지를 죽여야겠다고 생각했다. 언제 어느 때 아들의 자리를 내놓으라고 할지 모르는 양반이었다.

여불위의 세력이 더욱 더 거세어져갔다. 진황은 압력을 견디다 못해 편지를 써 사자에게 주었다.

― 여불위에게 전하라.

진황의 친서를 뜯는 여불위의 손끝이 떨렸다.

그대가 내 아비라면 사람 그림자도 없는 촉지로 가서 사시오.

여불위는 마지막으로 아들과 아비, 부자 관계의 도리만은 지키고 싶었다. 그것이 시장바닥 장사치로서의 마지막 자존심이었다. 그리고 아비로서의 도리라고 생각했다.

여불위는 그 길로 함양성을 향해 돗자리를 깔았다. 그리고 스스로 독주를 마시고 목숨을 끊었다.

진황전 후기

1

'진황전'을 읽고 난 주상은 한동안 눈을 감고 있었다.

주상이 깊은 생각에 잠겨 있자 홍봉한이 기다리다 못해 그를 불렀다.

— 전하.

그제야 주상이 눈을 떴다.

— 무슨 뜻인지 알겠소이다. 그러니까 짐의 피가 필요하다?

주상이 결심을 굳히고 물었다.

— 그러하옵니다. 백성들의 정서는 간단하옵니다. 대국에서 그런 새를 가져왔다. 진황실록에도 있지 않느냐. 그러면 모든 것이 끝나는 것이옵니다. 바로 그것을 믿을 테니까 말이옵니다.

— 내 말은 선왕의 피를 어떻게 구하느냐는 것이다.

— 그건 걱정하지 마시옵소서.

— 걱정하지 말라?

— 선왕이신 숙종 임금은 슬하에 6남 2녀를 두었사옵니다. 8명의 자녀 중 성인이 될 때까지 살아남은 이는 전하뿐이옵니다. 8명의 자녀 중 모후께서 낳으신 3남 중에서 두 분은 돌아가셨고 희빈 장씨에게서 2남을 보았으나 역시 살아 계시지 않사옵니다. 인현왕비께서 낳으신 2녀 또한 돌아가셨사옵니다.

— 그럼 아무도 없지 않소?

— 아닙니다. 더 윗대로 올라가면 되지요. 선조 시대로 올라가면 선조의 13남 영성군의 장남이신 회원군 이윤이 계시옵니다. 그분이 아직 살아 계시옵니다. 올해 92세로 종실 최고 어른이십니다. 그분이 나서주신다면 걱정할 것이 없사옵니다.

— 그분이 나설 리가 있겠소? 그리고 나선다고 하더라도 혹 저 새가 피를 가려내지 못한다면 그때 어떡할 것이오?

— 전하, 신이 이 일을 추진하면서 어찌 그것까지 생각지 않았겠사옵니까. 전하에서 특별히 아끼시는 화완옹주께서 신의 말씀을 들으시고 약조를 한 마당이옵니다.

— 화완옹주가?

— 그렇사옵니다. 회원군께서 그 자리에 와 피를 받기 전에 화완옹주께서 도와주실 것이옵니다.

— 그래서?

— 치국장에 들어가기 전에 화안옹주의 피를 혈조에게 미리 먹일 것

이옵니다. 혈조에게 피 맛을 미리 들이기 위해서이옵지요.

그렇게 말하고 홍봉한이 미리 준비해놓았던 피 종지 다섯 개를 내보였다.

— 전하, 이 피 종지를 보옵소서. 똑같지 않사옵니까? 만져보옵소서.

주상이 종지를 만져보았다.

— 하나 같이 똑같구려.

— 그러하옵니다.

그렇게 말하고 홍봉한은 그 다섯 종지 가운데서 하나를 들었다.

— 전하, 이 종지는 손잡이 안쪽에 속으로 숨겨진 돌기 하나가 숨어 있사옵니다. 그리고 잔 밑바닥은 이중으로 되어 있지요. 이렇게 손잡이를 잡아 검지로 살짝 눌러주기만 하면 윗바닥이 열리면서 손잡이 아래로 향하는 구멍이 열리게 되옵니다.

— 그래서?

— 그럼 위에 받은 액체가 그 구멍을 통해 손잡이 아래로 내려갑니다. 그 통로는 손잡이 끝부분에서 휘어져 다시 올라옵니다. 여기 자세히 보시옵소서. 먼저 받은 피가 손잡이 속의 대롱으로 흘러내리면 먼저 받아놓은 피가 밀려 올라옵니다. 그럼 상층 부위의 잔바닥이 앞 구멍을 막으면서 그 피를 바닥에 받기 시작합니다. 이 종지는 이 나라 최고의 도기장이 심혈을 기울여 만든 것이옵니다. 걱정 마시옵소서.

— 좋소이다. 아무튼 저 새가 먼저 맛볼 피는 화완옹주의 것이다 그 말 아니오?

— 그러하옵니다. 그럼 저 새가 어느 피 그릇을 찾아다니겠사옵니까.

전하의 피를 찾아다니지 않겠사옵니까. 그럼 그걸 본 이인좌 무리들은 스스로 의혹을 잠재울 것이며 백성들 또한 마찬가지일 것이옵니다.

주상이 무릎을 쳤다.

— 역시 그대는 충신이오.

곧바로 그들의 계획은 실행에 옮겨졌다.

회원군은 어릴 때부터 총명하고 효성이 지극한 사람이었다. 효종 9년에 오위도총부 도총관을 지냈다. 경종 4년에 좌참찬 조태억이, 선조의 왕손 회원군 이윤의 나이 이제 89세인데 마땅히 노인을 우대하는 은전을 별도로 시행하여야 된다고 아뢰자 임금이 그대로 따랐을 정도로 종실의 큰어른이었다.

주상이 즉위하고 3년 뒤 영화당에 나아가 종신 63인을 불러볼 때 그의 나이 92세이므로 특별한 예로 대우했다. 그때 그가 노래 한 곡을 올리자, 주상이 시를 내리기까지 한 양반이었다.

이렇게 둘 사이가 매우 친근하였는데 나서지 않을 리 없었다. 주상이 이씨의 혈통임을 증명하자는 데 종실의 어른인 내가 빠질 수 없다며, 오히려 자진해서 자신의 피를 내놓겠다며 참석하겠다는 의사를 내비쳤다.

뒤를 이어 속속 종실 어른들과 사도세자, 피를 제공한 옹주들이 들어왔다.

주상이 그들을 바라보다가 홍봉한을 향해 물었다. 혹시나 하는 생각이 들었기 때문이었다. 혈조라는 새를 믿을 수도 없었지만 이게 말이 되는 일일까 싶었던 것이다.

— 꼭 이렇게 해야만 하는가?

— 전하, 이인좌의 무리가 20만이 넘었사옵니다. 이러지 않고는 결코 난을 잠재울 수 없을 것이옵니다. 그러하오니 이인좌를 치국하려면 전하의 피 몇 방울이 필요하게 될 것이옵니다.

주상은 눈을 감았다.

뒤늦게 턱수염이 덜덜 떨렸다. 아무리 생각해도 말이 안 되는 소리였다. 그런 일이라면 왕 혼자 결정할 문제도 아니었다. 왕의 몸에서 피를 받는다? 만조백관이 놀라 나자빠질 소리였다. 상소가 빗발치고 나라가 뒤집힐 말을 홍봉한은 예사로 하고 있었다.

그러나 어떡할 것인가. 불길처럼 일어나는 의혹의 불길을 잡으려면.

왕과 만조백관이 지켜보는 가운데 반란의 수괴 이인좌와 수장들이 끌려나왔다.

몰려든 사람들이 정말 홍봉한이 진실을 규명할 수 있을까 하고 염려스런 표정으로 지켜보았다.

홍봉한이 흰 수염을 날리며 치국청 단상으로 올랐다. 단상 앞에는 미리 준비한 물건들이 탁자에 놓여 있었다.

홍봉한은 먼저 왕에게 읍하고 만조백관이 지켜보는 가운데 치국을 하기 시작했다.

— 이 치국청에 들어오기 전에 나누어 드린 '진황전'을 읽었을 줄 아오.

그렇게 말하고 홍봉한의 시선이 이인좌에게로 옮겨졌다.

— 이인좌! 네놈 죄를 네가 알렸다!

이인좌가 오히려 생뚱하게 홍봉한을 쏘아보았다.

— 보시오. 어찌 저 얼굴이 숙종 임금의 얼굴이오? 영감도 눈이 있으면 보란 말이오.

이인좌의 말에 홍봉한이 발을 굴렀다.

— 이놈, 그래서 오늘 치국청을 마련한 것이다. 만약 이 실험을 통해 금상이 선왕의 친자임이 규명된다면 어떡하겠느냐?

— 나도 '진황전'을 읽었소. 허허허, 그런 새도 있단 말이오? 그 새가 어찌 친자임을 규명할 수 있단 말이오? 나는 그런 말 들은 적 없소.

— 쳐 죽일 놈! 지금부터 대국에서 진황의 생부를 가릴 때 쓴 방법대로 진위 여부를 가릴 것이다.

홍봉한이 회원군 앞으로 나아갔다. 그가 읍하고 다음과 같이 아뢰었다.

— 이런 자리에 종친 큰어른으로서 나와주셔서 대단히 영광스럽게 생각하옵니다. 무례한 청이오나 전하의 근간을 가리는 일이오니 혈출에 응해 주시면 백골난망이겠나이다.

그런 일에 왜 동조를 안 하겠느냐는 듯이 회원군이 선뜻 일어났다.

혈이라는 말에 사람들이 놀라 웅성거렸다. 뒤이어 여기저기서 신하들이 부복하기 시작했다.

— 전하!

— 아무리 그렇기로 어찌?

주상이 한참을 고민하는 척하다가 물었다.

— 전하, 그렇지 않고서는 저 무리들의 의혹을 잠재울 수 없을 것이옵니다.

주상은 고민하는 척하다가 명했다.

— 좋다. 필요하면 그리하라.

— 성은이 망극하옵니다.

이내 종실 큰어른의 손가락에서 피가 종지로 쏟아졌다. 피를 받은 홍봉한이 손잡이의 돌기를 누르자 피는 손잡이 속으로 흘러내리고 그 압력에 의해 미리 채워두었던 화완옹주의 피가 올라챘다. 그리고 밑바닥 구멍이 닫혀버렸다.

사람들은 알 리 없었다. 이미 치국청으로 출발하기 전에 화완옹주의 피 맛을 본 혈조가 그 피 냄새에 퍼덕이고 있다는 것을.

드디어 혈조가 그 모습을 드러냈다. 혈조의 흉측한 모습에 사람들이 웅성거렸다.

홍봉한이 새장에서 새를 꺼내들었다.

— 이 새가 진황전에 나오는 그 새이오이다. 혈조. 이 새는 피 맛을 보면 그 냄새와 맛에 미쳐 한 핏줄의 피만을 마신다 하오이다. 이씨 종가의 가장 큰어르신 회원군의 피를 먼저 받은 이유가 그 때문이오이다. 이제 이 피를 마신 새는 한 핏줄의 피만을 찾아다닐 것이외다.

— 허허허, 홍봉한 나리. 만약 그 새가 김가나 박가나 천가나 그 외 종지의 피를 마셔댄다면 어떡할 것이오?

이인좌가 어이없다는 투로 외쳤다.

사람들이 웅성거렸다.

— 허어, 이 무슨 일인가. 나라 꼴이 어찌 이리 되었어. 신하가 군왕을 믿지 못하고 한갓 새에게 왕조를 맡긴다? 그럼 저 혈조가 미쳐 다른 피를 마신다면 왕조의 씨가 바뀌었음을 인정하겠다는 말이 아닌가.

이럴 수가!

— 닥쳐라, 이놈. 그럴 리 없다.

홍봉한은 이인좌의 입에서 다른 말이 나올 새라 피를 혈조에게 먹였다. 혈조가 날개를 퍼득이며 피를 마셨다.

홍봉한이 기다리고 있다가 주상을 향해 돌아서서 읍하고 아뢰었다.

— 전하, 황송하오나 어의에게 피 몇 방울만 받게 해주시옵소서.

주상이 탄식하자 전하, 하고 신하들이 엎어졌다. 여기저기서 아니 되옵니다, 하고 소리쳤다.

뒤이어 결연한 어조로 주상이 소리쳤다. 자신의 몸에 피를 내어서라도 세상의 의혹을 잠재울 수만 있다면 감수해야 한다는 표정을 그는 짓고 있었다.

— 어의를 부르라.

기다렸다는 듯이 어의가 침통을 들고 달려 나왔다.

주상의 피가 종지에 쏟아졌다. 신하 몇이 금상의 몸에 피를 내니 이 죄를 어이 할 것이냐며 통곡하기 시작했다. 홍봉한이 주상의 피를 놓고 소리쳤다.

— 역적 이인좌의 피를 받아오라.

관군들이 종지를 가지고 달려가 칼로 이인좌의 손에서 피를 받아왔다. 홍봉한이 주상의 피와 이인좌의 피를 나란히 놓았다. 그러고는 이인좌를 무섭게 노려보았다. 그리고 소리쳤다.

— 저 무리들의 피도 받으라.

군관들이 달려들어 이인좌 무리들의 피도 받았다. 모두 네 종지.

홍봉한이 마지막 종지를 가져다 놓고 송곳으로 자신의 엄지를 찔러 피를 받았다. 피 종지를 차례로 늘어놓고 주상의 피 종지에다 표시를 했다.

— 잘 보시오. 이게 바로 전하의 혈이오이다.

그렇게 말하고 종지를 아무렇게나 섞은 다음 혈조를 새장에서 꺼내 놓았다.

홍봉한은 사람들에게 다시 일렀다.

— 앞서 말했던 대로 이제 새는 같은 피를 마실 것이오이다.

홍봉한이 새를 놓자 새는 환장을 하고 날개를 퍼덕이며 피 종지로 달려들었다. 새는 정확하게 주상의 피 종지로 달려들었다. 그 피를 다 마시고는 이인좌의 피 종지 앞에서 망설이다가 지나쳐버렸다.

사람들이 하나 같이 놀라 웅성대었다.

홍봉한의 얼굴에 회심의 미소가 떠돌았다.

새가 더 이상 피 종지로 달려들지 않자 홍봉한이 이인좌를 향해 소리쳤다.

— 보았느냐. 이래도 인정치 못하겠는가?

이인좌는 빙긋이 웃으며 고개를 내저었다.

— 어찌 그 미물이 친자를 가려낼 수 있겠는가. 그저 우연일 뿐이다.

홍봉한이 파르르 떨었다.

사람들이 하나 같이 그를 쳐다보았다.

— 좋다. 못 믿겠다고 하니.

지켜보던 대신들이 겁을 내 서로 반응을 살피며 웅성거렸다.

그때 이인좌가 손가락을 창날처럼 뻗쳐 장헌세자(훗날 사도세자)를 가리켰다. 저자의 피를 한 번 받아보라는 눈짓이었다.

홍봉한이 시선을 돌리니 주상과 장헌세자가 나란히 앉아 있다. 홍봉한의 얼굴에 난감한 빛이 떠돌았다. 그러나 물러설 수 없는 일이고 보면 어쩔 수 없는 일이었다.

— 좋다. 네놈의 청이 그러하니.

그렇게 말하고 홍봉한은 주상을 향해 돌아섰다.

— 전하, 세자의 손가락에서 피 몇 방울만 받게 해주옵소서.

— 아니 되옵니다.

신하들이 다시 엎어졌다.

주상이 세자의 눈치를 살피는데 세자가 일어섰다. 그의 눈에서 시퍼런 광기가 흘러나오고 있었다. 입가에 실실 웃음이 물렸다. 그렇지 않아도 미쳤다는 소문이 도는 판인데 세자가 갑자기 악을 썼다.

— 미쳤구나. 미쳤어. 이 미친 연극판을 때려치워라.

그렇게 소리치고 세자는 자리를 박차고 나가버렸다.

치국장이 한순간에 얼어붙었다. 주상의 턱수염이 사시나무처럼 떨렸다. 부드득 이 갈리는 소리가 홍봉한의 귀까지 들릴 정도였다.

그때 사태를 수습하기라도 하듯 화완옹주가 일어났다. 치국장이 마련되었다고 하자 변장을 하고 들어와 앉아 있다가 세자가 그렇게 나가버리자 기다렸다는 듯이 나선 것이다. 본시 성질이 괄괄하다고 소문이 난 옹주였다.

사람들이 하나 같이 놀랐다.

옹주는 남장한 옷을 활활 벗어부쳤다.

— 아바마마, 제가 하겠사옵니다. 저도 아바마마의 딸이 아니옵니까.

평소 주상이 주던 사랑을 화안옹주는 그렇게 갚고 있었다.

— 아니 되옵니다, 옹주마마.

신하들이 다시 엎어지며 아뢰었다.

— 조선의 명운이 달렸는데 어찌 마다하겠나이까. 저를 사랑하신 아바마마와 제가 친자가 아니라면 여기서 죽을 것이옵니다.

옹주가 당차게 외치며 성큼성큼 걸어 나와 어의 앞에 섰다.

어의가 몸을 떨었다.

— 주저하지 말고 피를 받으세요.

어의가 침으로 옹주의 엄지를 찔러 피를 종지에 받았다.

홍봉한이 그것을 받아 다른 피와 함께 섞어놓았다.

지켜보던 사람들이 숨을 죽였다.

새가 맴을 돌았다. 그러다 갑자기 하나의 종지 앞에 섰다. 사람들이 보니 정확히 화완옹주 종지 앞이었다.

그제야 이인좌가 털버덕 그 자리에 무릎을 꿇었다.

홍봉한이 이인좌를 노려보았다.

— 똑똑히 보았느냐?

치국이 끝난 다음 날 주상은 이인좌를 죽였다.

그날 치국청에서의 일들을 사관이 기록했는데 그 기록물들이 모두 사라졌다.

말들이 많았다.

이 사실은 입에서 입으로 전국으로 퍼져나갔다. 소문이란 그런 것이었다. 종친의 피를 받아가면서까지 친자 확인을 했다 하더라. 그랬더니 왕은 숙종의 친자가 맞았다고 하더라. 그 바람에 이인좌가 이틀 만에 죽었다고 하더라. 그렇지 않아도 세자를 미워했는데 치국장에서 왕세자가 미친 꼴을 보여 왕의 원심이 더 깊어졌다 하더라, 그렇게 퍼져나갔다. 설령 사실이 아니라고 하더라도 오죽했으면 왕이 민심을 잠재우기 위해 그랬겠느냐며 오히려 왕을 동정했다.

거세게 일어나던 의혹이 점차 잦아들었다. 더 이상 소론이나 유림에서도 문제 삼지 않았다.

그러나 어이 알았으랴. 또 다른 의혹의 싹이 자라고 있었음을.

2

글은 여기서 끊어졌다.

살펴보고 난 정목인이 풀썩 웃었다. 어이가 없다는 웃음이었다.

오길도 웃고 있었으나 새하얗게 질렸다.

의충은 말없이 고개를 숙였다. 대목수가 그날의 사관 이훈선이었단 말인가.

사관들이 소리 소문 없이 사라졌다는 말을 들은 적이 있다. 사관 이삼수가 잠적할 때 함께 사라졌던 그 이훈선. 과거의 신분을 감추고 이정선이란 가명으로 대목수로 살았지만 결국 쫓기다 죽었다?

바로 그날의 모든 것이 그렇게 암호화되어 남았다?

그런 생각을 하는데 가설부장과 무슨 말인가를 나누고 있던 하종 사관이 다가왔다.

이미 그는 체념한 표정이었다. 이왕 이렇게 된 거 하는 것 같았다. 그 바람에 가설부장이 얼마나 혼이 났을까.

― 그 암호 푼다고 얼마나 고생했는지 알아요?

의충이 글 생각에 잠겼는데 종사관이 그런 의충을 의식하며 하는 말 같았다.

― 대단하군요. 그 많은 암호를 다 풀어낸 걸 보니⋯⋯.

순간 정목인의 말이 들려왔다. 비꼬는 듯하였다.

― 한 번 풀리니까 쉽게 풀리는 것 같긴 하더라만⋯⋯. 내용이 영⋯⋯.

종사관의 말에 정목인이 무슨 말을 하려다가 입을 다물었다. 입은 연 것은 오길이었다.

― 이 글을 쓴 사람, 진짜 신분이 밝혀졌겠는데요?

의충이 오길을 돌아보았다. 알고 묻는 질문이었다.

― 사관?

― 예, 맞소이다.

정목인의 물음에 종사관이 그렇게 대답하자,

― 뱃사공이 말하던?

하고 정목인이 소리쳤다.

의충이 고개를 끄덕이자,

─ 이럴 수가!

정목인이 멍하게 뇌까렸다.

의충이 '그런데 이상하군?' 하고 말했다.

뭐가요, 하는 눈빛으로 정목인이 물었다.

─ 그 사람이 맞다면 연대가 틀리지 않습니까? '진황전' 말입니다. '진황전'이 이인좌를 죽이기 위해 쓰진 것이라면 이훈선은 분명 그때의 사관이 아니지 않습니까?

그제야 정목인과 오길의 눈이 열렸다.

─ 그, 그러네요!

멍하니 입을 벌리고 있던 오길이 머리를 몇 번 흔들다가 나섰다.

─ 그때의 사관이 아니라고 해도 변장을 하고 그 장소에 나타날 수도 있는 거 아닙니까? 사관질 하다가 신분을 숨기고 대국까지 갔다 와 새로운 삶을 산 것만 봐도 그렇지 않습니까? 그 뱃사공의 사초에도 그러지 않았습니까. 그 후 이훈선을 만났다고. 홍봉한이 전하와 짜고 친자확인 사건 어쩌고 그러면서 대국에서 뭐 마지막에 혈조 그랬지 않습니까!

─ 맞아!

의충이 잠시 생각해보다가 소리쳤다.

─ 그럼 답은 나왔네. 근데 내용은 그렇다 치고 어떻게 풀었습니까?

오길이 더 생각할 것도 없다는 듯 돌아서서 종사관을 향해 물었다.

─ 무슨 말씀들 하시는지 모르겠지만 말도 마십시오. 속 썩은 거 생각하면. 이곳저곳 안 가본 데가 없어요. 암호 전문가도 속수무책

이었는데 나 참 기가 막혀서…….

— 왜요?

정목인이 말을 받았다.

— 사찰 판각실에 가서야 겨우 풀렸다니까요. 알고 봤더니 문제는
목판에 있었지 뭐요.

무슨 소리냐는 듯 정목인의 시선이 멀뚱했다.

— 탁본을 뜨는 목판에 기름때가 끼면 먹물이 글자를 떠돌아 탁본
을 떴을 때 꼭 암호 문자처럼 나온다는 겁니다. 기름 묻은 곳의 활
자가 종이에 찍히지 않으니 말입니다.

— 그래요?

— 실제로 그런 일들이 비일비재하다는 거요. 그런 사람들이 온답
니다. 목판 멀쩡히 떠놓고 글자들을 알아보지 못하게 찍을 수는 없
느냐고. 왜 그러냐고 하면 남이 알아보지 못하게 가지고 있으려고
한다고. 더 놀라운 건 그들이 그 암호 같은 문자를 빼내더니 우리말
로 풀어내는 데 기가 막히더라고요.

그렇다면 이훈선이 목판을 떠 그 글을 남이 알아보지 못하게 지니
고 있었다는 말이었다.

— 어허, 참. 그런데 내용을 보니 이상하던데, 탁본까지 떠가며 돌릴
내용은 아니니까. 직접 썼다면 몰라도. 어쩌면 기회를 기다렸다? 그
날의 일들을 세상에 폭로할 시기를? 그렇다면 목판을 뜰 만도 하지.

종사관이 정목인의 중얼거리는 소리를 듣고 있다가 고개를 숙였다.

종사관은 무슨 생각에서인지 이렇게 물었다.

— 제 생각엔 동일범 소행 같은데 말이에요. 어떻게 생각하시오?

그 말에 정목인이 급소를 찔린 듯 흔들리는 기색이었다. 그는 한 방 먹은 얼굴로 의충을 돌아보았다. 그러다가 종사관을 향해 고개를 돌렸다.

— 그래요?

— 그 글은 차치하고라도 이한조 사건, 휴밀 사건, 이 사건까시 합치면 세 사건이 모두 연관이 있다는 건 분명한데, 모르시겠소?

— 글이 예사스럽지 않긴 하오만 좀 더 조사를 해봐야 할 것 같습니다.

정목인도 요놈 봐라, 하는 생각이 들었는지 시답잖다는 얼굴로 종사관의 말을 맞받아쳤다.

— 맞습니다. 맞아요. 우리의 장금사 나리께서도 그렇게 지시했습니다. 정말 성균관의 학보답네요. 이한조 사예가 기거하는 처소에서 살인사건이 났다. 이어 휴밀이라는 사람이 독살되었다. 뒤이어 광통사의 대목수가 죽었다. 제 생각에는 동일범의 범행이 분명한 것 같은데 말이에요.

약간은 경망스러운 종사관을 보며 오길이 가소롭다는 듯이 실실 웃었다.

— 동일범이라니, 어떤 근거로?

정목인이 종사관을 밀어붙였다. 종사관이 풀썩 웃었다.

— 근거? 그런 것이 나왔으면 얼마나 좋겠소. 그래서 묻는 거 아니오?

— 그래서가 아닌 것 같은데?

에이, 괜히 물었다는 듯 종사관이 문을 향해 걸어가 버렸다.

세 사람은 포청을 나와 학궁으로 향했다.

— 그 글에 의하면 전하가 숙종 임금의 친자가 아니라는 것이 확실하다는 말인 것 같던데요?

오길이 의충을 향해 묻자 의충이 고개를 내저었다.

— 그 글 역시 죽은 이훈선의 주장일 수 있잖은가.

— 어떤 근거가 나왔는지 모르겠으나 사관이었다고 하지 않았습니까?

— 추측일지도 모르지. 아무래도 소설 냄새가 너무 나. 말이 그렇지 종지를 사기장에게 만들어 피를 바꾼다? 에이 설마.

— 아무튼 이인좌 이틀 만에 죽은 건 확실하지 않습니까?

— 그것이야 세상이 다 아는걸.

— 그래서 이훈선이 그걸 쓰고 죽임을 당했다는 말 아닙니까?

— 그야 아직 모르잖아. 그 글 때문에 죽은 것인지 아닌지 말이야.

— 만약 그래 죽었다면요?

의충이 말고삐를 잡아당기며 물었다.

— 그럼 전하에 의해? 전하는 지금 병상에 있잖아.

— 그럼 그를 싸고도는 무리들?

학궁으로 돌아오기가 무섭게 행자가 다가오더니 정목인에게 사예의 부름이 있다고 알려주었다.

정목인이 사예의 방으로 종종걸음을 쳤다.

창덕궁 춘추관

결 좋은 바람에 꽃잎이 분분히 휘날리는 것이 보인다.

열린 방문 너머로 지고 있는 저 꽃잎들. 꼽추의 이마에 솟아난 땀을 닦아주던 운심이 밖을 내다보았다.

점차 해가 지고 어둠이 찾아들었다.

— 가야지요.

그제야 꼽추가 그녀를 돌아보았다. 꼽추의 등에 찬 칼이 덜렁였다.

흐득, 운심이 촛불을 불어 끄고 문을 열고 나섰다.

두 사람의 몸이 번개처럼 산등성이를 내달렸다. 억새풀 능선이 옆으로 누웠다. 그 능선을 순식간에 가로지른 두 사람의 몸이 신작로를 내달렸다.

창덕궁 내 춘추관 사고.

— 있을 것 같소?

운심이 나무 뒤에 몸을 숨기고 물었다.

— 가봐야지. 왜란 때 전주사고에 있던 것이 살아남아 전쟁이 끝
난 후 영변객사를 거쳐 강화도로 옮긴 다음 다시 몇 군데를 거쳐 이
곳에 옮겨졌다는 말이 있는데 모르지.

— 대단하오. 한두 권도 아니었을 텐데.

그들은 담을 뛰어넘어 건물을 돌아나갔다.

— 저 건물 구석으로.

꼽추가 운심에게 말했다.

운심이 고개를 끄덕였다.

샘물이 흐르는 물길 쪽으로 춘추관 사고 건물이 보였다.

그들은 여기저기 깔린 병사들의 눈을 피해 기단 위로 올라섰다.
하층의 낮은 기둥 아래 병사들이 서 있었다. 그 위로 건물 주위를 병
사들이 오고 간다.

꼽추가 난간이 둘러싸인 곳을 향해 쥐새끼처럼 뛰었다. 굽은 등
때문에 가슴이 땅에 닿을 듯했다.

사고의 문은 잠겨 있었다. 꼽추가 사방을 휘둘러보다가 칼집에서
쇠꼬챙이를 빼냈다. 그 쇠꼬챙이로 잠긴 쇠통을 간단하게 땄다. 문
을 열면서 꼽추는 한순간 이상한 향 내음을 맡았다. 그의 눈앞으로
언젠가의 풍경이 내달려왔다.

분명히 그것은 그가 검계로 있을 때 기방에 들를 때마다 맡을 수

있는 그 냄새였다.

이곳이 그곳과 무엇이 다르랴. 너무 조용하구나.

이곳의 주인들이 내 역사를 바꾸었듯이 그렇게 역사는 그들이 그리고 묘사하는 대로 그려지기 마련이다. 이곳에 누운 자가 활기찬 역사를 그리고자 한다면 그것은 활기차게 그려질 것이다.

그러나 그렇게 그려버린 자를 처단하지 않고서는 살아갈 의미를 잃어버린 사람들이 있다. 그렇기에 이렇게 온 것이다. 이곳의 주인들이 이렇게 큰 집에서 제 권력을 영위하기 위해 백성들을 쥐어짜고 있는 사이, 악독한 사대부들이 장죽을 물고 느릿느릿 팔자걸음을 걷는 사이 불쌍한 백성들이 피를 흘렸기에 여기에 온 것이다.

부모를 죽이고 형제를 죽이는 것도 모자라 살기 위해 몸을 부린 뒷골목 검계의 무리들마저 그대로 두지 않았기에 이렇게 온 것이다. 함정은 역적이 되는 순간 이 나라의 백성 자격을 잃는 것이었고, 무뢰배가 되는 순간 역시 백성 자격을 잃는다는 억지에 있었다. 그들은 역적이나 검계나 백성을 괴롭히고 공포감을 조성하고 있기에 그렇다고 하지만 그것은 자신들의 권력 유지를 위한 허울 좋은 핑계거리일 뿐이다.

백성은 백성인 것이다. 역적도 백성이고 검계도 백성이다. 그 이상도 이하도 아닌 것이다. 그러나 권력을 휘두르는 자들은 그들 자신이 백성임을 망각하고 산다. 백성 위에 군림하는 그 무엇이라고 생각한다. 그들 역시 백성이라는 사실을 잊었기에 백성을 달리 보는 것이다. 군사가 진법을 익히는 군사훈련을 하면 백성을 위한 것이라 정당하고 무뢰배들이 조직적으로 훈련하면 백성들이 불안해 하니 백성이 아니라는 것이다. 그게 이 세상의 법이다.

더 이상 물러설 곳도 갈 곳도 없다. 오늘은 기필코 해낼 것이다. 부모의 한을 갚고 동지들의 한을 갚을 것이다.

그들은 서고 안으로 들어갔다. 엄청난 서책들이 빽빽이 드러났다. 마침 달빛이 흘러들고 있어 서고 안은 그리 어둡지 않았다. 그러나 즐비하게 놓인 서책을 확인할 수는 없었다.

— 어떡하오?

그녀가 절망스럽게 물었다.

— 내 이럴 줄 알았지.

사내가 왼쪽 등에 가로질러 맨 등짐을 풀었다. 그곳에서 주먹만 한 조롱박이 나왔다. 삼면이 둥글게 막히고 속은 비었는데 손마디 만 한 초가 꽂혀 있는 것이었다. 그 초에 불을 붙이면 한쪽 면으로만 불빛이 나가게 되어 있었다.

꼽추가 주위를 살피며 쭈그리고 앉았다. 그는 부싯돌에서 불을 일 궈 초에 댕겼다. 한쪽으로 터진 조롱박에서 빛이 흘렀다.

그것을 들고 그들은 서고를 살피기 시작했다. 태조로부터 태 종……. 드디어 숙종, 영조에 이르러 꼽추의 손길이 허둥댔다.

영조 4년 정미년(1727년).

꼽추의 손이 그것을 빼내었다.

그가 그 자리에 쪼그리고 앉으며 그녀에게 조롱박 등을 내밀었다.

그녀가 그를 따라 앉았다.

표지를 뒤져 날짜를 확인한 꼽추가 몇 장을 그대로 넘겼다.

영조 38년(1762년) 임오년 1월 24일

평안감사 정희량 등의 계교로 평양 유람을 비밀리에 계획한 이조참의 남태중의 치국이 시작됐다. 치국은 임금이 직접 맡았다.

— 짐이 그대를 가상히 여겼거늘 앞서 간 김돈새를 도와 세자와 역모를 꾀했겠다?

— 상감, 너무하오이다. 어찌 그런 말씀을 하신단 말씀이오?

— 이놈이 실성을 한 게 아닌가? 네 이놈!

그때 곁에 있던 금군대장이 죄인에게 호통을 쳤다.

— 이놈, 아무리 죄인이기로서니 반상의 도도 모르느냐. 주상께 예의를 갖추라.

그러자 죄인이 갑자기 금군대장에게 피를 탁 내뱉으며 눈을 부라렸다.

— 이 개자식, 밤새도록 옥안에서 나를 닦달하던 놈이 네놈이다. 상감이 묻는 대로 대답만 한다면 살 수 있으리라고. 어찌 이놈아, 아비가 아들을 역적의 수괴로 몰아 죽이려고 하는데 사람의 탈을 쓰고 그런 짓을 할 수 있단 말이냐. 네놈도 사람이냐. 이 금수만도 못한 놈들아.

임금이 금군대장을 물러가라 하고 죄인에게 물었다.

— 네놈은 저승전에서 선왕 경종과 선의왕비를 만나 가깝게 지냈지?

— 그렇소.

— 세자에게 그들의 말을 했다고 하는데 그게 사실인가?

— 묻기에 대답했소.

— 뭐라 하였느냐?

— 참으로 인간적인 것 같다고 했소.

— 세자는 뭐라 하였느냐?

— 자라면서 경종 임금의 인품이 존경스럽다고 했소.

— 그래서 이번 평양행에서 세자를 꼬드겨 역모를 꾀했다?

— 그런 적 없소이다.

— 무슨 소리인가. 병조참의 김돈새가 고변하고 죽었지 않았는가. 포
도장 남태중 네놈에 의해 왕으로 추대되었다고.

이때 지켜보던 홍봉한이 남태중을 바로 보지 못하고 눈길을 돌려 눈
을 감았다.

— 나는 그때 포도장이었소. 금군장이 아니었소. 나는 오히려 도성 안
에서 유언비어를 퍼뜨리는 자를 색출하여 옥에 가두는 데 앞장섰소.
더욱이 주상에게 보고까지 직접 하지 않았소. 기억나지 않으시오?

— 이놈, 나는 그런 보고 받은 적이 없다. 여봐라, 이놈이 바로 불 때
까지 주리를 틀어라.

주리에 남태중의 뼈마디가 성해나질 않았고 윤디질이 시작되었다.
벌겋게 단 윤디가 그의 살갗을 지져도 남태중은 실토하지 않았다.
임금이 그에게 물었다.

— 이놈, 도성에서 반란군과 내응하기로 되어 있었다는 김돈새의 고
변을 부정할 참이냐?

— 그런 적 없소이다.

— 그럼 세자 추대에 응하지 않았단 말이냐?

— 천벌 받을 소리 하지 마시오.

— 이놈, 네놈이 직접 평양성까지 세자를 인도해 갔다는 고변이 있다. 이래도 부정할 테냐?

— 그런 적 없소이다. 나는 그 당시 한양에 머물고 있었소.

— 여봐라, 이놈의 사지를 잘라라.

왼쪽 팔이 잘리자 그제야 남태중이 고통을 이기지 못하고 실토했다.

— 그리하였소. 그리하였어. 김돈새와 함께 세자 추대에 응하였소.

— 진작에 실토를 했다면 좋았지 않았느냐. 여봐라, 이놈을 능지처참하라!

그가 세자를 추대했다면 그 무리가 있을 터이고 그렇다면 임금은 그것을 물어야 할 터인데 묻지 않았다.

금군이 들어와 그를 끌고 나갔다. 네거리에서 능지처참을 감행했는데 두 눈 뜨고 보지 못할 참상이었다.

그의 사지는 여덟 조각으로 나뉘어 팔도로 보내졌고 머리는 잘려 금문교 위에 사흘 동안 걸렸다. 지나가는 사람들이 침을 뱉고 아이들이 그 머리를 향해 돌을 던졌다.

꼽추가 눈을 감았다.

주르륵 눈물이 볼을 타고 흘러 사초 위로 떨어졌다. 그는 이를 부드득 갈고 자신이 좀 전에 읽은 사초의 갈피를 사정없이 뜯어내 갈기갈기 찢었다.

— 어쩌려고 이러시오?

여인이 다급하게 말렸으나 이미 사초가 갈기갈기 찢어져 바닥에 떨어지고 있었다.

— 거짓이다. 내가 숨어 보았어. 아버지는 팔이 잘리지 않았다. 당신은 능지처참을 당하기 전까지 부르짖었다. 아니라고. 아니라고.

— 진정하시오.

꼽추가 사초의 다른 부분을 찾았다.

영조 38년(1762년) 임오년 6월 27일

이조좌랑 이직수! 너는 어찌하여 남태중의 시체를 치우게 되었느냐?

— 치운 적 없소.

— 평소에 남태중과 어떤 사이였느냐?

— 우리는 한 형제나 다름없었소.

— 김돈새, 남태중과 짜고 세자를 금상으로 밀기로 모의했다?

— 그런 적 없소.

— 이미 남태중이 불었다. 네놈과 함께 세자를 받들어 모시고 청주성으로 갔다고. 그곳에서 너희들의 무리를 만났다고. 이래도 아니냐?

— 그런 적 없소이다. 그때 청주성에 가지 않고 한양에 있었소.

— 남태중이 죄를 인정하지 않았느냐? 그런데 아니라고.

— 아니오.

— 여봐라, 이놈을 지져라.

발밑으로 시뻘겋게 단 숯불이 들어갔다. 그의 몸이 타기 시작했다. 고기 타는 냄새가 치국청을 휘어감았다.

그가 혼절하자 물을 퍼부었다. 다시 불을 넣으려고 하자 이직수가 실토하겠다고 했다.

— 그리하였소. 그리하였소. 김돈새 어른과 남태중 형님을 도와 세자를 보위에 앉히려 하였소.

— 여봐라, 이놈을 능지처참하라.

비가 억수 같이 쏟아져 하늘이 검었다. 그래도 사람들이 구경을 하려고 거리 가득이었다. 소 네 마리가 그의 사지를 찢었다. 몸통을 다시 네 토막으로 잘라 팔도로 보내고 머리는 남태중이 걸렸던 그 자리에 걸렸다.

꼽추가 맥없이 사초를 놓자 그녀가 달려들었다.

— 이리 줘 보오.

꼽추가 멍하니 앉았는데 이번에는 그녀가 조롱박을 놓고 사초를 뒤지기 시작했다.

영조 35년 기묘년(1759년) 4월 30일

때 아니게 눈이 내려 우중충한데 치국청으로 병조참의 김돈새가 목에 쇠칼을 차고 들어왔다. 그는 이미 사람의 몰골이 아니었다. 그의 치국은 금군대장이 맡았다.

— 김돈새, 세자의 밀령을 평양성에 전했다는데 사실인가?

— 그런 적 없소.

— 그들의 밀령을 저승전 이상궁에게 전했다는데 그게 사실인가?

— 나는 이상궁이 누군지도 모르오.

— 그럼 왜 저승전으로 갔는가?

— 내 딸을 찾기 위해서요?

— 네 딸이 누구냐?

— 김홍설이오.

— 그 아이를 왜 궁에서 찾았는가?

— 궁으로 들어와 살았기 때문이오.

— 궁녀인가?

— 아니외다. 지밀각에서 데려가 성은을 입었소이다.

— 이놈, 조사해본 바, 그것은 네놈의 낭설이었다. 성상을 욕보이려
한 네놈의 수작이었단 말이다. 성상을 어지럽혀 세자를 보위에 앉히
려는 수작이었다 그 말이다.

— 그런 것이 아니오이다.

— 여봐라. 이놈이 실토할 때까지 매우 쳐라.

옷을 모두 벗겨 매질하였으나 실토하지 않자 다시 명령했다.

— 포를 떠라.

죄인을 세워 뒤에다 나무를 받치고 사지를 묶어 꼼짝 못 하게 한 다
음 검원들이 날카로운 칼을 들고 달려들어 생선포를 뜨듯 살갗을 벗
겨냈다.

죄인은 고통에 못 이겨 혼절해버렸고 다시 깨워 시행하려고 하자 죄
인은 모든 것을 실토하였다.

— 그러하오. 그러하오. 세자를 위해 내가 했던 일이오.

162

…….

   운심이 사초를 놓고 흑흑 흐느끼다가 사초의 갈피를 뜯어 씹었다. 검은 먹물이 입가로 흘러 눈물과 하나가 되었다.
   ― 무도한 놈!
   운심이 눈물을 훔치며 꼽추를 쳐다보았다.
   그때 밖에서 금군의 발소리가 들려왔다. 그녀가 본능적으로 조롱박 속의 불을 불어 껐다.
   ― 나가야 하겠소.
   운심이 말했다.
   그제야 꼽추가 매섭게 눈을 치뜨고 일어났다. 그는 사초를 발로 차버리고 바깥 기운을 살핀 다음 살며시 문을 밀고 밖으로 나섰다. 그들은 재빠르게 추녀 밑을 가로질렀다.
   용마루가 없는 건물 밑으로 숨어드는 순간 갑자기 검은 물체가 돌아섰다.
   ― 누구냐?
   보초를 돌던 병사가 소리쳤다. 여기 저기 서 있던 병사들이 우르르 몰려들었다.
   그대로 있어서는 안 되겠다는 판단이 서자 꼽추가 운심을 향해 뛰기 시작했다.
   그가 운심을 옆구리에 끼었다.
   ― 돌부리에 걸려 발이 삐었소.

― 하필.

― 가시오!

― 안 돼!

― 누구냐!

― 서라!

병사들이 달려왔다.

― 안 되겠다. 몸을 날려.

두 사람이 나비처럼 날았다. 그들의 몸이 삽시간에 지붕 위로 올랐다. 운심이 절뚝거리며 꼽추의 뒤를 따랐다. 서서히 어둠 속으로 사라졌다.

소견

　박경만 박사는 이훈선이 분명하다는 사실이 판명되자 휴밀의 손에 쥐고 있던 모발과 백골 사체 이훈선의 모발을 비교 검토하기 시작했다.

　학궁 성균관에는 13명의 교수 외에 정7품 박사 3명을 두고 있다. 그중에서도 박경만 박사는 일찍이 여러 나라를 돌면서 의학을 연구한 이였다.

　그는 조사가 끝나자 하종사관에게 다음과 같이 말했다.

　― 대국에서 가져온 확대경과 구라찌오 추출액으로 검증해본 결과 한 종만 백골 사체의 모발과 동일한 소견을 보였을 뿐 그 외 모발은 다른 소견을 보였습니다.

─ 그게 무슨 말인가요?

종사관이 이해가 되지 않는다는 투로 물었다.

─ 그러니까 피해자의 모발과 한 종의 모발은 같은 것인데, 그곳에서 채취한 다른 모발에서는 각기 다른 모양을 띠고 있다 그 말입니다.

─ 그렇다면 어느 현장의 모발이 같은 것이고, 다른 것은 어느 현장의 것인지?

─ 구별이 쉽지 않습니다. 아마 때를 놓쳐 여러 사람의 머리카락이 현장에 떨어져 있었던 것 같습니다. 그래서 단언하기가 쉽지 않군요. 신발 자국 분석 결과는 포청의 자료가 정확하더군요. 이한조 사예의 현장에서는 두 종류의 신발 자국이 나온 것이 맞습니다. 하나는 양반들이 신는 녹피혜였고 하나는 무관들이나 신는 징신이었는데 신발 밑의 문양이 좀 특이해요.

─ 특이해요?

그럴 줄 알았다고 생각하면서도 하종사관은 그렇게 말을 받았다.

─ 주로 해, 달, 별, 나무, 구름 그렇게 다섯 가지 문양이 들어가는데 그 징신에서는 특이하게 해골과 칼이 들어가 있어요. 그렇다면 분명히 신발을 맞추면서 그렇게 해달라고 한 신발 같으니 신발점을 뒤지면 범인의 윤곽이 잡히지 않을까 싶은데 말입니다.

─ 그래요?

그 정도는 알고 있으면서도 종사관은 또 그렇게 말을 받았다.

─ 그런데 이상한 것은 그 신발 자국이 백골 사체의 현장에서도

166

발견되었다는 것입니다.

그제야 종사관의 눈빛이 번쩍 빛났다.

— 소견상 그렇다는 말입니다. 다행스럽게도 피해자가 쓰러지면서 그가 쓰던 백반가루가 쏟아졌고 용의자의 발자국이 그 위를 밟고 지나가는 바람에 신발 자국이 선명히 남았다는 것입니다. 그래서 계성사 신발 사국이 그것이라는 것을 일 수 있었딘 깁니다.

— 그러니까 성균관 계성사 바닥에 있던 두 개의 신발 자국 중 하나가 백골 사체 현장에도 있다 그 말 아닙니까?

— 맞습니다.

— 그럼 뒤의 징신이군요?

— 그렇습니다. 녹피혜의 발자국은 아니었어요. 그런데 독살된 휴밀의 현장에서 피해자의 손에 가득 쥐어져 있던 머리카락 말입니다. 그 머리카락이 누구의 것이냐 하는 것입니다. 그것을 알려면 좀 더 조사를 해봐야 하겠지만…….

종사관이 침을 꼴깍 삼켰다.

— 그럼 그 머리카락의 임자는?

— 일전에 제시해주셨던 그 모발과 동일하게 나타났습니다.

그는 그렇게 말하고 투명한 사기대롱에 든 액체를 들어보였다. 어른 중지 정도의 크기였다.

— 이게 구라찌오라는 기름입니다. 우리가 보기에는 머리카락은 다 같아 보이지만 사람마다 얼굴이나 손금이 다르듯 각기 다릅니다. 머리카락은 모간과 모낭으로 이루어져 있는데 개인에 따라 곱슬

거리는 정도나 색깔이 모두가 다르지요. 이 구라찌오 기름은 사물을 부풀게 하는 성질을 가진 독초입니다. 그 독초의 진액을 짠 것이지요. 사람이 이 풀을 잘못 뜯어 먹을 경우 몸이 통통 부어올라 결국 터져 사망하고 맙니다. 그렇기에 이 기름에 물건을 담그면 그 모양이 수십 배로 불어나지요. 그것을 확대경으로 확인해보면 머리카락의 생김새나 색상 등이 확연히 나타나게 되지요.

노중근이 눈을 휘둥그레 떴다. 믿어지지 않는다는 표정이었다.

종사관은 고개를 갸웃하였다. 어떻게 세 사건이 연관되어 있는지 납득이 가지 않는다는 표정이었다.

— 그러니까 머리카락도 그렇고 이한조 사례의 시해 현장에서 나온 발자국과 대목수 이정선의 현장에서 나온 발자국이 고스란히 똑같은 소견을 보인다고 했던가요?

종사관이 잠시 생각하다가 확인하듯 물었다.

— 그렇습니다.

— 그렇다면 역시 두 사건이 어떤 연관이 있다는 말인데요?

그때 의충과 오길 그리고 정목인이 포청으로 들어섰다.

포청의 동태를 살펴보고 신발점을 돌아도 안 늦을 것이라고 그들은 생각하고 있었다. 모두 사건 현장으로 나가버린 줄 알았는데 몇몇이 자리를 지키고 있었다.

— 예감이 맞는 것 같은데요. 저기 성균관 박사가 온 걸 보면.

포청으로 들어서면서 정목인이 중얼거렸다. 그의 말대로 전에 본 적 있는 성균관의 박경만박사가 와 있는 게 보였다.

의충이 눈치를 살피는데 정목인이 그냥 있어서는 안 되겠다는 생각이 들었는지 그들 사이로 막무가내로 끼어들었다.

— 안녕들 하십니까?

— 어서 오십시오.

하종사관이 맞았다.

　뭐 좀 나왔나 해서 이렇게 왔습니다. 학궁의 박사님들이 드나들고 있다고 해서.

하종사관이 의충에게 목례를 보내는 반면 노중근 무료부장은 시건방지게 인상을 찌푸렸다. 넌덜머리가 난다는 표정이었다. 그는 의충을 의식해서인지 노골적으로 제지하지는 않았다.

의충과 오길은 좀 떨어진 자리에 앉았다. 이미 박경만 박사는 돌아갈 때가 된 것 같았다. 종사관이 일어서려는 그에게 이렇게 말하고 있었다.

— 한동안 잠잠하더니 웬일인지 모르겠습니다. 사건이 터질 때마다 심려를 끼쳐서 죄송합니다.

박경만 박사가 계면쩍게 웃었다.

— 죄송하기까지야. 응당 할 일이지요.

— 워낙 사건 해결이 급하다 보니 이번에도 무리한 부탁을 한 것 같아서…….

— 그렇게 말씀하시니 말씀드리는 거지만 사실은 무척 힘들었습니다. 하루 만에 실험을 끝낸다는 건 도저히 불가능하거든요. 종사관 나리의 특별 부탁이라 만사 다 제쳐놓고 매달렸습니다만…….

— 그게 다 이 어두운 사회를 바로잡아 보려는 뜻에서 일어난 고마운 생각 때문이 아니겠습니까.

하종사관이 예를 차렸다. 정목인이 새삼스럽게 그를 쳐다보았다. 의충도 종사관에게 저런 면이 있었나 싶었다. 이상하게 오늘따라 그가 싫지 않다는 생각이 들어 시선을 돌리며 입꼬리에 웃음기를 물었다.

박사는 종사관에게 인사를 하고는 할 일을 마쳤다는 표정을 지으며 일어났다.

— 그 정도입니다. 앞으로 더 조언할 게 있으면 지체 없이 협조하겠습니다.

그는 그렇게 말하고 하종사관을 향해 손을 내밀었다.

그들의 말을 듣다 말고 의충과 오길은 먼저 밖으로 나왔다.

의충은 이상하게 심정이 편하질 않았다. 막연히 허공을 올려다보았다. 막막한 마음과는 달리 하늘은 청명해 보였고 바람은 싱그럽게만 느껴졌다.

시선을 돌리자 보이지 않던 지명근 가설부장이 종사관을 향해 다가가고 있었다. 종사관이 말을 나누다가 문득 밖에 서서 바라보고 있는 의충을 의식하고는 지부장을 데리고 한쪽으로 걸어갔다.

— 뭐야?

— 이종수 호패철 결과가 나왔습니다. 그런데 좀 이상해요.

지부장이 나직이 말했다.

— 뭐가?

― 이한조가 호주로 되어 있어요. 한 번 보십시오. 제가 베껴 왔습니다.

지부장이 베껴온 종이를 내놓았다.

종사관이 의중을 의식하며 재빨리 그것을 받아 보았다.

역시 호패철 호주란에 이한조의 이름이 선명하다.

― 이게 어떻게 된 거야? 그럼 이한조의 아들?

― 그러게 말입니다. 그래서 저도 유심히 봤는데…….

― 그 이한조?

― 에이, 설마요.

― 딸도 있었네. 이미앵? 딸은 나이가 꽤 되는데 그래. 어이, 휴밀인가 밀휴인가 현장에서 발견된 그 가옥매매 계약서 그거 가지고 있지?

― 네.

― 그거 이리 가져와 봐. 도대체 거기가 어디야?

지부장이 자리로 가 가옥매매 계약서를 가져왔다. 휴밀 시해 현장에서 수거한 것이었다.

종사관이 펼쳐보니 계약자는 분명히 이종수로 되어 있다. 아마 집을 팔려고 했던 모양이었다. 집을 계약한 사람은 둘레방 회방소라 되어 있었다.

회방소라면 집이나 방을 소개해주는 곳이다. 그러니까 집이 싸게 나오니까 사두려고 한 것일지도 모른다. 문제는 이종수가 누구냐는 거였다. 그리고 왜 이 매매계약서가 사건현장에 떨어져 있었느냐하는 것이었다.

호주가 이한조라고? 이종수가 그의 아들? 그럼 아들과 아비가?

그럴 리가 있나.

그렇게 생각하면서 하종사관은 의충을 돌아보았다.

이미 의충은 그 자리에 없었다.

종사관은 주위를 살피며 중얼거렸다.

— 아이구, 이놈의 사건 신물이 나누나.

3부

대왕의 고백

생의 먼발치

1

    소나기가 그치자 정목인은 학궁을 나와 혼자 대목수 이정선의 현장으로 가보았다.

    현장을 돌아보았지만 별 소득이 없었다. 법당을 돌아보다 보니 신장단 밑에 뒤주가 하나 있었다. 쌀뒤주 같았다. 불현듯이 왜 하필이면 뒤주 속이냐고 하던 말이 떠올랐다. 그런 생각이 들자 갑자기 세자가 들어간 뒤주는 얼마만 할까 하는 생각이 들었다.

    세자는 몸이 우람했다고 하는데 보통으로 커서는 안 되었을 것이었다.

    아비 영조로부터 먹는데 탐닉하여 살 관리도 못하는 무능한 놈이라고 퇴박을 당했다고 하지 않던가. 본시 미움의 병은 그렇게 증오스러운 것이다.

뒤주를 옮긴 사람 말을 들어보면 광이나 지하실에 처박아놓았던 것을 끄집어내 썼다고 했고, 세자의 명을 받은 의충은 무엇 때문인지 아니라고 했다. 사도세자가 죽은 후 뒤주가 없어졌다는 말이 있고 보면 책임자가 대신 가져다놓았을 것이라는 거였다. 뒤주가 없어졌다는 말은 들어본 적이 없었는데 의충은 그렇게 확신하는 것 같았다.

요리조리 뒤주를 살펴보니 틈새가 없다. 공기도 잘 통하지 않았을 텐데 그 좁은 공간에서 어떻게 8일을 견뎠을까. 누구도 열어보지 않았다고 하는데…….

왜 8일 동안 굶겨 죽인 것일까? 왜 8일 동안이나 죽기를 기다리고 있었던 것일까. 도대체 무엇 때문에?

학궁으로 돌아와 보니 의충이 증거 자료들을 내놓고 그때까지 검사 소견서를 쓰고 있었다.

잠시 후 오길이 돌아왔다.

그는 들어서기가 무섭게 투덜거리기부터 했다.

— 포청 자식들, 약 단단히 먹었나 봅니다. 실세를 등에 업었다 해도 그렇지 갈수록 가관이에요. 장금사 그게 뭐라고. 정보 좀 나누자고 했더니 역시 꿈쩍도 안 합니다. 사실은 세손의 세상 아닌가. 이것들이 뒈질 줄 모르고 색 쓰고 있다니까.

오길이 씩씩거리며 방으로 들어와 털버덕 주저앉았다.

정목인은 멀거니 오길의 어깨너머로 하늘을 보았다.

청명한 하늘을 보고 있자니 갑자기 자신이 까마득히 모르는 그 어떤 정보가 정말 포도 관헌들에게 있을지도 모른다는 생각이 들었다. 그림자처럼 붙어 다니고 있긴 하지만 그래도 사건을 담당하고 있는 장금사나 하종사관, 노중근 무료부장, 지명인 가설부장이 건져 올린 것 중에는 모르는 정보들이 있을 것이었다.

현 임금인 영조가 살아 있다고 헤도 그렇다. 지금은 세손이 정사를 돌보고 있는 마당이다. 그런데도 세손의 명을 받고 온 사관을 외면한다? 노론의 입김이 세다 해도 그렇다.

정목인이 그런 생각을 하는데 의충이 손을 털고 방을 나왔다.

그의 뒤에 오길이 털레털레 따라 오고 있었다.

— 어디 가십니까?

정목인이 의충에게 물었다.

— 세손을 한 번 뵈려구요. 그동안 경과 보고도 할 겸.

— 그 자식들 분명히 신발 맞춤집으로 갈 텐데.

오길이 투덜거렸다.

— 무슨 소리야?

— 한양의 신발점을 모두 뒤질 것 같더라구요.

— 포청 관헌들이 신발을 물고 늘어질 모양입니다.

정목인이 오길의 말에 덧붙였다.

— 무슨 기미를 느낀 모양이네.

— 그런가 봅니다. 그건 그렇고 왠지 뭔가 자꾸만 켕겨 잠깐 광통사로 갔더니…….

의충이 정목인을 보았다.

— 이정선의 방을 한 번 더 수색해봤는데 책을 뒤지다 보니 이상한 서찰을 쌌을 종이 하나가 나오더군요. 좀 전에 드려야 하는 건데…….

정목인의 말에 의충이 눈을 빛냈다.

— 서책을 털어대었더니 그 속에서 포개어진 낡은 종이가 하나 떨어지더군요. 한번 보십시오.

정목인이 내미는 것을 받아 들었다. 얼른 보아도 사람을 시켜 서찰을 보낼 때 내용물을 싸는 종이였다. 종이를 펼쳐보니 보내는 사람의 성함이 보였다.

— 선적사 조실 법성.

의충이 소리 내어 읽었다. 뒤집으니 받는 이는 이훈선으로 되어 있다. 이정선이란 이름을 쓰지 않고 있다. 날짜를 보자 이미 반년 전에 보내온 것이다.

— 알맹이는 없는 것 같은데요?

봉투 안을 들여다보다가 의충이 정목인에게 물었다.

— 어디 빠져 있나 샅샅이 뒤졌지만 없더군요.

— 선적사 조실 법성이라, 누굴까요?

고개를 끄덕이다가 의충이 정목인에게 물었다.

— 아무튼 분명히 이훈선 앞으로 보내진 것이고 보면 그를 알고 있는 사람이 틀림없잖습니까?

— 스님이겠지요?

오길이 듣고 있다가 물었다.

— 이름이 법명 같아 저도 그런 생각이 들긴 하는데…….

정목인이 덧붙였다.

— 그럼 그곳으로 먼저 가봐야겠군요?

— 거기가 어딘 줄 알고?

의충의 말에 계산 빠른 오길이 토를 달았다.

— 참, 그러네! 선적사 사원 소재지부터 알아야 할 것 같은데.

의충의 말에 정목인이 잠시 생각하다가, '기억나는 것 같긴 합니다. 학보 일로 한 번 가본 적이 있는 거 같네요' 하고 말했다.

— 그래요? 멀지 않다면 헛걸음친다 해도 막연하게 그냥 죽치는 것보단 그곳으로 가보는 것이 나을 것 같은데.

— 도성을 빠지면 바로입니다.

— 그럼 그리 멀지도 않은 것 같은데, 그게 낫겠네요.

세 사람은 말을 몰고 학궁을 나섰다.

먼 강변을 물들이는 붉은 기운이 점차 산정까지 스며들었다. 낙조에 물든 작은 어촌이 그림처럼 아름다웠다.

2

앞서 가던 말이 한순간 멈추었다.

정목인이 말에서 뛰어내렸다. 그가 내려선 곳은 산기슭 야산 중턱이었다. 선적사 사원으로 가는 팻말을 따라가다가 갑자기 야산이 막아서면서 급경사가 시작되자 말을 세운 것이다. 야산이라고 하기엔 뭐하고 언덕이라 하는 편이 옳았다. 그 정상이 톱니처럼 날카로웠다. 그것은 얼어붙은 듯 지지한 남빛 바위 더미로 이루어져 있었다. 바위 주위로 벌레 먹은 숲과 듬성듬성 볼썽사나운 고사목들이 서 있는 것이 보였다.

— 여기서 걸어 올라가야 되겠는데요? 말로 가기에는 무립니다.

정목인이 난감한지 풀죽은 어조로 말했다.

— 괜찮을 것 같은데요.

오길이 고집을 부렸다.

워낙 길이 경사져서 정목인이 고개를 갸웃거렸다. 정목인이 말에 오르는 걸 보며 이번엔 의충이 앞장을 섰다.

말은 경사진 길을 기를 쓰고 올라챘다.

얼마나 나아갔는지 몰랐다. 금방 사원이 나타날 것 같은데 위치를 알리는 팻말만 보였을 뿐 길은 계속해서 구불구불 이어지고 있었다. 의충은 그제야 이 산 끝머리 아주 깊숙한 곳에 자리 잡고 있을지도 모른다는 생각을 했다.

해가 지는 하늘과 땅이 놀랄 만큼 아름답게 빛났다. 금세 날이 어두워질 것이므로 의충은 오늘 안으로 성균관으로 돌아가기는 틀렸다는 생각이 들었다.

앞서 가던 정목인이 뒤를 돌아보았다.

— 그런데 뭔가 이상하다는 생각이 들지 않습니까?

─ 뭐가요?

의충이 왜 그러느냐는 표정을 지으며 물었다.

─ 너무 멀지 않습니까?

─ 그러게. 금방 나타날 줄 알았더니.

오길이 말을 받았다.

의충은 말고삐를 잡은 채 팔짱을 꼈다. 어디선가 불어온 바람이 옷깃을 흔들었다.

산중턱을 향해 얼마나 말을 몰았는지 몰랐다. 휘어져 나간 산굽이를 돌아서자 집채만 한 바위가 앞을 가로막았다. 거기 선적사라는 글자가 음각으로 새겨져 있는 것이 보였다.

글자 하나가 방석만 했다. 글씨체가 달필이었다. 석공의 솜씨가 보통이 아니었다.

바위를 돌아 나가서야 어스름에 묻힌 사원의 추녀 끝이 희미하게 보였다. 속세에서 묻혀 온 허망한 욕망들을 털어내듯이.

그들은 말을 멈추었다. 주위는 밀림이어서 어디선가 산짐승이라도 금방 뛰쳐나올 것 같았다.

돌로 된 계단으로 올라서자 웅장한 본 건물이 나타났다. 가까이 집을 찾아 돌아가는 새들의 지저귀는 소리가 들려왔다.

본 건물 앞 통로 이쪽으로는 잔디가 심어진 정원이 있었다. 파초와 이름 모를 정원수가 넓은 잎을 늘어뜨리고 있는 게 보였다. 그 너머로 꽃들이 잎을 열고 있었다. 참으로 아름다웠다. 그 화단을 에워싸듯 가시 달린 관목숲 너머 한쪽에 수각이 있고 맞은편 쪽으로 또 하나의 건물이 있었다. 저녁 공양이라도 짓는지 연기가 피어올랐다.

세 사람은 이곳저곳 기웃거리다가 연기가 피어오르는 건물을 향해 다가갔다. 불이 켜진 곳이었다.

막 수각 근처까지 다가갔는데 늙은 스님 한 분이 그들을 발견하고는 종종걸음으로 다가왔다.

얼떨결에 의충은 다가오는 그를 향해 합장을 하였다. 이제 한 일흔이나 되었을까. 키가 자그마하고 몸이 비대했다. 얼굴에 주름이 지긴 했지만 둥글어서인지 동안이었다.

— 어디서 오시었소?

마주 합장하며 다가오던 노승이 물었다. 갑작스러워서인지 좀 얼떨떨한 표정이었다.

— 혹시 여기 법성 스님이 계신가 해서요?

정목인이 물었다.

— 법성?

스님은 그렇게 물으면서도 여전히 시선은 그들의 모습을 더듬고 있었다.

— 접니다.

— 아, 그러십니까?

마침 잘 됐다는 얼굴로 정목인이 앞으로 나섰다.

— 그런데 나를 왜 찾소?

— 뭘 좀 물어볼 게 있어 이렇게 찾아왔습니다.

정목인의 말에 노승이 고개를 갸웃하더니 이미 어둠이 내려앉고 있는 건물 모퉁이를 가리켰다.

─그럼 저리로 가시지요.

노승이 앞장섰다. 민머리가 석양에 반사되어 유난히 번쩍였다.

법당 안으로 들어서자 향 냄새가 코를 찔렀다.

스님은 앉기가 무섭게 곁에 놓인 요령을 들어 흔들었다. 무슨 신호를 보내는 게 아닐까 생각하는데,

─그래, 무슨 일로?

스님이 요령을 놓으며 물었다.

정목인은 먼저 그에게 자신의 이름을 밝히고 뒤이어 의충과 오길을 소개했다. 스님은 합장을 하고 목례만 보내었다.

정목인은 단도직입적으로 용건을 드러냈다. 광통사 대목수 이정선, 아니 이훈선을 아느냐고 물었다.

그가 변을 당해 이렇게 찾아왔다고 했다. 노승의 눈빛이 사납게 흔들렸다.

정목인이 그가 누구에겐가 시해를 당했다고 말했다. 이래서는 안 된다고 생각하면서도 이왕 내친김이라 정목인은 시침 뚝 떼고 밀고 나갔다.

이때 밖에서 인기척이 나는 것 같더니 젊은 스님이 차 쟁반을 들고 들어왔다. 그제야 의충은 스님의 요령이 차를 내오라는 신호였음을 알았다.

─이리 놓아라.

스님이 당연한 어조로 그에게 일렀다. 그가 차 쟁반을 놓고는 방

을 나갔다. 스님이 찻잔에 차를 따르고는 뚜껑을 닫고 솜으로 차병의 입을 막았다. 향기의 유실을 막기 위해서인 것 같았다. 스님의 음성이 들려왔다.

— 자, 드십시다.

찻잔을 들어 한 모금 입 속에 넣어 굴리자 처음엔 밍밍한 맛을 남기다가 목으로 넘길 때쯤 되어서야 맑고 진한 향기가 입 속에 가득 퍼졌다.

— 그래, 그 사람을 죽인 범인을 잡았소?

스님이 찻잔을 놓으며 물었다.

— 그래서 이렇게 온 것입니다.

차를 삼키고 정목인이 대답했다.

— 참 허망한 것이 사람 목숨이라더니. 얼마 전까지만 해도 내가 연락을 받았는데 무슨 말인지…….

— 실례지만 이훈선 씨와는 어떤 관계이신지?

정목인의 말에 스님이 고개를 갸웃갸웃 내저었다.

— 이훈선은 내 조카요. 내 누님의 아들이란 말이오. 나와 동갑이오만. 내 어머니가 주착스럽게 날 늦게 가져 그런 것이니.

셋이 놀라 서로의 얼굴을 쳐다보는데 스님이 눈을 감았다. 끓어오르는 기운을 참아내고 있는 것이 분명했다.

— 그러시군요. 그런데 돌아가신 그분에게서 이런 글이 발견되었어요.

의충이 그렇게 말하고 주루먹을 뒤져 포청에서 내준 암호문을 내놓았다. 바로 진시황 이야기.

그 글을 받아 대충 읽어본 스님이 고개를 갸웃했다.

— 그 사람 글이 맞긴 맞는 것 같은데…….

— 이훈선 씨 글이 맞는가요?

의충이 확인하듯 물었다.

— 저희들 생각에는 그 글로 인헤 변을 당한 것이 아닐까 싶은데 말입니다.

정목인이 찻잔을 내려놓으며 말했다. 스님이 시선을 들었다. 왜 그렇게 생각하느냐는 낯빛이었다. 정목인이 어떻게 설명을 해야 할지 망설이자 스님이 제풀에 이해가 되는지 고개를 끄덕이다가 입을 열었다.

— 대충 무슨 말인지 알 것 같긴 한데 아니외다. 내 누님에게는 딸 하나와 그놈이 있었소. 그런데 어릴 때 제 누이가 죽었다오. 그래 그 바람에 그는 밀법에 미쳤던 것이오.

— 밀법?

뜻밖의 말이 나오자 의충이 자신도 모르게 되뇌었다.

— 그는 벼슬살이가 여의치 않아 이곳으로 와 있다가 목수에게서 절 짓는 법을 배웠소. 그래 천축까지 다녀올 정도로 솜씨 좋은 대목수가 되었지.

— 그건 알고 있습니다. 그런데 본시 사관이었지요?

— 맞소이다. 처음 과거에 들어 사관 직을 제수 받았다가 여의치 않아 돌아선 거요.

순간 정목인의 뇌리로 하종사관의 얼굴이 스쳤다. 자신 있게 사관이라고 하던 얼굴. 이미 이훈선의 신상정보를 뒤질 만큼 뒤졌다는 말이다.

스님의 음성이 들려왔다.

— 어느 날 그놈이 찾아왔더군요. 꼴이 아주 형편없었소. 쫓기고 있다며. 이 글을 보니 왜 쫓겼는지 이해가 가오. 젊은 시절 그러니까 처음 사관 생활을 시작하고 얼마 안 되어 쫓겨 다니기 시작하더니만. 그는 계속 이곳에서 이름과 모양을 바꾸고 살았소. 머리도 깎고 수염도 기르고. 먹으로 문신도 만들어 찍고. 그러면서 목수 일을 배웠소. 아무튼 그는 나중 천축에 갔다와 대목수로 이름을 날리다 경종 임금의 환취궁과 선의왕후의 어조당을 개조했소. 아마 그때부터 밀법에 미쳐버렸을 게요.

— 그럼 이 글도 그때?

의충이 막연히 되물었다. 그의 말에 맞장구를 치는 기분으로.

그래서인지 스님의 말이 빨랐다.

— 글쎄, 그건 잘 모르겠소만 어느 날 여기로 왔기에 붙잡았더니 돈 좀 달랩디다. 무엇에 쓸 것이냐고 했더니 서책이래나 뭐래나 그걸 찍어내야겠다고. 지금 보니 아마 이 글을 찍어 세상에 던지려고 한 것은 아닌지. 그런데 그날 그놈에게 내가 설법을 들었지 뭐요.

— 설법이라니요?

의충이 고개를 숙이고 생각에 잠기는데 정목인이 무슨 말이냐는 듯이 되물었다.

스님이 눈을 감았다가 떴다.

— 그러니 얼마나 기가 막힐 일이오. 그날 유가의 선비들이 유람을 한다고 이곳에 와 있었는데 그들 모두 울었어.

— 울어요? 그의 설법에 말이오. 어떻게 했기에요?

— 설법인 것 같기도 하고 암튼 엉엉 울어들 대었다니까.

— 그러니까 왜요?

이번에는 오길이 물었다.

— 그럴 만도 했지. 그들은 유가의 사대부들 아니야. 그런데 그가 밀법의 심오한 사상을 물 흐르듯이 읊어 나가는 거야. 처음에는 무슨 소릴 하느냐고 날을 세우다가 나중에는 어느 사이에 감복해 눈물을 흘려대고 있더라고.

— 정말 대단했던 모양이군요?

스님이 말을 멈추자 정목인이 장단을 맞추듯 말을 받았다.

— 그 다음 날 밤이었소. 보지 않았겠소.

— 무엇을 말입니까?

— 무엇인가를 보고 울고 있는 그놈을 말이오. 그는 무엇인가를 쓰고 있었소. 나는 참 알다가도 모르겠다는 생각이 들었소. 다음 날 그의 방으로 가보았소. 전날 그가 쓰던 글을 찾아내 읽어보았소. 그 글을 보고 얼마나 놀랐는지…….

그가 말을 끊자 오길이, '어떤 글이었는데요?' 하고 침을 꼴깍 삼키며 물었다.

스님이 밖을 향해 갑자기 목을 뽑았다.

— 행서야.

잠시 후 젊은 스님이 달려왔다. 좀 전에 차를 가져왔던 스님이었다.

— 자금당에 가면 달마상 위 시렁에 서책이 하나 있을 것이다. 그
것을 가져오너라.

행서 스님이 금방 서책을 가지고 왔다.

스님이 서책을 받아 중간을 뒤지자 접힌 종이 몇 장이 나왔다.

— 바로 이거외다. 그가 써놓고 간 것이오. 내가 챙겨놨는데 보려
면 보시오.

의충이 덥석 그 글을 받았다.

석실을 고치기 벌써 사흘.

구석자리에서 그 시를 다시 만났다.

그때에 붓다는 마음장삼매에 들어가셨더라

깊디깊은 골짜기에 정적은 가득하고

가득한 정적 속으로 일어나는 한 줄기 불꽃

뒤이어 무슨 소리인가, 저 분노의 소리

사자의 포효가 들리는구나

우레와 번개가 현란하게 어우러지고

하늘은 북소리로 가득 찼다

누리누리 엉킨 분노가 휘몰아쳐 일어난다

이 광경에 놀란 금강수 금강지 보살이 찬탄하며 묻는구나

내 일찍이 저런 광경 본 적이 없도다

정적의 골짜기에 변하지 않는 말씀 일어나니

이 어인 진리의 말씀인가

원하옵건대 여래이시여 우리를 제도하소서

— 이 시 어딘가 낯이 익습니다.

의충의 어깨너머로 읽고 난 오길이 말했다.

— 마음장삼마지? 아, 이 시 허불이 집에서 본 거 아닙니까?

— 그때 허불이가 외워대던?

— 맞습니다.

그의 대답을 들으면서 의충의 눈길은 자신도 모르게 다음 글을 찾았다.

내가 건축학을 공부하기 위해 천축으로 갔을 때 그곳에서 보고 들을 수 있었던 시다. 그런데 경종 임금이 머물던 환취궁에서 그 시를 생각지도 않게 만날 줄은 몰랐다.

그래서 주상은 이 궁을 전면 보수하리라 마음먹은 것이었는지 모른다. 머리를 박박 밀고 수염을 가슴팍까지 기르고 간 나를 그 누구도 알아보지 못했다. 그만큼 세월이 흐른 탓도 있었다. 내가 알아볼 수 있는 이도 없었으니까.

석실을 개조해 나갈수록 알 수 없는 글과 문양으로 가득 차 있다.

시가 아닌 산문을 발견한 것은 공사를 시작한 지 엿새째 되던 날이다.

왜 경종 임금은 그런 글을 석실 책장의 한 모서리에 끼워놓았던 것일까. 아마도 수행을 하면서 생각나는 대로 적어 그렇게 두었던 모양이었다. 주상이 안다면 치워버리지 않았을 리 없을 텐데 그냥 둔 것을 보면 이곳은 발걸음도 하지 않았던 모양이다.

경종 임금의 글은 이런 것이었다.

어느 날 자목이 내게 말하기를,

— 전하, 화두를 아시옵니까?

하기에 내가 물었다.

— 화두가 무엇인가?

— 생에 대한 질문을 화두라 하옵니다. 스님이 되려고 절에 오르면 행자생활을 거쳐야 하고 행자 생활을 이겨내면 삭발을 하고 계를 내리옵니다. 그런 다음 승이 되어 평생을 풀어가야 할 숙제를 하나 받사옵니다. 바로 그것이 화두이옵니다. 화두는 중국에서 나온 말이옵니다. 시심마. 즉 이게 무엇인가? 하는 질문이옵니다.

— 그래? 그런데?

— 오늘은 전하께 화두를 하나 내릴까 하옵니다.

— 어디 내려보시라.

하니까 자목이 이런 말을 하였다.

— 전하, 청녀이혼이옵니다.

— 청녀이혼?

내가 이상하여 되묻자 그는 다시 이런 말을 하였다.

— 예전에 한 처자가 살았답니다. 그녀는 동네에 사는 한 사내를 사랑했다고 하지요. 그런데 부모들은 한사코 그와의 결합을 반대하고 나선 겁니다.

남자는 괴로워하다가 차라리 고향을 떠나기로 마음먹었다. 어느 날 그는 여자에게 이별을 고하고 선창가로 나갔다.

그런데 그녀가 뒤따라왔다. 같이 가겠다는 것이다. 두 사람은 고향을 떠나 객지에서 어렵게 살았다. 몇 년 살다 보니 애도 낳았다. 애를 낳고 나자 용기가 생겼다. 여자는 사내에게 이제는 돌아가자고 했다. 애까지 낳았는데 부모님인들 어찌할 도리가 없을 거라는 배짱에서였다. 두 사람은 고향으로 돌아왔다. 사내가 여자를 사립문 밖에 세워놓고 먼저 집으로 들어갔다. 여자의 아비는 마당에서 새끼줄을 엮고 있었는데 사내를 보더니 근심 어린 얼굴로 물었다.

— 오랜만일세.

사내는 무릎을 꿇고 자초지종을 얘기한 다음 빌었다.

— 용서해주십시오.

그러자 장인이 멀뚱하게 쳐다보며 일어났다.

— 자네 지금 무슨 소릴 하고 있나? 용서해 달라니……. 무얼?

— 아니, 무슨 말씀이십니까?

— 무슨 말이냐니? 내 딸 청녀가 자네를 따라가다니? 청녀는 자네가 떠난 후로 오늘까지 저렇게 병석에 누워 있어서 꼼짝을 못 하는데, 누굴 놀리는 겐가?

이상히 여긴 사내가 방안으로 들어갔다. 들어가 보니 정말 청녀가 병든 몸으로 누워 있었다.

이때 한 선사가 제자에게 물었다.

— 그렇다면 누가 청녀이겠느냐? 밖에 서 있는 그 여자가 청녀이겠느냐? 아니면 방안에 누워 있는 그 여자가 청녀이겠느냐?

— 그래서 나온 화두가 바로 청녀이혼이라는 화두이옵니다.

그녀의 말이 하도 신기하고 이상하여, '거 이상한 이야기구나. 그래 제자는 뭐라 대답했느냐?'하고 물으니 자목이 이렇게 말하였다.

— 제자는 대답하지 못하였사옵니다. 할 말이 없었기 때문이옵니다. 사처팔방이 꽉 막혀버렸는데 무슨 할 말이 있겠사옵니까. 전하에서 대답할 수 있겠사옵니까?

나는 그 후로 그 화두를 풀기 위해 앉으나 서나 그 생각에만 매달렸다. 그리고 그 속에서 알아가고 있었다. 이게 무엇인가? 그 질문이 곧 불교라는 것을. 그 대답을 찾아 헤매는 여정. 바로 그것이 불교의 길이라는 것을.

세간의 지식을 총동원해 풀어보려 해도 추리나 논리 뭐 그런 것으로는 풀리지 않을 것 같다. 경전 속에 혹시 대답이 있을지 몰라 경전을 보니 자목이 경전을 보지 못하게 하였다. 남이 찾은 대답은 사구라고 하면서 직접 찾으라고 했다.

세속에서 배운 정보로도 안 풀리니 필요가 없고 불가의 경전도 필요가 없고 오로지 명상 속에서 찾으라고 한다. 그래서 불교도들이 세속과 인연을 끊고 절로 들어가 세간의 지식이 무용하다는 말을 하는 모양이다.

내가 주상의 명으로 환취궁을 개조한 뒤 선의왕후가 거처하던 어조당을 보수하기로 한 것은 그로부터 일 년 후다. 그곳을 개조하면서 볼 수 있었다. 경종 임금과 선의왕비의 사랑을.

그곳의 늙은 상궁이 말했다. 어느 날 분명히 보았다고 했다. 두 사람이 환취궁에서 하나가 되어 있는 모습을. 그렇게 아름다울 수가 없었다고 했다.

— 아마 소론의 무리들이 이제 연잉군을 잡아 벌하면 끝난다며 아우성을 치던 날이었을 것이오. 경종 임금은 그날 모두를 물리쳤소. 그는 어느 누구도 환취궁으로 들이지 않았소. 내금위에서 난리가 났소. 그러나 이미 경종 임금은 죽음을 각오하고 있는 것 같았소. 단지 선의왕비만 들라 하였소.

— 우주를 자작하는 법을 아시겠소?

선의왕비를 안고 경종이 물었다고 했다.

선의왕비가 황홀경에 못 이겨 신음을 물자 경종이 말하였다

— 어찌 우주를 자작하는 법을 모르고 세상을 안다 할 수 있겠는가.

— 전하, 진정 이것이 꿈이 아니오이까?

— 꿈이 아니외다. 꿈이 아니오.

그들의 사랑은 밤이 깊어가는 줄 모르고 이어졌다. 한때는 사내구실을 하지 못해 아이를 갖지 못했는데 이제 임금은 사내를 되찾음으로 하여 파정을 모르는 금강신이 되어 있었다.

— 나는 그가 왜 후손이 없는가를 그때 알았다오. 누가 이 말을 믿겠

소. 그러나 나는 그 후 보았소.

— 무엇을요?

내가 그렇게 묻자 늙은 상궁은 눈물을 흘리며 이렇게 말하였다.

— 전하께서는 선의왕비에게 언제나 묻고 있었소. 참 내가 알아듣기로는 어려운 말이었소. 그 말은 이러했지요.

신성이 무엇인가. 정신적인 것으로부터 존재론적인 어떤 정황일 뿐. 그렇기에 결코 파정해서는 안 되는 것이라오. 파정한다면 윤회를 벗어나지 못할 것이니 말이오. 걸려지고 걸려진 최고의 힘을 여섯 개의 정거장을 거쳐 머릿속 최상의 언덕으로 모아야 하오. 그때 대환희가 올 것이오. 결코 그 환희를 놓쳐서는 안 되는 것이오. 그것을 놓친다면 나는 다시 범부로 돌아갈 것이기 때문이오. 그러했을 때 그대와 나는 진정한 하나가 될 수 없을 것이오.

다음 날 나는 볼 수 있었다오. 전하께서 쓰다가 만 글들을. 자, 보시오. 임금이 되어 처음으로 자유롭게 자목을 안았던 글이오. 경종 임금의 마지막 글.

나는 늙은 궁녀가 주는 그 글을 몸을 떨며 읽었소.

이곳에 들어앉은 지 며칠이 지나는 동안에 예상대로 연잉군이 군사를 풀어 에워싸고 있다.

연잉군의 권력욕. 이제 그것이 무상해 보이니 정말 나는 병든 것일까.

아침에 연잉군이 와 이제 그만하세요, 하였다.

— 어떻게 외도의 법을…….

— 외도의 법이라 하지 말라.

— 전하, 유림을 생각하옵고 종사를 생각하옵소서.

— 모르시겠는가. 이 화두의 대답이 곧 이 우주의 본질이요, 진리 그 자체임을.

그걸 저 무작스런 자가 알 리 없다. 진리란 문자로 세울 수도 없고 마음 가는 곳이 끊어져버려 세울 수도 없다는 것을 저 권력의 화신이 어찌 알겠는가.

그때 내 생각하기를 아하, 이제 때가 왔구나. 왕위를 물려줄 때가 왔구나. 결국 나로 인하여 이씨 조선의 끝이 오고 있구나.

그날 밤 모후의 영전에 마지막으로 분향하였다.

이로 인해 모후의 한은 풀었다. 이제 김씨의 세상이 올 것이다. 눈에서, 입에서 피를 흘리던 어머니의 그 모습. 이제 죽어 가면 보이지 않으리라. 모후의 입을 벌려 죽이던 부왕의 모습도 보이지 않으리라. 나는 훌훌 곤룡포 벗고 바람처럼 흐를 수 있으리라.

사내가 되기 위해 외도의 법을 접했으나 이제 이 또한 부질없는 것을. 선의왕비가 왔기에 간곡히 일렀다.

— 부디 척심일랑 가지지 마오. 그들이 나를 죽인 것이 아니라 내가 그들을 끌어들였던 게요. 이씨의 세상을 끝내기 위해.

— 아니 되옵니다. 어찌 이 나라를 김씨 종자에게 넘겨주려 하십니까.

— 어머니가 가실 때 내 하초를 왜 훑어버렸겠소. 그때 이씨의 나라는

끝났던 게요. 그 꿈을 내가 이루었으니 부디 원심일랑 일으키지 마오.

— 어찌 군왕으로서 종묘사직을 그리 헛되이 버리려 하십니까. 어떻게 선조들을 뵈려고.

— 내 어머니가 버린 나라요. 나 또한 버리지 못할 것이 무엇이 있겠소. 내 어미가 피를 물고 차디찬 땅에 묻혔는데 이 아들을 보시오. 면류관 높이 쓰고 금상에 앉았으니 이게 무슨 꼴이오. 이제 김가가 이 자리에 오르면 만대에 그 불행이 계속될 것이오. 죽고 죽이고, 그럼 알게 될 것이오. 이 자리가 금상이 아니라 지옥이라는 것을.

그렇게 일렀으나 원심이 가득한 모습으로 돌아가니 앞날이 어떻게 될지…….

3

그들이 이훈선의 글을 읽고 났을 때 스님은 언제 밖으로 나갔는지 보이지 않았다. 셋은 그대로 앉아 생각에 잠겨 있었다.

— 어미의 한이 왕이 된 아들의 심상을 그때까지도 흔들고 있었다? 의충은 생각에 잠겼다가 뇌까렸다.

— 그렇겠지. 어릴 때 죽어가던 어머니의 참혹한 모습. 그 어머니를 죽이던 아버지. 그래서 끝내고 싶었을지도 모르지. 불법을 알아가면서 더욱 그랬을지도. 이놈의 인연사, 끝내자. 그랬을지도 모르지. 어허, 그런 면에서 보면 경종 임금의 복수가 제대로 이루어진 것

이 아닌가.

　의충은 눈을 감고 고개를 숙였다. 김복택의 아들이었던가? 누구던가? 그 사람을 만났을 때 그가 했던 말이 머릿속에서 맴을 돌았다. 경종 임금이 밀법으로 너무 깊이 들어가 버렸다는 말.

　― 경종 임금이 불교에 빠져들었다는 건 충격입니다. 엄연한 유교국에서.

　오길이 말했다.

　― 그렇게 따지자면 불교가 먼저였지. 우리의 정서 밑바닥에 흐르는 것이 바로 그것이니까.

벽

1

밤이 깊어가고 있었다. 가끔 산짐승들의 울음소리가 들리고 가까운 돌담 어디선가 도마뱀 우는 소리가 들려왔다. 스님이 마련해준 방에 누웠지만 셋은 잠이 오지 않았다.

스님이 들려준 말의 여운 때문일까, 의충은 이훈선의 모습이 좀체 잊힐 것 같지 않았다. 나직이 한숨을 물며 돌아눕는데 정목인의 음성이 들려왔다.

— 경종을 모시던 궁인들이 생각나네요. 전하께서 즉위하던 날 경종의 옥쇄(도장)함을 섬돌에 던져버렸다는 말을 들은 적이 있거든요.

그거 재미나겠다는 듯이 오길이 돌아누웠다.

— 그래서요?

— 그 소리가 창덕궁 인정전까지 울렸다고 합니다. 당시 사태가 얼마나 험악했는지 알 만하지요.

— 그렇게 주상이 모지락스럽게 왕위 찬탈을 했다 그 말인가요?

— 그렇지 않고서야 그렇게들 갈 리 있겠습니까. 경종도 그렇게 갔고 선의대비도 꽃다운 나이로 어조당에서 자진했고, 그녀가 양자로 삼겠다던 밀풍군도 자결했으니 말입니다. 또 왕조의 씨가 바뀌었다고 일어난 이인좌의 난 때 얼마나 많은 사람을 죽였습니까. 대포를 걸어놓고 죽였으니 말입니다.

— 일설에 들으니 사도세자가 경종이 거처했던 처소에서 자랐다는 말이 있습디다?

오길이 물었다.

— 그렇다고 하더군요.

— 그럼 경종이 그렇게 죽은 걸 알게 되었을 것 아닙니까? 사도세자의 충격이 컸겠는데요?

— 그렇겠지요. 그래서 그 비극이 이어진 것이 아니냐는 말도 있습니다. 부왕을 보는 사도세자의 눈빛이 달라졌을지도 모르지요. 어린 마음에.

— 결국 친자 문제가 이제는 아들과 아비 사이마저 갈라놓았다는 말인데. 재밌네요.

의충이 듣고만 있는데 오길이 실실 웃으며 말했다.

— 궁녀는 자신이 모시던 상전이 죽으면 궁을 나가야 하는 것이 원칙 아닙니까. 경종 부부도 마찬가지였겠지요. 그들을 보좌하던 궁

녀들도 궁을 떠나야 했으니까요. 그런데 주상은 세자를 낳고 경종 부부의 궁녀들을 죄다 불러들였어요.

— 왜요?

오길이 물었다.

— 그들에게 사도세자의 양육을 맡겼던 겁니다. 사실 그 궁녀들은 자신을 의심하고 미워하던 사람들이었지요. 그런데 그 궁녀들한테 어린 아들을 맡긴 겁니다.

— 무슨 말인지 알겠네요. 그러니까 그렇게 함으로써 주상은 경종 임금으로부터 자신의 떳떳함을 나타내고자 했다 그 말이지요?

— 그렇습니다. 경종의 죽음에 대해 추호도 부끄럼이 없다 그런 말이지요. 그 점을 입증하고자 했다는 말입니다. 그러니 어떻게 되었겠어요. 경종 쪽 궁녀들이 세자를 어떻게 가르쳤겠습니까. 세자는 열 살 때부터 노론과 외척을 강도 높게 비판했다고 하니까요. 그리하여 전하를 곤란하게 만들었지요. 그러니 두 부자가 멀어질 수밖에요. 세자가 철없이 아비를 비방하고 다니자 어머니 선의궁이 세자의 유모 한상궁을 나무랐다고 해요.

— 알 만한데요.

오길이 고개를 끄덕이며 대답했다.

— 애를 어릴 때부터 어떻게 키웠기에 저렇게 이상한 소리를 하고 다니느냐고 나무라자 한상궁은 너무 억울해 목을 매어 죽었다고 합니다. 그래서 세자의 어린 마음은 더 돌아서버렸을지도 모르지요. 하여튼 그들의 영향에 의해 어릴 때부터 철없이 경종을 흠모하여 부

모를 원망하고 있었다는 건 사실인 것 같습니다. 주상께서 사도세자에게 대리청정 시킨 것은 세자 나이 15세 때였다고 합니다. 주상은 사도세자로 하여금 탕평정책의 규모를 빨리 익히게 하려고 했다는 겁니다. 초기에 탕평을 주도한 김재로나 조현명 등의 대신들을 물러나게 하고, 정우량, 김상로, 홍봉한 같은 외척당이 주도하는 정권으로 정계개편을 했거든요. 대리청정 시작하고 처음 삼사 년은 무사히 지나갔습니다. 그러자 세자는 나름대로 정계개편을 하기 시작했어요. 이천보. 유척기, 이종성을 주축으로 청류당 정파를 형성해 외척당에 대항했지요.

　― 그러니까 세자는 외척당을 경원시 하고 청류당에 많이 의지했다 그 말인가요?

　오길이 제법 진지한 어조로 물었다.

　― 그렇습니다. 그는 대리청정을 하면서 부유한 양반지주 사대부들보다는 가난한 농민들을 보호하는 데 주력했다고 하니까요. 환곡제의 폐단을 시정하고 대동미와 군포 징수에 따른 부패를 근절했지요. 이는 집권 노론의 이해를 저해하는 행위가 분명했지요.

　― 능구렁이 아버지와는 달리 그 나이에 대단한데요.

　― 그뿐만이 아닙니다. 19세 때는 사형수에 대해 삼심제를 도입했어요.

　― 삼심제라면 세 번 반복하여 심판하라 뭐 그런 거 아닙니까?

　― 그렇지요. 그리고 노론의 소론에 대한 치죄를 반대했어요. 그러니 노론 쪽에서 가만있었겠습니까. 노론은 점차 세자를 위험시하게 되었지요. 그러나 세자는 물러서지 않았어요. 그는 여전히 경

종을 동정하고 노론을 미워하고 있었으니 말입니다.

— 그래서 결국 전하나 노론으로부터 역적으로 몰려 죽은 것이다?

— 더러 그런 말을 하는 사람도 없잖아 있습니다. 사실 그는 애초부터 노론의 적수가 되지 못했습니다. 결국 실정을 계속하게 되었고 극기야 당론을 잘못 처리해 홍역을 앓는 상태에서 눈 위에 엎드려야 했지요. 무려 3일간 대죄한 것입니다. 그런데 난데없이 또 경종 독살설이 불거졌지요. 전하는 그로 인해 당쟁이 발생하자 세자에게 왕위를 넘기겠다고 선위소동을 벌였습니다. 그 바람에 또 며칠 동안 얼음 위에서 석고 대죄했지요. 전하도 지긋지긋했을 겁니다. 불식시켰다고 안심하면 그놈의 독살설이 모가지를 잡지 않나, 친자설이 모가지를 잡지 않나, 참으로 환장할 일이었겠지요. 벌써 나이가 육순인데 이게 뭔가 싶기도 하고. 그래 독하게 마음먹고 세자를 앞세워 왕위에 뜻이 없음을 밝힌 겁니다. 그래야 경종 독살설을 확실히 불식시킬 수 있었을 테니까요. 어떻게 무마가 되었어요. 하지만 해가 바뀌면서 전라감사의 장계가 올라왔다고 해요. 조정에 간신이 가득하다는 겁니다. 백성들이 도탄에 빠졌다는 흉서가 나주 객사에 걸렸다는 것입니다. 또 이인좌의 망령이 전하를 깨운 겁니다. 전하는 이인좌의 잔당 소행이라 규정하고 범인을 체포하라 지시합니다. 일주일 만에 윤지라는 인물이 잡혔어요. 윤지는 경종 때 한성판윤 등을 역임한 윤취상의 아들이라고 하더군요. 윤취상은 김일경, 박필용 등과 함께 노론 제거에 앞장섰던 소론 강경파였다고 합니다. 그로 인해 사건은 일파만파 번져갔다고 해요. 소론 급진파의

우수한 인재 5백여 학자들이 그 바람에 사형에 처해졌지요. 뒤이어 윤지의 문서 상자에서 이진유, 이진검, 이광사의 편지가 발견되었어요. 이광사가 체포되고 전하에게 직접 심문 받았지요. 그는 전하의 왕위계승을 막으려 했다는 죄목으로 역적이 되어 단죄되었어요. 그렇게 5월까지 국청은 계속되었고 수많은 관련자들이 하루가 멀다 하고 성문 밖에서 효수되었다고 하더군요. 전하는 제정신이 아니었다고 해요. 이성을 잃고 직접 능지처참 현장을 주관했다니까요. 그는 소론에 대한 자신의 분노를 보이기 위해 보란 듯이 능지처참의 현장에 언제나 세자를 대동했다고 합니다. 그때 세자의 가슴이 어떠했겠어요. 충격이었을 테지요. 정상적인 사고를 지녔다면 미치지 않을 수 있었겠어요. 노론들이 나주 사건에 연좌된 남자들을 모두 죽여야 한다고 하자 세자는 이를 반대했다고 합니다. 그뿐만이 아니었지요. 유배중인 이광사 등을 모두 죽일 것을 청하자 세자는 이를 또 결사적으로 거부했다고 해요. 세자는 죽기 살기로 노론의 정치 보복을 거부했어요. 분명한 태도로 노론과 전하께 저항했던 겁니다.

  ―살육의 현장에서 소론의 목숨을 살리기 위해? 정말 대단하네요.

  ―그렇지요. 그들을 살리려는 유일한 인물이었지요. 더 이상의 살육을 막기 위해서 말입니다. 아마 그렇게 전하와 멀어지고 있었다는 겁니다. 그때마다 생각했겠지요. 뒤바뀐 성씨, 그로 인해 괴물이 되어버린 부왕. 그에 의해 독살된 선왕, 살육되는 백성들⋯⋯.

  두 사람의 말을 들으며 의충은 돌아누운 채 방충망 너머의 컴컴한 어둠 속에 눈을 붙박은 채 꼼짝도 하지 않았다.

짐승의 울음소리가 들려왔다. 이번엔 아주 가까이에서 들려오는 것 같았다.

투덕투덕······.

비가 쏟아지기 시작했다. 의충은 들이치는 빗방울을 피할 생각도 없이 그냥 그대로 누워 괴괴한 앞산만 바라보았다.

어릴 때 혼자 걷는 숲 그늘에서 가끔 그 소리를 듣고 오싹 한기를 느끼고 했었는데 그때처럼 갑자기 이상스런 공포가 의충의 의식 속으로 엄습해 들어왔다.

2

사건은 여전히 지지부진이었다. 의충은 일이 제대로 손에 잡히지 않았다. 오길과 정목인은 도성 안의 신발점을 샅샅이 훑고 있었다.

정목인은 존경각 학보실에 앉아 이번 사건의 개요를 나름대로 정리해보았다. 글을 써 나갈수록 이건 기사문이 아니라 이상스런 감상문 쪽으로 흘러가고 있었다.

몇 번이고 포기하려다가 마음을 고쳐먹고는 했는데 의충과 오길이 나올 때쯤 결국 포기하고 말았다.

포청에서 나와 학궁 존경각으로 가자 판각실장이 정목인을 잡았다. 그도 사예에게 사건의 개요를 들어 알고 있는 듯했다.

— 너무 오래 걸리는 것 같은데요. 그 사건에 대해 정보 한 장 올

라온 게 없으니 말입니다?

— 조금만 기다려주십시오. 얼추 윤곽이 드러나고 있으니까요.

의충과 오길이 광통사 현장을 가보아야 될 것 같다기에 정목인은 홀로 포청으로 향했다. 행여 어떤 정보가 있을까 해서였다.

포청으로 들어서자 지명인 가설부장이 싱글거리며 다가왔다.

그의 포도 관헌 생활을 담은 기사를 회보에 내주겠다고 은근히 농을 쳤는데 그래서인지 살갑게 굴었다.

— 용의자가 신었던 신발, 그 신발 만드는 집 알아내었다 하던가요?

금방 가르쳐줄 것처럼 살갑게 굴더니 역시 꼬리를 감추었다.

— 모르겠는데요. 그건 내 분야가 아니라……. 아마 노중근 무료부장 혼자 조사를 하고 있을 것이외다.

처음에는 웬 신발 하던 사람들이 아니었다. 그들도 계속해서 신발점을 집중적으로 수색하고 있었던 것이 분명했다.

어쨌든 하종사관을 만나보기로 했다. 그 역시 딱 잡아떼었다. 같이 다니는 분들은 어디를 가셨을까 하며 빈정거리기까지 하였다. 햇살이 따가운지 연신 이맛살을 찌푸리며 짜증을 내었다. 무슨 말만 하면 목에 가시를 세웠다.

— 대체 나오긴 뭐가 나왔다는 거요? 뭐가 나왔다면 이러고 앉았겠어요?

여전히 종사관은 각을 세우고 말을 잘랐다.

— 요즘 들어 너무 하는 것 아닙니까? 다 알고 왔는데도 사사건건 잡아떼기나 하고……. 학보 마감 일이 가까웠는데 글 한 줄 긁을 수

없어요. 누구 쫓겨나는 꼴 보고 싶어 이러십니까.

— 어이구, 내가 이놈의 생활을 접든지 해야지. 이젠 아주 제집 드나들 듯하며 성화니 원.

— 입만 열면 엄살이라니까. 다 알고 왔는데. 지부장이 노부장과 하는 소릴 들었다고 하더라고. 이평전 외 용의자라고 지목되는 사람의 거처를 찾아내었다고 말이야. 이래도 아니라고 할 겁니까?

주위를 둘러봐도 그들이 보이지 않기에 정목인은 그렇게 둘러대었다. 기가 막힌다는 듯이 종사관이 엉큼을 떨었다.

— 지명인이 그 자식 정말 왜 그러는지 모르겠네. 그게 저번에 혼이 나고도 엇나가네.

— 그러니까 이제 더 숨길 생각 말고 털어놔 봐요. 어차피 갱초 긁어 올릴 거 아닙니까. 누구 물 먹일 거 아니라면, 누굽니까?

정목인이 작정을 하고 물고 늘어졌다.

— 상부상조하는 거야 좋지만 눈치껏 알아서 해야지. 매일 이러면 어떡하라는 건지 원.

— 알았습니다. 알았어요. 그러니까 누구냐니까요?

정목인이 물고 늘어지자 종사관이 짜증스럽게 고함을 질렀다.

— 남자야.

— 남자? 물론 남자겠지. 나이는?

— 몰라. 스물여섯이라든가⋯⋯.

— 이십육 세? 그럼 어떻게 되는 건가?

— 어떻게 되긴?

— 누구냐구요? 통박이 영 빗나가잖아요?

— 통박이라니?

— 이평전 그 외 용의자들 말이오.

— 아직은 몰라. 그들이 범인이 아니란 말도 안 했고. 용의자를 잡아들였다고 했지.

— 그러니까 그가 누구요?

— 이종수란 사내야.

그는 이왕 이렇게 된 마당에 될 대로 되라는 듯이 거침없이 내뱉었다. 아예 말꼬리까지 내려버렸다.

이종수? 정목인이 뇌까렸다. 생소한 이름이었다.

— 누구요, 이종수가?

— 글쎄 그건 우리도 알아보고 있는 중이오.

화가 좀 진정되었는지 종사관의 말꼬리가 다시 올라갔다.

— 찾고 있다니 무슨 말이오? 잡아들였다면서?

— 누가? 용의자라고 했지 범인이라고 했어.

어이가 없는지 종사관이 말하고는 툴툴 웃었다.

— 발견된 것이 또 하나 있었지.

— 그게 뭔데요?

— 집문서.

— 집문서? 웬 집문서?

— 뜬금없이 피해자 곁에서 집문서 하나가 발견되었단 말이오. 그래 그 집을 수색했고 그 집이 이종수란 자의 소유더군.

— 그런데 왜 현장에 집문서가?

— 모르지. 아마도 휴밀이란 자를 죽이려 왔다 흘렸을지도.

— 그러니까 휴밀의 현장에 우리가 미처 보지 못한 집문서 하나가 떨어져 있었다? 그래 그 집주인이 용의자가 아니냐? 그런데 왜 휴밀을 죽이려고 해?

— 그걸 어떻게 알아요.

종사관이 또 화가 좀 누그러졌는지 예를 차렸다.

— 그래서요?

정목인도 덩달아 말꼬리를 올렸다.

— 신발 만드는 집을 찾아내 그 신발의 임자가 이평전이라는 걸 알아냈지. 이평전이란 자가 그런 신발을 신고 다닌다고 하더라구. 징신에다 이상한 문양을 넣는 놈은 그 자식밖에 없다고 했으니까.

— 내가 알기로 계성사 신발 자국은 두 개였지 아마.

— 사실은 셋이었어.

— 셋?

— 하나는 사예 이한조의 것이었고, 하나는 모르겠어. 그리고 용의자 이종수의 모발이 나왔고.

— 그러니까 휴밀의 손에 쥐어진 모발과 똑같더라?

— 맞아. 그리고 대목수 이훈선의 현장에서는 임자를 알 수 없는 신발 자국이 발견되었고. 그게 이평전의 신발 자국이 아닐까 하는데 도대체 종적을 알 수가 없으니…….

— 그럼 뭐요? 다 다르잖소. 아, 아니. 이한조 사예의 신발 자국이

라니? 그럼 이한조 사예가 휴밀을 죽이고 그도 누군가에게 당했다는 말인가, 이종수란 자가 휴밀을 죽였다는 말이고?

어쩔 바를 모르는 정목인을 보며 하종사관이 헛헛 웃었다.

— 포청의 수사력을 우습게 본 모양인데, 그놈의 신발 자국 임자를 찾으려고 성균관을 아주 이 잡듯 뒤졌소. 거기 이한조 사예의 신발 또 한 켤레가 있었소. 그곳 식구들의 증언에 의해 이한조 사예의 신발이라는 것이 확인됐지.

— 그럼 하나는?

— 모른다고 했잖아요.

— 대단하긴 대단하네. 우리의 법의술 수준이 은수저로 겨우 독이나 가려내는 정도라고 생각했는데 신발 자국으로 범인을 가려내고, 그놈의 확대경인가 뭔가로 머리카락의 형태로 범인도 가려내고. 그래 이종수라나 뭐라나 그놈은 뭐하는 놈이래?

— 포도 관헌들이 조사를 나갔으니 이제 뭔가 가져오겠지.

정목인은 일단 포청을 빠져 나왔다. 용의자 이종수란 자를 체포해 올지도 몰라 포도 관헌들이 돌아올 때까지 기다려볼까 했지만 의충과 오길에게 먼저 알려야 되겠다는 생각에서였다.

파루

의충과 오길이 광통사를 나와 학궁에 도착했을 때 정목인이 정문 앞에서 기다리고 있다가 일어났다.

자초지종을 듣고 난 의충이, '갑시다' 하고 앞장을 섰다.

— 어디로요?

오길이 따라붙으며 물었다.

— 어디긴 어디야. 포청이지.

— 정학보가 방금 나왔다고 하지 않습니까.

— 사건이란 것이 그래. 어느 정도 궤도에 오르면 지체할 여유가 없어. 벌써 용의자들을 체포했을지도 몰라.

셋이 포청으로 들어가자 종사관과 부장들이 모여 무슨 말인가를 나누고 있다가 바라보았다. 장금사는 보이지 않았다.

다시 밖으로 나왔다.

마방으로 가면서 의충이 오길에게, '좀 이상하지 않아?' 하고 물었다.

— 뭐가요?

— 왜 던져주었을까? 정학보에게. 그렇게 입 조심을 하다가. 누굴 기다리고 있는 것 같지 않아?

— 그러고 보니 이상하긴 하네요. 자꾸 밖을 내다보는 것도 그렇고.

오길이 흘깃 정목인의 표정을 살피며 말했다.

— 기다리십시다. 분명히 뭐가 있어요!

두 사람의 행동거지를 멍하니 쳐다보고 있던 정목인이 갑자기 소리쳤다.

잠시 후 예상대로 앞서거니 뒤서거니 하며 지명인 가설부장과 하종사관이 밖으로 뛰쳐나왔다.

그들은 뛰쳐나오기가 무섭게 의충 일행을 발견하고 멈칫 하다가 더 지체할 수 없다는 듯이 마방에 메어져 있는 말들을 향해 달려들었다. 말 등에 올라타면서도 그들은 세 사람을 흘끗흘끗 살폈다.

— 사건인가 보군요?

정목인이 능글스럽게 물었다.

— 정말 끈질기구면.

종사관이 뇌까렸다.

— 어디로 가십니까?

지명인 가설부장의 입가에 웃음이 떠올랐다. 그들은 쌩하니 정문을 빠져나갔다.

세 사람은 그들의 뒤를 따랐다.

얼마나 달렸을까. 종사관 일행은 운종각을 그냥 지나쳤다. 종각에서 돈의문 쪽으로 길을 잡자 전망이 터지면서 북한산이 멀리 보였다.

말을 몰던 의충이 정목인을 향해 소리쳤다.

— 어딜 가는 것일까요?

— 글쎄요?

어느덧 돈의문 고개가 나타났다. 고갯마루에 3백 년이나 되었다는 노송이 보였다.

고개를 넘어 그대로 구파발 쪽으로 길을 잡을 줄 알았으나 갑자기 되돌아서듯 무악재 쪽으로 말머리를 돌렸다. 분명히 뒤따르는 세 사람을 의식하고 길을 우회하고 있었다. 이 샛길로 올 것 같으면 돈의문 쪽으로 방향을 잡지 않고 그대로 달려올 수도 있었다. 종각 전정에서 돈의문 쪽으로 가닥을 잡지 않고 바로 서문 쪽으로 빠져 돌아서면 샛길을 만날 수 있는 곳이었다.

왜 이런 길로 들어선 것일까.

정목인이 그런 생각을 하는데 종사관 일행은 샛길을 화살처럼 빠르게 빠지는가 했더니 넓은 신작로로 나서서 다시 기수를 틀었다.

예상이 빗나가자 세 사람의 행보도 빨라졌다.

이내 고리길 옆으로 어우러진 밀림이 터지고 진홍빛의 꽃이 무더기로 피어 있는 마을 어귀로 들어섰다. 시전이 계속되던 끝머리에

다다르자 하천이 나타났다. 연신내. 물이 맑았다.

앞선 이들이 내를 끼고 달리다가 박석고개를 얼추 넘은 곳에서 말을 멈추었다.

의충이 좀 먼 곳이었지만 대충 짐작해보니 붉은 기가 대나무 끝에 세워진 것으로 보아 육곳간이 분명했다.

잠시 후 세 사람은 체면 불구하고 말에서 내려 육곳간 앞에서 서성거리는 지명인 가설부장 곁으로 다가갔다. 종사관이 문을 열고 안으로 들어가는 모습이 보였다. 그 모습을 보며 지부장에게 정목인이 물었다.

— 뭐가 나온 거요?

— 참 내.

지부장이 노골적으로 짜증을 냈다. 매사 협조적이었는데 종사관에게 된통 당한 것이 분명했다. 그의 어깨너머로 산등성이 저쪽 멀리 들판이 보였다.

— 장금사 나리가 눈치 챘어요. 정보를 준 사람이 내가 아니냐고…….

— 용의자의 거처가 이 어디인 모양이군?

정목인이 가설부장의 눈치를 살피다가 지레 짚었다.

— 새로운 건 없소이다. 용의자의 신분을 조사하다 보니 이상한 것이 발견되었을 뿐.

잠시 후 가설부장이 육곳간으로 들어갔다.

세 사람도 따라 들어갔다.

종사관이 오십대의 뚱뚱한 주인을 불러 놓고 무엇인가를 묻고 있었다. 그러다 그림 한 장을 꺼냈다. 용의자의 얼굴인 듯했다.

정목인이 언뜻 종사관의 어깨너머로 초상을 내려다보았다. 낯이 선 젊은이의 얼굴이었다. 머리가 봉두난발이고 눈에 쌍꺼풀이 없어서인지 날카로워 보이는 인상이었다.

초상을 내려다보던 주인이 고개를 갸웃갸웃했다. 주인은 문을 열고 바로 옆집을 가리켰다.

— 저 집에 가서 한번 물어보오.

옆집은 집을 사고팔아 주는 회방소였다.

회방소란 글자가 길거리에 세워져 있었다. 그 곁에 나무 한 그루가 덩그러니 서 있고 노인네 몇이 대나무로 엮은 평상을 내어놓고 담배를 물고 얘기를 나누는 중이었다. 바닥에 아무렇게나 늘어져 자는 노인네도 보였다.

회방소로부터 시작되는 골목이 좀 이상했다. 어딘가 음습하고 역한 비린내라도 날 것 같은 음산함이 느껴졌다.

회방소에 들어갔더니 팔다리가 고목의 가지처럼 앙상한 노파가 꾸벅대고 있었다.

그녀는 안질에 걸린 눈을 끔벅거리며 종사관의 말을 듣고 있다가 음산한 골목 중간쯤 작대기에 붉은 헝겊이 달려 바람에 휘날리는 집을 손가락으로 가리켰다.

— 매음굴?

종사관이 노인이 가리킨 곳을 바라보다가 뇌까렸다.

노인이 고개를 끄덕였다.

고맙다는 인사를 남기기가 무섭게 종사관과 가설부장이 말을 끌고 앞장섰다. 세 사람이 슬슬 뒤를 따랐다.

종사관은 노파가 말하던 매음굴을 알고 있는 모양이었다. 난장을 지나는가 했는데 종사관이 한순간 옆길로 접어들었다. 갑자기 길이 협소해지면서 이상스런 주막이 나오기 시작했다.

세 사람은 매음굴 안으로 들어설 엄두를 못 내고 입구에서 주막 주인과 말을 나누고 있는 종사관의 음성을 들었다. 말소리가 잘 들리지 않았다.

이내 주모가 종사관을 데리고 밖으로 나왔다. 주모가 종사관을 데려간 곳은 허름한 초가집 앞이었다. 문이 밖으로 잠겨 있었다.

종사관이 먼지가 뽀얗게 앉은 들죽문에 채워진 시커먼 자물쇠를 보며 머뭇거렸다.

— 여기 뭐가 있는데요.

지부장이 문과 문 사이에 종이쪽지 하나가 끼워져 있는 것을 발견하고는 그것을 뽑았다. 쪽지를 펼쳐보던 가설부장이 낮은 소리로 종이에 써진 글을 읽었다.

— 이종수. 둘레.

종사관이 와락 지명인 가설부장으로부터 종이를 빼앗았다. 이종수라면 지금 그들이 찾아다니는 사람이다. 둘레? 둘레가 뭐야?

종사관이 고개를 돌려 주위를 둘러보았다.

둘레방 회방소

어떻게 눈을 떴는지 몰랐다. 눈을 비비며 일어나려던 의충은 멈칫
했다. 갑자기 간밤 꿈자리가 떠올랐다. 지명인 가설부장과 하종사
관이 어제 갔던 이종수의 집을 샅샅이 뒤지고 있었다. 저렇게 함부
로 문을 따고 들어가 뒤져도 되는가 하는 생각을 하다가 눈을 떴는
데 꿈이었다.

어쩌면 포청에서 밤새 그 집을 수색하고 있었을지도 모른다는 생
각이 들어 학보 회의가 끝나기를 기다렸다가 의충은 정목인과 오길
을 데리고 포청으로 들어갔다.

하종사관이 땡감 씹은 얼굴을 하고 그들을 맞았다.

一 왜 무슨 일 있었어요?

정목인이 다가가며 물었다.

— 말 시키지 말아요. 나 지금 말 상대할 기분 아니니까.

— 어디가 덧나기라도 했나? 혹시 어제 가보았던 이종수의 집 밤 사이 수색이라도 한 거 아닌지 모르겠네?

포청으로 오면서 의충이 간밤의 꿈 이야기를 했더니 정목인도 그 렇게 생각하고는 달라붙었다.

— 수색? 무슨 소리요, 느닷없이?

— 아니면 말구요.

— 이거 완전히 생사람 잡고 있구먼. 그러잖아도 수사가 미진하다 고 들들 볶는 판에 뭐 어쨌다고요?

— 그보다…….

순간적으로 지나가는 생각을 낚아채듯 정목인이 그를 잡았다.

종사관이 왜 그러느냐는 듯 돌아섰다.

— 어제 그 여자 말이오.

— 누구?

— 어제 이종수를 찾아 그 집에 갔을 때 집을 사고팔아 주는 회방 소 노파 말이오. 그 집 간판이 뭐였지요?

종사관이 기억을 더듬다가 생각나지 않는지 고개를 갸웃했다.

— 그 회방소 이름이 둘레 아니었나요?

정목인이 물었다.

— 그런 것 같은데, 왜요?

종사관이 기억을 더듬다가 물었다.

— 맞아! 어제 그 종이에서 본 둘레 그리고 이종수.

종사관의 눈이 그 순간 번쩍 빛났다.

— 아무래도 이상해서 말이오. 왜 그 종이에 둘레와 이종수란 이름이 적혀 있었겠소?

그제야 말귀를 알아들은 종사관이 눈을 끔벅 감았다 떴다.

— 그 할머니는 어제 거짓말을 했고 뭔가를 알고 있다는 말 아닙니까. 언젠가 박석고개와 독바위 사이에 둘레 마을이 있다는 말을 들은 적이 있소. 그럼 집을 매매하기 위해서는 회방소와 이종수 간에 긴밀히 연락되고 있다는 말 아니오?

— 그렇지! 그렇겠지.

되뇌는 종사관의 눈빛이 사나워지고 있었다. 그는 밖으로 뛰쳐나갔다.

— 갑시다.

정목인이 소리쳤다.

포청을 쏜살같이 빠져나와 한달음에 회방소로 달렸다.

— 기억이 비상한데요. 정말 놀랐네. 학보질 오래하면 누구나 그렇게 되나?

가면서 종사관이 정목인에게 말했다.

— 맞아! 학보라고 멀리만 할 것도 아니라는 걸 알고는 있었지만 그래도 쓸데는 있구먼 그래.

— 그러니까 상부상조하자는 거 아니오. 언제나 미운 놈 취급하지만 서로 괄시해서 좋을 거 없단 말이지.

종사관의 말에 정목인이 웃으며 말했다.

— 그런데 그런 생각은 갑자기 어떻게 한 거요?

종사관이 의아스런 음성으로 물었다.

— 어제 꿈자리가 이상했거든요.

— 꿈자리?

— 그런 게 있소.

정목인이 뒤따르는 의충을 돌아보며 의미심장하게 웃었다. 의충이 마주 웃었다.

회방소가 보였다. 회방소 앞으로 가 간판을 확인해보니 둘레 회방소가 맞았다.

행여 용의자의 신분을 감추려 할지 몰랐으므로 수사부에서 나왔다는 것을 숨기고 집을 살 사람처럼 접근하기로 했다. 종사관은 어제 낯이 팔렸으므로 정목인과 의충이 들어갔다.

회방소 문을 밀고 들어서자 새우젓 삭인 냄새가 코를 찔렀다. 협소한 공간에 늙은 남정네는 대들보에 메어진 낡은 구덕(아기 바구니)을 발로 흔들고 있고 안질 걸린 노파 혼자 점심을 들고 있었다. 만두 몇 개가 넓은 호박잎에 싸여 노파 앞에 놓였다.

그 곁에는 비린내 나는 새우젓과 호박국 그리고 기름에 튀겼을 생선이 검게 그을린 양재기에 담겨 있었는데 노파는 만두 하나를 집어 덥석 입에 물다 말고 들어선 그들을 바라보았다.

정목인이 다가들며 집 나온 게 있느냐고 물었다. 그러자 노파가 먹으려던 만두를 내려놓으며 어떤 집을 찾느냐고 안질 걸린 눈을 끔

삑이며 물었다. 대충 맞은편 초가를 기준 삼아 둘러대었는데 영문을 모르는 노파가 의충의 생김새가 아무래도 이상한지 흘끔거리며 고개를 갸웃갸웃했다. 그러면서도 바로 그 집이 나와 있다고 했다.

— 혹 매음골에 나온 집은 없나요?

— 왜 색시 장사 하시게?

— 집값만 적당하면요?

— 있소. 적당한 게.

— 혹 그런 집 중에 이종수란 사람이 내놓은 집이 있나요?

노파가 생각하다가 정목인을 다시 살폈다.

— 왜, 이종수를 잘 아슈?

— 아뇨, 면이 있는데 집을 내놓았다는 말을 들었거든요.

— 그래요? 그러오. 집을 내놨지.

— 그자와는 연락이 되나요? 즉각?

— 이종수야 필요없지. 우리와 얘기하면 되니까. 허름하긴 해도 새로 지을 것이면 문제가 될 것이 없는 집이라오. 가서 한번 보실라오.

졸면서 발로 구덕을 흔들던 노인네가 인기척이 귀찮은지 몸을 뒤챘다. 그걸 보던 정목인이 자초지종을 얘기했다. 그러자 잠에 취해 있던 노인네가 부스스 일어나 이쪽을 바라보았다.

뽕잎에라도 취해 있었는지 눈이 풀려 있었다. 그는 눈을 비비며 노파더러 누구냐고 물었다.

정목인이 포청에서 나왔다고 하자 그제야 모르겠다는 듯이 도로 누워버렸다.

포청에서 나온 걸 안 노파가 그제야 고분고분 용의자가 있는 거처를 가르쳐주었다.

　회방소를 나서는 그들에게 노파가 말했다.

　— 그놈이 몹쓸 짓이라도 저지른 게요? 어제도 수사관들이 들이닥쳤던데……. 아, 아니 그러고 보니 저 양반은 어제 온 그 양반 아닌가?

　노파의 시선이 밖에서 서성이는 종사관에게 멎어 있는 걸 보며 정목인이 나섰다.

　— 그런데 할머니, 어제는 왜 그 사람 있는 곳 안 가르쳐주었습니까?

　— 미우나 고우나 한 동네 사람 아니우. 이웃에서 한동안 살았는데 어찌 그놈 잡혀가라고 가르쳐줄 수 있겠수. 그래서 대충 얘기해버리고 말았던 거라우.

　— 그러니까 할머니가 그 집 문에다 종이를 꽂아놓았지요?

　종사관이 확인하듯 물었다.

　할머니가 고개를 끄덕거렸다.

　— 원체 돌아다니는 놈이 되어놔서요.

　— 그 사람 지금 어디 있습니까?

　할머니가 망설이는 것 같더니,

　— 사실 어제도 그놈이 있는 곳을 안 가르쳐준 것은 아니라오. 바로 저곳에 있는 걸 아침나절에도 보았으니까.

　— 매음굴 아닙니까?

　— 그놈이 있는 곳이 있다오. 근데 그놈이 무슨 죄를 지은 거요?

　— 죄 지은 건 아니고요. 뭘 좀 물어보려고 그럽니다.

정목인이 말했다.

─ 에휴, 그럼 그렇게 말하지. 그 애 어멈이 죽기 전에는 한집 식구처럼 지냈다우.

그렇게 말하고 노파는 그가 있는 곳을 가르쳐주었다. 그녀가 가르쳐준 곳은 그리 멀리 떨어진 곳이 아니었다.

넷은 그리로 달렸다. 주막이었다. 근처에 집을 놔두고 주막방에서 뭉치는 모양이었다.

평상에서 보부상 몇이 술추렴을 하고 있는데 똥개 한 마리가 닭뼈를 기를 쓰고 핥고 있었다.

종사관이 주인을 윽박질렀다.

─ 이종수 있는 방이 어디야?

사십대의 뚱뚱한 여주인이 머리를 내저었다.

─ 왜 이러실까……. 그런 사람 모르겠소.

안 되겠는지 종사관이 이종수의 초상을 꺼내 내밀었다.

─ 이런 사람 여기 있지?

초상을 보고서야 여인이 마지못한 듯 귀퉁이 방을 가리켰다. 종사관이 날렵하게 발소리를 죽이고 그리로 다가갔다. 이내 문이 발길에 채여 열리고 벌거벗은 두 몸뚱이가 언뜻 시야에 들어왔다.

중의만 걸치고 뛰쳐나오는 사내를 종사관이 한순간에 업어쳤다. 실오라기 하나 걸치지 않은 작부가 비명을 지르며 화살처럼 밖으로 뛰쳐나왔다.

심문

모두가 잠든 밤. 오로지 포청 조사실 불빛만이 뽀얀 빛을 발하고 있었다. 그 불빛 아래 앉은 사내는 의외로 끈질겼다.

— 이종수! 변명해봐야 네 입만 아플 뿐이야. 그러니 불어.

이십대 중반의 사내. 유난히 키가 크고 비쩍 마른 사내였다. 눈빛이 칼날처럼 섬뜩했다.

취조실 곁에 붙은 방으로 세 사람이 들락거렸다. 바로 의충 무리였다. 그들이 든 방은 방 앞을 가린 천만 들추면 취조실이 바로 보이는 방이었다. 구석방이었으므로 안에서는 세 사람이 들어앉은 방이 잘 보이지 않았다.

의충 일행이 방으로 들어가 취조실을 지켜볼 수 있었던 것은 그만한 이유가 있었다. 그것은 정목인이 그동안 알아낸 정보를 종사관에게 넘겨주었기 때문이다. 용의자로 지목된 이종수란 자가 범인이라면 종사관의 도움 없이는 막다른 골목에서 주저앉을 판이었다. 정목인은 순순히 그동안의 모든 것을 털어놓았고 종사관 역시 자신들이 조사한 내용을 정목인에게 일러주었다.

포청 관헌들과 세 사람의 조사 방향이 많이 달랐다. 포청 관헌들은 사이비 종단을 형성하려는 과정에서 일어난 알력 다툼으로 보고 있었다. 정목인에게 모든 것을 듣고 난 하종사관은 몇 번이고 오호! 를 연발했다.

― 조사를 하면서도 어함에 대해 헷갈렸던 게 사실이오. 오호! 이제야 좀 이해가 되는구려. 범인이 누구일 것이라고 생각하시오?

― 글쎄. 그야 우리들보다 더 잘 알 것 아닌가 싶네요. 아무튼 이종수란 저 용의자 좀 달래보지요. 뭔가 나올 것 같으니까.

― 도대체 감을 잡을 수가 없소이다. 왜 저자가 이번 사건에 개입되었는지. 뭔 연관이 있는지. 나 원 참.

그렇게 시작된 취조는 자정이 넘어서도 풀리지 않았다. 다음 날 아침까지 계속되었지만 용의자는 고개만 내젓고 있었다.

종사관과 가설부장은 번갈아가며 끈질기게 물고 늘어졌다.

― 이것 봐. 조사를 다한 상태야. 사건 현장에서 네놈의 족적과 머리카락이 나왔어. 구파발 신발점에서 신발을 맞추어 신었잖아. 세상에 너 같이 이상하게 신발 맞추어 신는 놈 본 적이 없다. 신발점 주인도 그래.

—모르겠시다. 무슨 소린지.

—그런데 어떻게 사건 현장에서 네놈의 족적과 머리카락이 나와?

—아니, 그걸 내가 어떻게 압니까?

—모른다니 그게 말이나 돼?

—전 모릅니다. 정말 몰라요.

안 되겠디 싶어 정목인은 쉬는 틈을 타 복도에서 담배를 말아 피우고 있는 종사관에게 다가갔다.

—진 뺄 거 뭐 있어요.

무슨 말이냐는 표정으로 종사관이 시선을 들었다.

—저 용의자 집 말입니다. 그곳을 다시 한 번 수색해보지요. 그가 휴밀의 사건에 개입된 것이라면 내 생각엔 뭔가 나올 것도 같은데 말이오. 단순히 도둑질이나 강도질을 하러 들어갔다가 휴밀을 죽였다 하더라도 뭔가 증거품이 나올지 모르는 거 아닙니까. 저번에 뒤질 때 뭐 발견 못 했소?

—그땐 혹 휴밀의 손에 움켜쥔 머리카락의 임자가 그놈이 아닐까 하고 베개머리만 뒤적거리다가 그만……. 그리고 상부의 허락이 떨어진 것도 아니어서.

—대충하고 나왔다?

—맞아요.

—그러니까 정식으로 한번 뒤져보자 그 말 아니오.

그가 무슨 생각을 하다가 고개를 가로저었다.

—안 돼요.

― 안 된다니요?

― 그 집 슬쩍 수색하다가 장금사의 엇지름질에 들통이 나 엄청 당했는데 또? 수색하려면 상부의 허락이 떨어져야 해요. 잘못하면 이겁니다.

그가 손으로 목을 날리는 흉내를 내며 고개를 내저었다.

― 새벽에 잠시 문을 따고 들어가면 될 것 아닙니까. 내 생각엔 분명히 뭔가 나올 것 같은데.

잠시 후 종사관이 결심을 굳혔다.

종사관과 함께 말을 몰았다. 말에서 뛰어내리기가 무섭게 그의 집 문을 땄다.

밖에서 보던 대로 집 안은 너무나 협소했고 너저분했다. 무엇 하나 제자리에 놓인 게 없이 어수선했다. 저번에 한 번 뒤졌다더니. 사람 온기가 느껴지지 않는 것으로 미루어 더 그런 것 같았다.

이곳저곳 뒤지다가 정목인은 한구석에 놓여 있는 뒤주를 발견했다. 제법 큰 쌀뒤주였다. 방구석에 장롱 대신 쌀뒤주라니 수상했다.

뒤주는 자물쇠가 채워져 있지 않았다. 열어보자 흰 보자기 하나가 나왔다. 보자기를 풀자 폭이 한 뼘쯤 되고 길이가 약 두 뼘쯤 되는 궤가 나왔다.

이것이다!

의충은 속으로 부르짖으며 재빨리 속을 열어보았다.

응?

영조의 비망록이라도 들어 있을 줄 알았는데 뜻밖에도 얇은 나무

껍질 같은 것이 나왔다. 이게 무엇일까 하고 내려다보았더니 그 위에 이상스런 글자들이 희미하게 새겨져 있는 것이 보였다.

이게 뭔가? 서로 그렇게 물었다. 분명히 찾던 어함은 아니었다. 일단 가지고 포청으로 돌아왔다.

— 뭡니까?

범인의 자백을 기다리고 있던 의충이 방을 나오며 물었다.

— 궤가 나오긴 했는데 어함은 아닌 것 같습니다.

— 어디 봅시다. 무슨 경전 같은데?

전문가를 데려와 확인해보니 경전이 맞았다.

이종수가 휴밀의 집을 털려고 들어갔다가 경전들이 값나갈 줄 알고 그를 죽였을지도 모른다는 추리가 나왔다.

취조실로 들어가는 즉시 종사관은 겉옷을 벗어놓고 취조에 임했다. 용의자는 질겼다.

지켜보던 세 사람은 그냥 학궁으로 돌아오고 말았다. 돌아오는 즉시 그들은 방으로 들어갔다. 억지로 잠을 청했지만 잠이 올 리 없었다. 방안은 햇살로 가득 찼고 그 속에 웅크리고 누워 있자 의충은 잡다한 생각만 떠올랐다.

자다가 깨고 자다가 깨고 그렇게 선잠을 반복하던 의충은 오길을 데리고 정목인과 함께 포청으로 갔다. 지명인 가설부장이 취조실에서 나오며 고개를 내저었다.

— 저렇게 질긴 놈은 처음 봤어요.

— 하종사관은?

정목인이 주위를 둘러보며 물었다.

— 한숨 붙이고 있습니다. 휴게방으로 가보세요. 한술 뜨자마자 쓰러지는 것 같았는데…….

휴게방으로 가보니 종사관이 마침 일어나 옷을 입고 있었다.

— 잠 좀 잤어요?

정목인이 다가들며 물었다.

— 지부장 봤습니까?

종사관이 돌아보며 물었다.

— 자백을 받아내지 못한 모양입니다.

종사관이 그럴 줄 알았다는 듯이 취조실로 가는 걸 보며 그들은 옆방으로 들어갔다. 잠을 재우지 않았는지 종사관이 들어가도 용의자는 눈을 감고 꾸벅꾸벅 졸았다.

종사관이 잠을 깨우려는 듯 그의 머리를 손바닥으로 툭툭 때렸다. 그가 눈을 시뻘겋게 뜨더니 고함을 내질렀다.

— 아, 잠 좀 잡시다. 나 며칠 동안 잠 한숨 못 잤단 말이오.

종사관이 빙글빙글 웃었다.

— 그렇겠지. 잠잘 새가 있었겠어. 사람 죽이랴, 그 짓하랴.

그렇게 말하는 사이에도 용의자는 꾸벅꾸벅 졸았다.

종사관이 그의 머리를 다시 쥐어박았다.

— 눈을 뜨란 말이야, 이 자식아.

— 정말 이럴 거요?

그가 눈을 치떴다.

— 난 아무도 죽이지 않았단 말이오. 정말 왜 이래?

— 호패철을 조사해보니 이한조 사례의 아들로 나와 있더군. 이한조 몰라? 설마 네 아비를 모르지는 않겠지?

취조실 옆방에서 지켜보고 있던 의충과 정목인, 오길의 눈이 휘둥그레졌다.

— 이한조의 아들?

의충이 자신도 모르게 나직이 소리쳤다.

— 무슨 소리야?

의충이 되레 물었다.

정목인이 고개를 갸웃하다가 취조실을 엿보았다.

그제야 용의자가 능글능글 웃었다.

— 이한조란 사람 내 아버지가 맞소.

뭐? 의충이 듣고 있다가 되뇌며 흐르르 떨었다.

이한조 사례의 아들? 그럼 어떻게 되는가? 뒤이어 용의자의 음성이 들려왔다.

— 하지만 그 사람 만난 지 벌써 오륙 년이 넘었시다.

— 그 사람? 아버지를 그 사람?

— 흥, 아비가 아비 같아야지.

— 그래? 그럼 네놈 집에서 네놈이 숨겨놓은 경전들이 나왔는데 그걸 어떻게 해명할 거야?

— 그건 이한조가 가져다놓은 것이지 난 모르오.

— 이 자식, 아버지더러 이한조? 가만. 그런데 왜 휴밀의 집에서

네놈의 족적과 머리카락이 발견되었어? 그래도 속일래! 네놈이 금잠의 독을 집어넣었잖아.

— 난 몰라. 내가 안 죽였으니까!

보고 있던 정목인이 오길과 의충을 돌아보았다. 그가 이한조의 아들이라는 말과 경전을 이한조가 가져다 놓은 것이라는 말에 세 사람은 어이가 없어 할 말을 잃고 있었다.

지금까지 종사관은 그런 말을 한 적이 없었다. 그건 그렇다 하더라도 이한조의 아들이라니.

의충은 정신이 없었다. 더욱이 아버지를 아버지라 부르지 않고 이한조라 부르고 있다. 그것도 아주 저주스런 어조로.

— 그리고 보니 언젠가 이한조 사예가 동생인가, 아들인가를 작은 아버지에게 양자로 준 적이 있다는 말을 한 적이 있는 것 같습니다.

정목인이 기억을 더듬다가 말했다.

의충이 넋이 나간 표정으로 그를 쳐다보았다.

— 내겐 그런 말이 없었는데. 그럼 그 아들이 바로 이종수?

의충이 묻는데 푸우, 하고 정목인이 숨을 내쉬었다.

— 그렇게 뛰어다녔는데 이한조 사예에게 다른 핏줄이 있다는 걸 모르고 있었다니…….

오길이 중얼거렸다.

— 정말 하종사관 음흉하군요.

오길의 넋두리 같은 푸념에 정목인이 한마디 했다.

— 하종사관이 음흉한 게 아니라 우리들이 그것을 간과하고 있었

던 거지 뭐.

의충이 허망한 어조로 말했다.

정목인은 그 말을 들으면서 이게 포도 관헌과 학보의 차이점이 아닌가 하는 생각에 정수리로 열이 뻗쳤다. 괜히 가슴 한쪽이 허전해지면서 눈에 핏발이 섰다.

금방 욕지기라도 묻어날 것 같아 입술을 주먹으로 쓱 쓸며 앞을 바라보자 종사관의 음성이 들려왔다.

— 그럼 이한조 사예의 딸은 어디다 죽여 파묻었어? 아니 이거 뭐야? 이한조의 딸? 그럼 네 누님 아니야?

— 이보시오. 내가 안 죽였다는데 왜 자꾸 죽였다는 거야? 난 몰라.

매병

경희궁의 높은 담을 두 사람이 가볍게 넘었다.

횃불을 피워놓고 궁궐을 지키는 병사들이 여기저기 보였다.

그들은 궁궐의 크고 작은 건물들을 돌아갔다.

— 저 건물 구석으로.

꼽추가 운심에게 말했다. 운심이 고개를 끄덕였다.

회상전 서방 쪽에 집경당의 모습이 보였다. 정면 5칸에 팔작지붕. 쥐 죽은 듯이 고요하다.

저 속에 늙은 영감은 잠이 들었으리라.

꼽추와 운심이 도둑고양이처럼 집경당 담을 넘었다.

그들의 예상이 맞다면 임금은 지금쯤 잠들었을 것이다. 기름진 배를 드러내놓고 세상모르고 자고 있으리라.

꼽추가 먼저 서대를 가로질렀다. 서대 곁에 조그마한 누각이 있었다. 그곳을 지나다가 돌계단을 발로 차고 말았는데 소리가 크게 나지 않았다.

그들은 잠시 서서 주변을 살폈다. 그들이 뛰어넘은 담장 밑은 터를 내어 만들어놓은 화단이었다. 그 화단 끝에 개집이 하나 있었다. 개는 없는 것 같았다.

그 개집 옆으로 난간으로 통하는 나무계단. 그 계단 아래 방에서 불빛이 흘러나왔다.

여기저기 선 보초병들이 한쪽으로 몰리는 사이 그들은 현관 문 앞으로 다가들었다. 문은 잠겨 있었다. 꼽추가 몇 번 문고리를 당겨보았지만 열리지가 않았다.

꼽추는 안 되겠다는 생각에 옆으로 돌아갔다. 그러다가 그는 그 문 앞으로 돌아왔다. 문짝이 뒤틀려 문 아래쪽이 주먹 하나가 들어갈 정도로 벌어져 있는 것이 보였다.

그는 허리춤에서 단도를 빼 뒤틀린 문 아래쪽을 잡아당겨 그 속으로 집어넣었다. 위로 그으며 올라가자 중간쯤에 문고리가 걸렸다. 그는 그것을 위로 들어올렸다. 걸어놓은 문고리 떨어지는 소리가 들려왔다.

그들은 살며시 문을 열고 안으로 들어섰다. 집경당에 딸린 수라간이었다. 꽤 넓었다. 부뚜막 위에 엄청나게 큰 가마솥 두 개가 보였다.

수라간엔 큰 탁자가 하나 놓여 있고 그 앞에 문이 있었다. 문을 열자 낭하가 나왔다. 그들은 낭하로 나섰다. 마주 보이는 곳에 현관문이 있었고 마루를 사이하고 방문이 보였다. 내관으로 보이는 남자들과 상궁으로 보이는 여자들이 읍하고 있었다.

잠시 서서 들어갈 것인가 하고 망설였다. 그들은 들어가 보기로 눈짓으로 말했다.

먼저 내관과 상궁이 소리없이 그들에 의해 넘어졌다.

그들을 받아 살며시 눕히고 꼽추가 문을 열었다. 뜰 쪽으로 난 창으로 달빛이 흘러들고 있어 방안이 그렇게 어둡지 않았다. 쑥향이 코를 찔렀다. 불이 켜져 있었지만 텅빈 방이었다. 그들은 방을 나와 좀 더 들어갔다. 내관 둘이 읍한 방이 눈앞이었다. 그들에 의해 두 내관이 소리없이 무너졌다.

그들은 문가에 귀를 대보고는 문고리를 잡았다.

문이 열렸다. 늙은 사내 하나가 멍하니 벽을 보고 앉아 있었다. 꼽추와 운심이 그를 향해 천천히 다가들었다. 칼을 쥔 운심의 손이 떨렸다. 꼽추는 마른침을 꿀꺽 삼켰다. 불에 덴 듯 목이 화끈거렸다.

멍하니 앉은 늙은이 곁으로 다가들었어도 늙은이는 돌아보지 않았다. 먼저 다가든 꼽추가 고개를 갸웃하다가 늙은이의 얼굴을 내려다보았다. 영조가 맞았다. 그가 여전히 인기척을 느끼지 못하고 입맛을 다시며 벽 쪽으로 약간 몸을 비틀었다.

꼽추는 침착하게 영조의 목에다 칼을 들이대었다. 칼끝이 가늘게 떨리고 있었다. 한순간 목이 잘려 널브러졌던 아버지의 얼굴이 스치고 지나갔다.

꼽추는 고개를 몇 번 내저었다. 칼을 잡은 손에 다시 힘을 주었다.

영조가 그들을 돌아보았다.

분명히 영조였다. 병상의 늙은 임금. 꼽추와 운심의 눈이 허공에
서 뒤엉켰다. 늙은 임금의 얼굴이 이상하다. 얼이 빠졌다. 칼을 들고
들어섰는데도 얼이 빠져 전혀 놀란 표정이 아니다.

― 누구냐?

늙은 임금이 그렇게 물었다.

꼽추가 놀라다가 운심을 보았다.

― 이 영감이 맞지 않은가?

운심을 향해 꼽추가 물었다.

― 영조가 맞소.

― 그런데 왜 이래?

영조의 시선이 이번에는 운심의 얼굴로 향했다.

― 너는 누구냐?

운심이 칼을 들고 꼽추를 돌아보았다.

― 매병이오.

운심이 낮게 소리쳤다.

― 노망?

순간 영조가 히히히 웃었다.

이런!

그 모습을 보며 꼽추가 낮게 소리쳤다.

노망난 임금?

헛헛, 꼽추의 입에서 웃음이 흘렀다. 서글픈 웃음이었다.

잠시 후 영조를 노려보는 눈에 핏물이 고였다.

에익.

그래도 죽여야 되겠다는 듯이 꼽추가 칼을 들어올렸다.

운심이 머리를 내저었다.

운심을 쳐다보는 꼽추의 옆 이마에 심줄이 드러났다.

— 그만두오!

운심이 칼을 내리며 소리쳤다.

— 허수아비요. 허수아비를 잡으러 온 건 아니잖소. 의미없소.

운심이 매살차게 돌아섰으나 꼽추는 칼을 잡은 손에 힘을 주었다.

— 안 돼!

운심이 꼽추를 향해 다시 돌아섰다.

— 그냥 갑시다.

— 안 돼!

— 더 비참해질 뿐이오. 매병 든 임금을 죽여 무엇하겠소. 손에 피
만 묻힐 뿐이지,

꼽추의 손이 부들부들 떨렸다.

— 이럴 수가!

잠시 후 꼽추의 입에서 피가 터졌다. 혀를 씹은 것이다. 눈물이 주
르륵 볼을 타고 흘러내렸다. 막 칼을 내리는데 그때 만자창을 향해
다가오는 그림자가 있었다.

— 어서 피해야 하오.

운심이 다급하게 말했다.

두 사람의 그림자가 번개처럼 빠르게 뒷문으로 사라졌다.

그림자 없는 풍경

1

숫돌을 스치는 칼바람이 을씨년스러웠다. 스산한 숲 사이를 스쳐 가는 바람소리 같다.

— 준비됐느냐?

곁에 와 서는 부하를 보며 칼을 갈던 꼽추가 물었다.

— 기다리고 있습니다.

— 조금만 기다려라.

— 이의충이라는 그 자식도 오늘로 끝이군요.

꼽추는 말없이 숫돌에 물을 튀기고 슥슥 계속 칼을 갈았다. 동지를 배신한 놈. 그들에게도 나와 같은 어머니가 있었다. 허불이 같은 누이도 있었을 것이다. 그놈이 모든 꿈을 짓밟았다. 죽음보다 더 깊은 함정 속에서 꺼지지 않는 등을 지고 살았다. 이제 마지막 복수를 끝낼 참이었다.

날을 점검하는 꼽추의 눈이 그날만큼이나 살벌했다.

그는 칼을 칼집에 꽂고 방문을 열었다. 벽에 기대고 앉아 눈을 감고 있던 운심이 그를 바라보았다. 그녀의 눈에 핏발이 섰다. 그 눈빛이 그대로 꼽추의 가슴에 와 꽂혔다. 순간 허불이 생각났다.

츱, 그는 자신도 모르게 혀를 차며 문을 닫았다.

— 어둠살이 내리는데 어디를 가려고?

돌아보니 이평전이었다.

복면 속의 눈길이 예사롭지 않았다.

— 어인 일이십니까?

— 들어가세.

이평전이 문을 열었다.

그의 눈과 운심의 시선이 마주쳤다.

— 있었구나.

그제야 운심이 벽에서 상체를 뗐다.

— 으쩐 일이시오? 들어오시오.

이평전이 방으로 들어섰다.

꼽추가 뒤따라 들어섰다.

— 오늘따라 술 생각이 나지 뭔가.

운심이 별일이라는 듯이 이평전을 보았다.

꼽추도 마찬가지였다. 아랫사람의 방을 찾아 술이나 하자고 할 그가 아니었다.

운심이 고개를 모로 꼬고 방을 나갔다.

— 앉으십시오.

이평전이 윗목에 책상다리를 하고 앉았다. 그 앞에 꼽추가 앉았다.

잠시 후 그들 사이에 개다리소반이 놓였다. 김치 몇 조각, 막걸리 한 병, 나무젓가락 세 모. 그것이 전부였다.

이평전이 말없이 잔을 받았고 꼽추가 이평전의 술을 받았다. 이평전은 운심의 잔에다 술을 따랐다. 운심은 자신의 잔에 차는 막걸리를 멍하니 내려다보았다.

— 그놈을 제거하겠다고?

이평전이 술잔을 놓으며 꼽추에게 말했다. 그도 꼽추가 오늘 잡으려는 놈이 이의충이라는 걸 알고 하는 말이었다.

— 이제 때가 된 것 같습니다.

— 하긴. 모든 일에는 때가 있는 법이지.

이평전이 그렇게 말하고 운심을 건너다보았다.

운심이 시선을 내리깔고 있다가 시선을 들었다. 둘의 시선이 마주쳤다.

꼽추의 눈빛이 그들 사이에 끼어들었다.

2

등잔불이 자우룩했다. 문틈으로 바람이 스며들어와 등잔불을 흔들었다.

운심이 술상 너머에서 한쪽 무릎을 세우고 그 위에 손을 놓은 채 술을 들이켰다.

꼽추 역시 고개를 숙인 채 술만 들이켰다. 좀 전에 나간 이평전의 시선이 잊히지 않았다. 운심을 건너다보던 그 눈빛, 뭐라 형언할 수 없는. 운심을 보는 그의 눈빛이 평소에도 이상하다는 생각이었지만 오늘따라 더 이상하다. 포청에서 점차 사이를 좁혀오자 날이 설 대로 섰다는 걸 모르는 건 아니다. 그래서 더 늦출 수 없다고 결심을 굳힌 마당이다. 그런데 갑자기 그들을 찾아 내려온 이평전의 눈길이 종잡히지 않았다. 그렇다고 운심에게 그 이유를 물어볼 수도 없다. 이평전이 운심을 마음에 두었다면 운심으로도 어쩔 수 없는 일이다.

몇 잔의 술을 퍼붓듯 입속으로 털어 넣다가 꼽추는 일어나 버리고 말았다.

꼽추는 그 길로 허불이를 찾았다.

— 너에게 있어 이의충은 누구냐?

몇 잔의 술이 돌고 취기가 오르자 꼽추가 먼저 물었다.

허불이 눈을 내리깔고 있다가 고개를 들었다.

— 용서하지 못하겠어요?

그녀의 말이 조심스럽고 간곡하다.

— 내 등을 봐라. 그놈의 어미를 족치다 안 되자 내 등이 이렇게 터져 나갔다. 그놈 있는 곳을 불라고. 그러나 나는 불지 못했다.

— 오라버니, 그 사람도 사람이에요.

— 사람이 사람다운 행동을 못 할 때 그건 짐승이다. 짐승이 아니고서야 어찌 그럴 수 있겠느냐.

— 오라버니, 제발 그 사람 용서해주세요. 제 어머니 살리려고 그런 거잖아요.

— 미안하구나.

— 무슨 생각을 하시는 거예요?

— 용서해라. 너를 짐승에게 보낼 수 없는 오라비도 이해해 다오.

— 안 돼요, 오라버니.

꼽추가 벌떡 일어났다.

허불이 잡았으나 꼽추가 사납게 뿌리치고 방을 빠져나갔다.

— 오라버니! 오라버니!

허불이 달려나가다가 신방돌에 넘어져 굴렀다. 보고 있던 기녀들이 우르르 달려왔다.

— 언니, 왜 이래요?

— 잡아. 저 오라버니 좀 잡아. 사람 죽는다니까!

기녀들 몇 명이 우르르 달려나갔다.

3

그 시각.

용의자 이종수는 실토를 하지 않았지만 의충은 종사관으로부터 그들이 입수한 정보를 좀 더 자세히 들을 수 있었다. 신발자국이나 머리카락 그리고 필체 감정 등이었다. 밀승 휴밀이 가지고 있던 글이 휴밀의 필체라고 종사관은 생각했으나 최종적으로 경종의 필체로 밝혀졌다.

— 경종의 필체라 해도 그렇소. 왜 이것을 휴밀이 가지고 있느냐 하는 것이오. 용파대사라면 모를까.

— 제 추측입니다만 경종 임금이 계시던 환취궁에서 용파대사가 입수했고 그것이 휴밀에게 옮겨진 게 아닐까 싶은데요. 그럴 수도 있지 않겠습니까? 경종 임금에 대해서 밀법 이야기를 하다 보면. 글이 좋아 욕심을 냈을 수도.

— 그런데 그 글로 인해 죽는다?

— 그야 이제 밝혀봐야지요.

— 정목인이라는 사람이 좀 보잔다고 하는데요.

록청을 나서는데 서리 하나가 오더니 의충에게 말했다.

— 정목인 학보가요?

— 네, 정문 앞에 있습니다.

— 왜 들어오지 않고?

의충은 이상하다고 생각하며 정문으로 향했다.

하늘을 보니 막 석양이 지고 어둠이 내려앉는데 붓끝 같은 구름 송이들이 어둔 하늘가에 떠돌 듯이 떠 있다.

정문 앞으로 나서서 휘둘러보니 사람 그림자라고는 없었다. 정목인이 보이지 않았다. 가까이에 장정 대여섯이 모여 히히덕거리고 있었다. 어스름이 내리고 있어 그들의 모습이 분명하지 않았다.

의충이 두리번거리는데 사내들이 다가왔다.

— 이의충이요?

— 그렇소만.

사내들이 갑자기 달려들었다.

— 왜, 왜 이러시오?

순식간에 입에 재갈이 물렸다. 큰 부대가 머리로부터 씌워졌다. 버둥거리자 수도가 뒷머리를 쳤다. 아뜩 정신줄을 놓고 말았는데 눈을 떠보니 어느 산기슭이었다.

갈댓잎이 속절없이 흔들리는 모습이 눈에 들어왔다. 그 흰 갈대꽃 사이로 누군가의 모습이 나타났다.

그의 뒤에 있는 것이 달인가? 해인가?

— 이의충!

누군가 불렀다.

저 목소리를 어디서 들었더라?

아! 어디인지도 모르고 끌려갔다가 들은 목소리. 그 목소리!

눈을 떴다. 무엇인가 보였다. 어린아이다. 맞다, 횃불을 들고 나타났던 그 아이. 아니지. 꼽추? 꼽추다.

그가 앞을 막아섰다.

— 이의충, 나를 모르겠는가!

— 누구냐?

— 기억이 나지 않는 모양이군?

— 도대체 누구이기에 내게 이러느냐?

— 나, 남성하일세.

— 남성하?

꼽추가 흐흐, 웃었다.

— 그럴 리가 없어. 그는 꼽추가 아니었어.

— 하하하, 그렇지! 꼽추가 아니었지.

불현듯 의충의 뇌리 속으로 어느 날의 풍경이 휩쓸고 지나갔다. 어두운 집경당. 거기 놓인 뒤주. 그 뒤주를 향해 다가가던 청년들. 죽어가던 아버지. 죽어가던 동료들.

— 아니야. 아니야.

의충이 갑자기 소리쳤다.

흐흐흐, 하고 남성하가 웃었다.

— 그럴 테지. 부정하고 싶을 테지.

의충은 눈을 감았다. 꼽추가 의충의 흘러내린 머리카락을 잡아당 겼다. 의충이 눈을 뜨고 바로 눈앞에 노려보고 있는 꼽추의 얼굴을 마주보았다.

그러고 보니 성하였다. 허불이의 오라비. 운심이 검계의 무리들을 데리고 와 구해갔던 바로 그 사람. 그가 살아있었다니.

— 이제 나를 알아보는 것 같구나?

— 성하 형님?

— 이놈, 형님이란 소리가 나오느냐? 내 아비를 죽인 왕과 내 동지를 죽인 너를 죽이겠다는 일념 하나로 살았다.

— 그래서 내 뒤를?

— 이제야 이해가 되시나 보군.

— 허불이도 이 사실을 아오?

— 그것이라고 왜 모르겠는가.

아! 의충의 입에서 짧은 신음이 터져 나왔다.

변해버린 허불이. 이상하다 했다. 그것도 모르고 뻔뻔스럽게 굴고 있었다니.

— 나를 어떻게 하려는 거요?

그가 우하하하, 하고 웃었다.

— 왜 또 빠져나가고 싶은 게냐?

— 씨발!

의충의 목에서 자신도 모르게 욕이 터져 나왔다.

— 나라고 편했던 줄 아시오?

꼽추가 의충의 머리카락을 홱 놓아버렸다.

— 역시 넌 버러지다. 기회나 엿보는 버러지. 왜 네 어미를 팔고 싶은 게냐?

— 할 말이 없소.

— 그렇지. 할 말이 없어야 하겠지. 어미 때문에 지은 죄를 그 자식

에게 징벌할 마음은 없다. 다만 네 동지들을 배신했기에 벌하려는
것이다.

의충의 뇌리로 함께했던 동지들의 얼굴이 떠올랐다.

꼽추가 칼을 빼들었다.

— 날 원망치 말거라. 너의 머리는 그래도 우리가 마음을 하나로
모았던 그 뒤주 속에 넣어 묻어주마.

— 그 뒤주가 어디 있기에?

— 미친놈. 죽어가는데도 그게 의심스러우냐? 어디 있겠느냐. 본
래의 자리에 있지.

— 그 주인은 고신으로 이미 죽지 않았는가?

— 죽었지. 그들의 재를 그 속에 넣어주었지. 밤마다 그들이 와 울
어. 네놈의 목을 달라고.

— 베라.

의충이 소리쳤다. 이왕 간다면 구질구질하게 가고 싶지 않았다.

이게 마지막인가. 마지막이 오면 지난 세월이 꿈결처럼 스쳐간다
더니, 그 무엇도 스쳐가지 않았고 생각나지도 않았다. 삶이란 여전
히 모를 것이라는 생각만 들었다. 인생이란 언제나 선택하면서 살
수밖에 없는 것을.

다시 선택하라고 한다면 여전히 어머니를 택할 수밖에 없을 것이
란 생각이 들었다.

그 어머니가 아니었다면 내가 어떻게 이 세상에 왔겠는가. 어머니
가 있어 세상에 나와 만난 사람. 그들을 배신했다. 그들을 죽였다.

그래서 죄 받는다면 뭐 서러울 거 없다.

— 베란 말이오!

의충이 어금니를 악물며 소리쳤다.

속에서 불이 일었다. 그동안 참고 참았던 울분이 소리치며 일어났다. 한 번만이라도 편안할 수 있다면. 그게 꿈이었다. 언제나 바람 속이었고 거친 파도 속이었다. 마음 편할 날이 하루도 없었다. 자기 연민과 혐오, 끝없는 죄의식……. 이제 벗어날 수 있다는데 주저할 게 무엇인가.

— 그래 난 내 동지를 배신했다. 그들을 죽였어. 그들에게도 나와 같은 어머니가 있었을 테지. 허불이 같은 누이도 있었을 테고 여인도 있었을 테지. 그래, 내가 그 꿈을 짓밟았다. 그렇다면 내 꿈은? 나도 꿈이 있었다. 그러나 그들을 버리면서 그 꿈도 함께 버렸어. 그건 죽음보다 더 깊은 함정이었다. 잘됐지. 날 그 구렁텅이에서 구해준다고 하니. 베라! 베란 말이다, 이 꼽추야.

— 이, 이 인간 망종!

꼽추가 의충의 목을 베기 위해 칼을 높이 들었다.

그때였다. 어디선가 허불이의 음성이 들렸다.

— 오라버니! 오라버니!

성하가 뒤를 돌아보았다.

허불이 손을 휘저으며 달려오고 있었다.

— 안 돼요! 안 돼요!

허불이 의충을 가로막고 그의 앞에 무너졌다.

— 이 사람을 베기 전에 저를 베요.

— 허불아!

— 저도 이 사람이 미웠어요.

— 그런데? 그래서 네 속을 숨겼다 그 말이냐?

— 그래요. 오히려 전 그랬어요. 이 사람 마음 아플까.

— 이년아, 몰랐더냐? 이놈이 어떤 놈이냐. 내 몸을 보아라. 이게 사람의 모습이냐? 아버지는 사지가 찢겨 죽고 너와 나만 살아남았다.

— 그건 이 사람도 마찬가지 아니에요. 어미와 둘만 살아남았잖아요.

— 그렇다고 그 어미를 살리려고 동지를 배신해?

— 그건 누구의 죄도 아니라고요.

— 뭐라고?

— 뒤주를 후세에 남기겠다는 신심이지요. 사도세자의 억울한 죽음을 알리기 위해 일어선 신심이요. 뒤주를 훔쳐내기로 결심할 때부터 그렇게 운명 지어졌던 거예요.

— 그런 억지가 어딨느냐. 그 바람에 불쌍한 영혼들이 죽었다.

— 그럼 어떡해요? 어머니가 잡혀가 죽을 고비에 놓였는데 모른 체하는 게 자식이에요?

— 그럼 그 어미를 위해 동지를 배신하는 것이 옳은 것이냐?

— 천륜이 먼저지요. 어찌 대의가 천륜을 따르겠어요. 공자 맹자에게 물어봐요. 친구를 살리기 위해 어미를 부정한 자식을 용서할 수 있느냐고.

— 이것아, 그 바람에 어찌 되었느냐. 그날의 동지들이 씨가 말랐

다. 이놈은 어떻게 살아남았느냐. 우리들의 눈을 피해 지방으로 옮겨 검험이 되었다. 동지들을 고발하고 얻은 직함이 그것이었어. 그리고 이제 왕고 세손의 개가 되어 사관이 된 놈이다. 그런데 용서하라고?

— 용서하세요. 정작 우리가 용서하지 못할 사람이 누구예요?

— 허불아!

— 김씨의 세상을 만들기 위해 나선 아버지들, 그 아버지들이 무엇을 장만했어요. 그 악마의 앞잡이가 된 사람들이 누구예요? 그의 하수인이 되었다가 그 악마에게 버림받은 것이 이 사람 잘못이에요? 아니잖아요. 그 악연이 결국 아들딸들을 검계로 만들었고 그랬기에 뒤주 사건에 연유된 거 아닌가요? 뒤주만이라도 건지자고 치기를 보인 것이 아니냐구요.

— 닥쳐라!

— 우리들의 아비를 죽이고 제 자식을 뒤주 속에 넣어 죽인 그 사람 잘못이지요.

— 정말 닥치지 못하겠느냐!

— 이러지 말아요. 이 사람도 피해자예요. 우리를 이렇게 만든 건 그 사람이잖아요.

— 이년! 이제 와 동지들을 능멸할 참이냐.

— 오라버니!

— 자신의 운명에 침을 뱉어야 하는 인간이 어디 이놈뿐이더냐. 알고 보면 우리 모두가 그런 것을!

그녀가 칼을 내리치려는 성하를 향해 몸을 날렸다. 그 바람에 두 사람이 안고 넘어졌다.

잠시 후 의충은 들었다. 허불이를 밀고 일어나며 이를 갈듯 내지르는 꼽추의 저주스런 소리를.

— 이 개자식! 오늘 운 좋은 줄 알아라. 내 너를 꼭 찢어죽이고 말 테니.

꼽추는 그렇게 소리치며 침을 탁 내뱉고 휘적휘적 칼을 든 채 걸어갔다.

드러나는 그림자

1

해가 지고 있었다. 석양이 빛기둥을 이루며 지상으로 내리꽂혔다.
그 속으로 꼽추가 칼을 들고 들어섰다.

— 이제 끝을 내자꾸나.

— 남성하.

— 그렇게 부르지 마라. 어차피 너와 나는 원수가 아니더냐. 같이
갈 수 없다면 죽어야지.

꼽추가 칼을 휘둘렀다. 석양의 빛살이 그 칼에 베어졌다.

의충은 가슴이 섬뜩했다. 피가 분수처럼 심장에서 터져 흘렀다.

아악거리며 소리치다가 번쩍 눈을 떴다.

꿈이었다.

의충은 오길을 데리고 포청으로 나갔다. 학보실에서 정목인에게 비밀집회에 참가했던 밀교도 몇과 승두가 시해당했다는 말을 들었기 때문이었다.

걸음이 비틀거리고 사지가 떨렸다. 언제 어느 때 꼽추가 나타날지 몰라 자신도 모르게 자꾸만 주위를 살폈다.

— 왜 그래요?

오길이 이상한지 물었다.

— 아니야, 아무것도.

— 들어갑시다.

포청으로 들어갔지만 여전히 제정신이 아니었다. 아직도 이종수는 그대로였다. 오길과 의충을 보더니 피식 웃기까지 했다.

거처지로 돌아와서도 의충은 꼽추의 환영에 사로잡혀 있었다. 다행히 잠을 설쳐서인지 꼽추가 꿈속까지 찾아들지는 않았다.

조반을 먹는 둥 마는 둥하고는 다시 포청으로 나갔다.

포도대장의 특별지시로 하종사관과 지명인 가설부장만이 이종수의 심문을 맡고 있었다.

하던 심문을 끝내라고 했던 모양이었다. 그 바람에 심문의 강도가 더 심했는데 결국 이종수가 견디지 못하고 입을 열었다. 지부장의 말에 의하면 잠을 재우지 않은 게 주효했다고 했다. 꼭 그런 것만도 아닌 것 같았다. 분명 고신을 가했을 것이었다.

그들이 들어섰을 때 이종수는 초췌한 얼굴로 하종사관을 향해 이런 말을 했다.

― 담배 한 모금만 주시오.

종사관이 기미를 채고 곰방대를 찾다가 번거로운지 종이에 담배를 말아 내밀었다. 그는 그것을 받아 불을 붙여 물고 길게 연기를 내뿜었다. 이미 전의를 상실하고 모든 것을 체념해버린 얼굴엔 어울리지 않게 슬픔 같은 조소가 어렸다. 그는 담배를 끄고 나서야 양순해진 어조로 입을 열었다.

― 그래요. 내가 죽였습니다.

종사관의 눈이 그를 노려보았다. 매의 날선 갈퀴 같은 눈빛이었다.

― 그래? 누굴 죽였다는 거야?

종사관이 다잡듯 물었다.

― 휴밀이란 영감을 내가 죽였단 말이오.

― 무엇으로?

― 금잠의 독이 직방이라고 해서 그걸 구해 죽였소.

― 그 증거물들 어디 있나?

― 니미, 버렸지 아직도 가지고 있을까 봐.

― 그래도 어디 버렸는지 불어야 할 거다. 그래 왜 죽였나?

― 그걸 내가 어떻게 알아.

― 모르다니?

그는 잠시 허공을 쳐다보다가 결심한 듯 말을 이었다.

― 하나 있는 누님이 죽고 그 바람에 떠돌기 시작했소.

그렇게 말하고 그는 필필 웃었다.

― 무슨 소리야?

그가 빤히 종사관을 쳐다보았다.

— 그럼 아직 모르고 있었단 말이오? 아마 듣고 나면 날더러 거짓말을 하고 있다고 할 거요.

종사관이 고개를 갸웃하며 곁에 있는 지부장을 돌아보았다.

— 무슨 말이야? 거짓말이라고 할 것이라니?

이종수가 필필 웃었다.

— 떼국을 거쳐 가면 조선이라는 나라가 있다고 합디다. 그래요, 조선. 삼면이 바다에 둘러싸인 나라라고 하던데 그래서 조선반도라고 부른다고 합디다.

— 지금 무슨 소릴 하는 거야?

종사관이 비명처럼 소리쳤다.

이종수는 아랑곳하지 않고 필필 웃었다.

웃는 모습을 보고 섰던 정목인이 의충과 오길을 돌아보았다. 그도 이상하다는 표정이었다. 잠시 후 이종수가 말을 이었다.

— 한 문장가가 있었지요. 그는 학문이 깊었는데 언제나 큰 나라인 떼국과 천축을 동경하고 있었소. 그는 떼국으로 유학을 가 그 나라의 처자와 살림을 차렸소. 하기야 그것도 인생 공부일 테니, 이히히……

— 그래서?

— 그는 그 처자와 두 아들과 딸 하나를 낳았소. 그리고 조선으로 돌아왔지요. 그런데 돌아와 보니 역적의 자식이 되어 있었소. 이미 호패철은 사라졌고 이 나라 사람이 아니었소. 그때 만난 사람이 이

한조였소. 그래 이한조 밑으로 우리가 들어가게 된 거요.

— 그럼 아버지는?

— 그 영감 나중 거리에서 폐인이 되어 개골창에 처박혀 죽었다고
합디다.

— 역적의 자식이었다면 그 역적이 누구야?

— 잘 모르겠소. 북촌이라던가, 그곳에서 제일 잘나가던 집 자식
이라던데. 김춘택이라고 하면 안다고 합디다.

— 뭐 김춘택?

하종사관의 음성이 높아졌다.

— 왜요? 역시 유명하다더니 아는 모양이네. 맞소, 그 사람의 아들.

— 네 아버지가 김춘택의 아들?

— 그렇소.

— 이름이 뭔데?

— 김조택이었는데 이름을 이평전으로 바꾸었다고 들었소.

— 향도계 수장 이평전? 그가 김춘택의 아들?

오길이 의충을 돌아보며 뇌까렸다.

— 이평전이 언제 죽었어?

종사관도 이상한지 그렇게 물었다.

이종수가 히히, 웃었다.

— 얼마 안 되어 성균관에서 이한조라는 사람이 찾아왔더라고. 아
비가 죽기 전에 우리들을 부탁했다고. 그래서 그의 밑으로 들어가
이씨가 된 거야.

— 어머니는?

— 놉을 돌며 우리들을 키웠지. 그런데 나중 보니 죽었다던 아버지가 살아있더라고.

— 무슨 소리야?

— 살기 위해 성과 이름을 바꾸어 호적을 사고 늦은 나이에 과거까지 봐 출세까지 했더라고. 나중에야 알았지. 그가 향도계의 우두머리가 되었다는 걸. 그런데 음성적으로 불교를 지향하는 학생들이 집에다 불을 질러버렸어. 그 바람에 어머니가 그 불에 타 죽었지. 그 후 나는 아버지의 소식을 한동안 듣지 못했어. 내가 아버지의 소식을 들은 것은 근래였어. 아버지는 역시 향도계를 이끌고 있더구만.

— 네 아비 이평전이 그 이평전이 확실한 거야? 너 도대체 뭐야?

종사관이 이성을 잃고 버럭 고함을 질렀다.

— 뭐긴. 내 할아버지는 역적이고 아버지는 떼국에서 와 출세를 하고 향도계의 두목이 되었다 그 말이야. 그래서인지 다달이 돈이 전해졌어. 그 바람에 살기가 괜찮았지. 내 누님이 글을 알 정도라면 말 다했지. 그래도 내 아비가 문장가였거든. 김만중이 알지?

— 서포 김만중?

— 맞아. 그 양반의 조카 김춘택이가 내 할배였다고 해. 그 바람에 우리 아비 중국에 유학 가 살다가 우리 남매를 낳은 거야. 내 위의 누님. 나와는 나이 차이가 많이 났는데 할배를 닮았는지 문장이 좋았지. 아, 대국의 내로라하는 문장가들이 탄복을 했다니까. 그리고 조선으로 돌아와 보니 세상이 바뀌어버렸어. 그래 자식들을 이한

조 밑으로 들여보내고 향도계 두목이 된 거야. 그런데 사대부의 피가 어디 가나? 빠져버린 것이라고. 향도계를 이끌면서도 자신이 사대부의 자손이라고 스스로 빠져버린 것이야. 그 영감탱이 제정신이 아니야. 영조 임금이 제 핏줄이라나 뭐라나 그러면서 그걸 인정할 어함인가 뭔가에 미쳐 떠돌기 시작했어. 그의 일념은 그 어함을 구하는 것이었어. 어느 날 그 자식이 누님과 내가 어렵게 구한 집으로 들렀더군. 씨발, 왜 생활비를 보내주지 않는 거냐고 하니까 소탕령이 내려 사정이 좋지 않대. 영조가 핏줄이라고 할 때는 언제냐고 했더니, 그렇게 되었다고. 그때 난 갈 곳이 없어 작은아버지에게 가 있다가 이곳으로 올라와 있었지.

— 작은아버지가 누구야?

— 김상좌야.

김상좌? 처음 들어보는 이름이라는 듯이 하종사관이 되뇌었다.

— 농사꾼이야. 나중에 우연히 만났어. 자기가 그래. 내 아버지 이름 들어보고는 동생이라고. 그래 알았지 뭐. 그 양반이 둘이 살라고 허름한 집을 하나 구해준 것이야.

— 매음굴 옆 그 집?

— 맞아. 살길이 없어 나는 매음굴로, 누님은 기녀라도 되려고 기방을 기웃거리고 다녔는데 어느 날 홍봉한의 첩이 되었다는 것을 알았어. 인물이 엄청 반지르했거든. 기녀가 되려고 술집을 찾았는데 홍봉한의 눈에 띈 것이야. 누님이 찾아와 그 말을 했을 때 어이가 없었지. 하지만 홍봉한이 그놈이 누님을 데리고 살다가 결국 버렸어.

돌아온 누님은 이를 갈았지. 죽일 거라고. 홍봉한이 그 늙그탱이 죽일 거라고. 그러면서 그동안의 일들을 내게 말하기 시작했고 그래도 분이 풀리지 않자 뭔가를 쓰기 시작했지. 쓰고 또 쓰고. 그러다 어느 날 누님이 칼을 물었어. 죽은 거야. 곁에 보니 종이뭉치 하나가 있더군. 비로소 보았지. 살인자들, 살육자들, 백성을 볼모로 잡고 형제를 죽이고 자식을 죽이고……. 누님은 홍봉한이와 살면서 보고 들은 것들을 죽어가면서 적어놓고 있었으니까.

— 그 글 어디 있어?

— 몰라. 어디다 뒀는데 없어졌더라고.

— 이런! 그럼 누가 가져갔단 말이야?

— 그걸 내가 어떻게 알아.

쳐다보고 있던 사람들이 제풀에 겨워 허망해하자 그가 빙글빙글 웃었다.

— 이런 개자식 뭐가 좋다고 웃는 거야.

종사관이 주먹으로 그의 머리를 쥐어박았다.

— 어허, 말로 합시다. 그럼 이 머릿속에 넣어둔 누이의 말들이 뭉개지잖소.

— 뭐?

종사관이 멍하니 되받았다.

사람들의 눈이 다시 그의 얼굴로 쏠렸다.

— 이래봬도 어릴 땐 머리 좋다고 소문난 놈이었소. 누이의 말과 글 얼추 머릿속에 들어 있으니까 말이야.

그의 말이 맞았다. 매음굴에서 살인이나 저지른 놈답지 않은 말들이 어이없게 그의 입에서 쏟아져 나왔다. 그랬다. 어이가 없다는 말이 맞았다. 그래서 그렇게 수사 관헌들의 진을 빼며 실토를 하지 않았나 싶을 정도였다. 그가 내뱉는 말을 들어보니 꽤 조리가 있었다. 꼭 그의 누이가 말하는 것처럼 들릴 정도였다.

한이 얼마나 사무쳤으면, 하는 생각이 들었는데 의충이 대충 그의 누이 입장에서 말을 정리해보니 이런 말이었다.

2

내가 홍봉한을 만난 것은 영조 40년 가을이 저물어갈 무렵이다. 홍봉한은 본관이 풍산이요, 선조 임금의 사위 홍주원의 현손이었다, 그의 아버지는 영조 임금에게 탕평책을 건의했던 예조판서 홍현보였다. 정9품 세마에 올랐을 때, 딸이 사도세자 빈으로 간택되었다. 임금과 사돈을 맺는 행운을 안은 것이다. 세마는 세자를 경호하는 관아의 최하위 벼슬이다. 세자의 장인이 됨으로서 일약 세도가의 대열에 든 인물이었다.

그곳으로 가 안 사실이었지만 딸이 세자빈으로 간택되자 홍봉한은 이제 열 살 난 딸에게 언제나 간곡히 일렀다고 한다.

― 궁에 들어가면 매사 삼가고 조심해야 하오. 효성으로 힘쓰고 동궁 섬김에 있어 반드시 옳은 일로 돕고 섬겨야 하오이다.

세자빈은 그 말을 가슴에 안고 대궐로 들어갔다.

다 같은 서인들. 노론도 서인이요, 소론도 서인이 아니던가. 언제부터 갈라져 싸우기 시작했던가. 풍산 홍씨 가문이 노론의 명가로 자리 잡아가는 과정 속에서 나는 무엇인가를 느끼고 있었다. 세자빈이 홍씨 집안을 위해 노력하면 할수록 무엇인가 잘못 되어가고 있다는 느낌은 도대체 어디서부터 온 것인지 모를 일이었다. 나는 막연히 느끼고 있었다. 어쩌다 세자빈을 만나보고 나면 나에게 옮기는 홍봉한의 말 속에서.

세자빈은 자신의 성공이 아버지의 성공이라고 생각했다. 그것이 홍씨 가문을 일으키는 것이라 여겼을 것이다. 그리하여 효종과 현종과 숙종을 잇는 삼종의 혈맥을 이었으니 참으로 영광스런 일이 아닐 수 없었을 것이다. 장차 왕통을 이어나가야 할 세손을 보았으니.

세자와 세자빈은 누가 보아도 최상의 결합이었다. 그때는 누가 알았으랴. 그들의 결합으로 인해 엄청난 비극이 일어나리라는 것을. 세자가 점점 장인이 지지하는 노론으로부터 벗어나 반대편인 소론을 지지하고 있었으니 말이다.

홍봉한은 알고 있었을 것이다. 자신의 딸 홍씨가 그런 남편을 버릴 수밖에 없다는 것을. 그때 홍봉한의 고민은 거기 있었을 것이다. 분명했다. 점차 세자와 영조의 사이는 좋지 않아졌고, 어느 사이에 세자는 정신병자로 낙인 찍혀가고 있었으니 말이다.

그러나 세자는 정신병은커녕 멀쩡하다는 것이 주위의 평이었다. 모두가 세자의 병이 치유할 수 없을 정도로 심각하다고 했지만 온

양 행궁에서는 백성들의 찬사를 받을 정도였다고 했다.

영조의 신임이 깊어갈수록 노론의 무리들은 왜 그렇게 그를 정신병자로 몰지 못해 발광했는지 모를 일이었다. 문제는 세자가 소론의 지지를 업고 있다는 것이었다.

그러자 임금은 때때로 효조전 바깥문 숭화문 밖에 그대로 퍼질러 앉아 울 때가 있다고 하였다. 꼭 신하들이 보라는 듯이.

— 전하, 어찌 그러십니까?

하고 물으면,

— 세자가 뉘우치는 게 분명하여 기뻐 눈물이 나오지 않소.

그러면 세자를 미쳤다고 하던 무리들도 마음이 짠해 우리들이 너무 했나 하고 주청을 하려다가도 물러나고는 하였다고 했다.

그런데 엎친 데 덮친 격으로 부자간의 사이를 끊어놓는 엄청난 일이 일어났다고 하였다.

홍봉한의 말을 듣고 있으면 나는 꼭 그 세계 속으로 들어간 것 같았다. 홍봉한의 말은 그만큼 충격적이었기 때문이다.

영조 31년 소론은 큰 세력을 잡지도 못하고 조정에서도 물러나게 되어 세자의 편을 막연하게 들고 있었다. 그런데 지방에서 이상한 일이 일어나고 있었다. 자신이 생불이라고 하는 여자가 나타났기 때문이다. 젊고 인물이 고운 여자였다. 그녀는 산속에 움막을 짓고 경을 외우고 불공을 드렸다.

그녀는 무당들을 찾아다니며, '너희들이 믿는 신은 사신이다' 하였다. 그러면서 살려면 자신을 찾아오라고 하였다.

무당들은 처음에는 별 미친년 다보겠다고 하고 일소에 부쳤지만 갈수록 사람들이 그녀만 찾자 하나둘 그녀를 찾기 시작했다.

그녀는 곧 세상이 망할 것이라고 했다. 망령이 난 늙은 임금 때문이라고 했다. 하늘이 그 죄를 심판하려고 곧 천재지변이 있을 것인데 살아남으려면 젊은 왕세자를 믿고 따라야 한다고 강조했다. 그러면서 무당들에게 모두 자신이 믿는 신당을 헐라고 하였다.

그 바람에 해서 일대의 신당이 거의 헐렸다.

이 소문이 영조의 귀에 들어가지 않을 리 없었다.

— 어허, 대신들이 이제는 우리 부자 사이를 완전히 갈라놓으려 하는구려.

그렇게 믿지 않던 영조가 계속해서 소문이 들려오자,

— 참으로 괴이하구나. 정말 짐의 덕이 모자란 것이 아닌가.

그렇게 자책하다가 이경옥을 암행어사에 제수하고 봉산 지역에 내려가 보라 하였다.

봉산 지역을 돌아보고 온 이경옥이 그대로 아뢰었다. 그때부터 세자의 행동반경은 더 좁아졌다. 일일이 감시하는 자들이 붙었다. 노론에서는 그대로 세자를 놔둘 수가 없다고 수군거렸다.

결국 세자는 자신을 독살하려는 두 궁녀를 죽이고 말았다. 노론은 자신들의 혐의가 드러날까 두려워 서둘러 세자를 모함했다. 미쳐서 궁녀를 범하고 죽였다는 것이다. 자연히 홍씨의 증오는 더해졌다. 노골적으로 남편이 미쳤다고 아버지에게 토로할 정도였다. 몰랐을까, 그때 홍씨는 남편의 원대한 꿈을. 노론 정권을 뒤집고 새로운 정권을 세우려는 그 꿈을. 정말 몰랐을까.

궁에서 세자의 일거수일투족을 지켜보다가 아버지 홍봉한에게 알렸던 혜빈 홍씨.

노론은 홍씨의 도움으로 세자 제거라는 무시무시한 음모를 꾸미기 시작했다. 더욱이 정순왕비까지 기세하고 있었다.

정순왕비가 누구인가. 영조의 계비다. 그러니까 세자에게 있어 법적인 어머니다. 영조와의 사이에 소생이 없어 세자와 참소가 심했던 여자였다.

15세의 어린 나이로 국왕 앞에 앉아 국정을 처리했던 왕세자. 그런 그가 노론의 패거리들에 밀려 사지에 몰린 것이다. 권력을 쥐고 흔들던 노론의 패거리들은 분명히 그를 두려워하고 있었다.

그것은 국왕 영조도 마찬가지였다. 그의 입장에서 볼 때 세자는 도저히 가면 안 될 길을 가고 있었다. 세상을 읽지 못하는 세자. 특정 세력이 권력을 독점해서는 안 된다고 생각하는 세자. 다독거려야 할 신하들의 정치적 술수를 제대로 파악하지 못하고 반목하고만 있는 세자. 소론을 등에 업었다고는 하나 노론을 실질적으로 견제할 만한 현실적 힘도 없이 고집만 부리고 있는 세자. 세상을 읽고 소신을 굽혀야 함에도 소신을 굽히지 않으려는 세자. 굽히기는커녕 삼정승이 죽었다는데도 평양에서 청나라 사람들을 만나 변란을 일으킬 모의를 하고 있는 세자…….

그럼 어떻게 해야 하는 것일까? 역심을 품은 아들에게 왕위를 물려줄 수는 없는 일이다. 그럴 경우 반란이 일어날 터이고 조선왕조 자체가 위태로울 것이다.

그러나 그것은 영조의 착오였다. 세자는 영조가 생각하는 세자가 아니었다. 그가 병을 앓고 있는 것은 분명했다. 몸이 더워 옷을 입지 못하는 병이었다. 그러나 그의 정신까지 병든 것은 아니었다. 그는 생각하고 있었다. 고조부인 효종의 뜻을 이어받아 청국을 쳐야 할 것이라고. 그는 정사를 맡으면서 서서히 북벌의 꿈을 키우고 있었던 것이다.

비록 아바마마 앞에서는 그 모습을 보이지 않았지만 어려서부터 효종이 쓰던 청룡도와 철퇴를 가지고 놀았다. 병서도 자주 읽었다. 선조 때 지었다는 무예제보에 의거해 무예신보를 편찬하기도 했다.

그를 싸고도는 이들이 생겨나기 시작했다. 전암 이천보, 구옹 이후, 민백상이 그들이었다. 민백상은 부유하기가 경사에서 제일 갈 정도였다. 그는 아들이 없어 동생 민백흥의 아들 민홍섭을 데려다 후사로 삼고 있었다. 반면 이천보는 원칙과 의리를 소중하게 여기는 사람이었다. 때문에 노론 안에서도 원칙에 충실한 인물이었다. 그에게도 후사가 없었다. 그래서 종형 이국보의 아들 이문원을 데려다 아들로 삼았다.

세자는 그들과 함께 자주 어울렸다. 세자는 그들이 마음에 들었다. 셋은 나이가 비슷했다. 세자와 민홍섭이 을묘년(1735년)생이었고, 이문원이 조금 위였다.

세 사람은 자주 삼전도로 나아가 언젠가는 저 비석을 부숴버려야 하지 않겠느냐며 호기를 부렸다.

그 바람에 그들의 아버지인 두 정승도 사이가 아주 가까워져 자주 모임을 가졌다. 거기에다 좌의정 이후까지 뜻을 모았으니 노론의 실세들이 세자의 뒤를 봐주고 있는 셈이었다. 그들은 당파를 떠나 진심으로 왕세자의 앞날을 걱정하였다. 노론임에도 왕세자를 밀게 되었으니 자신들의 입장이 난처한데도 올곧은 마음 하나로 세자를 돕고 있었다.

그러면서도 불안하지 않을 수 없었다. 그때 이천보는 영중추부사의 자리에 있었고, 민백상은 우의정 자리에 있었다. 더욱이 이후는 왕세자의 사부이기까지 하였다. 그러니 왕세자가 멀리 나가면 또 노론 측에서 임금에게 상소를 올려 세자를 곤란하게 만들까 노심초사였다.

그런데 세자는 그것도 아랑곳 않고 종기를 치료한다며 경진년에 온양온천으로 요양을 가고 말았다. 이후가 따라나섰지만 삼정승의 걱정은 이만저만이 아니었다.

그들은 모여 앉기만 하면 임금과 왕세자의 사이가 간신배들에 의해 자꾸 멀어지기만 하니 이것이 다 우리들 책임이 아니냐며 한탄하다가 갑자기 이천보 영부사가 자살을 했다. 영문을 알 수 없는 죽음이었다. 그런데 더욱 기이한 것은 며칠이 안 되어 민백상 우의정이 또 자살했다. 역시 원인을 알 수 없는 죽음이었다.

궐내가 벌컥 뒤집어졌다. 그런데 이번에는 세자의 사부 이후가 자살을 해버렸다. 한 달 안에 삼정승이 자결한 것이다.

삼정승이 한꺼번에 자결하자 영조는 세자를 더욱 의심하였다. 세자가 역모를 꾀하고 있다는 것을 그들이 알았기에 자살했다고 믿은 것이다.

세자는 신사년 사월까지 삼정승의 죽음에 시달리다가 모르겠다 하고 평양으로 가기 위해 동궁의 요속과 유생 몇에게 알렸다.

요속들이 걱정스러워 그런 세자를 말렸다.

— 저하, 전하의 승낙을 받으심이 옳지 않겠나이까.

— 그런 말 마라. 부왕께서 아신다면 허락할 것 같으냐. 어림없는 일이다. 삼정승 자결로 나라가 뒤집어졌는데 도저히 거북해서 살 수가 없구나. 평양으로 가 쉬어야겠다.

요속들이 말렸으나 어쩔 수 없었다.

세자는 평양으로 떠나기 전 관음암으로 올랐다. 거기 가선이란 여승이 있었다. 그녀 역시 본시 한양 출신이었다. 세자를 만나기 전에 세상이 싫어 여승이 되어 평양의 한 암자에 있었는데 세자를 만나 한양으로 온 것이었다.

가선을 데리고 평양으로 가 대동강 푸른 물에 배를 띄우니 천하가 내 것이다. 부왕의 눈치도 없고 신하들의 알력도 없다. 명기들의 고운 자태와 뱃전을 치는 물살 소리. 청아한 가야금 소리…….

— 아아, 참으로 아름답구나. 이곳은 예전에 고구려의 도읍이 아니냐. 내가 등극하면 요동 땅 7백 리를 찾고 말리라.

함께 있던 유속과 유생들이 한마디씩 했다.

— 위대한 제왕이 되실 것이옵니다.

— 내가 제왕이 되면 소절에 얽매이지는 않으리라. 당파의 뿌리를 뽑고 이 나라를 굳건한 반석 위에 올려놓으리라.

모든 것 잊고 그렇게 놀다가 한양으로 돌아오니 부왕의 걱정이 이 만저만이 아니다. 노론이 또 들고 일어났기 때문이었다. 나라가 이 모양인데 세자가 틈만 나면 왜 평양에 갔겠느냐는 것이다. 그곳은 청나라와 가까운 곳이니 뭐가 있다는 것이었다. 백성들의 눈이 왕세자의 일거수일투족을 살피고 있는데 어찌 평양까지 다시 나아가 청나라 사람과 만날 수 있느냐며 트집을 잡았다.

더욱이 여승을 평양까지 데리고 간 것도 모자라 기생 다섯 명을 데리고 와 동궁의 시비로 두었다고 했다. 세자가 돌지 않고는 그럴 수 없다는 말까지 나돌았다.

세자는 비밀리에 동대문 밖 집을 하나 구해 기녀들을 그곳에 살게 하였다. 그때쯤 부왕은 세손의 재롱에 빠졌고 아내 혜빈 홍씨는 세자가 평양에서 기녀와 여승을 데리고 왔다는 소식에 속을 끓였다. 어쩌다 빈의 처소로 세자가 발걸음을 하면 반가이 맞기보다는 어찌 세자의 몸으로 여승과 동행을 하고 기녀를 데려올 수 있느냐며 타박부터 놓았다. 그러면 세자는 그녀의 비윗장을 마주 긁었다.

— 그대는 상관 말고 자기 처신이나 잘하시오.

— 미쳐도 그렇게 미칠 수는 없습니다. 약에 취해 친동생을 건드리더니 이제는…….

— 어허, 또 그 소리. 오해라고 하지 않았는가.

— 오해라고 하셨습니까. 화완옹주와 개처럼 붙은 모습을 나만 보

았겠나이까.

— 이보시게. 그대가 나나 화완에게 억하심정을 가지고 있는 것은
아네. 하지만⋯⋯.

— 억하심정이야 화완이 내게 가지고 있었던 게 아닙니까. 그래
놓고도 그 어진 화평에게 덮어씌웠으니.

— 그만하시오, 제발.

— 듣기는 싫으십니까? 소문이 어떻게 난지 아십니까? 심지어 열
살이나 아래인 새어미 정선 서씨⋯⋯.

— 그만하지 못하겠는가!

— 그것도 모자라 이제는 여승까지 범하시니 이게 말이 되는 소리
이옵니까? 제발 정신을 차리시옵소서.

— 어찌 그대가 대장부의 큰 세계를 알겠는가.

— 말을 들으니 요망한 밀법에 미쳤다고 하던데 사실이오?

— 어허, 요망스런. 그놈의 입 닥치지 못하겠는가.

혜빈 홍씨는 다음 날 어김없이 친정아버지 홍봉한을 불러 하소연
을 해대었다.

— 못 살겠습니다. 이제는 밀법이니 뭐니 하며 여승을 동궁으로
불러들인다고 하지 않습니까.

— 여승이라니요?

— 평양에서 밀법을 팔아 이곳까지 데리고 왔답니다. 미치지 않고
서야 어찌 그럴 수 있겠습니까. 미쳤어요. 미쳤습니다. 제 동생을 건
드리다 못해 이제는 여승까지 끌어들이니⋯⋯.

— 아이고, 이 나라가 어떻게 되려고.

혜빈 홍씨의 시기가 더해가자 홍봉한의 속도 속이 아니었다. 몇 달이 안 되어 세자가 역모를 일으킬 것이라는 소문이 나돌았다.

영조 재위 38년 임신년(1762년), 늦은 봄이었다.

소론들은 언제 또 노론의 무리들이 수작을 부릴지 몰라 불안한데 아니나 다를까 액정별감되는 나상언이 형조판서에게 수작을 걸었다. 그의 손에는 세자가 변란을 일으킨다는 흉서가 한 장 들렸다.

— 그게 무어요?

형조판서가 물었다.

— 세자가 평양에 다녀온 후 이런 흉서가 돌지 뭐요.

형조판서가 읽어보고는 눈을 치떴다.

— 이거 왕세자가 변란을 일으킨다는 흉서 아니오? 어디서 났소.

— 여기저기 붙어 있는데 뭘 그러오.

형조판서는 같은 패거리들의 장난이 분명하다는 걸 직감적으로 느끼면서도 회심의 미소를 지으며 형조참의 이해중에게 달려갔다.

그들은 곧 노론의 수장인 홍봉한을 찾았다. 홍봉한은 그들이 올 것을 알고 있었으면서도 능청을 떨었다.

— 이게 무엇인가?

— 보면 모르시겠소이까?

— 어허 이럴 수가!

— 어찌하면 좋겠습니까?

나경언이 탄식하듯 말하자 홍봉한이 생각하다가,

― 그래도 내 사위인데 어떻게 내가 나서겠는가.

― 그럼 제가 가지고 가겠습니다.

나경언이 그 길로 영조에게 흉서를 올렸다.

흉서를 본 영조가 눈을 뒤집었다. 올 것이 왔다는 표정이었다. 그렇지 않아도 세자에게 불만이 많았던 영조는 확인도 하지 않고 먼저 아들부터 의심하였다.

― 내 이럴 줄 알았느니라. 대역이 이제는 궁중 안에서 일어나고 있다니. 세자를 불러라. 내 친히 친국하리라.

― 전하, 진정하시옵소서.

나경언이 읍하고 아뢰자 형조판서가 곁에 있다가, '전하, 친국하시려면 먼저 전하를 호위하는 병졸을 풀어야 합니다' 하고 말했다.

― 그리하라. 성문을 닫고 쥐새끼 한 마리 나가지 못하도록 동궁 처소의 문을 철폐하도록 하라.

명령이 떨어지자 형조판서가 호위영에 영을 내려 궐문을 닫게 하였다. 그러자 백성들이 또 무슨 일인가 하고 웅성거렸다.

영조의 명이 이어 떨어졌다.

― 원임대신들과 현임대신들을 부르라.

잠시 후 영의정 홍봉한, 우의정 윤동도 등이 황급히 들어왔다.

영조는 국청을 열고 장인 홍봉한에게 흉서를 보였다.

― 이 글을 좀 보오.

이미 읽어본 글을 형식적으로 읽어본 홍봉한은 눈물을 흘리며 말하였다.

― 전하, 저를 먼저 죽여주옵소서.

― 어디 그대 잘못이겠소.

흉서가 신하들의 손에서 손으로 옮겨졌다.

신하들이 다 읽고 나자 영조가 소리쳤다.

― 나경언이 아니었다면 어떻게 될 뻔했는가. 이 지경이 되도록 어찌 그대들은 내게 알리지도 않고 보고만 있었는가. 어서 세자를 들라 하라.

세자가 보고를 받고 황급히 홍화문 안으로 들어와 문밖에서 대죄하고 기다렸다.

어느새 어둑어둑 어스름이 내렸다.

― 세자를 입시케 하라.

영조의 명이 떨어졌다.

― 전하, 고변자와 함께 세운다는 것은 미안하니 나경언을 내보내심이…….

― 그리하오.

나경언이 퇴각하고 나자 세자가 들어와 엎드렸다.

영조의 음성이 쇳덩이 같았다.

― 내 너를 지켜보았느니라. 네놈은 나를 망치고 이 나라를 망칠 놈이다. 혈조 때만 해도 그렇다. 사직이 무너질 마당인데도 나 몰라라 하고 자리를 박차고 나가던 놈이다. 천년사직이 달린 일이었거늘……. 실망이다, 실망이야. 임금의 대리로서 몹쓸 행동만 하다니. 꼴도 보기 싫다. 나가거라.

세자가 쫓겨나 금천교에서 대죄하였다.

그사이 홍봉한이 영조에게 아뢰었다.

— 전하, 나경언이 불충한 소리를 하여 부자간을 이간질시켰으니 즉시 사형에 처해야 합니다.

영조가 그 무슨 말이냐며 난색을 표하였다.

홍봉한은 영조가 그대로 넘어가면 안 된다는 생각에 밖으로 나오기가 무섭게 무리들을 잡고 힐문했다.

— 왜 경들은 가만히 있소. 주상이 이번에도 그냥 넘어가면 이제 기회는 오지 않을 게요. 나경언을 죽여야 하오. 그래야 쉬 넘어가지 못할 게 아니오. 나경언까지 죽였는데 그냥이야 넘어가겠소.

그들이 입시하여 세자를 역적이라고 고변하면 그럼 주상은 어떻게 되는 것이냐고 따졌다. 역적의 아버지가 되는 것이 아니냐 그 말이었다.

그러자 영조는 하는 수가 없었다. 그를 죽이라 했는데 나경언까지 죽이고 나자 그대로 넘어가기는 뭐하다 싶었다. 홍봉한의 생각이 맞아 들어간 것이다.

영조는 독한 마음을 먹고 세자 더러 휘령전으로 들라 명하였다.

세자가 들어와 엎드리자 영조는 자결할 것을 요구했다.

— 아바마마, 왜 이러십니까?

— 내 명을 듣지 못했느냐!

세자가 땅에 이마를 찧었다. 이마에서 피가 철철 흘러내렸다. 허리띠로 목을 졸라매었다.

아비는 눈길을 돌려버렸다.

열두 살 먹은 세손이 소식을 듣고 달려와 머리에 쓰고 있던 관과 도포를 벗어 던지고 세자의 몸 위에 엎드려 울며 애원했다.

— 할바마마, 제 아비를 살려주옵소서.

— 여봐라, 세손을 시강원으로 보내라.

김성응이 세손을 안아 나가자 영조가 그에게 다시 오지 못하게 하라 일렀다.

한림 임덕제가 보다 못해, '전하, 왜 이러십니까? 국본을 흔들지 마옵소서' 하고 아뢰었다.

그러자 영조는 어상을 치며 소리쳤다.

— 국본은 내가 흔드는 게 아니라 저놈이 흔들고 있다. 물러나라.

임덕제가 물러나지 않자 기세등등하게 영조가 외쳤다.

— 세자를 폐서인한다.

동궁의 관속들은 무서워 떨며 슬금슬금 궐을 나갔다. 임덕제만이 그 자리에 꿇어 움직이지 않았다.

— 저자도 끌어내라.

시위군이 임덕제를 끌어내자 세자가 위급함을 느끼고 임덕제를 잡았다.

— 너마저 가버리면 나는 어떡하느냐.

그러면서 밖으로 따라 나왔다.

그러자 사서 임성이, '들어가 용서를 구해야 하지 않겠사옵니까?' 하였다.

세자가 그것도 그럴 것 같아 다시 들어가 엎드리고 빌었다.

— 아바마마, 용서해주옵소서.

— 너는 틀렸다. 네가 네 죄를 안다면 일찍이 자결했을 것이다. 여봐라.

영조가 부르자 병조참판 이희명이 달려왔다.

— 상감마마, 불러계시나이까?

— 가서 뒤주를 가져오라.

— 뒤주 말씀이옵니까?

이희명이 이상해 그렇게 물었다. 이 마당에 무슨 뒤주일까 해서였다.

— 어서 대령하지 못할까?

이희명이 임금의 명령에 그만 더 묻지 못하고 내달렸다. 그가 병사를 이끌고 급한 대로 달려간 곳은 자신의 집이었다. 집 한켠에 쓰지 않고 놓여 있던 뒤주를 기억해내었기 때문이었다.

그렇게 뒤주가 대령됐다. 그때까지도 영조는 네놈이 자결을 하지 못하겠다면 내가 죽여주겠다는 표정을 짓고 있었다.

뒤주를 대령하자 영조가 세자에게 명령했다.

— 그 속으로 들어가거라.

세자가 들어가지 않자 영조가 소리쳤다.

— 저놈을 그 안에다 처넣어라.

— 아바마마, 살려주시옵소서.

세자가 뒤주를 붙잡고 버티며 빌었다.

— 저놈을 처넣으라고 하지 않느냐.

세자의 몸이 뒤주에 처박혔다.

— 저놈에게 물 한 모금이라도 주는 자가 있다면 내 물고를 내리라. 여봐라. 뒤주가 덜컹거리니 돌을 가져와 얹어라.

명령을 받은 신국빈이 물러나 도망가 버렸다.

그러자 다른 이들이 돌을 가져다 얹었다.

임금은 이제 이희명을 의심했다.

— 어이, 병조참판. 세자와 무슨 언짢이 있었는가?

— 상감마마, 어이 그런 말씀을.

그 길로 이희명은 관직을 버리고 낙향하고 말았다.

모질었다. 부모가 자식을 죽이는 데 꼭 8일이 걸렸다. 피 터지게 부르는 소리가 들려오지 않자 손톱으로 뒤주를 긁는 소리가 귀신의 호곡소리 같았다. 점차 그 소리도 사라지고 뒤주가 죄 뒤틀어져서야 소리는 들려오지 않았다.

한여름 밀폐된 공간 속에서 8일 동안이나 물 한 모금 마시지 못한 왕세자가 그렇게 세상을 떠났다.

어린 세손의 충격은 말할 수 없는 것이었다. 그 뜨거웠던 여름날, 아비가 자식을 죽이는 참혹한 현장. 그 현장을 목격하고서도 막지 못했다는 자책감이 어린 세손의 가슴에 늘 자리하고 있었다. 삼종의 혈맥. 자신이 태어나지 않았더라면 할아버지는 아버지를 죽이지 못했을 것이었다.

더 무서운 것은 어머니였다. 아들은 아버지의 죽음이 억울하다고 하는데, 홍씨는 남편의 죽음이, 정신병 때문에 어쩔 수 없는 것이라고 하였다.

최소한도 아들이 알건대 아버지는 남자로서 본능적 잘못이 있었다고 하더라도 정신병자는 아니었다. 지배층이 아니라 지배 받는 이들을 위해 수렴청정 기간에 노력하던 인물이었다. 그런데 어머니 혜빈 홍씨가 남편을 정신병자로 몰고 있었다. 사위를 뒤주 속에 넣어 죽인 친가를 위해.

어느 날 세손은 어머니가 쓰다 만 글을 보았다.

……신사년이 되어 세자의 병환이 더욱 심해지시매 대조께서 이어하신 후에는 후원에 나가 말타기와 군기붙이로 소일할까 하시다가 7월 후에는 늘 후원에 가셨다. 그러나 그것도 심심해서 뜻밖에 미행을 시작하시매 처음의 일이라 어이없으나 어찌 다 근심을 형용하리오. 병환이 나시면 사람이 상하고 마셨다.

매양 이런 식으로 아버지의 비행을 기록하고 있었다. 가만히 생각해보면 이것 역시 사실과 다른 소리였다.

관서 미행을 아버지의 정신적인 유희로 기록하고 있는 것만 해도 그렇다. 아무리 어머니를 이해하려고 해도 화가 났다. 기생을 궁중으로 데리고 왔다. 그랬으니 그렇게 적는 것이겠지만 그 뒤를 보면 아버지의 여자 사냥은 개인적 비리라고 말을 하고 있는 듯했다.

어머니의 한을 모르는 것은 아니었다. 그렇다고 하더라도 왜 사실을 왜곡하면서까지 아버지를 흠 잡으시려는지 모를 일이었다. 아버지는 당시 나주쾌서사건, 토역경 사건으로 인해 입지가 말이 아니었다. 그렇기에 모든 이들의 눈길이 아버지에게 쏠려 있었다. 그걸 모를 아버지가 아니었다. 그 사건으로 인해 소론의 대다수가 죽어가는 마당이었다. 여자에게 신경쓸 여유가 없었다. 할바마마조차도 행동을 조심하던 마당이었다. 만약 여자를 데리고 왔다면 할바마마의 오해, 즉 금상의 지리나 노리는 이들이 아니라는 오해를 풀어 드리기 위해 그랬을지도 몰랐다. 그것을 어머니가 모를 리 없었다. 그 정도 이해 못 할 어머니가 아니고 보면 말이다. 그런데도 어머니는 아버지를 정신병자로 다루었다.

　의충이 이종수의 말을 대충 그렇게 나름대로 정리하고 있는 사이 그의 말을 듣고 있던 사람들은 하나 같이 할 말을 잃고 허둥거렸다.
　의충은 그의 말을 되씹으며 눈을 감았다. 그 뒤는 듣지 않아도 알 것 같았다. 다분히 자기주관적 발언이긴 하지만 비로소 모든 것이 밝아져오는 느낌이었다.
　영조가 연잉군이었을 때, 그를 도왔던 사람은 성하의 아버지와 검무를 추는 운심의 아버지 그리고 이의충의 아버지 이직수였다. 연잉군이 경종을 죽이기 위해 독극물을 구할 때, 이직수를 통해 그것을 구해준 사람이 성하의 아버지 남태중과 운심의 아버지 김돈새였다. 결국 경종은 연잉군의 손에 죽었고 그의 아내 선의왕비도 죽었다. 물론 그들의 아들 딸들이 태어나기 전 일이었지만 따지고 보면 그들이나 영조나 별다를 건 없었다.

세자의 평양 밀행 사건이 일어나자 영조는 궁으로 입궁해 생사가 불분명한 딸을 찾아다니는 병조참의 운심의 아버지 김돈새를 제 아들과 역모를 꾀했다 하여 죽였다. 김돈새가 죽자 영조는 한탄했다.

— 내가 그대를 지켜주지 못하였구려.

그는 정적들에 의해 어쩔 수 없이 김돈새를 죽인 양하며 지밀상궁에게 일렀다.

— 김돈새의 딸을 데려오라.

김돈새의 큰딸을 취하면서 문득 본 그녀의 동생. 인물이 천하절색이었다. 사실 그래서 김돈새의 큰딸이 그리 살갑지 않았었다. 그런데 김돈새가 제 딸을 찾아 미쳐 돌아다닌다. 그런 그에게 막내딸까지 달라고 할 수는 없었다. 차라리 죽이자. 정적들에 의해 죽일 수밖에 없었다고 하면 되지 않겠는가. 역모의 자식을 품는다면 신하들과 백성들은 역적의 딸을 안을 수밖에 없는 임금의 고뇌에 눈물 흘리리라.

지밀상궁이 그 딸을 궁으로 데려왔다.

그녀는 아버지 김돈새를 죽이고 딸까지 넘보는 짐승에게 딱 하룻밤 몸을 주었다.

그날 이상하게 번개가 치고 천둥이 밤새도록 울었다. 하필이면 번개가 임금의 침전 앞에 심어놓은 목단나무에 떨어졌다. 다음 날 임금은 지밀상궁을 불렀다.

지밀상궁이 달려갔다. 임금의 곁에 일관과 역관이 읍했다.

— 그대가 어제 궁인을 들여보냈는가?

임금이 물었다.

— 그러하옵니다.

— 어떻게 그런 여자를? 그녀는 요물이다.

— 무슨 말씀이시온지?

— 어젯밤 뇌우로 침전 앞 목단나무가 부러졌다. 아침에 역관을 불러 점을 치니 네가 들여보낸 궁인의 아비가 저승에 들지 못하고 이곳을 배회하고 있다고 한다. 어젯밤 꿈 그대로다. 김돈새 그자가 꿈에 나타나 딸을 내놓지 않으면 짐을 해꼬지할 것이고 죽이면 역시 목숨을 빼앗을 것이라고 하니 이 일을 어찌하겠는가?

지밀상궁은 영조 임금이 많이 약해졌다는 생각을 했다. 그렇게 사람을 많이 죽인 사람이 양심의 가책을 받아 꿈자리까지 어지럽다고 한다. 그도 어쩔 수 없는 인간이라는 생각이 들자 그녀는 임금에게 아뢰었다.

— 전하, 상심하지 마옵소서. 그냥 궐 밖으로 내쫓으면 그만이옵 니다.

— 역적의 자식이라 던지지 말고 성은을 입은 몸이니 각별히 신경 을 써주게.

— 그리하겠사옵니다.

궐 밖으로 내쫓긴 그녀가 용종이 들어섰다는 걸 걸 안 것은 두 달 후였다. 미친 듯이 그녀를 찾아 헤매던 성하와 비로소 만났다.

— 이제 너와 헤어지지 않을 것이야.

성하가 막무가내로 그녀를 잡고 늘어졌다.

그녀는 성하의 손길을 뿌리칠 수밖에 없었다.

— 저는 성은을 입은 몸입니다. 사방에서 저를 주시하고 있으니 그대 몸이 성치 못할 것입니다.

— 그럴 수는 없다. 반촌으로 들어가자. 그곳은 그 누구도 간섭치 못해.

그들은 반촌에 방을 얻어 살았다.

그 사실이 성하의 아버지 남태중의 귀에 들어갔다.

— 성하가 어쨌다고? 운심과 붙었다고? 이게 죽으려고 환장을 한 것이 아닌가?

하필이면 왜 그녀가 용종을 낳던 날 그의 아비가 반촌으로 찾아왔던 것일까.

성하의 아버지 남태중은 그날 용종의 목을 밟아 죽였다.

그렇게 끝나버렸으면 얼마나 좋았을까. 사도세자의 평양 밀행 사건이 터졌다. 삼정승이 자결하고 성하의 아비 남태중과 의충의 아버지 이직수가 역적으로 몰려 죽었다.

한때 의충의 아버지 이직수는 지방 아전이었을 시절 허불이의 아버지 남태중의 도움을 많이 받았다. 아들을 한양으로 올려 보내 남태중의 도움을 받았기 때문이었다. 그랬으니 남태중이 시킨 일은 무엇이라도 하던 사람이었다. 해서 남태중의 머리를 거두었던 것이다.

남은 식구들은 양반네의 종으로 주어졌는데 허불이의 어미는 자진해 죽고 허불이는 어딘가로 끌려갔으며, 성하와 의충은 떠돌이가 되어 어촌에 몸을 부리고 살았다.

어느 날 낚시를 하다가 한양의 도령이 파도에 휩쓸렸다. 성하와 의충이 그를 구했다. 그가 병조참판 이희명의 아들 이금모였다. 이 금모는 두 사람을 한양으로 불러올렸다. 그때 의충은 어머니를 모시고 있었는데 허불이의 오라비 성하와 함께 살았다.

영조가 사도세자를 죽이기 위해 뒤주가 필요하다고 병조참판 이희명에게 명한 것은 이때였다.

설마 아들을 죽이기야 할까 생각한 이희명이 자기 집 뒤주를 갖다 바쳤는데 이희명을 금부에서 찾은 것은 그로부터 9일이 지나서였다.

— 이희명은 어서 나와 주상전하의 명을 받으라.

그 길로 이희명은 뒤주를 내놓으라 협박 받았다.

— 뒤주를 구해오라 하여 구해다 드렸는데 무슨 말씀이온지?

— 이놈, 뒤주를 네놈이 도로 빼돌리지 않았느냐?

이희명으로서는 전혀 모르는 일이었다.

느닷없이 뒤주를 내놓으라니.

꿈자리가 이상하기는 했다. 세자가 뒤주에 갇혀 8일 만에 죽고 난 그날 밤이었다. 이희명의 꿈에 세자가 보였다. 참혹한 모습이었다.

— 세자마마, 어인 일이시옵니까?

꿈속이어서인지 평상시처럼 그렇게 물었다.

그러자 세자가 눈물을 흘리며 이렇게 말했다.

— 참판, 나를 불쌍히 생각하여 부디 내가 들어가 죽은 뒤주를 후세에 남겨주시오.

본시 형장의 도구는 불태워지는 게 원칙이다. 그런데 그것을 후

세에 남겨 자신의 원통함을 알려 달라는 것이었다. 세자는 그 뒤주를 살리지 않고는 멸문지화를 면치 못할 것이라고까지 했다.

이희명은 꿈자리가 너무 이상하여 아들에게 말했다. 아들이 눈을 붉히고 고개를 끄덕이며 어금니를 물었다. 그날 밤 뒤주가 없어졌다.

금부에서 군사를 풀어 백방으로 찾기 시작했다. 하지만 뒤주는 찾을 길이 없었다. 그제야 이희명은 아들이 뒤주를 빼돌렸을지 모른다는 생각을 했다.

그랬다. 그날 밤 억울하게 죽은 아비의 아들들이 뭉쳤다. 이희명의 아들 이금모를 중심으로 남태중의 아들 남성하, 이직수의 아들 이의충이 궁 안으로 숨어들었다.

휘령전이 검게 웅크리고 그들을 바라보았다.

청년들은 휘령전의 앞뜰을 가로질렀다.

이금모가 앞서 나가다가 우뚝 걸음을 멈추었다. 세자를 삼킨 뒤주가 눈에 들어왔기 때문이다. 어둠 속에서 뒤주는 기괴한 모습으로 서 있는 악령 같았다.

내일이면 불태워질 형구였다.

왜 하필이면 뒤주였을까. 김씨의 씨이기에, 죽지 않기 위해 금상을 탐한 아비. 그리하여 선왕을 독살한 아비. 그 아비를 멸시하던 아들, 그 증오와 정한이 얼마나 깊었으면 뒤주에 담았을까.

— 저거다.

이금모가 소리쳤다.

— 맞아.

282

의충이 맞장구를 쳤다

— 빨리 옮기자. 이런 말할 사이 없다.

성하가 말하며 뒤주로 달려들었다.

다음 날 들이닥친 관군들.

이금모의 아버지 병조참판 이희명이 잡혀갔다. 뒤이어 그의 아들
이금모와 성하가 잡혀갔다. 그때 의충은 나무를 하다가 산 아래를
내려다보고 있던 참이었다. 의충의 어머니가 아들 대신 잡혀갔다.

이희명이 그 자리에서 죽었다. 그의 아들 이금모도 그 자리에서
죽었다. 성하가 고신에 못 이겨 등이 굽었다.

그때 어떻게 알았을까. 운심이 뒷골목 검계들을 모아 성하를 구해
사라졌다. 의충의 어머니는 아들 대신 죽을 판이었다.

어머니를 살리기 위해 의충은 동분서주했지만 살릴 방법이 없었다.

— 어떻게 그럴 수 있습니까? 내 어머니는 사람이 아닙니까?

성하만 빼내온 운심과 검계의 무리들이 원망스러워 그렇게 말했
을 때 막 두목 자리를 이은 집주름이 헛헛거렸다.

— 겁쟁이가 되어 도망다니며 어머니를 형옥에 넣은 놈이 무슨 말
이야.

오히려 비웃음만 당하자 의충은 복면을 한 그의 얼굴을 갈겨버리
고 싶었다. 이름도 성도 모르는 종자가 장대장의 뒤를 이은 참이었
다. 장대장이 죽을 고비에 있을 때 그를 구했다나 어쨌다나. 검술에
능해 검주름으로 불리던 자였다.

의충은 그 길로 이를 악물고 포도대장을 찾아갔다.

포도청과 금부가 하나가 되어 뒷골목 검계들을 소탕했다. 대부분 그때 죽거나 도망을 갔다. 성하와 운심도 그때 사라졌다.

그 후 의충은 어머니를 모시고 지방의 소도시로 이주해 그곳 관아의 녹을 먹었다. 그래도 어머니를 위하는 효성이 가상하다며 금부 도사가 가엾이 여겨 관직이라도 주선해준 것이었다. 동지들을 팔아 어머니를 구하고 관직을 얻은 것이다.

3

실실 웃고 있던 이종수가 목이 마른지 혀로 입술을 핥았다.

— 거 물이나 한 잔 주슈.

가설부장이 물을 가져다주었다.

— 그런데 말이요, 내 누나가 차마 쓰지 못했던 말이 있었다고 합니다.

— 그게 뭔가?

종사관이 물었다.

— 세자가 뒤주 속에서 죽어가던 그 시간에 세자의 장인 홍봉한은 뱃놀이를 즐기고 있었다고 하니 말이오. 그뿐만이 아니었소. 우리가 열녀라고 알고 있는 혜빈 홍씨가 그런 남편의 죽음을 뒤로하고 오히려 아버지에게 세자를 도운 인물을 고해 바치고 있었다는 거요. 소론 영수 조재호가 그 사람이라고 말이오.

─ 조재호?

의충이 되뇌었다.

─ 그리고 혜빈 홍씨가 자신의 아버지가 궁에 뒤주를 들여놓을 때
왜 몰랐겠느냐고 합디다. 병조참판 이희명의 그 뒤주가 남편을 죽
일 것이라는 걸 말이오. 아니 남편을 죽이려고 달려든 노론의 영수
인 아버지에게 왜 매달리지 않았겠느냐고 합디다. 죽이지 말아 달라
고 빌거나 말리지 않았겠느냐는 것이오. 나중에야 알았다고 합디다,
그 이유를.

─ 그 이유?

이종수가 말을 끊었으므로 종사관이 침을 꼴깍 소리 나게 삼키고
물었다.

이종수가 음울하게 웃었다. 그러고는, '세자는 그때 병이 들었다
고 하오' 하고 말했다.

─ 병? 그렇지. 병은 앓고 있었지. 그런데?

종사관이 되물었다.

─ 그들로서도 어쩔 수 없는 병이었다고 하오.

─ 그래도 말이 안 돼. 그렇다고 아들을 뒤주에 넣어 죽여?

종사관이 결연한 어조로 말했다.

뒤이어 이종수의 입에서 천둥 같은 말이 떨어졌다.

─ 문디병이라고 했소.

─ 뭐?

종사관이 되물으며 입을 벌렸다. 그만이 그런 게 아니었다. 이종

수의 발언에 사람들이 하나 같이 입을 벌렸다.

문디병……. 종사관이 되뇌자 이종수가 흐흐흐 웃었다.

— 무슨 소리야? 도대체 무슨 소린지 알아듣게 해봐.

의충이 묻자 이거 왜 이러느냐는 듯이 이종수가 뜨악한 표정을 지었다

— 얼추 넋이 나갔네. 허참, 생각이 영 미치지 않는 모양인데, 이인좌의 난 알지?

의충의 인상이 종사관처럼 모질어 보이지 않았는지 아예 반말이었다.

— 그 난 이후 경상도나 전라도 삼남 지방에서는 그 병이 갑자기 창궐했거든.

— 저 자식 지금 뭐라고 하는 겁니까?

의충이 그렇게 묻는 오길을 돌아보았다.

— 이상하군. 이인좌의 난이 일어난 후 문디병이 창궐했다?

— 그러게요.

— 그럼 그런 역병을 어떤 세력이 개입해 퍼뜨렸다?

정목인이 중얼거렸다.

— 그럴 리가.

— 에이, 설마요?

두 사람의 반응이 그러한데 정목인이 다시 엇질렀다.

— 이인좌의 난이 그곳에서 일어났다면 반역향으로 찍혀 그리 될 수도 있는 게 아닙니까?

— 설마요.

오길이 고개를 갸웃하며 말했다.

— 설마가 사람 잡는 법이지. 이인좌의 난이 있고 난 후 경상도나 전라도 선비는 남인 포함하여 도매금으로 벼슬이 금지되었다는 말이 있고 보면.

— 그럼 그 정도로 거대한 음모가 개입되었다?

의충이 중얼거렸다.

— 그러지 않고서야 그런 응징이 있을 수 있겠습니까.

정목인의 말을 들으며 의충이 고개를 내저었다. 아무리 노론이나 소론이 썩었다고 해도 어떻게 그런 병을 퍼뜨린단 말인가. 말이 되지 않는 소리였다.

— 아무리 그렇다고 해도 이해가 되지 않아요.

의충의 말에 정목인도 고개를 주억거리다가 고개를 갸웃했다.

— 그래도 이상하단 말이에요. 어디선가 보았더니 반역향으로 낙인찍힌 이들의 상소를 받지 않았단 말이 있거든요. 피부병을 막기 위한 조치라며 말입니다. 지금도 그렇지만 경상도 선비의 상소는 좀 특이하지 않습니까. 여러 선비들이 모여 수결한 상소문을 중앙 조정에 전달하고 있으니까 말입니다. 그래서 반역향으로 찍히기가 무섭게 영남 선비들의 집단행동은 엄격히 금지되고 있었고, 어디 그뿐입니까. 영남 선비들의 동태는 일거수일투족이 감시의 대상이 되었지 않습니까. 상소문의 전달도 집단적으로 하지 못하였다면 말 다한 일이지요.

의충이 고개를 갸웃했다.

— 상소문에 제일 먼저 이름을 올린 소두는 홀로 올라와 대궐 문 앞에 부복하여 올려야 하는 것이 상식이 된 오늘입니다. 그것은 전라도도 마찬가지지요. 선조 2년 정여립 모반사건으로 반역향으로 낙인 찍히면서 문디병이 창궐했지 않습니까. 그 바람에 벼슬길이 어려워졌고……

의충은 그래도 납득이 가지 않았다.

— 그렇게 일리가 없는 추리는 아닌데, 어떻게? 어떻게 문디병을 전파시킨단 말이오? 경상도나 전라도에 문디병이 많았던 것은 산간지대고 토지가 척박하고 습한 곳이어서 그렇다고 알고 있소. 더욱이 소출이 빈약해 질병의 위험에 노출된 인구가 많아서이기도 하고.

— 물론 그렇겠지요. 하지만 이인좌의 난을 기점으로 그 병이 갑자기 퍼졌다는 게 이상하지 않습니까. 그러고 보니 연대가 맞아 들어가네요. 학보를 쓰다 보니 안 것이지만 무술년(1658년) 경상감사 임의백이 대구읍성 북문 근처 객사 뜰에 봄가을로 약령시장을 열었다고 하거든요. 그곳이 습한 곳이고 영양상태가 열악해 그렇다고 해도 그렇습니다. 원체 경상도가 다른 지역과는 달리 불결했다는 말인데 그건 아니지 않습니까. 그 병은 생활환경과 관계가 깊은 피부병이라고 알고 있습니다. 그 중에서도 가장 악성인 문둥병이 왜 난이 일어난 전라도나 경상도에서 창궐했을까요? 경상도 전체인구 10명당 한 명 꼴로 문둥병자였다고 하는 말을 들은 적이 있어요. 제가 그곳 출신이니 말입니다. 그런데 세자가 대리청정을 하면서 이

변이 일어났다? 왜일까요?

— 으흠, 그러니까 세자가 그들과 소통하기 위해 길을 열어주려 했다?

— 맞습니다! 혈기 왕성한 세자는 자연히 그들과 접촉했겠지요.

— 그래 그 병에 걸렸다?

— 그렇습니다. 들리는 말에 의하면 세자는 욕창이 심해 옷을 못 입을 정도였다더군요. 그래 그 병을 대진병이라고 했다고 하지 않습니까.

— 그런데 왜 뒤주에 넣어 죽였을까? 무엇 때문에? 문디병에 걸렸다고 뒤주에 넣어 죽인다? 말이 안 돼요. 그렇게 뒤주에 넣어 죽일 이유가 없지 않습니까.

— 그렇지.

뒤늦게 오길이 끼어들었다. 그제야 정목인이 말을 접었다. 그러면서도 계속 고개를 갸웃거렸다.

— 다시 들어가 보자구. 무슨 말을 하나.

의충이 먼저 취조실로 들어갔다. 정목인과 오길이 뒤에 와 섰다.

이종수는 다행히 그때까지 침묵하고 있었던 모양이었다. 누군가 떠온 냉수를 종사관이 그에게 건네주자 그는 냉수 한 사발을 들이켜고 나서야 혀로 입술을 핥고 입을 열었다.

— 문제는 혜빈 홍씨야. 남편이 뒤주에 갇혔어도 뱃놀이 간 친정 아버지에게 세자를 돕던 이들을 발고했다니까 말이야. 그런 여자가 노론이 세손이 무서워 세손까지 죽여야 한다고 하니까 그제야 눈을 뒤집고 달려들었다는 거야.

의충이 이종수를 노려보았다. 사도세자를 죽이는 데 앞장선 것은 두 말할 것도 없이 홍봉한이다. 그런데 세손을 죽이기 위해 숙부 홍인한이 나섰다는 말은 들은 적이 있다. 그러니까 그제야 정신이 든 혜빈 홍씨가 자신의 가문에 협조하지 않았다는 말을 이종수는 하고 있었다.

— 혜빈 홍씨가 자식만은 안고 돌았다?

의충이 잠시 생각하다가 묻자 이종수가 그제야 말이 통한다는 듯 이히히, 하고 귀신 웃는 소리를 냈다.

— 맞아. 그런데도 홍인한은 혜빈 홍씨에게 결코 세손이 보위에 오를 수 없다고 못 박았다니까 말이야. 그러자 혜빈 홍씨가 숙부 홍인한에게 경고했다고 하더군. '세손의 즉위를 방해하지 마세요' 하고. 홍인한은 일소에 부쳤다고 해.

— 결국 영조는 자식을 버리듯이 세손마저 버릴 수는 없었다는 말인데?

— 맞아, 혜빈 홍씨는 그걸 알고 있었기에 삼종의 혈맥인 유일한 종손을 살려달라고 영조에게 매달렸다 그 말이지.

— 남편은 버려도 아들은 버릴 수 없었다? 재밌군.

종사관이 듣고 있다가 이죽거렸다.

— 영조는 세손에게 왕위를 물려주겠지만 그로 인해 혜빈 홍씨는 자신의 가문을 스스로 무너뜨릴 것을 알고 있었다는 말이지. 가문에 대한 그녀의 집념은 끈질겼다고 하더군. 만약 세손이 등극해 할아버지의 손을 들지 않고 아버지 사도세자의 손을 들면 어떻게 될까? 혜빈 홍씨는 바로 그 순간 자신이 지켜왔던 홍씨 가문이 무너

질 것을 직감하고 있었다고 할까. 그래서 사도세자를 죽여야 한다고 목소리를 높이던 노론의 무리들은 얼음장처럼 얼어붙었을지도 모르지. 제 아비를 그렇게 죽였는데 가만히 있을 자식이 어디 있겠는가. 고양이가 생쥐를 몰아붙이듯 할 게 뻔하지. 그들의 사지를 절단하고 심장을 찢어발길 테니까. 어쩌면 세손에게 있어 문제는 노론의 수장인 외할아버지 홍봉한이 아닐지도 모르지. 모후일지도 모른다 그 말이야. 이제 얼마 후면 언제라도 외할아버지 홍봉한은 죽일 수 있을 테니까. 이미 그들의 세력은 풍비박산이 날 판이지 않은가. 마음만 먹으면 할 수 있는 일일지도 모르지. 그래서 세손의 모후 혜빈 홍씨는 속내를 숨기고 그녀 자신이 죽인 지아비를 두 번 죽이고 있었다는 것이야. 친정집 식구들을 살리기 위해 지아비를 죽였듯이 자식으로부터 친정집 식구들을 살리기 위해 지아비의 면면을 독살스럽게 그려가고 있었다 이 말이야. 변명을 하고 있었다고 해. 지독한 변명. 궁으로 들어와 온갖 고초를 겪으며 죽지 못해 살아낸 세월을 눈물겹게 그려대고 있었다는 것이야.

— 허허, 이것 참!

종사관이 헛웃음을 쳤다.

— 어느 날 세손이 보았다고 해. 모후의 방에서. 그녀가 쓰는 것이 무엇인지를. 그게 읍혈록이라 하던가, 한중록이라 하던가.

그가 말을 끊자 오길이 입술을 혀로 핥았다. 뭘 물을 때면 하는 행동거지였다.

아니나 다를까 그가 입을 열었다.

— 그래 그 후 어떻게 되었어?

이종수가 날카롭게 오길을 향해 눈을 치떴다. 나이도 비슷해 보이는데 아니꼽다는 표정이었다.

— 어떻게 되다니?

— 방금 읍혈록인가 뭔가 이야기 했잖아?

— 몰라. 내가 들은 얘기는 거기까지야. 그 후 누님은 죽었지. 누님이 죽고 나서야 아버지를 딱 한 번 만났다. 그때 물었어. 잘한다고. 누님은 홍씨 집안의 귀신이 되었고, 아버지는 이제 김춘택의 아들이 되었느냐고.

— 그랬더니?

종사관이 물었다.

— 그랬더니 아니라고 해.

— 아니라니?

— 그래 내가 물었어. 의문이 하나 있다고.

— 의문?

— 그렇지 않느냐고……. 소문에 들으니 김춘택의 개가 되어 아직도 어함인가 뭔가를 찾으러 다닌다고 하던데 지금도 그러고 다니느냐고. 그렇다고 하더라고. 얼마나 웃기는지. 그렇잖아. 주상이 한순간 헤까닥해 자신을 되돌아보며 진실을 썼다고 해. 그래도 그렇지. 그것을 어함에 넣어두었는데 누가 손을 대었다? 개 풀 뜯어먹다 어금니 빠지는 소리 아니야? 안 그래? 말이 되는 소리야?

— 그랬더니?

— 자신은 이렇게 생각한다고 하더군. 인간이란 그런 존재라고. 인간이란 동물은 풀 뜯어 먹다 어금니 빠지는 존재라고. 한순간 정신을 차려보니 자신이 너무 감정적이라는 생각이 들어 속죄하듯 쓴 글이 후회가 되었을 것이라고. 그런데 그걸 누가 훔쳐내 버렸다면 어떻게 되겠느냐고. 그럼 그때부터 자신의 한때 후회가 형벌이 되었을 것이라고.

— 그럴 수도 있지 뭘 그래.

종사관이 계속 응수해대자 이종수가 필필 웃었다.

— 하기야 그럴 수밖에 없는 용파대사가 이해된다고 하더군. 히히히, 용파가 누군지 알란가 모르것네. 암튼 그런 도사가 있었다고 해. 세상이 누구의 세상이냐는 거지. 영조의 세상이라는 거지. 그런데 그것을 세상에 알린다? 당장에 모함이라고 목숨 부지하기가 힘들 것이었다는 거지. 하기야 글씨 같은 것이야 흉내 내면 그만인 세상일 테니.

— 흐흠, 그래서 벌을 생각했다?

— 맞아, 용파대사는 분명 그랬을 것이라고 하더군. 벌을 생각했다고. 분명히 영조는 자책감으로 인해 미쳐버릴 것이라고. 사실이 드러날까 안절부절못했을 것이라고. 주상이 세손에게 자신이 죽을 때 그것을 찾아 자신의 관에 넣으라고 했다면서?

— 그럼 세손 역시 그것을 찾고 있다?

— 모르지 그것이야. 나도 들은 소문이니까.

그의 말을 받아내던 종사관이 고개를 홰홰 내저었다. 그는 뭔가 대단히 헷갈린다는 얼굴을 하고 있었다. 그 모습을 보고 있자니 의충 역시 그럴 만하다는 생각이 들었다.

— 그러니까 뭐야? 이거 씨줄과 날줄처럼 엮여 있잖아.

종사관의 말에 이종수가 빙글거렸다.

— 맞아, 이히히……

— 좋아, 그렇다 하자고. 그래서 그들을 죽였나? 아니 그보다 자네 아비가 찾으려 했던 어함은 찾았나?

그가 고개를 번쩍 들었다.

— 아니, 씨발. 그걸 내가 어떻게 찾아. 당신들도 모르는 걸.

— 아비를 만났다메? 그럼 알 거 아냐. 어디서 만났어?

— 몰라. 눈 막고 귀 막고 끌려갔으니까.

— 하, 이거 참.

— 암튼 아버지는 그날 내가 보니 복면을 쓰고 있더라고. 음성이 아버지야. 그런데 부하들이 있고 방안에 이상한 고서들만 잔뜩 갖다 놓았더군.

— 그래서 그것이 어함 속의 물건인 줄 알았다?

이종수가 고개를 내저었다.

— 아니야, 부하들 말을 들으니 어함 안에 주상이 평생을 아끼던 보석이 들어 있다고 하더라고. 그걸 휴밀이란 사람이 가지고 있는 것 같다고. 그 사람의 집에 있는 고서가 바로 그것이라고.

— 그것만 있으면 한 밑천 잡을 것 같았다?

종사관의 말에 그가 홍, 하고 웃었다.

― 처음엔 그들의 말을 믿지 않았어. 이 세상천지에 그런 것을 믿을 놈이 어디 있겠어. 도저히 말 같아야지. 하지만 어떻게 내가 눈이 뒤집어지지 않을 수 있겠어. 솔직히 기회를 보기 시작했지. 돈이 될 수 있겠다 싶어서.

들고 있던 의충이 눈을 크게 뜨고 고개를 모로 꼬았다. 순간 한 늙은이의 얼굴이 뇌리를 스치고 지나갔다. 뒤이어 이한조가 죽어가면서 남긴 상자와 피리가 생각났다.

생각이 거기까지 미치자 머릿속이 하얘지는 느낌이었다.

멍하니 몸을 떨고 있는데 이종수의 음성이 들려왔다.

― 이한조가 알고 있던 사예가 있었다고 해. 그 사예가 알려주었던 모양이야.

― 그 사예가 누군데?

― 에이, 몰라서 물어? 이한조 그리고 또 한 사람이 있었다고 하던데 그건 모르겠고.

― 그런데 한 가지 이해가 되지 않는 부분이 있다. 네놈이 어떻게 휴밀의 암자에 갈 수 있었을까 하는 것이야.

― 아버지의 부하들이 휴밀인지 뭔지의 말을 계속 해대더라고. 필시 그자에게 용파대사란 사람이 어함을 맡겨놓았을 거라고. 그래 찾아간 거야. 거기 그 사람의 암자 지도가 그려져 있더라고. 가보니 정말 고서가 있었어.

― 그것이 주상의 보물인 줄 알고 죽였다?

― 처음엔 죽이려고 했던 게 아니야.

― 그럼 금잠의 독은 뭐야? 계획적으로 그것을 구해 들어간 거 아냐.

― 금잠은 가지고 다니던 거야. 볼상놈이 칼 차고 다니는 것이나 마찬가지. 그거 한 방울이 칼보다 낫다고 하더라고.

― 그런데 네놈이 죽었다는 휴밀의 손에서 옥관자 하나와 머리카락 한 줌이 나왔어.

이종수가 푸시시 웃었다.

― 왜 웃나?

― 나오다가 보았지. 바라지에 그림자 하나가 비치길래 봉창으로 보았어. 나보다 한 발 늦은 거지. 복면을 한 아버지였어. 그 늙으탱이가 뭔 힘이 있다고 거길 나타났더라니까. 어이없어 하다가 이곳저곳을 뒤지기 시작하더군. 그러다가 주머니에서 옥관자 하나를 꺼내 내가 죽인 사람의 손에 쥐어주더군.

― 네 아비가? 그럼 네 머리카락은 뭐야?

― 그거야 씨발, 귀에다 독을 넣었는데 순간 그 영감이 눈을 번쩍 떠 손으로 내 머릴 움켜잡더라고. 그런데 그것으로 끝이야. 그대로 축 늘어졌으니까.

의충은 눈을 감았다.

의충의 머릿속으로 이평전이란 자의 모습이 나름대로 그려지며 스쳐갔다.

― 그렇게 아버지를 본 것이 마지막인가?

이번에는 의충이 물었다.

― 그래.

석양 무렵

새까만 밤. 꼽추는 목욕을 끝낸 후 숫돌에 간 칼을 들고 살라로 들어갔다. 살라엔 사람 그림자라고는 없었다. 달빛이 휘황하게 봉창으로 스며 들어와 주위를 밝히고 있을 뿐.

꼽추는 새 옷으로 갈아입고 그 달빛 속으로 들어가 단정히 앉았다.

앞에 펼쳐진 문방사우를 내려다보다 눈을 감았다. 좀 전에 들은 운심의 말이 귓가를 맴돌았다.

— 영조, 그 늙은 호랑이, 오늘내일 한다고 하오.

꼽추는 어금니를 지그시 깨물었다.

허망한 바람이 가슴속으로 스며들었다. 사냥감을 쫓다가 놓쳐버린 사냥꾼의 심정이 이럴까 싶었다.

그토록 모질게 살아왔는데……. 이게 뭔가. 어이없고 허망하여 마음 둘 곳마저 없어져버렸다. 여기 질문은 있는데 그 대답이 없다. 이제 답을 해줄 인간들이 모두 사라져버렸다. 늙은이는 죽은 듯이 누워버렸고 젊은이는 결코 손댈 수 없는 곳에 있다.

허망한 가슴속으로 찬바람이 계속해서 스며들었다.

자신의 손으로 보냈던 사람들이 하나둘 일어나 가까이 다가왔다. 그들이 눈을 시퍼렇게 치뜨고 노려보다가 소리쳤다.

─ 이제 한을 풀었느냐? 아직도 그 한 다 다스리지 못했다고?

눈물이 흘러내렸다.

꼽추는 적삼을 벗었다. 기괴하게 생긴 상체가 드러났다.

─ 그래도 양심은 있구나! 이제 목적을 잃어 허망해져 버린 것이야?

─ 그렇다. 오너라. 이제 쉴 때가 되었다. 여기가 천국이야.

─ 그래, 네놈이 본 세상이 지옥이지. 오너라. 너를 맞아주마.

그들이 소리쳤다.

그의 눈에서 계속해서 눈물이 흘러내렸다.

꼽추는 무명베에 쌓인 단도를 집어 들었다. 무명베를 헤치자 단도의 칼날이 드러났다. 휘황한 달빛에 번쩍 하고 빛이 일었다.

그는 그것을 들어 날을 달빛에 비춰본 다음 왼손으로 칼날이 박힐 단전 위를 문질렀다. 그러고는 천천히 단도의 날을 가져다댔다.

칼날이 배에 박히자 피가 스멀스멀 이슬처럼 피어올랐다. 칼날이 더 깊이 박혔다. 한순간 허불이의 모습이 망막에 떠오르다가 사라졌다. 그녀의 눈물 어린 모습을 생각하다가 칼날을 옆으로 당겼다. 그제야 이슬처럼 맺히던 피가 흘러내렸다.

　칼날이 위로 올라채자 그의 입에서 피가 터져 흘렸다.그가 넘어지자 칼날이 등을 타고 터져 나왔다.

　달빛이 그 등을 타고 길길거렸다.

이슬의 혀

학궁으로 들어서서 점심을 끝내고 록청을 나서는데 여인 하나가 헐레벌떡 다가왔다. 의충이 멀거니 바라보았더니 허불이가 있는 기방에서 본 여인이었다.

― 나리, 왕언니가 찾으십니다.

― 나를?

― 네, 많이 아파요.

넷이 기방으로 달렸다.

의충이 들어서자 붉은 눈의 여인이 일어나려고 하다가 그대로 누워버렸다.

― 아니 어떻게 된 것입니까? 갑자기.

—앉으시오.

여인의 음성은 이미 쉬고 갈라져 있었다.

—허불아, 가서 차 내어오너라.

뒤따라 들어온 허불이 나갔다. 이내 옆방 문이 열리는 것 같더니 그리로 밖에서 기다리고 있던 오길과 정목인이 드는 것 같았다.

—잠시 기다리세요. 차를 내올 테니.

분명히 그들을 향한 허불이의 말이었다.

붉은 눈의 여인이 가까스로 흘러내린 흰머리를 쓸어 올리고 나직이 한숨을 내쉰 다음 입을 열었다.

—폐옹이라오. 오래전부터 앓아온 병이오.

—왜 이렇게까지…….

붉은 눈이 고개를 내저었다.

—약을 쓰지 않았던 게 아니오. 아주 악성이라 잡지 못한 것이오. 이제 갈 때가 되었다고 하니 그대를 보자고 한 것이오. 내 할 말은 하고 가야 할 것 같아서. 유일하게 내가 기록한 글을 본 사람이고 또 그 사건을 조사하고 있으니 말이오. 나와 약조할 수 있겠소, 이 진실을 꼭 밝히겠다고?

—물론입니다.

—처음 그대의 눈을 보았을 때 나는 알 수 있었다오. 그대의 눈에서 내가 사랑했던 사람의 눈을 보았기 때문이오. 그대를 죽인다고 했으나 어찌 죽일 수 있었겠소.

햇살 한 자락이 문틈으로 기어들어와 기웃거렸다. 잠시 말을 끊었던 여인이 생기를 찾으려는 듯 눈을 지그시 감았다 떴다.

─ 허불이 말이오. 허불이는 걱정 마시오. 내 이곳을 물려주기로 했으니.

그때 문이 열리고 허불이 찻상을 들고 들어왔다.

붉은 눈의 눈길이 그녀에게 머물렀다.

─ 허불이는 나가 있거라.

의충이 차를 따라 한 모금 마시고 나서야 여인이 말을 이었다.

─ 어찌 잊을 수 있겠소. 그 모든 일들을 말이오.

여인의 말에 의충이 자신도 모르게 찻잔을 놓았다.

─ 그때 거기 내가 있었다오. 내가 쓴 글에서 그대 읽지 않았소, 그 때의 상황을.

─ 그랬지요.

여인이 지난날을 더듬듯 먼눈이 되었다. 그녀는 과거를 더듬다가 입술을 움직였다.

─ 먼저 그 말을 하기 전에 내 말부터 해야 아귀가 맞겠구려. 내 할 아버지가 인조 때 김자점이라는 사실은 그대도 알 거요. 왜 그걸 모 르시겠소.

의충은 시선을 떨구었다. 느닷없이 가슴 한쪽이 시려왔다. 그 시 린 잔상을 밟고 그녀가 다시 성큼 들어왔다.

─ 내 아비 역적의 후손이라 하여 모질게 죽었다오. 아비가 그렇 게 죽고 나는 어느 사대부집 종으로 팔려가지 않았겠소. 종질 생 활 한 삼 년 했을 것이오. 어느 날 선의왕비 오라비 어씨가 내가 종

으로 있던 집으로 오지 않았겠소. 내가 마침 그분의 앞을 지나갔는데 눈에 들었지 뭐요. 나를 물건 얻듯이 제 집으로 끌고 갔으니 말이오. 그날 그 사람에게 당했소. 그래 그 사람은 내 첫 지아비가 되었소. 그는 종 문서를 불사르고 나를 데리고 나가 집을 얻어주었소. 그러다 지아비가 불의의 사고로 죽었소. 난 그 길로 절로 올랐던 거요. 절로 오르고 난 뒤는 내가 기록한 그대로요. 그렇게 경종 임금을 모셨소. 그대가 알고 싶어 하던 것. 나는 목숨을 내놓았소만 경종 임금은 오히려 나를 거느렸소. 나를 곁에 두었기 때문이오. 그러나 그가 등극한 후로는 그와 동침을 할 수가 없었소. 내명부의 기강이 허락하지 않기 때문이오. 하지만 그는 죽는 날까지 나를 버리지는 않았소. 그런 그를 나는 진심으로 사랑했소. 그러면서 하나하나 그를 알았던 것이오. 왜 숙종 임금이 희빈 장씨를 그렇게 사사하고 그 아들을 보위에 앉혔는지.

그녀의 눈에 물기가 어렸다.

— 무엇 때문이었겠소? 후손을 보지 못할 군왕, 그리하여 사직이 무너질 것을 뻔히 알면서도 그는 결코 남의 자식에게 보위를 물려줄 수는 없었기 때문이오. 그래 고자가 되어버린 아들 세자에게 왕위를 물린 것이오. 사람들은 그 사실을 노론과 소론의 등쌀에 못 이겨 그랬다고 하오. 그러나 숙종 임금은 그런 임금이 아니었소. 자신의 육신처럼 사랑했던 희빈을 제 손으로 죽이는 사람이었으니 말이오. 그런 사람이 어찌 종묘사직을 남의 새끼에게 물려주겠소. 이 말은 곧 연잉군이 자신의 새끼였다면 보위를 물려주지 않을 이유가

없었다는 말과도 같소. 그러나 그는 종묘사직이 무너져도 그리할 수 없었던 것이오. 경종이 마지막으로 하던 말을 나는 지금도 기억하고 있다오. '아바마마가 말씀하셨지. 너의 대에서 끝난다 할지라도 김씨의 세상이 되게 할 수는 없다. 그리 된다면 이 아비가 어떻게 열성조를 뵐 것인가. 그러니 네가 보위를 이어 이씨의 피를 양자로 들여 만대를 잇게 하라'고. 그러나 이미 경종 임금께서는 어머니로 인해 이씨의 세상을 원하고 있지 않았소. 그 어머니가 버린 세계, 그에게도 이씨의 세상은 아무 의미 없었기 때문이오.

의충은 소리를 죽여 자세를 좀 고쳐 앉았다.

— 내 죄는 내가 알고 있소이다. 내가 그 양반을 죽인 것이오. 그에게 불법만 심지 않았어도. 그래서 이렇게 불문에서 나와 한낮 기방의 여인으로 살아가는 것이오.

비로소 그녀의 눈에 눈물이 어룽거렸다.

의충은 그 모습을 보다가 시선을 떨구었다. 꼭 몸이 깊은 물속으로 가라앉는 것 같은 느낌이 한동안 지속되었다. 의충은 머리를 몇 번 흔들었다.

왜 이러는 것일까. 이 중요한 순간에. 그 의식을 일깨우기라도 하듯 그녀의 음성이 귓속을 파고들었다.

— 내 그날을 어이 잊을 수 있겠소. 경종 임금의 후사가 없자 결국 올 것이 오고 말았소. 세제정국이 시작된 것이오. 경종 임금을 쳐내고 그 자리에 앉으려던 연잉군. 그러나 경종 임금은 참으로 영리한 사람이었소. 연잉군을 꼼짝 못 하게 했기 때문이오. 그런데 이상했

다오. 경종 임금은 얼마든지 연잉군을 잡아 족칠 수 있었는데도 그 때마다 조사를 중단하는 것이었소. 그래 선의왕비가 물었다오. 왜 그러느냐고? 그러나 대답이 없었소. 그때 그분의 마음을 누가 알았 겠소.

의충은 차를 한 모금 입속으로 넣어 굴리다가 조심스럽게 넘겼다.

— 그래, 그랬다오. 궁지에 몰린 연잉군은 더욱 더 두려워 허둥거 렸소. 그는 나중에 안 되자 대비 김씨를 찾아가 눈물을 흘리며 살려 달라고 애원했다오. 영문도 모르는 대비는 목숨만은 살려주고 싶어 연잉군에게 살길을 제시해주었소. 살길은 단 하나, 세제에서 물러나 라고 말이오. 그렇지 않고는 선왕께서 내리신 연잉군 작호를 보존 하지 못할 것이라고 말이오.

의충은 식어가는 찻잔 속을 들여다보았다. 대비의 충고는 연잉군 이 왕세제 자리를 내놓고 목숨을 건지라는 말이었을 것이다.

— 그 사실은 이내 경종에게 보고되었다오. 경종 임금은 일언반구 말이 없었소. 그를 당장에 잡아들이라고 할 줄 알았는데 오히려 그 런 연잉군을 잡아들이기는커녕 환취궁으로 들어가 버렸으니 말이오. 이상한 일이었소. 경종은 이상하게 환취궁에서 나오지 않는 게요.

왜? 하는 물음이 뇌리를 스쳤으나 의충은 입을 열지 않았다.

— 그사이에 연잉군은 소론 온건파 정승들에게 목숨을 구걸하고 있었소. 그는 그들의 도움으로 연잉군이 있는 환취궁을 에워쌌소. 성문을 닫아걸고 말이오. 순식간에 거꾸로 사냥이 시작된 것이오. 경종이 환취궁으로 들어가자 경종은 기다렸다는 듯 그를 반갑게 맞

았소. 오히려 연잉군이 얼떨떨할 정도였으니까 말이오. 그런데 그 후 더 이상한 일이 벌어졌지 않겠소.

붉은 눈이 기침을 하느라 갑자기 말을 끊었다. 쿨럭거리는 기침 소리를 들으며 의충은 차를 한 모금 물었다. 기침은 쉬 멎지 않았다.

붉은 눈이 갑자기 베갯머리에 있는 흰 수건을 입으로 가져갔다. 의충이 놀라 달려들자 붉은 눈이 한손으로 입을 막고 한손을 들어 제지했다.

— 가까이 오지 마시오.

의충이 허불이를 부르기 위해 일어나려고 하자 여인이 손을 내저었다. 피가 번진 입을 재빨리 닦고는 입을 열었다.

— 부르지 마시오. 시각이 촉박하다오.

여인의 눈이 허공을 헤매었다. 그녀가 말을 계속했다.

— 그랬소. 그날 경종 임금은 선의왕비나 내가 납득 못 할 짓을 저지르고 있었소. 경종 임금은 의학에 밝은 연잉군에게 시중들라 했기 때문이오. 자신을 죽이러 온 사람에게 자신의 생명을 스스로 맡긴다? 이게 말이 되는 소리요? 연잉군은 그날 입맛이 없다는 경종 임금에게 게장과 생감을 먹였소. 경종 임금은 그걸 먹고 죽기 전에 할 말이 있다고 했소. 사관들도 물러가게 했소. 나는 천 뒤에 앉아 있었으니 그들의 대화를 들을 수 있었소. 그 양반이 묻습디다. 연잉군에게. 너는 어떻게 생각하느냐고. 나를 형제라 생각하느냐고. 그러자 연잉군이 그럼 내 형님이 아니고 누구냐고 했소. 그러자 그래서 형에게 독을 먹이고 내 자리를 탐내느냐고 했소.

그렇게 말하고 붉은 눈이 눈을 감았다. 눈을 감고 하는 말을 의충은 속절없이 들었다. 여인의 말이 그대로 현실이 되어 눈앞에 나타났다.

— 그제야 연잉군이 본모습을 드러내었소. 그는 말이 없었소. 이미 그에게 있어 경종은 왕이 아니었기 때문이오. 이제 경종에게는 자신을 죽일 수 있는 힘이 남아 있지 않다는 걸 영악하게 간파하고 있었소. 한때 그의 수에 말려 빠져나갈 방법이 없었기는 했지만 말이오. 경종이 다시 말했소.

— 짐이 김일경을 죽이고 4흉인 노론 4대신의 목을 빼앗으면서도 왜 너를 살렸는지 아느냐?

듣고 있던 연잉군의 눈에 눈물이 돌았다.

반면 경종의 눈가에 차가운 조소가 떠돌았다.

— 나는 알고 있었다. 너의 어미 숙빈 최씨가 왜 너의 출생 어찰이 필요했는지.

— 무슨 말씀이옵니까?

— 그 말을 해주랴?

그러면서 경종이 차갑게 연잉군을 쏘아보았다.

— 어느 날 나는 분명히 들었다. 선왕에게 너의 출생어찰을 써달라고 하는 너의 어미 숙빈 최씨의 부탁을 말이다.

— 전하!

— 울고 있었느니라. 살려달라고 울고 있었느니라. 선왕은 숙빈 최씨

를 살리기 위해 너를 살린 것이다. 그래, 받았느냐? 선왕의 자식이란 출생어찰을? 네놈은 지금도 그것을 소중히 간직하고 있겠지. 이제 묻자, 왜 부왕을 죽였느냐?

느닷없는 경종의 물음에 연잉군이 바르르 떨었다.

— 네놈이 부왕을 죽이지 않았단 말이냐?

— 전하!

연잉군의 음성이 격하게 튀었다.

경종의 눈빛이 독사의 눈빛처럼 더욱 차갑게 빛났다.

— 그날 밤, 그날 밤으로 돌아가자. 나는 그날 부왕의 임종에 참여치 못했다. 부왕의 임종에 참여한 것은 바로 너였다. 너는 그날 분명히 사가에서 돌아와 있었다. 십여 년 너는 아바마마로 인해 궁중 출입을 못 하고 있었다. 그런데 그날 들어온 것이다. 고양이, 부왕이 기르던 눈 하나 달린 고양이 말이다. 부왕이 눈이 하나 달린 고양이를 정성스럽게 키웠다는 것을 너도 모를 리 없을 것이다. 그런데 그 고양이가 네놈이 마지막으로 올린 약을 먹고 죽었다. 부왕이 마시고 남은 약을 그놈이 핥은 것이다. 부왕이 붕어하고 울고불고 하는 사이에 그놈이 약사발을 핥은 것이다. 부왕이 붕어한 직후 먹이도 안 먹고 미친 듯이 울고 다녔다. 사람들은 고양이가 제 주인을 못 잊어 저리 울고 다닌다고 했다. 그럴까? 그놈은 네놈이 탄 독으로 인해 애가 끊어져 울고 다닌 것이다. 무려 이십 일을. 너와 한통속이었던 대왕대비는 인간의 얄팍한 감성을 건드렸다. 짐승도 은혜를 아는데 운운하며 부왕릉 옆에 묻어주었으니까 말이다. 하긴 부왕은 그 어미 고양이의

장례를 치러주었을 만큼 그놈들을 아꼈던 건 사실이다. 그런데 이상하구나. 7개월 만에 태어난 네 형 영수 말이다. 고양이 장례도 치러주면서 왜 그렇게 냉랭했을까. 왜 서둘러 나를 왕세자에 책봉하려 했을까. 여러 대신들이 시기가 빠름을 간하는데도 말이다. 그래서 네 어미는 한이 맺혀버린 것이다. 부왕은 죽기 직전 노론의 이이명과 독대했다. 독대 직후 이이명은 세자 대리청정을 주청했다. 즉 세자에게 대리청정을 시켜 단점을 잡아내어 폐위시키려 했다는 것이다. 하지만 아니었다. 바로 너를 제거하기 위한 작업이라는 것을 너희 모자가 알아챈 것이다. 그래서 김춘택이 죽고 너의 어미가 죽자 너는 서둘러 부왕을 독살하고 만 것이다. 그 약 그릇을 고양이가 핥고 죽었다는 것이 그것의 증명이다. 아니냐?

— 전하, 비약이 지나치십니다.

— 비약이라고 했느냐? 앞으로 너는 이 나라를 김씨의 나라로 만들기 위해 수많은 사람을 죽여야 할 것이다.

— 전하!

붉은 눈이 말을 끊고 쿨럭쿨럭 기침을 했다. 피가 솟구쳤는지 수건으로 입 주위를 닦았다.

의충은 어찌할 바를 몰라 허둥거리다가 그녀를 향해 시선을 돌렸다.

— 안 되겠습니다. 의원을 불러야 하겠습니다.

붉은 눈이 침착하게 손을 내저었다.

— 내 말을 먼저 들으시오. 지금도 영조는 아니라고 잡아떼고 있

소. 지금 생각해보면 그의 어미나 연잉군은 숙종이 모른다고 생각했을 수도 있었을 것이오. 그러나 그건 아니었소. 그들만 몰랐지 그건 비밀도 아니었으니까 말이오. 연잉군의 어미 뒤에 서인의 우두머리 김춘택이 있다는 걸 모르는 사람이 어디 있었겠소. 연잉군은 어느 날 깨달았을 것이오. 자신의 외할미가 저 구파발 촌구석에서 태어난 농부의 자식이라는 것을 말이오.

그녀가 다시 기침을 해댔다.

의충의 눈앞으로 부들부들 떨며 이를 악무는 연잉군의 모습이 스치고 지나갔다. 명문대가의 자손들이 손가락질 한다 하더라도 왕족이라는 그 사실 때문에 눈 감아야 했을 그의 속이 오죽했으랴. 그것이 왕족의 운명이요, 종묘사직이 달린 문제라면 말이다. 그보다 더한 상황에 처했더라도 그동안 숨겨오던 어머니의 출생 문제를 자신의 입으로 말할 수는 없었을 것이었다. 그렇기에 숙종이 자신의 자식임을 입증하는 호적단자를 써주었다고 하지만, 설령 써주었다고 하더라도 그가 정말 숙종의 친아들이었다면 그 호적단자를 신주단지 모시듯 할 이유가 없었다. 그렇다면 영잉군은 알고 있었다는 말이 된다.

의충이 생각에 빠진 사이 그녀가 어느새 기침을 멈추고 말을 이었다.

— 나도 그때 안 것이오, 그때부터 연잉군은 호적단자 두 개를 신주처럼 어함에 넣어 모시고 있다는 걸.

호적단자? 그럼 그것? 어함. 찾으려는 어함. 그 속에 들어 있는 것이 바로 그것? 그래서 그 어함만 찾으면 영조 임금의 비밀이 밝혀진다는 말이 나왔다?

　— 하나는 연잉군 자신의 것이고, 또 하나는 그의 어미 숙빈 최씨의 것이라는 건 나중에야 알았소. 그것은 나중 연잉군이 임금이 된 후 숙빈 최씨 한성부 어경방 탄생 호적단자로 변했다고 했으니 말이오. 그때 경종 임금은 연잉군에게 이렇게 따지고 있었소.

　— 말해보아라. 너희들의 호적단자, 그것을 아바마마가 써주었느냐? 어림도 없는 소리. 바로 네 스스로 너의 어미와 쓴 것이다. 그렇지 않고는 너희들의 열등감을 감출 수 없었기에 말이다. 너희들을 손가락질하는 그들을 다스리기 위해서는 그들보다 나은 피를 받았다는 자부심이 있어야 했기에 말이다.

의충은 목이 말라와 차를 호륵 입속으로 삼켰다.

그럼 어떻게 되는가? 어함 속의 친자 확인서가 위조되었다? 그것이 어함 속에 들어 있다면 친자가 아니라는 것이 증명되는 것이다? 그렇게 되는 것이 아닌가. 아하, 그래서 그것을 영조가 없애지 않고 어함 속에 넣어두었다?

그녀의 음성이 들려왔다.

　— 이런 말이 있었소. 사도세자를 뒤주에 넣어 죽이기 얼마 전, 사도세자가 궁에서 궁녀들과 어울려 이상한 놀이에 빠져 있다고 말이오. 영조 임금이 화완옹주의 전갈을 받고 달려갔더니 가관이었다고 하오. 모두가 홀랑 벗고 그 짓을 하고 있었으니 말이오. 영조는 너무

화가 나 촛대를 집어던졌소. 침전은 벌겋게 피로 물들었고 사도세자는 피를 흘리면서 히물히물 웃었다고 하오. 그러면서 할 말은 다했다고 하오. 아바마마가 이씨의 씨가 맞느냐는 거였소. 어쩌면 영조의 아들 살해는 그래서 더 빨라졌던 것인지도 모르오. 그날 경종 임금은 영조가 숙종의 친자가 아니라고 분명히 하고 있었소. 그는 이렇게 말하고 있었기 때문이오. 그 사실은 너의 어미와 김춘택만이 알 일이다. 그러나 너의 어미가 말하지 않았어도 전후좌우로 보아 알 수 있는 것이 이 문제의 해답이다. 너의 형 칠삭동이 영수 말이다. 그 칠삭둥이가 엄연히 부왕의 자식이라면 왕자다. 왕자가 죽었다면 예장으로 치러야 한다. 그런데 부왕은 장례를 치르지 말라 명했다. 왜?

그녀가 황급히 입을 닦았다. 기침이 치받은 모양이었다. 그러나 다행히 기침은 입 밖으로 터져 나오지 않았다.

— 경종 임금이 연잉군에게 말했소. 부왕께서 너의 어미를 발견한 것은 인현왕후의 생일인 계유년(1693년) 4월 23일이다. 너의 어미는 그 길로 부왕과 합방을 했다. 맞지 않느냐? 삼 일 후에 숙원으로 봉하라 했으니 말이다. 숙원은 하룻밤 성은의 댓가로 내려지는 내명부 종4품 벼슬을 받은 것이다. 그 후 그해(1693년) 10월 6일 아이가 태어났다. 그래서 7개월 만에 태어났다고 하는 것이다. 부왕은 당황했다. 7달 만에 태어났으니 그래서 오래 살라고 이름도 영수라고 지었다. 그 아이는 두 달 후 12월 13일에 죽는다. 영문을 모르는 예조에서 예장을 알리려 하자 부왕은 본심을 드러냈다. 왕자의 장례를 치

르지 말도록 지시했다. 이미 그때 부왕은 영수가 자신의 아들이 아니라는 걸 알고 있었던 것이다. 하지만 세상에 공표할 수는 없었다. 그래서 무려 석 달 동안 암울한 기운이 궁을 덮었다.

그녀가 숨이 가쁜지 말을 끊었다.

그제야 의충은 슬며시 찻잔을 향해 손을 뻗쳤다. 그 순간 그녀의 말소리가 들려왔다.

— 그런데 아니라고 하오. 모든 것이 분명한데도 말이오. 경종 임금은 마지막으로 말했다오. 이제 결론을 짓자. 문제는 부왕이 그 사실을 알면서도 쉬쉬할 수밖에 없었다는 사실이다. 그랬으니 부왕의 노여움이 오죽했겠느냐. 그 씨가 제대로 보였겠느냐 그 말이다. 그런데도 부왕은 누가 눈치라도 챌라 노론의 눈치를 보면서 영수의 죽음을 딛고 너를 가져주었다고 장하다며 봉록을 내렸다. 그 해 6월에 말이다. 그게 진심이었겠느냐? 너의 생일은 분명히 9월 13일이다. 그렇지? 그러나 부왕은 너무 이상하여 20일에야 네가 태어났다고 기록에 올렸다. 왜? 그 기간 동안 고심했기 때문이다. 내 새끼가 아닌데 어쩔 것인가 하고 말이다. 결국 부왕은 체면과 노론의 벽을 넘을 수 없었다. 그러다 부왕은 더 참지 못하고 폭발한 것이다. 그 양반은 그래도 사실대로 말하지 못했다. 노론의 눈치를 봐야 했기 때문이다. 겨우 김춘택을 제주도로 유배 보내고 너희 모자를 여경방 서학동 사가로 내보냈다. 그것도 체면 때문에 광해군이 살던 사가의 집을 구해 꾸며주었다. 그곳이 이례궁이지? 그때 너의 어미 속마음이 드러난 것이다.

그녀가 안타깝게도 또 기침을 하기 시작했다. 의충은 마저 남은 차를 들이켰다.

주상의 탄신일이 9월 13일이다? 그러고 보니 언젠가 주상이 9월 13일 자신의 생일을 맞아 어머니 숙빈 최씨를 기리며 울었다는 기록을 본 적이 있는 것 같았다. 그리고 사가로 나간 후의 일화는 의충도 알고 있었다. 아마 연잉군은 그때 그곳에서 장가를 들었을 것이다.

그런데 좀 이상한 소문이 돌았다. 왜 두 모자가 사가로 내보내졌느냐는 말이 돌았는데 아들 장가 때문에 그렇다는 것이었다.

그런데 그 장가가 문제였다. 숙빈 최씨가 연잉군의 상대를 골랐는데 이상하게 관직에 나가지 않고 겨우 명문가 자제의 글공부나 시키던 서종제의 여식을 택했기 때문이다. 왜 그런 여식을 택했겠느냐고 말들이 많았다. 제 아들을 보위에 앉히기 위해 서종제의 여식을 택했다는 것이다.

어느 날 풍수쟁이가 연잉군의 어미를 찾아와 임금이 나올 명당 자리로 서종제의 집을 알려주며 말했다.

—그 집 딸이 하나 있사오니 아들을 그리로 장가 들이십시오. 명당의 기로 태어난 처자입니다. 그 기가 남편의 보위를 도울 것입니다.

연잉군의 어미는 옳구나 했다. 그녀도 지관이 좋은 묏자리를 구해 주어 궁에 들어올 수 있었다. 궁으로 들어와 비로소 김춘택을 만난 것이다. 한마디로 팔자가 편 것이다. 일개 무수리가, 배추 장사의 딸이 중전을 바라보는 위치에 선 것이다.

의충의 생각이 거기까지 미쳤는데 그녀가 기침을 하기 시작했다.

기침이 진정되자 그녀가 말을 이었다.

— 숙빈 최씨의 음흉한 속을 안 숙종 임금의 속내가 어떠했겠소? 숙종 쪽에서 생각해보면 그저 기가 막혔을 것이오. 자신의 자리를 노리는 후궁과 그녀의 아들. 임금은 심통이 도져 두 모자를 같이 살지도 못하게 했소. 떨어져 살게 한 거요. 그러다 숙빈 최씨가 사는 이현궁이 너무 넓고 크니 거두어 나라에 환수하리고 했소. 그는 그렇게 이현궁을 거둬들이고 그때야 아들과 창의궁 순화방에 함께 살게 했소. 그러고는 단 한 번도 그들을 찾거나 부르지 않았소. 그들은 그 세월을 보내며 언제 어느 때 숙종의 칼날이 다가올지 떨고 있었소. 그러다 숙종 임금이 병석에 눕기 2년 전에 숙빈 최씨는 죽고 연잉군은 노론을 통해 궁을 들락거리기 시작했소. 그들의 문제는 숙종 임금이었던 게요. 희빈 장씨를 죽이는 데 앞장을 섰지만 그녀를 잔인하게 죽이는 숙종 임금의 포악성을 알고 있었기 때문이오. 그렇기에 연잉군은 숙종 임금이 자신을 죽이기 전에 먼저 죽여야만 한다고 결심했을지 모르오. 노론의 중심 인물 김춘택, 김춘택의 마수가 숙종 임금의 목숨까지 노리기 시작한 것이오. 숙종은 갑자기 넘어졌으며 손 쓸 사이도 없이 붕어했소. 자신의 죽음 뒤에 김춘택과 그들이 있다는 것도 모른 채 말이오.

의충은 찻잔을 들어 잔에다 차를 따랐다. 왜 이렇게 목이 타는 것일까. 그녀의 목소리가 이내 이어졌다.

— 지금도 그들은 부정할지 모르오. 그러나 숙종 임금이 아들 경종 임금에게 왕위를 넘기려고 할 때 오른 이잠의 상소를 보면 그 속

에 모든 진실이 나와 있소. 그때 김춘택의 무리들이 경종 임금을 죽이려 했다는 것이오.

의충은 차를 한 모금 물고 눈을 감았다.

그랬을 것이다. 분명히 김춘택은 부왕에게나 노론에게 불편한 이름이었을 것이다.

— 그 후 노론은 경종의 건강과 후사 문제를 들고 나온 것이오. 자신들의 권력 유지를 위해 김씨의 씨라는 걸 알면서도 사가로 쫓겨난 연잉군을 궁 안으로 들인 것이오. 다시없는 기회라고 생각한 노론은 폭발 직전의 경종을 두고 겁도 없이 연잉군을 왕세제로 앉혔고 결국 왕위를 빼앗았소. 나는 지금도 잊지 못하오. 경종 임금의 마지막 말. 그는 연잉군에게 이렇게 말하고 있었기 때문이오.

— 이제 마지막으로 묻자. 너는 나의 권좌를 뺏기 위해 나를 죽이고 있다. 너는 나를 죽여 어좌에 앉으리라. 이미 물은 엎질러졌다. 어찌 발톱을 드러낸 고양이를 당할 수 있겠느냐? 내 어머니의 마지막 말이 기억나는구나. 이런 말을 했지. '내가 이 꼴을 당하려고 이씨의 자손을 보려고 한 줄 아느냐.' 나는 그 말을 하루도 잊어본 적이 없다. 그렇기에 나는 이 나라가 이씨의 손에 있어서는 안 된다는 사실을 깨달은 것이다. 더 지쳐야 하는 게 아니냐고 할지 모르지만 내게는 의미가 없다. 사약을 세 사발이나 먹이던 내 아버지. 그 사람이 내 아버지였다. 그리고 나, 이씨의 자손이었다. 그런데 어찌 내가 존재의 가치를 느낄 수 있겠느냐. 나는 자목을 통해 불법을 알면서 비로소 사

람으로 돌아왔다. 거기 인간의 길이 있었기 때문이다. 진정한 사내의 길이 있었다. 원수가 원수를 낳는다는 말이 하나도 틀린 말이 아니더구나. 내가 그동안 금상에 앉아 깨달은 것은 결코 힘을 통해 군자의 길을 갈 수 없다는 것이었다. 이 나라는 힘으로 통치하지 않고서는 안 되는 나라이기 때문이다. 그렇기에 내 아비는 내 어미를 죽였고 너는 나를 죽이고 있는 것이다.

— 전하! 어찌 그런 말씀을!

— 그래 너는 잘해낼 것이다. 나는 그럴 힘이 없다. 그리하여 내 종묘사직을 던져버리기로 한 것이다. 싫다. 그래서 너에게 주기로 한 것이다. 너의 어미와 너의 한을 풀어주기로 한 것이다. 그래 이렇게 가는 것이다. 너는 이제 금상에 올라 너로서도 어쩔 수 없는 고통에 직면하게 되리라. 넌저리 나는 군상들, 권력의 시녀들, 권력 주위를 맴도는 무리들. 노론과 소론. 어쩌면 금상의 자리를 영위하기 위해 네가 가장 아끼는 것들을 끊어내는 아픔을 너는 감수해야 할 것이다. 나는 그 속에서 알 수 있었다. 지옥이라는 것을. 왜 내 아비가 짐승이 될 수밖에 없었는지 말이다. 내가 금상이 되고서야 그것이 형벌이란 것을 알았다. 그것은 사지를 찢어내는 고통보다 더한 고통이었다. 그래, 그렇다. 바로 이것이 내가 종묘사직을 던지는 이유다. 나는 너를 선택했다. 너의 한을 알기에 말이다. 이제 이 형벌을 김가에게 넘겨야겠다고 생각했기 때문이다. 결국 내 뜻대로 되었고 나는 지금 그것으로 족하다. 내 스스로 그렇게 원하고 있었으니까. 이 지옥 같은 짐승의 세계를 넘겨받아 얼마든지 맛보려무나. 곧 여기는 인간의 세계가 아니라

짐승의 세계라는 걸 알게 될 것이다. 내가 너의 심장을 찌르지 않아도 너의 심장은 붉게 물들 것이며 갈기갈기 찢겨져 나갈 것이다. 너는 내가 손대지 않아도 피멍이 들어 죽어 가리라. 너의 욕망에 울고 울며 이 가시밭길을 맨발로 걸어가리라. 이 더러운 자리를 지키기 위해 너는 너의 소중한 혈육까지도 죽여야 할 것이며 그들이 바로 너 자신임을 알게 될 때 피 끓는 심장을 스스로 들어내야 하리라.

연잉군은 그대로 고개를 숙인 채 서 있었다. 그때 탕약이 어의에 의해 올려진다는 전갈이 왔다.

— 전하, 탕약 드실 시각이옵니다.

— 들이라.

그렇게 명하고 경종은 일어나려 버둥거리다가 연잉군에게 명령했다.

— 동생아, 이리와 나를 좀 부축해다오.

연잉군이 그제야 시선을 들고 다가들어 경종을 일으켜 가까스로 앉혔다.

— 고맙구나.

물러서는 연잉군의 눈에서 눈물 한 방울이 뚝 하고 떨어졌다.

— 슬퍼하지 말거라. 이것이 너와 나의 숙명이다.

— 전하, 용서하옵소서.

— 용서라고 했느냐? 그러지 말아라. 너와 나는 형제간이 아니냐.

어의에 의해 탕약이 들여지자 경종이 어의에게, '마지막이냐?' 하고 물었다.

마지막 탕약이냐는 말이었다.

— 그러하옵니다.

경종은 잠시 눈을 감은 다음 그때까지 고개를 숙이고 있는 연잉군을 말없이 바라보았다. 그는 연잉군의 모습에서 시선을 떼지 않은 채 어의가 올린 탕약을 들어 마시기 시작했다. 그리고 잠시 후 말했다.

— 물러들 가라. 쉬고 싶구나.

— 그렇게 경종 임금은 갔소. 그가 가고 난 뒤 연잉군은 생각했던 대로 금상에 올랐소. 그리고 모든 비밀을 알고 있는 경종의 비 선의왕후를 제거했소. 그러나 이미 그녀는 이인좌에게 금상의 씨가 바뀌었으니 바로잡으라는 밀령을 내린 뒤였소. 이인좌의 난을 평정한 영조는 후사를 도모할지 모른다는 생각에 밀풍군마저 제거했소.

그녀가 휴, 하고 한숨을 내쉬었다.

— 그리고 보면 참 어처구니없는 세월을 살아온 것 같소. 내가 뱀 한 마리를 들고 궁으로 들어가 본 모든 것들. 이제 이대로 가면 나를 가르치던 용파 스승을 만날 수 있을지 모르겠소. 예전에 반야굴에서 수도하던 때가 떠오르오. 그래, 그때가 좋았지. 다시 태어나도 그리로 가 수도할 수 있을지 모르겠소. 그 반수 위의 반야굴. 사랑의 폭풍을 일으키는 언덕. 풍안! 세상에서 가장 고요한 곳, 그 적막한 곳.

의충은 고개를 떨어뜨리고 눈을 감았다.

— 이제 좀 속이 시원하구려.

의충은 무슨 말이라도 해야 된다고 생각하면서도 할 말이 생각나지 않았다.

— 이제 가보오. 할 말은 다 한 것 같으니.

— 지나온 세월이야 어찌 되었던 건강부터 챙겨야 하지 않겠습니까.

의충의 말에 그녀가 처연한 눈길로 돌아보았다.

— 허불이 말이오. 젊은이가 이곳에 다녀가고 난 첫날 내 그년의 심중을 알았다오. 그년을 그렇게 만든 것은 나이지만 처음으로 그년의 마음을 알았단 말이오.

— 무슨 말씀이신지?

그녀가 희미하게 웃었다.

— 그년이 그대를 사랑하고 있다는 걸 말이오.

— 무슨 별말씀을…….

그녀가 고개를 내저었다. 그리고는 추억을 반추하듯 허공을 응시했다.

— 아니라오. 이렇게 생생하니 말이오. 그 사람의 음성, 그 사람의 향기. 어찌 잊을 수 있겠소. 내 파계하여 무간지옥에 떨어진다 해도 거부할 수 없는 그것 말이오.

의충은 그분이 경종 임금이냐고 물으려다가 꿀꺽 그 말을 삼켰다.

그녀가 환하게 미소 지으며 주르륵 눈물을 흘렸다.

풍안 1

 기방을 나와 걸어가는 발걸음이 설었다. 그녀의 마지막 눈물이 잊힐 것 같지 않았다. 전신이 비를 맞은 것 같았다. 마음이 무거웠다. 대문 밖까지 따라 나와 다른 날과는 달리 상기둥을 짚고 하염없이 바라보던 허불이의 모습이 쓸쓸해 마음이 내내 지랄 같았다.

 그것도 모르고 오길이가 농을 해댔다.

 ─손님 배웅 더럽게 처량맞게 하는구만.

 정목인이 눈치를 채고 오길을 잡아끌었다.

 반마장을 내려와서야 정목인이 운을 뗐다.

 ─사실 들으려고 한 것이 아니라 옆방이다 보니⋯⋯.

 ─알고 있었습니다.

— 그런데 말입니다. 말끝에 그녀가 이상한 말을 했어요.

의충이 의아스런 표정으로 정목인을 돌아보았다.

— 그분 수도하던 이야기를 하다가 반야굴이라는 말을 했거든요.

— 그런데요?

정목인이 의충의 눈을 잠시 지켜보았다.

— 생각나지 않으십니까? 반야굴 말입니다.

반야굴, 하다가 의충은 벼락을 맞은 듯이 멈칫 섰다.

— 무슨 소립니까?

의충이 자신도 모르게 소리쳤다.

오길이 그제야 눈을 크게 떴다.

— 바, 방금 반야굴이라 했습니까?

— 그분 자신이 수도한 곳이 반야굴이라고 하지 않았습니까.

— 그, 그랬지요.

의충이 반쯤 넋이 나간 목소리로 받았다.

— 그분 밀법승 아닙니까? 그렇다면 틀림없습니다. 그분이 말했잖
아요. 반야굴, 반수 위의 반야굴. 반수가 뭐겠어요? 호수 아닙니까.
호수굴. 그 옛날 스님들은 그 굴을 반야굴이라고도 불렀지요. 사랑
의 폭풍을 일으키는 언덕. 풍안! 바람이 눈에 들면 세상이 되지요.
풍안! 바람이 세상이 되어 잠드는 곳. 세상에서 가장 고요한 곳, 적
막한 곳. 그곳이 어디겠어요? 바로 반야굴이지요.

— 그럼 그곳이 어디란 말이오?

의충이 묻자 정목인의 걸음이 빨라졌다.

— 분명히 반수 위에 있어요. 어릴 때 들었어요. 판야굴. 그렇지! 판야굴이 아니고 반야굴. 맞아, 판야가 곧 반야가 아닌가. 그곳에 사랑의 언덕이 있다고 들었어. 맞아! 그곳이 풍안이야. 세상에서 가장 고요한 곳, 적막한 곳. 성우 정육점의 백정 교수는 그곳을 말하고 있었어!

정목인이 소리쳤다.

— 왜 내가 진작 그 생각을 못 했을까.

앞서나가는 정목인의 뒤를 오길과 의충이 멍하니 바라보았다.

세 사람은 중간에서 묘하게도 포청 사람들을 만났다. 그들이 허둥지둥 반수 쪽으로 말을 몰자 하종사관이 쟤들 왜 저래, 하는 표정으로 노중근 무료부장을 바라보았다.

노부장이 어깨를 으쓱했다.

그러는 사이 정목인의 말이 학궁으로 향하고 있었다.

— 분명 성균관입니다.

의충과 오길이 멍하니 정목인을 바라보았다.

— 성균관에 있다고요?

오길이 갸웃대는 음성으로 물었다.

— 따라나 오십시오. 기억이 확실하지 않지만 성균관 어디였어요. 분명히 그곳을 통해 나아간 적이 있어요.

정목인이 앞서 나아갔다.

자모원앙검

꼽추의 시신 위로 운심이 무너졌다. 꼽추의 배에서 흘러나온 피가 낭자했다.

— 이보시오.

꼽추를 내려다보는 운심의 눈가에 눈물이 어렸다.

— 무슨 장난을 이리 하시오.

죽은 사람이 말이 있을 리 없다. 흡사 살아있는 듯 가슴에 얹힌 꼽추의 팔이 호청 밖으로 턱 하고 떨어졌다.

그녀가 그 손을 멀거니 내려다보다가 손을 뻗쳐 잡았다.

— 일어나시오. 얼른.

그녀가 꼽추의 손을 놓고 그의 얼굴을 두 손으로 감싸 안았다. 눈물이 꼽추의 얼굴 위로 떨어져 내렸다. 그녀의 입술이 가만히 그의 입술과 포개어졌다. 여인은 어깨를 들먹였다.

— 기다리시오. 나도 갈 테니.

그렇게 중얼거리고 입을 앙다물고 일어나는 그녀의 얼굴이 안간힘으로 새하얗게 변해 있었다. 운심이 일어나 방을 나갔다. 그녀의 자태는 흡사 달밤에 흰 소복을 입은 여인의 선뜩한 자태 같았다.

방으로 사라졌던 그녀가 나타났다.

갑사 치마, 남색 전대, 분홍색 전복이 눈부셨다. 트레머리 위의 삭모가 달린 전립, 양손에 들린 장도…….

이윽고 그녀의 몸이 움직이기 시작했다. 북소리도 없었다. 서릿발 같은 칼날이 허공을 휘저었다. 그 형세가 마치 설산에 휘날리는 눈발 같았다. 어디선가 힘찬 북소리가 들려왔다. 그녀의 춤은 천군만마의 노도와 같은 발자국 소리로 변해갔다. 지축이 흔들린다. 군사들의 함성소리가 들린다. 아우성 소리. 절규로 변해가다가 끝내 쓰러진다.

검이 일어선다. 검의 날카로운 빛이 어둠을 가른다. 양손에 나뉜 칼이 좌우로 교차한다. 몸을 중심으로 하여 휘두르는 모습이 신비롭다. 사람의 손이 아니다. 자모원앙검. 그 검이 여인의 손에서 일어난다. 누구도 본 적 없다는, 그 춤을 보면 결코 생명을 부지할 수 없다는 전설의 춤. 그 춤이 일어나기 시작한다. 아름다워서 너무 아름다워서 검신이 시샘을 해 그 춤을 본 자를 모두 죽이고 만다는, 끝내 그 춤을 춘 자마저도 죽이고 만다는, 그 춤이 모습을 드러내었다.

두 자루의 검이 두 자루의 검이 아니다. 그것은 어느 사이에 하나가 되어 허공을 가른다. 바로 그것이 자모원앙검이다. 원앙처럼 사랑하면 하나가 되고 그럼 둘이 아니라는 그 춤이다.

여인이 휘이 하고 휘파람을 불었다. 그 휘파람 속으로 붉은 창과 옥도끼로 면복하고 춤을 추던 검군원사의 혼령이 일어났다.

그녀가 놀란 새처럼 날아올라 성난 매처럼 허공을 휘젓는 칼을 잡아 어둠을 베어내듯 휘둘렀다.

어느 사이에 칼이 바닥에 떨어지고 그녀의 손은 빈손이었다. 하나였던 칼은 하나가 아니었다. 두 개였다.

두 개의 칼날이 나란히 섰다. 칼날을 허공으로 뻗친 채 날을 번쩍였다. 하늘로 새처럼 날아오른 그녀의 몸이 일직선으로 내려앉았다. 검과 여인이 하나가 되었다.

윽!

피가 분수처럼 가슴에서 터져 흘렀다.

여인이 칼을 가슴에 박은 채 바닥으로 낙엽처럼 떨어졌다. 기폭처럼 흔들리는 옷깃이 사나운 바람에 휘날리는 꽃잎 같다.

여인이 꿈틀꿈틀 일어나 꼽추를 향해 기어가기 시작했다. 목으로 차오른 피가 입에서 터졌다.

어느 한순간 꼽추의 몸이 가까워지는가 했는데 그녀는 더 기어가지 못하고 그대로 눈을 뒤집고 바닥에 얼굴을 놓아버렸다.

풍안 2

대성전을 지나자 명륜당 건물이 보였다.

명륜당으로 들어가 미로를 찾아보았으나 출입구는 찾을 수 없었다. 통로가 어디 있을 것 같은데 없었다.

그들은 제기고로 가보자고 했다.

제기고는 대성전의 서남쪽 모퉁이에 있었다. 정면 6칸, 측면 2칸 규모의 건물. 기둥은 사각기둥이고, 벽체는 판장으로 처리되어 있었다. 민도리집이라 특이해 보이는 것 같았다.

의충이 이곳에 적을 두고 생활할 때는 그냥 보고 지나쳤던 것들이었다. 아련히 잊혀져가던 과거의 잔상을 밟는 것 같아 이렇게 새삼스러울 수 있다는 사실이 믿어지지 않았다.

그들은 동무, 서무, 삼문 등 다섯 동의 건물을 돌았다.

명륜당의 서북쪽 담 밖에 있는 비천당 쪽으로 나아갔다. 승방을 헐어 그 목재로 지었다는 과거시험장 비천당을 거쳐, 그 뒤쪽에 있는 오성의 아버지 위패가 모셔진 계성사까지 돌아 록청으로 돌아왔다.

— 대성전을 그냥 지나친 것 같은데 그곳을 뒤져야 되는 것 아닙니까?

정목인이 말했다. 이곳의 주된 공간인데 어설프게 뒤진 게 아무래도 걸리는 모양이었다.

— 한번 뒤져보지요.

의충이 소리쳤다.

그들은 돌아섰다. 대성전을 향해 달렸다.

대성전의 남쪽 입구에 남향으로 지은 3칸의 문이 보였다. 돌아가신 성현들의 넋이 출입하는 세 개의 문이라고 하여 심삼문이라고 했던가.

심산문으로 들어가자 길게 나 있는 돌길이 보였다. 돌길을 따라 시선을 들자 멀리 대성전의 웅장한 모습이 들어왔다. 대성전은 문묘의 중심건물이다. 유학의 역사에 공헌한 선현의 제사를 받드는 향사 공간.

안으로 들어가 여기저기를 기웃거렸다.

한참을 둘러보다가 의충은 열린 문으로 밖을 내다보았다. 대성전의 정문인 내삼문. 유생 몇이 모여 담소를 나누고 있는 모습이 보였다. 그들 뒤로 강학당 및 동재와 서재가 보였다.

시선을 돌리는데 오길의 말이 들려왔다.

— 이상하네요. 살펴보면 볼수록 건물을 지은 기술이 일정치가 않아요.

제법 건축에 소양이 있는 사람처럼 오길이 말하자 정목인이 초를 달았다.

— 이곳을 보수할 때 대목장이 대국의 영향을 많이 받았다고 합니다. 대목장이 대국의 건축물들은 어떻게 지어졌나 하고 건너갔다 와서는 이곳 건물에 반영을 했다는 말이 있거든요.

— 그래요? 내가 보기에는 별로 달라 보이지 않는데…….

이번에는 의충이 반응을 보였다.

그의 눈에는 별로 달라 보이지 않았다. 이곳이 성현들을 모신 곳이고 보면 학궁 내에서는 제일 크고 장엄하고 화려하겠지만 평면 규모에 맞배지붕이 아닌 팔작지붕을 사용한 점이나 연화문이 새겨진 독특한 형태의 초석으로 쓴 것을 보아 절에서 가져다 쓴 것이 아닐까 싶었다. 의충은 이곳저곳을 살피며 나아가기 시작했다.

올라가는 사방의 계단과 문턱이 매우 닳아 있었다.

조금 더 나아가자 급경사로 쌓아올린 단 위에 성현들의 위패가 나란히 모셔져 있는 게 보였다.

그들은 중앙 기둥을 돌아 나아갔다. 기둥에 비천상과 연화가 새겨져 있었다.

연화를 중심으로 합장을 한 십여 명이 천의를 하늘거리며 함께 모였다. 모두 허리가 잘록한 미인들이었다. 두드러진 젖가슴은 생기가 넘쳐흐르고 동그스름한 얼굴엔 신앙심이 가득하다. 하나하나가 너무나 사실적이어서 천녀라기보다는 방금 눈앞에 나타난 여자를 바라보는 것 같다. 당시의 목공들이 어떻게 이런 솜씨를 가지고 있었는지 참으로 믿어지지 않는다.

그들은 그곳을 빠져 나와 또 다른 회랑으로 나아갔다. 그제야 의충은 정목인의 말을 이해할 수 있을 것 같았다. 달랐다. 뭔가 달라보였다.

이 십자 모양의 길에서 가장 먼저 나타나는 것이 돌로 만들어진 둥근 천장이었다. 그 천장은 4개의 석조에 의해 지탱되어 있었다. 십자 모양의 구조물에 의해 그 내부는 다시 4부분으로 나눠져 계단을 통해 아래로 이어졌다.

갑자기 1층에서 2층으로 올라가는 기로에서 기하학적인 구조가 나타나고 있었다. 12개의 가파른 계단. 그를 통해 2층과 3층이 연결되고 있었다. 3층은 하나의 회랑으로 둘려 싸였다. 그리고 그 회랑은 안과 밖으로 열려 있다.

단층의 구조 속에 삼층이라는 복합구조. 분명히 밖에서 보면 단층이다. 그런데 안으로 들어오면 삼층의 구조를 가진다.

2층으로 올라 3층으로 올라서려다가 의충은 벽면에서 이상한 글씨를 발견했다. 희미하였지만 분명히 붓으로 쓴 초서였다.

晝日高明 夜月圓清 陰陽魂神 混合上昇

— 주일고명 야월원청 음양혼신 혼합상승?

글을 읽던 의충은 고개를 갸웃했다.

무슨 뜻인가 하는 생각보다는 이 글을 어디서 봤더라 하는 생각이 먼저 들었다. 분명히 눈에 익었다.

— 무슨 글이 이래요? 되게 어렵네.

오길이 투덜대듯 물었다.

그때 정목인이 올라섰다. 그가 글을 보다가, '이 글 종리권이란 신선이 여동빈이란 신선에게 준 글 같은데요?' 하고 말했다. 어디서 본 모양이었다.

그제야 한 줄기 섬광이 의충의 뇌리를 스치고 지나갔다.

— 그래. 종리권의 글! 맞아. 여동빈이라는 신선에게 종리권이라는 신선이 준 글이었어.

— 의외군요. 도가의 글이 여기 적혀 있다니.

— 할 짓 없는 유생이 취기라도 부린 모양입니다.

의충의 말에 정목인이 고개를 주억거리며 말했다.

— 유가 공부도 수월치 않았을 텐데 언제 이런 시문을?

의충의 물음에 정목인이 슬며시 웃었다.

— 유가 공부에 진력이 날 때마다 눈을 돌리다 보면 그럴 수도 있겠지요.

— 신선이라도 되고 싶었던 모양이군.

오길이 투덜거리듯 말했다.

— 젊은 시절 그런 꿈 안 꾸어본 유생이 몇이나 되겠습니까.

정목인의 말에 하기는, 하는 표정을 의충이 지었다.

자신도 그랬다. 유생 시절, 유가 공부에 진력이 나 모든 것이 싫어질 때, 신선처럼 살 수는 없는 것일까 했던 적이 있었다.

의충은 상념을 지우려는 듯 밖을 내다보았다. 탑과 해랑 연못과 수로가 한눈에 들어왔다. 놀랄 만치 아름다운 색깔로 물들었다. 성균관이 반수에 둘러싸여 있다는 건 알고 있었으나 저런 곳이 있었던가. 분명히 반수가 흘러가다가 하나의 호를 만들고 있었다.

연못은 햇살 때문인지 진한 단풍 빛을 띠고 있었다. 하늘은 석양빛을 먹은 것처럼 적자색으로 물들었다.

계속 올라가자 갑자기 앞이 막혔다. 판자로 막아놓은 것 같았다.

정목인이 걸음을 멈추었다.

— 막혔습니다.

정목인이 막힌 판자벽을 두드려보다가 말했다.

양 벽 사이에 한 자 정도의 폭을 가진 송판으로 천장까지 잇대어 붙인 송판 벽이었다. 누군가 의도적으로 막은 것 같았다.

— 일부러 출입을 못 하게 막아놓은 것 같은데요?

의충이 판자벽을 두드려보았다.

툭툭툭.

퉁퉁퉁 하고 소리가 날 줄 알았는데 이상했다. 속에 무엇이 채워진 것 같았다. 그리고 보니 판자로 앞을 막은 것이 아니라 벽을 만들고 거기에다 판자를 붙인 것이 아닐까 싶었다.

의충이 다시 두들겼다. 역시 속에 무엇인가 들어 있다는 느낌이 들었다.

— 구조상 막을 이유가 없는데요.

정목인의 말에 의충은 그렇지요, 하는 말을 눈으로 했다.

— 누가 막았을까요?

오길이 물었다.

정목인이 이번에는 판자를 발로 찼다. 판자는 역시 툭툭 둔탁한 소리를 내었다.

오길이 몇 발짝 걸어 나가더니 그곳의 판자벽을 두드려보았다.

퉁퉁퉁.

— 어, 이곳은 속이 빈 것 같은데요?

의충이 다가가 그곳의 벽을 두드려보았다.

퉁퉁퉁.

— 부숴볼까요?

의충의 말에 정목인이 깜짝 놀라는 표정을 지었다.

— 예? 부수다니요? 막았을 땐 이유가 있어 막았을 텐데…….

— 책임은 제가 지겠습니다.

의충이 말하면서 어깨로 판자벽을 밀었다. 약간 흔들리는 것 같았다. 그는 뒤로 몇 발 나갔다가 어깨로 벽을 밀었다. 정목인이 어이없다는 표정을 지었다.

— 이리 와 힘 좀 써봐.

의충이 오길에게 말했다.

— 괜찮을까요?

오길이 정목인을 흘끔거리며 다가왔다.

— 책임은 내가 진다니까. 뭔가 있어. 누가 막았는지 모르지만.

오길이 힘을 모았다.

그들은 뒤로 물러서 어깨로 댓 번을 달려들었지만 판자벽은 부서지지 않았다. 그들이 미는 바람에 송판을 이어붙인 곳에 틈이 생겼다. 그 사이로 눈을 가져갔지만 뭐가 보일 리 없었다. 대충 판자의 두께를 가늠해볼 수 있었는데 꽤 두꺼운 송판이었다.

오길이 이곳저곳을 돌아다니기 시작했다. 그는 잠시 후에 쇠꼬챙이 하나를 주워왔다. 그것을 송판 틈새로 밀어 넣었다. 쇠꼬챙이가 어떻게 송판 사이를 비집고 들어갔다.

— 이리 줘 봐.

오길로부터 쇠꼬챙이를 받아 의충이 억지로 뜯어냈다.

— 이거 솜인 것 같은데요?

뜯겨져 나온 송판을 살피다가 오길이 말했다.

한 장을 뜯어내자 솜뭉치가 더 쏟아져 나왔다.

다시 두 장의 송판을 뜯어냈다. 역시 솜뭉치가 쏟아졌다.

서너 장을 떼어냈을 때쯤에는 감당 못할 정도로 솜이 그들 앞에 쌓였다.

그제야 속이 보였다.

먼저 안을 들여다보던 정목인이 코와 턱 밑으로 달라붙는 솜을 떼어내며 아, 하고 탄성을 터트렸다.

의충과 오길도 입을 딱 벌렸다. 엄청나게 큰 공자상이었다.

공자상의 뒤로 송판 벽이 막혀 있는 것이 보였다. 공자상 앞뒤로 솜이 꽉 채워져 있었다. 그런데 칼을 든 공자상이 아니었다.

정목인이 마저 뜯어내고 먼저 판자벽을 통과했다. 오길과 의충이 뒤따랐다.

솜이 공자상의 두상과 천장에 연결되어 있었다. 머리를 가지런히 뒤로 넘겨 묶었고 표정이 뚜렷했으며 합장을 하듯 두 손을 들고 있었다. 공자상을 올려다보던 정목인이 의충을 돌이보았다.

— 왜 이 상이 숨겨졌는지 모르겠네요? 두 손을 들긴 했는데 왜 앞으로 팔을 내밀고만 있는지 모르겠네요.

정목인이 중얼거렸다.

— 앞으로 내민 손을 봐요. 두 손 사이에 꼭 보검을 들고 있었을 거란 생각이 들지 않아요?

오길의 말에 의충은 공자상의 손 주위를 살폈다. 두 손 사이에 보검이 쥐어져 있었을 거란 생각은 들지 않았다.

앞으로 내민 공자의 팔목 위에 보검을 얹고 있었다면?

그런 생각이 들자 그 공간이 유난히 텅 비어 보였다.

— 그럼 결국 보검을 쥔 공부자상은 바로 이것이란 말인가?

— 이상해 보이지 않아요? 왜 공자가 살상의 무기인 검을 들고 있는지?

의충의 말에 오길이 그렇게 물었다.

— 불교에서는 그 검을 반야검이라고 하지 않습니까. 번뇌를 잘라내는.

— 맞아. 나도 그런 말 들은 적이 있어. 칼이 살생을 위해 쓰인다면

그건 살인검이지만 옳게 쓰인다면 활인검이라던가?

오길의 말에 정목인이 고개를 끄덕였다.

— 맞습니다. 그래서 절에 가보면 심검당이란 전각이 있지요.

정목인의 말에 의충이 이번에는 고개를 끄덕였다.

— 그럼 누가 이 공자의 검을 가져갔다는 말인데요?

오길이 의충더러 물었다.

— 맞아. 만약 그렇다면 칼만 가져가지 않았을 텐데.

의충의 말에 이리저리 살펴보던 정목인이, '일단 나아가 봅시다. 또 뭐가 나올지' 하고 말했다.

그들은 잠시 나아가다가 멈칫 섰다. 갑자기 회랑도 아니고 동굴처럼 뚫린 암굴이 나타났다.

— 암굴인데요.

오길이 소리쳤다.

정목인과 의충이 소리도 지르지 못하고 입을 벌렸다. 거기 엄청나게 큰 바위가 툭 튀어나와 앞을 비스듬히 가로막고 있었다. 그래서 길이 휘어졌다. 바위를 향해 셋이 다가갔다.

바위 앞에 서자 이상한 냄새가 흘러들어왔다.

— 무슨 냄새지?

의충이 두 사람에게 물었다.

— 물비린내 아닙니까?

그럴 리가 있나 생각하며 의충은 바위를 살폈다.

사람 키 두 배 정도 되었다. 바위는 곰팡이와 이끼가 덮혀 있었다.

그런데도 자연적으로 생긴 바위가 아닌 것 같았다. 어딘가 가로막은 것 같이 돌 생김이 자연스럽지 않았다.

— 뚫린 곳을 바위로 막은 것 같은데요?

정목인의 말에 의충이 웃었다.

— 설마? 누구 힘으로?

— 아니면 본래 있던 것을 막음용으로 썼거나…… 맞네요. 이 바위와 굴벽이 다르잖아요. 이음새에 메꾼 표가 나잖아요.

오길의 말에 의충이 살펴보니 바위와 굴벽의 이음새가 확연히 드러났다.

오길이 갑자기 바위를 타고 오르기 시작했다.

— 어쩌려고?

의충이 물었다.

— 물소리가 들리는 것 같아서요.

— 물소리?

무슨 소리냐는 듯 의충이 되물었다.

— 어쩐지 암굴이 밝다 했더니…… 저 빛살요.

의충이 오길이 가리키는 곳을 보았더니 바위 머리 위에서 빛줄기가 흘러들어 오고 있었다.

고개를 갸웃하는데 어느 사이에 바위 끝까지 올라간 오길이 하아, 하고 입을 벌렸다. 그의 앞머리카락이 바람에 흔들리고 있었다. 그의 시선이 바위 끝머리 암벽 사이에 박혀 있었다.

— 바위 밑이 강입니다. 강!

오길이 소리쳤다.

— 강이라니?

정목인이 되물었다.

— 틈새로 보이네요. 아래가 까마득해요. 저 멀리서 구불거리며
물길이 이어져 있네요.

— 그렇다면 반수 아닙니까?

의충을 보며 정목인이 소리쳤다.

— 반수? 학궁을 둘러싼?

그제야 의충은 정신이 번쩍 들었다.

— 학궁과 반수가 이곳으로 통하고 있다?

— 맞습니다. 강물이 불어 물이 들어오자 이곳을 보존하기 위해
돌로 막은 겁니다.

— 이곳의 보존? 학궁?

그들은 잠시 나아가다가 멈칫 섰다.

— 저길 봐요.

오길이 또 놀라 소리쳤다.

정목인과 의충도 저절로 입이 벌어졌다. 거기 또 하나의 세계. 미
로의 세계가 펼쳐져 있는 게 보였다.

— 맞습니다. 이곳입니다. 내 이럴 줄 알았다니까!

정목인이 환희에 찬 음성으로 소리쳤다.

왕조의 그늘 1

영조는 부스스 일어나 앉았다. 햇살이 만자창으로 스며 들어와 금
침 위에서 파닥이고 있었다. 밖을 내다보았다. 모처럼 정신이 맑다.

얼마나 누워 있었던 것일까. 모든 기억이 선명하다. 그런데 이상
하다. 옛 기억은 선명한데 요 며칠 무엇을 했는지 삭둑 잘린 것처럼
기억나지 않는다. 그저 잠을 자고 있었던 것 같다.

꽃이 필 계절인가?

여기저기 핀 꽃들이 곱다. 결좋은 바람. 포근한 햇살.

곱구나.

손등이 갑자기 따뜻하다는 생각에 영조는 슬며시 자신의 손을 내
려다보았다. 햇살 한 자락이 어느 사이에 손등으로 올라와 있다. 손

등에 피어난 검버섯이 흉물스럽다.

벌써 세월이 이렇게 흐른 것인가?

시선을 들자 문득 어머니의 모습이 보였다.

저기던가? 여기던가? 그렇구나. 어머니가 있던 곳은 보경당이었지. 그곳에서 어머니는 나를 낳았다던가. 그 수많던 항아리들. 그림 같구나. 태어난 지 꼭 60년이 되던 그 해. 그래, 그해였다. 그곳에서 어머니를 그리며 생일상을 받았다. 왜 그날 그렇게 어머니가 보고 싶었는지.

어머니는 구파발 배추장사의 딸로 태어났다. 이미 7살에 궁으로 들어와 침방나인이 되었다. 명부 기록을 뒤져보았더니 그 기록이 있었다. 하기야 7살이라면 그리 이른 나이도 아니다. 그 나이로 입궁해 인현왕후를 모시게 된 것이다. 교태전의 침방나인으로 살아가던 그 삶이 오죽하셨을까.

인현왕후가 폐서인이 되었을 때 어머니의 마음이 또 오죽했으랴. 희빈 장씨가 왕비가 된 것이다. 그 후 인현왕후는 돌아왔지만 어머니에게도 꿈이 있었으리라. 곧 승은을 받았고 숙원이 되었다.

아바마마. 어머니가 궁중의 법도로는 불가능한 기간에 수태를 하였다. 내가 언제 들어선 것인가? 기이한 출생의 비밀은 모든 불행의 화근이 될 것이다. 그러니 아바마마가 하초를 상실한 형님에게 왕위를 넘겼는지 이해가 가고도 남는다.

금상에게 후사가 없다는 것은 바로 종묘사직이 끝난다는 것을 의미한다. 선왕 태종 임금이 양녕대군을 30년 동안 세자로 삼았으나 세종 임금이 마음에 들자 폐세자를 시키고 왕위를 세종에게 물렸다. 얼마든지 불구인 형님을 폐세자하고 왕위를 물려줄 수 있는 일이다. 그러나 불구의 아들에게 왕위를 물렸다. 그래서 내가 더욱 이씨가 아니라는 말이 나오기 시작한 것이다.

그럴까? 정말 그럴까?

그래서 형님도 죽고, 왕후도 죽고, 세지도 죽고, 일이 이렇게 되어 버린 것일까?

아무리 생각해도 이상하기는 이상하다. 왜 아바마마께서는 말더듬이요, 후사도 잇지 못하는 형님에게 보위를 이었을까? 왜? 건강한 내가 있는데. 정국을 휘어잡고 있는 노론의 의사를 무시하고 독약을 세 사발이나 먹여 죽인 여자의 아들을 보위에 앉혔을까? 폐세자 하고 나를 보위에 앉히면 되는 것을. 결코 김씨의 새끼에게는 보위를 물려줄 수 없었기 때문이다? 그렇다면 영수 형님이 죽은 후 내가 어머니의 뱃속에 들어설 기간 아바마마는 결코 어머니를 찾지 않았다는 말이 된다. 그럴 수밖에 없었으리라. 그때는 예장 기간이었고 결코 합방할 수 없었을 테니. 있다고 하더라도 애를 낳느라 성치 않은 몸이라 근접할 수 없는 상황이다. 그것이 궁중의 법도다.

하루도 마음 편한 날이 없었다. 평생을 가시밭길을 걸어온 것 같으니 말이다. 금상의 자리에 앉고서야 그 고통을 알리라던 형님의 말이 하나도 틀린 것이 없다.

언제 세손이 물어올지 모른다. 어째야 좋을지 모르겠다. 사실을 알려주고 가야 하는 것이 순서이겠지만 어떻게 풀어가야 하나?

갈 날이 가까워서인지 요즘 꿈자리가 심상치 않다. 자주 세자가 보이고 삼정승이 보이기도 한다.

세손에게 보위를 넘김이 열성조를 위함이라고 하지만 삼종의 맥을 위함에서랴. 언젠가 영의정 홍봉한이 와 세손에게 즉위하심은 이 나라 종묘사직을 허무는 일이니 생각을 바꾸라 하고, 정순왕후도 그렇게 말하니 심사가 편치 않다. 혜빈은 세손을 살려달라며 울며 매달리니 내 어찌 그 심정을 모르겠는가. 세자를 잃고 눈물로 지새우던 그 심정이 오죽하랴.

그러나 쉽지 않다. 과연 내 손으로 세손의 아비를 죽이고 그에게 왕위를 물려주어야 하는 것인지.

피바람이 불 것이다. 나를 싸고돌던 무리들.

자신의 손으로 죽인 여자의 아들을 보위에 앉힐 때의 아바마마 심정이 이랬을 것이다.

하지만 세손에게 대리청정을 시켜보지 않았던가. 세자와는 달랐다. 심성이 어질어 그럴 리가 없을 것 같은데 이제 와 무엇을 더 망설이겠는가.

그러나 이상하게 두려우니 어인 일인가.

어젯밤인가. 언제인가. 정확히는 모르겠지만 아마 꿈을 꾼 것 같다. 그 꿈이 잊히지 않고 자꾸만 떠오른다.

꿈속에서 본 세손은 평소의 세손이 아니었다. 세손은 내 앞에 부복하고 있었으나 검게 웅크린 어린 사자 같았다. 나는 꿈속에서도 선명히 읽을 수 있었다. 세손의 심중을. 세손은 생각하고 있는 게 분명했다. 다시 이런 기회는 오지 않을 것이라고. 뒤주 속에서 죽어간 아버지. 왜 하필이면 아버지를 뒤주 속에 넣어 죽였어야 했는지. 귀향이나 유배를 보낼 수도 있었고, 사사할 수도 있었고, 효수할 수도 있었지 않았느냐고 항변하고 있는 것이 분명했다. 여러 방법이 있었을 텐데 왜 하필 뒤주였느냐, 그는 그런 표정이었다. 거기에는 분명히 밝힐 수 없는 비밀이 있다, 그런 표정이었다.

그런 세손을 보며 그의 아비 사도세자를 생각했다. 세자를 죽이기 전의 모습과 세손은 하나도 다르지 않기 때문이었다.

— 할바마마, 세상이 하나 같이 할바마마를 선왕의 혈통이 아니라고 하는데 이를 어떻게 생각하시는지요? 이인좌의 난 말이옵니다. 그 난이 이유 없이 일어난 것이겠습니까?

꿈속이었지만 깜짝 놀랐다. 문득 아들 사도세자가 살아온 것이 아닐까 싶었다. 세자가 죽기 전 하던 물음을 그대로 하고 있었기 때문이다.

— 아바마마, 아무리 맞추어보아도 계산이 나오지 않나이다. 분명히 그 사실을 밝히시어 종사를 바로잡으시옵소서.

어느 날 세손의 아비 사도세자는 죽기를 각오하고 그렇게 말했다. 그가 그처럼 요상스런 질문을 할 줄 짐작은 하였지만 그렇게 단도직입적으로 물으리라고는 생각지 않았다. 그때 미간을 찌푸리고 그를 노려보았지만 사실은 내 정신이 아니었다.

그래서 그만 웃었다. 내 마음을 숨겨야 한다고 생각했기 때문이다. 세손은 죽어가는 이의 웃음이 아니라고 생각하는 것 같았다.

― 하하하, 바로 이인좌의 뒷에 걸렸군.

나는 분명 그렇게 말하고 있었다. 그런데 그의 모습을 보니 어느 사이에 세손이 아니라 아들 사도세자로 변해 있었다. 분명 그날의 사도세자였다. 죽기를 각오하고 간하던 세자의 모습이었다. 그가 고개를 쳐들고, '예?' 하고 반문하고 있었다.

지금 생각해보면 그날 사도세자가 찾아와 그렇게만 하지 않았어도 그는 죽지 않았을지 모른다. 그놈은 사람의 속을 후벼 파는 데 특별한 재주가 있는 놈이었다. 입은 말하지 않아도 그의 눈을 읽을 수 있었으니 말이다. 그래서였는지 모른다. 그날 내가 속을 보일 수 있었던 것이.

나는 고개를 주억거리고 있었다. 그리고 이렇게 대답하고 있었다.

― 알고 있다. 너의 마음을. 그러나 모르겠구나. 왜 이제 와 내 신념이 이렇게 허물어지는지. 이제 나이가 들어가니 그런가 싶기도 하고. 이제야 정신이 드는 것 같으니 말이다.

평소의 나로서는 할 수 없는 말이었다. 세자가 오히려 좀 놀란 표정을 지었다. 그러나 나는 눈도 깜짝하지 않았다. 세자를 죽이기로 결심한 이상 내 감상에 떨 이유가 없었다. 그냥 솔직해지자 그게 마지막으로 아들에게 베푸는 아비의 정한이라고 생각했다. 아들은 그런 아비의 심정도 모르고, 이때를 놓쳐서는 안 된다는 생각을 했는지, '그럼?' 하고 물었다.

그 와중에도 나는 화가 났다. 그를 죽여야겠다고 생각했으면서도 그게 사실은 아니었기 때문에 그랬을 것이다. 개울가에 나간 아이가 옷이 젖어 들어왔을 때 그를 나무라는 것은 부모의 도리이자 의무이다. 이 세상에 어떤 어버이가 사랑으로 제 자식 나무라는 데 망설이지 않으랴. 놈을 죽여야겠다고 생각했지만 그것은 생각 아닌가. 그런데 그렇게 묻는 세자를 이해하지 못하겠다는 생각이 순간 들었다. 이 생각은 그를 키우면서 가끔씩 가지던 것이었다. 그는 분명히 묻고 있는 것 같았다. 그럼 그 핏덩이는 김춘택의 씨나고.

내 눈에서 불이 터지지 않을 수 없었다. 금방이라도 번개가 치고 천둥이 그 눈 속에서 일 것 같았다. 이놈을 정말 죽여야 하는 것이 아닐까 하는 생각이 새삼 들었다.

세자는 이를 앙다물고 버티고 있었다. 이 기회를 놓친다면, 놓친다면. 그는 그 생각만 하고 있는 것 같았다. 아들은 이왕 이렇게 된 것 끝까지 밀고 나가자고 생각하고 있는 것이 분명했다.

— 그런데 날짜를 확인해보면 좀 이상하옵니다.

세자는 아차, 하는 눈치였지만 이내 눈을 감아버렸다.

— 뭐가?

분명히 나는 그렇게 물었다. 나는 느끼고 있었다. 갑자기 내 음성이 격하게 튀고 있다는 것을.

하지만 이내 마음을 다잡았다. 죽일 놈에게 역정을 낼 이유가 없지 않은가.

세자가 황급히 머리를 바닥에 대며 기어들어가는 소리로 아뢰었다.

— 혹시나 해서 솔직하게 물어본 것이옵니다.

그런데 또 이상한 것은 나였다. 이렇게 대답하고 있었으니 말이다.

— 솔직하게? 그래, 그랬지. 오늘만은 솔직해지자고 했지. 세자,
무슨 말인가?

— 그렇지 않사옵니까?

세자의 성질을 모르는 바 아니나 무슨 오기인지 몰랐다. 제 죽을
줄 모르고 이렇게 된 이상 끝은 봐야 할 것이라고 생각하는 모양이
었다. 이제 변덕 심한 아바마마가 죽인다고 달려들어도 어쩔 수 없
는 일이라고 생각하는 것이 분명했다. 이왕 터진 물꼬. 그 물꼬를 막
기에는 너무 늦었다고 생각하는 것이 분명했다.

— 뭐가? 아하, 김춘택의 씨? 그래 맞아. 그랬다고 하더구나. 선왕
께서 그 사실을 알고 밀어버렸다고 하더구나. 그렇다고 자신의 새
끼가 아니라고 할 수도 없었을 테지만.

내가 생각하기에도 나란 사람이 이해되지 않았다. 세자가 보기에
는 묘하게도 줄을 타는 광대처럼 생각되었을지도 모른다.

세자는 기어들어 가는 소리로 자신의 용기를 다독이고 있었다.

— 결국 궁중의 냉대에 못 이겨 그 어린 생명이 죽어갔다는 말이
옵니까?

나는 하하, 웃었다. 말이 그리되는구나 하는 생각이 들었기 때문
이다.

— 글쎄, 자세히는 모르겠다. 여기가 어디인가. 그런 말을 함부로
입에 담고 다닐 수 있는 곳인가. 그리고 내가 태어나기 전이었으니.

— 그래도 할마마마께서 어떤 언질이라도…….

— 어허, 솔직한 것도 좋지만 세자, 말이 너무 심한 것이 아닌가?

나는 비로소 제정신이 돌아온 사람처럼 놀라 소리쳤다. 아마 그때 나의 눈가에는 주름이 잡혔을 것이다. 옆이마에 힘줄이 불거졌을지도 모른다. 눈에서 불덩이가 쏟아지고 수염이 떨리고 있었을 것이다. 세자가 곧 엎어지며 아뢰는 걸 보면 말이다.

— 용서하시옵소서. 아바마마, 솔직하게 물으라고 하셔서…….

나는 그래? 하는 표정으로 고개를 갸웃하였다.

— 아하, 그랬지. 선왕께서 핏덩이의 장례도 치르지 말라 하셨지. 하지만 그럴 수는 없었겠지. 체면이 있는데. 신하와 백성들의 눈이 있는데. 그래도 왕자가 아닌가. 당연히 예조에서는 예장에 임했을 테고 그러자 제일 곤혹스러웠던 사람이 아바마마였겠지. 그러고 보면 그런 말을 들을 만하구만 그래.

나는 그렇게 용하게도 참아내고 있었다.

그런데 갑자기 세자가 이렇게 말하는 것이었다.

— 아바마마, 이상한 것은 그뿐만이 아니옵니다.

이제 이놈은 나의 존재를 물어올 것이다. 역시 그랬다.

— 또 무엇이냐?

내가 묻자 세자는 이렇게 말하였다.

— 생각해보시옵소서. 아바마마도 분명하게 알아야 할 것이기에 말씀드리는 것이옵니다.

— 그래 말해보라.

지금 생각해도 세자의 말은 맞다. 틀린 말이 아니다. 12월은 첫 아이 그러니까 영수 형님이 죽은 달이다. 내 생일이 9월이니 그러면 부왕이 모후가 낳은 첫 아이의 죽음을 위로하다가 나를 잉태했다는 말이 된다. 의심할 만하다.

그런데도 나는 너무 놀라 그렇게 물었다. 무엇이! 세자를 노려보는 내 눈에서 기어이 불길이 쏟아졌을 것이다. 뒤이어 입에서 귀신의 호곡 소리 같은 고함소리가 터져 나왔다.

— 무례하다! 네놈이 정말 죽기로 작정을 한 것이로구나. 이 아비가 이제 허수아비로 보이는 것이냐. 참는 데도 한계가 있거늘.

눈을 감고 부복하고 있던 세자가 사시나무처럼 떨었다.

그런데 여느 때의 세자가 아니었다.

— 아바마마, 소자를 한 번이라도 인정한 적이 있사옵니까? 언제나 아바마마의 어심만 옳았지요. 신하들 앞에서 발길로 차고 뺨을 때리고, 그런 모욕도 모자라 부정한 물을 퍼붓고……. 솔직해, 이놈아. 정직해, 이놈아. 그리 살지 말고 정직하고 솔직하게 살아, 이놈아. 귀에 못이 앉을 정도로 소리쳐대던 이가 누구이옵니까. 지금도 그렇사옵니다. 소저에게 솔직하게 물으라 하시고 어찌 화를 내시옵니까?

— 무엇이? 그렇다고 터진 입이라고 나오는 소리가 다 말이 되는 것이더냐. 그래 네놈이 물었으니 이제 내가 묻자. 그럼 어마마마가 몰래 김춘택이라도 만났다는 말이냐, 뭐냐? 그래 만났다고 해도 그렇다. 그럼 김춘택은 별다른 재주라도 있다는 말이냐?

도저히 입에서 쏟아져서는 안 되는 말들이 나도 모르게 쏟아지고 있었다.

이게 무슨 일인가. 내 스스로 놀라 치를 떠는데 세자는 한술 더 떴다.

― 아바마마, 생각해보시옵소서. 김춘택은 아바마마가 자신의 자식이라고 확신하고 있었다고 하옵니다. 그렇지 않사옵니까. 그 기간은 영수 왕자의 예장 기간이었고 그렇다면 어찌 합방이 가능했겠나이까. 그렇기에 아바마마가 죽을 고비를 몇 번이나 도왔다고 하옵니다.

― 허어, 이럴 수가! 돕다니?

나는 분명히 눈을 뒤집고 그렇게 묻고 있었다. 아무리 놈을 죽여야겠다고 생각했지만 그럴 수가 있다니.

그러나 솔직히 세자의 말이 틀린 것은 아니다. 그 옛날, 지금은 생각하기도 싫지만 형님이 포위망을 조여 오자 나는 살기 위해 오히려 그를 독살하기로 마음먹고 있었다. 그때 나를 도운 사람들이 있었다. 바로 김춘택의 동생들이었다.

그들은 김춘택이 들여보낸 사람들이었다. 그들이 잠저의 식솔들을 동원해 독극물을 옮기고 위력을 시험해보다가 그 바람에 궁녀도 두 명이나 죽었다. 아마 세자는 내가 그토록 불태우지 못해 하던 임인옥안에 구체적으로 기록된 상황을 보고 하는 말일 터였다. 그곳에 아주 상세히 나와 있으니 말이다. 그렇다고 해도 그렇다. 그런 질문을 감히 금상인 내게 노골적으로 하고 있다니.

― 세자! 그만하지 못하겠는가.

너무 화를 참을 길 없어 벌떡 일어났다. 내가 씩씩거리는 숨소리를 내가 의식할 정도였다. 그래서일까. 나도 모르게 고함이 터져나갔다.

— 좋다. 김춘택이 말이야. 그가 어떻게 자신의 자식이라는 것을 확신해 그랬다는 것이야?

— 생각해보시옵소서. 만약 예장 기간을 두지 않았다면 자신의 새 끼를 물어 죽인 것이나 진배없는 숙종 할바마마를 받아들였겠사옵니까? 희빈 장씨의 첫째 성수가 죽었을 때 어떻게 했나이까. 예장을 석 달이나 했나이다. 불과 열흘 산 왕자에게 말이옵니다. 그런데 두 달을 산 생명이었나이다. 둘 다 정빈의 자식은 아니었사오나 왕자들인 것만은 꼭 같지 않사옵니까. 그런데 예장 기간 없이 산후 조리만 하고 바로 합방을 가졌다니요? 그래서 그 사실을 알기에 왕조의 씨가 바뀌었다 하였고 이인좌의 반란이 일어난 것이옵니다. 아바마마, 이 사실은 우리만 알고 있는 것이 아니옵고 나라 전체가 알고 있는 것이옵니다. 그런데 아바마마만 아니라고 우기고 있는 것이옵니다. 심지어 영수 왕자의 예장 기간에 대해 사초에 기록된 사실을 숙종 할바마마와 아바마마께서 지웠다는 의혹마저 제기되고 있는 상황이옵니다. 생각해보소서. 어찌 후궁이 왕자마마를 생산하고 사가의 여편네처럼 예장 기간도 없이 보름 산후 조리하고 남자를 받을 수 있겠나이까? 그것이 가능키나 한 일이옵니까? 더욱이 내명부에서 날짜가 정해지지 않고서는 임금이라 하더라도 후궁을 마음대로 취할 수 없는 것은 상식이나이다.

— 세자, 정말 죽고 싶어 환장한 것이냐. 이제 보니 정말 정신병이 있는 게 아니냐? 어찌 네놈이 미치지 않고 이럴 수가 있단 말이냐! 혜빈이 어제는 네놈이 짐을 죽이기 위해 칼을 들고 청계의 물길을

따라 갔다더니 정말 미친 것이 아닌가.

— 우리의 할바마마 말이옵니다. 아바마마처럼 정신 멀쩡하신 우리의 할바마마 말이옵니다. 그분께서 정신이 멀쩡하셔서서 그랬나이까. 그래서 7개월 만에 낳은 아들을 보러 가 임산부를 범했나이까. 그럴 수 없는 것이나이다. 애초 말이 되지 않는다는 것을 어이 모르시나이까.

— 어허, 이놈이 정녕으로 미쳐버린 것이 아닌가.

— 아바마마, 소자가 미친 것이 아니라 진실이 그렇지 않느냐 그 말이옵니다.

— 그만두라! 그만두라! 그만두라!

— 아바마마! 아바마마의 모후는 고귀한 영혼의 소유자라고 아바마마께서 언제나 증언하셨나이다. 구파발 농사꾼의 딸이었기에. 어릴 때 궁으로 들어와 온갖 신고를 겪은 몸이옵기에. 그런데 그렇게 고귀한 영혼을 간직한 할마께옵서 김춘택을 은밀히 궁으로 불러 자신의 슬픔을 위로받았다는 말이 있사옵니다.

한순간이라는 말을 그때 실감했다. 한순간에 세자는 나를 그렇게 칼질했고 내 어미와 아비를 칼질했다. 그만 어이가 없어 웃기 시작했다.

으하하하!

— 그러다 용종이 들어선 것이다?

나는 그렇게 묻고 또 웃었다. 손사래를 쳤다.

— 아니다. 아니야.

— 아니라니요? 아니면 어떻게 부왕을 독살할 수 있었겠사옵니까? 그리고 친형을 어떻게 죽일 수 있었겠사옵니까. 아직도 살기 위해서라고 대답하시겠사옵니까?

— 이놈! 지금 이 아비에게 아비와 선왕을 죽이지 않았느냐고 묻는 것이냐?

— 그러하옵니다. 이제 저마저 죽이시옵소서. 그렇게 모두를 죽였는데 아들을 죽이지 못하겠사옵니까.

세자가 그렇게 고함을 내질렀다.

나는 너무 놀라 입을 벌리고 부들부들 떨었다. 잠시 후에야 감정을 추스르고 입을 열었다.

— 이놈, 그것은 네놈이 모르는 것이다. 누가 누구를 독살했다는 것이냐? 아니 설령 그렇다 하더라도 아들이 아비에게 물을 수 있는 것이냐?

— 무슨 말씀이옵니까? 저 또한 죽이시라고 하지 않았사옵니까.

세자가 지지 않겠다는 듯이 나를 향해 똑바로 돌아서며 소리쳤을 때 나는 알 수 있었다. 세자 역시 아주 작정을 하고 기다렸다는 것을. 그래 가보자, 끝까지. 언젠가는 이런 날이 올 줄 알고 있었다는 말이었다. 그동안 가슴속에 돌덩이를 넣고 삭이고 있었다는 말이었다.

그래서인지 나는 세자를 향해 이렇게 고함쳤다.

— 이놈, 어디 해보아라. 이놈아, 알려면 제대로 알아. 그들이 먼저 나를 죽이려 했기 때문이야.

— 그래서 비밀을 알고 있는 모두를 죽이려 하셨다는 말씀이옵니

까?

　— 이노옴, 미쳤구나. 미쳤어.

　— 아니란 말씀이옵니까?

　— 말을 삼가라. 말, 말, 말을 삼가라. 그래, 이놈아. 그렇다는 말이지 뭐겠느냐. 그래 맞아. 죽였다. 모두를 죽였어. 그렇지 않고는 이씨의 굴속에서 살 수가 없기에. 네놈이 묻고자 하는 김춘택의 핏덩이. 그래 바로 그 핏덩이가 김춘택의 핏줄이었느니라.

　결코 내뱉을 수 없는 말이 생각지도 않게 내 입에서 터져 나갔다.

　이게 무슨 일인가 하는 표정으로 오히려 세자가 부르르 몸서리를 쳤다. 분명히 아바마마가 해서는 안 될 말을 하고 있었으니.

　나는 황망히 눈을 감았다. 놈은 모질었다. 세자는 역시 이 순간을 놓쳐서는 안 된다고 생각했는지 이렇게 물었다.

　— 그래서 숙종 할바마마께서 영수 왕자를 밀어버리셨고 아바마마를 사가로 내쫓으신 거였군요?

　나는 순간 세자가 정말 죽음을 각오했구나 하고 생각했다.

　인간은 본능적으로 제 죽을 때를 안다더니 저놈이 죽기를 각오했구나.

　나는 마음을 다잡았다. 그런 아들을 위해 더 이상 숨길 것이 무엇인가. 내가 생각해도 내가 아니었다. 이미 놈은 다 알고 묻는 말이었다. 다 알고 있는 사실, 숨기면 뭐하느냐는 생각이 들었다. 그런 내가 오히려 민망하다는 표정을 세자는 짓고 있었다. 나는 그를 비웃었다. 그래, 그런 표정도 오늘이 마지막일 것이다.

못된 놈! 아마 그런 생각이 내 표정에 나타났을 것이다. 갑자기 위기감을 느낀 세자가 바닥으로 납작 엎드렸다. 그제야 나는 세자가 고개를 떨어뜨리고 울고 있다는 것을 알았다.

이게 무슨 일인가. 생전 눈물을 몰랐는데 나 역시 한없이 서러워져서 눈물이 나오는 것이었다. 나는 눈물을 흘리며 흐느끼기 시작했다. 한숨과 눈물이 금침으로 떨어졌다.

— 아바마마, 소저를 용서치 마옵소서. 그렇잖아도 옥체 미령한데 소저가 더 큰 심려를 끼쳤나이다.

— 아니다.

나는 눈물을 거두며 그렇게 말하였다. 그러고는 어쩔 바 모르는 세자를 노려보며 이렇게 말했다.

— 하자꾸나. 그래 어디까지 말하다 말았느냐? 아아, 그렇지! 내 모후 숙빈 최씨. 그랬느니라. 사실 부왕께서도 처음에는 모르셨다고 했다. 내 모후께서 김춘택의 안위를 생각해 말하지 않았다고 했으니까 말이다. 점차 배가 불러오니까 그제야 부왕이 물었다고 한다. 모후께서 김춘택이 바로 태아의 아버지라고 실토하자 부왕은 비밀리에 그를 잡아오라 일렀으나 노론의 눈이 무서워 풀어주었다고 알고 있다.

세자가 고개를 들어 나를 쳐다보았다. 지나치게 솔직한 나의 대답이 믿어지지 않는다는 표정이었다.

그러나 그 표정 뒤에는 이미 생을 포기해버린 용기가 역시 고개를 내밀고 있었다.

― 이제는 그 자리를 영위하기 위해 누구를 죽이실 것이옵니까?

세자는 분명히 그렇게 물었다.

― 나를 용서하지 못한다면 나도 그들을 용서하지 못한다.

나는 분명한 어조로 결연하게 말했다.

― 용서하지 못한 것은 진실로 뉘우치지 않으시는 아바마마 자신이옵니다.

― 세자, 이제 더 이상 아비를 능욕하지 말라. 이미 죽음을 각오했다 하더라도.

죽이겠다는 말 앞에 세자는 별스럽지도 않다는 듯이 이렇게 말했다.

― 능욕이옵지요. 이제 이 나라는 김씨의 나라가 아니옵니까.

― 이놈!

지금도 꿈을 꾸면 그 아들이 찾아온다. 뒤주 속에서 죽어간 그 아들이 찾아온다. 죽어 사도가 되면 무엇 할 것인가.

그렇게 죽어간 아들을 안아주고 싶은데 왜 꿈속에서 먼저 칼을 찾게 되는지 모를 일이다. 생각과는 달리 어느 사이에 내 손에는 시퍼런 장도가 쥐어져 있다. 나는 칼을 꼬나들고 세자를 향해 달려가 그의 목을 친다. 피가 천지를 물들인다.

으아아! 나는 비명을 지르며 미쳐버린다. 칼로 허공을 벤다. 마구 벤다. 그렇게 광분하다가 깨면 꿈이다.

아, 이 모든 것이 꿈이었다면.

그래서인지 모른다. 세손을 가만히 보고 있으면 저놈도 내가 눈을 감기 전 한 번은 물어올 것이라는 생각이 든다.

그런 그에게 뭐라고 대답해야 할지. 사도가 그렇게 나를 의심했듯이 세손 역시 분명히 그 모든 것을 의심하고 있을 터인데 말이다.

내가 김춘택의 씨였다면 모후로부터 어떤 언질이라도 있을 것이라고 그들은 생각하고 있는 것이다. 아들 사도세자도 그러다 죽었는데 세손이라고 왜 그런 생각을 못 하겠는가.

경종 형님의 말처럼 그런 말은 하지 않아도 짐작으로 알 수 있는 것이다. 그렇지 않은가. 설령 그랬다 하더라도 자신의 자식이 왕세자임을 스스로 부정할 어미가 세상에 어디 있겠는가. 모두의 목이 달린 문제인데, 그때 모후가 나의 친부가 김춘택이었다고 했다면 부왕 숙종께서 모두를 살려두었겠는가.

내 아비라고 하는 김춘택. 그는 인생의 3분의 1을 귀양지에서 보낸 사람이다. 선왕 시절 내내 도성 출입이 금지된 인물이었다. 을유년(1705년)이라고 기억된다. 남해에서 제주도로 귀양을 간 뒤 그곳에서 5년 동안 제주목에 가 귀양살이를 했다고 한다.

내가 김춘택이 죽었다고 보고 받은 것은 정유년(1717년) 4월이었을 것이다. 그때 나는 모후와 함께 사가로 쫓겨나 있을 때였다. 쫓겨난 이유가 김춘택에 의한 것이었고 보면 그에 대한 관심이 없었다면 거짓말이었다.

그래 찾아보았더니 그의 사십대 행적은 그 자취를 찾기 힘들 만큼 묘연했다. 이십대 중반 갑술환국(서인정국)을 주도하고 삼십대 중반부터 마흔여덟 죽을 때까지 귀양지를 떠돌았다고 하니 말이다. 그러다가 객지에서 숨을 거두었다는 것이다.

생각해보면 불쌍한 사람이다. 그 소식을 들은 모후는 그날부터 이상하게 슬금슬금 앓기 시작했다. 어쩌다 모후의 궁으로 가보면 모후는 무슨 생각을 하는지 혼이 나간 사람 같았다. 그러다가 채 일 년이 안 된 다음 해 3월에 피를 토하고 죽었다.

사람들은 부왕의 역정에 못 이겨 자진한 것이 아니냐고들 했다. 마침 모후의 궁 가까이 있던 내가 창의동 사제로 달려갔을 때 모후는 꾸역꾸역 피를 토하고 있었다. 49세의 나이로 궁궐 보경당이 아닌 창의동 사제에서 생을 마감한 것이다.

어머니가 죽고 난 후 유품을 정리하다가 이상한 초상화 한 장을 발견했다. 내가 종이를 펼쳐보니 바로 김춘택의 얼굴이었다. 그것이 끝이었다. 나는 모후가 김춘택을 그리워하다가 상심해 죽었다고 생각했다. 그래서 나는 김춘택의 얼굴과 내 얼굴을 비교해보았다. 분명히 내 얼굴은 부왕 숙종을 닮지 않았다. 유감스럽게도 김춘택을 그대로 닮아 있었다.

높은 산근. 쌍꺼풀 없이 찢어진 눈. 그 눈길 속에 깃든 변덕스러울 것 같은 성정의 기운까지, 거기에다 수염도 똑같았다. 부왕은 수염이 없는데 김춘택의 깐깐해 보이는 얼굴선과 턱수염은 그대로 내게 옮겨놓은 것 같았다. 그래서 이인좌가 부왕에게 없는 수염이 어찌 그대에게는 있는가 하고 물었던 것이다.

또 있었다. 부왕도 김춘택을 잡아다가 죽이지는 못했고 나 역시 죽이지 못했다는 사실이다. 아마 부왕은 노론의 눈치를 보느라 그랬을 것이다. 나 역시 그랬다. 세상이 온통 내 근본을 의심했을 때 그를 잡아다 죽이고 싶었지만 이상하게 죽이고 싶지 않았다. 오히려 그를 죽여야 한다던 자를 죽였으니 말이다. 선의왕비의 밀령을 받은 이인좌가 난을 일으켰을 때 그 난에 가담한 백성들, 20만 명이 넘는 백성들을 모두 죽였지만 그는 죽이지 못했다. 오히려 그런 명을 내린 선의왕비를 독살해버렸다.

늘 내게 지아비를 죽였다고 눈을 치뜨던 여자였다. 결국 그녀는 내 자식을 독살했다. 그래 죽인 것이다. 그녀가 머무는 어조당으로 갔을 때 굳이 내가 죽이지 않아도 그녀는 아사 상태였다. 독한 여자였다. 세상에서 가장 하기 힘들다는 자살. 굶어 죽어가고 있었다. 그래도 그녀를 죽이고 말았다. 내 자식의 영혼을 위해서.

사람들은 모두 나를 욕했다. 형님을 죽이고 형수마저 죽인 사람. 그러면서 손가락질 했다. 하지만 나라고 심사가 편하지는 않았다. 그랬다. 그 바람에 평생을 괴로워했다.

지금 세자가 살아있다면 어떠할까? 그때처럼 세자를 죽일 수 있을까? 여전히 노론의 무리들은 세자를 죽여야 한다고 주장할 것이다. 세자는 그걸 알면서도 소신을 굽히지 않을 것이고. 굽히기는커녕 삼정승이 죽었다는데도 평양에서 청나라 사람들을 만나 변란을 일으킬 모의를 할 것이다.

그러나 그도 정작은 모르고 있는 것이다. 자신이 어떻게 해서 죽게 되었는지.

이제 세손에게 나라를 맡겼지만 언제 어느 때 물어올지 모른다. 결정은 내려야 할 것이다. 종묘사직을 위해 더 이상은 미룰 수 없다.

어찌 세손이라고 모르겠는가.

이 모든 비극이 무엇으로부터 촉발된 것인지. 김춘택, 그 사람 때문이라는 것을. 김씨의 나라를 만들기 위한 욕심이 이런 비극을 초래했다는 것을.

부왕이 어머니와 나를 사가로 내쫓아버렸을 때 어머니는 말했다. 부왕이 우리를 죽일 것이라고. 희빈 장씨도 그렇게 모질게 죽인 사람이 어떻게 우리를 용서하겠느냐고. 아들이 다른 이의 씨라고 하는데 살려둘 사람이 어디 있겠느냐고. 궁에서 내쫓는 것도 모자라 살던 집이 너무 크다며 사가의 집을 국고로 환수시킬 때부터 그런 기운이 돌았다. 지금은 신하들과 백성들의 눈이 있어 살려두지만 언젠가는 죽일 것이라고 했다.

그래서 그 아비를 먼저 죽일 수밖에 없었다.

아아, 생각하고 싶지 않다. 분명한 것은 그 사실을 경종 형님은 알고 있었고 나중 사도세자도 알고 있었다는 사실이다.

아아, 그런 아비를 바라보던 아들. 사도세자. 그 경멸어린 표정. 그렇지 않고서야 어찌 이 아비에게 목숨을 내놓고 눈을 치뜰 수가 있었을까.

참으로 서글퍼진 모습으로 앉아 긴 생각에 잠겨 있던 영조는 한숨을 쉬며 서편 하늘을 바라보았다.

내게 죄가 있는가. 죄가 있다면 그들을 아낀 죄밖에 없는 것을.

풍안 3

l

— 꼽추와 그 여자가 죽었다고?

— 그렇습니다.

— 그들이 왜 죽어?

— 그걸 내가 어이 알겠습니까.

— 이런, 개자식.

이평전이 정보장을 발길로 걷어찼다.

결국 죽고 말았는가. 운심도 함께 죽었다고? 검계에 있을 때 성하를 살리기 위해 찾아온 운심을 처음 보았다. 장대장의 뒤를 이어 향도계를 맡은 지 얼마 되지 않아서였다. 운심이 무릎을 꿇고 말했다.

— 연유는 묻지 마시오. 나는 안동 김씨이며 그 본이 광산 김씨인

김한충의 손자 김돈새의 딸이오. 아마도 이런 만남은 우리의 선조 때도 있었던 모양이오. 두 김씨의 후손들이 손을 잡아 김씨의 세상을 만들겠다는 일념 하나로 김춘택을 도와 영조의 신임을 얻어 내 아비는 병조판서가 되었소.

— 광산 김씨의 종재기라…….

이평전이 되뇌었다.

여인이 눈을 치뜨고 사납게 노려보았다.

— 그러하오.

— 웃기는구나. 내 아비는 김씨의 세상을 위해 제주목에서 죽었느니라.

— 그렇게 죽으나 병조판서로 배신당해 죽으나 마찬가지 아니오.

— 다르지. 그래도 나는 김씨의 세상을 원하고 있고, 이제 너는 그 임자를 죽이려고 하는 것이다.

— 내 사람을 살려주시오. 그는 안동 김씨도 아니고 광산 김씨도 아니오. 허나 그 아비도 김씨의 세상을 위해 목숨을 바쳤고 그로 인해 죽어가고 있소. 나도 엄연히 장대장이 받아들인 검계의 일원이오. 이제 당신이 이곳을 맡았으니 그를 살려주시오.

두 김씨 성받이들이 성하를 살려내고 보니 이미 그는 고신에 꼽추가 되어 있었다.

2

이의충의 동태를 살피던 대원이 가져온 정보에 의하면 그들이 미로굴을 향해 떠났다고 했다. 그럼 무엇인가 그곳에 있다는 걸 알아낸 것이 분명했다.

— 성균관을 통해 들어갔다고?

이평전이 물었다.

— 그럼 우리는 반수를 통해 들어가자.

이제 막바지다. 때를 놓친다면 기회는 없을 것이다. 반수! 그 물길이 천리라 해도 가야 할 것이었다. 어떻게 살아왔던가. 김씨의 세상을 만들기 위해 이씨 성을 얻었다. 이름도 바꾸었고 얼굴도 가리고 살았다.

그들 무리가 반수를 따라가기 시작했다.

이평전의 번뜩이는 눈빛만큼이나 물 바닥이 햇살에 번쩍였다. 주위의 산들은 햇살이 터진 공간과 덮인 공간에 의해 음울했다.

반수의 원천인 호수에 닿은 것은 오후 무렵.

— 저기 성균관 아닌가?

이평전이 물었다.

— 맞습니다.

— 맞아, 이 반수가 성균관을 싸고도는 것이야.

그들은 이내 그 호수 끝자락에 자연적으로 발생된 굴에 닿았다.

— 가자.

반수는 깊지 않았다. 말들의 정강이 정도였다. 물이 더 얕아지고 강기슭 중턱에 암굴이 하나 숲에 가려진 것이 보였다.

ㅡ굴 입구입니다. 이 굴이 맞다면 성균관과 연결되어 있을 것입니다.

이평전은 말에서 내렸다.

ㅡ굴입구는 강물의 범람을 막아 높은 곳에 있을 것이야.

그렇게 말하고 이평전은 강을 벗어나 오르막길을 오르기 시작했다. 대원들이 그의 뒤를 따랐다.

3

세 사람은 암굴 속으로 들어섰다. 의충과 정목인보다 앞서 걷고 있는 오길의 발길이 빨라졌다. 소롯길처럼 뚫린 공간 너머에 동방이 있는 것 같았다.

동방은 의외로 넓었다. 석순이 자라는 동굴은 아니었다. 그래서인지 암굴이 삭막했다. 동방을 싸고 있는 것은 들쑥날쑥한 암벽뿐이었다. 풀 한 포기 보이지 않았다. 햇살 한 줌 들지 않는 곳이고 온통 바위로 이루어졌으니 그럴 수밖에 없었다. 동방 끝머리에 소롯길처럼 뚫린 통로가 보였다. 그들은 동방을 가로질러 좁은 통로로 들어섰다. 통로는 끝이 없어 보였다. 구불구불…….

굴 입구로 들어오던 빛살이 희미해질 무렵 앞서 걷던 오길이 멈추어섰다. 오길이 바라보고 있는 곳으로 시선을 던지다가 그들은 눈을 크게 떴다. 또 하나의 동방이 아닐까 하는 바로 그 지점 동방 벽을 향해 앉아 있는 사람의 모습이 보였기 때문이었다.

저 사람이 누군가?

오길이 눈을 껌뻑였다. 벽을 향해 앉은 사람의 얼굴이 움직이지 않는 것으로 보아 시선을 어딘가 붙박은 것 같았다. 그는 암벽에 어깨를 기대고 앉아 있었다.

그는 전혀 이쪽을 의식하지 못하고 있었다.

— 여자 같은데요?

정목인이 여인을 발견하고 의충에게 말했다.

— 그런데요.

의충이 대답하며 다가갔다. 두어 발짝 떼어놓았는데 바로 건너편에 사내 하나가 고개를 숙이고 암벽에 등을 기대고 앉아 있는 모습이 보였다. 사지를 늘어뜨리고 고개를 숙인 모습이 죽은 게 아닌까 싶었다.

그제야 의충은 혹 이들이 이한조의 딸 가선(이미앵)과 이문적이 아닐까 하는 생각이 들었다.

의충은 여인에게로 되돌아와 자세히 살펴보았다. 나이가 꽤 들어보였다. 이한조 사예의 딸 가선이 맞다면 여승이어야 한다. 그러고 보니 맞다. 스님들이 입는 법복이다. 하지만 머리가 많이 자랐다. 그래도 얼굴을 살펴보니 언젠가 초상화에서 본 여인이 맞다. 그녀의 집에서 보았던 초상화의 임자.

그녀가 왜 여기 있단 말인가. 검고 긴 머리. 동근 콧날.

정목인이 머뭇거리다가 사내를 향해 다가갔다. 날선 눈매와 각이 진 얼굴, 그 얼굴의 반은 시커먼 수염에 뒤덮혔다.

그들이 다가가 살펴도 가선이나 이문적은 의식치 못하고 있었다.

그녀 앞으로 다가간 의충이 그녀를 불렀다.

— 가선 스님?

— …….

— 이보시오 이미앵 씨, 이미앵 씨 맞습니까?

그녀는 아무런 대꾸가 없었다. 여전히 먼눈이 된 채 벽만 바라보고 있었다. 안되겠는지 정목인이 꼿꼿하게 결가부좌한 이문적 쪽으로 다가들었다. 그는 이미 이문적이 죽어 있다는 사실을 알아챈 것 같았다.

정목인이 고개를 내젓자 의충이 죽었느냐고 눈으로 물었다.

정목인이 고개를 끄덕였다.

의충은 잠시 섰다가 그녀를 향해 다가들었다. 그러고는 그녀의 어깨를 두어 번 흔들었다.

— 이보시오, 이미앵 씨!

— …….

여전히 그녀는 아무런 반응도 보이지 않았다.

의충이 그녀의 가슴께로 귀를 가져다댔다.

그제야 그녀가 언뜻 흔들리는 것 같았다.

뒤이어 그녀의 입술이 움직였다. 눈을 여전히 벽에 붙박은 채로였다.

— 오셨군요?

그녀는 기다리고 있었다는 듯이 말했다.

— 이미앵 씨? 아, 아니, 가선 스님?

정목인이 겁에 질린 음성으로 그녀를 불렀다.

— 가선 스님 맞습니까?

의충의 물음에 그녀가 고개를 끄덕였다.

— 그래요. 제가 가선이에요. 오실 줄 알았지요. 하지만 잘못 오셨어요.

— 여기는 어쩐 일입니까? 그대는 이한조 사례의 딸 아니오?

— 그래요, 내 아버지는 이한조란 사람이에요.

— 그런데 왜 여기 계시는 겁니까?

그녀가 묻고 있는 의충을 쳐다보았다.

— 그대가 이의충이라는 분이군요? 맞아요. 그대로네요. 용파대사 그분의 초상을 본 적이 있었어요.

의충이 할 말을 잊고 멍하니 입을 벌렸다.

— 내가 왜 여기까지 왔느냐고요? 그야 용파대사가 숨긴 성물을 찾기 위해서이지요.

— 그게 뭡니까?

정목인의 물음에, '비화밀경' 하고 그녀는 짧게 대답했다.

— 비화밀경?

정목인이 되뇌었다.

— 그래요. 밀법의 성전이죠. 신돈 성사가 남긴.

이게 어떻게 된 거야, 하는 표정으로 오길이 앞으로 나섰다.

— 이보시오. 우리는 여기 비화밀경인가 뭔가 하는 걸 찾으러 오

지 않았소.

— 그럼 그 어함을?

— 맞소.

— 그렇군요. 용파대사는 그 어함과 함께 비화밀경을 함께 숨겼지요. 그 어함 그렇게 중요한 건가요?

— 무슨 소리요?

— 여기까지 오셨으니…….

— 그럼 어함을 찾으러 온 것이 아니오?

정목인이 나섰다.

— 물론이에요. 저 같은 니승이 어함 같은 거 찾으면 뭐하겠어요. 신돈 성사가 서장에서 우리들을 구할 경전을 가져왔지요. 하지만 아직 세상을 보기에 이른 경이었어요. 그래서 용파대사는 세상이 그 경을 이해할 수 있을 때까지 숨긴 겁니다. 인연 있는 이가 나타나 찾아낼 것을 알기에. 아버지 역시 그 경을 찾아내었지만 아직도 세상에 나아갈 경전이 아니라는 걸 알았지요. 그래서 유가의 전당인 이곳에 숨기려 했는데 마침 어함이 손에 있었어요. 처음에는 훔쳐낼 생각이 없었지만 영조 임금이 하도 못난 짓을 해대니까 정신을 차리게 하려고 그랬다는데, 아무튼 그래서 어함과 경전이 함께 숨겨진 거라고 하더군요. 그러나 아니었어요. 평소 아버지에게 말을 들은 것이 있어 어떻게 여기까지 오긴 했지만 역시 아니었어요. 저길 보세요.

셋이 그녀의 눈이 가 머문 곳을 보았다. 그저 평범한 암벽이었다.

─ 암벽 아니오?

정목인이 묻자 그녀가 고개를 내저었다.

─ 석방의 문이지요. 하지만 그 누구도 열 수 없는 것이지요.

─ 열 수가 없다니……

그러면서 정목인이 암벽 앞으로 다가갔다. 암벽을 살펴보던 그가 놀란 얼굴로 의충을 돌아보았다.

의충과 오길이 다가갔다. 여전히 거대한 암벽이었다.

─ 그 누구도 저 암벽을 열 수는 없지요. 그 암벽을 열게 할 수 있는 것은 오로지 사랑의 결정체만이니까요.

가선이 말했다.

─ 그게 무슨 말이오?

이번에는 의충이 물었다.

─ 보이지 않나요? 석벽 맨 위에 양각된 비해(秘解)라는 글이…….

세 사람의 눈이 석벽 위를 살폈다. 희미한 글자가 보이는 것 같았는데 무슨 자인지 알아볼 수가 없었다. 그 아래 길게 패인 홈 하나가 보였다.

─ 그게 뭐 같아 보이나요?

세 사람의 눈이 커졌다.

─ 홈통 같지만 고리이지요. 그곳에 손을 집어넣어 석벽을 열 수 있을까요?

말을 마친 그녀의 입가에 웃음이 물렸다.

─ 그것을 보는 순간 난 알았어요. 내 아버지가 늘 말하던 피리. 용

파대사의 피리, 언젠가 임자가 오면 주리라던 그 피리. 그 피리가 바로 그 문을 열 수 있다는 것을 말이에요. 나는 그가 누구냐고 했죠. 그렇게 소중하다는 그 피리의 임자가 누구냐고.

— 이걸 말하는 건가요?

의충이 주루먹에서 상자를 꺼내 속에 있던 피리를 여인에게 내밀었다.

여인의 눈이 순간 피리에 멎었다. 그녀의 눈빛이 물살처럼 흔들렸다. 그러다가 그녀는 잠시 후 평정심을 되찾은 듯 시선을 돌렸다.

— 아버지는 언제나 말했죠. 그 피리의 임자가 문을 열 것이라고.

그렇게 말하고 그녀가 희미하게 웃었다.

왕조의 그늘 2

날이 찼다. 영조의 얼굴이 백짓장처럼 얼어붙었다. 그는 백치처럼 묵묵히 앉아만 있었다. 흡사 오래도록 굶주린 것처럼 얼이 빠진 모습이었다.

세손이 약을 받쳐든 어의와 함께 침전으로 들어와 보니 영조는 그런 모습으로 앉아 있었다.

— 할바마마.

영조가 인기척을 느끼고 돌아보았다.

— 누구냐?

완전히 사람을 알아보지 못하는 음성이었다.

— 할바마마, 왜 또 이러시옵니까?

― 아, 누구냐니까?

영조가 신경질적으로 물었다.

― 세손이옵니다. 저를 몰라보시겠사옵니까?

― 그대가 세손이라니?

무슨 소리냐는 듯이 영조가 멍하니 물었다.

세손의 눈에서 눈물이 터져 흘렀다.

어제 모처럼 정신이 돌아왔는지 병권을 움직일 수 있는 감국권과 부절 승인권한을 넘기며 이렇게 말했었다.

― 올해 짐이 금상에 앉은 지 몇 해더냐?

― 할바마마, 51년이옵니다.

세손이 잠시 계산해보고는 그렇게 말하자 영조의 입에서 허허한 음성이 흘러나왔다.

― 그렇구나. 그렇게 되었구나. 세손아, 똑똑히 들어라. 가끔 정신이 혼미할 때가 있으니 말이다. 내 잠꼬대 같은 헛소리를 할지라도 마음에 담지 말고 네가 막아라.

― 할바마마, 어찌 그리 나약하신 말씀을…….

― 인생은 오고 가는 것. 갈 때가 된 것 같아 하는 말이니라. 대답하라. 그러겠다고.

― 명심하겠사옵니다.

그렇게 아뢰고 세손은 직접 어의에게 약을 받아 영조에게 올렸다.

영조가 말없이 약을 받아 마셨다.

그 길로 물러나와 어의에게 병의 자세한 내막을 다시 들었다.

— 이상하지 않소. 어떤 때는 멀쩡하다가 저러시니 말이오.

— 아뢰옵기 황송하오나 그 병이 그렇사옵니다. 때로 정신이 돌아오면…….

— 정말 매병이 확실하오?

어의가 황급히 부복했다.

— 정신이 자꾸 희미해져가고 있사옵니다. 감정의 기복이 심하고, 망상, 환각 등 일종의 정신퇴행질환이라 헛소리를 하시고 또 꿈인가 생시인가 하다가 얼이 빠져 백치 상태가 되는 것이옵니다.

— 정녕 나을 수 없겠는가?

— 말씀 올리기 황송하오나 노환으로 온 매병은 돌이킬 수 없는 병이옵니다.

생각에 잠긴 채 세손은 자신을 알아보지 못하는 영조를 올려다보았다.

— 할바마마, 정녕 세손을 알아보지 못하시겠사옵니까?

— 그래서 묻지 않는가. 누구더냐?

— 할바마마.

세손이 울부짖었다.

궤

1

　먼지를 완전히 털어내고 나서야 석벽으로 피리가 들어갔다. 그러자 돌가림막이 내려와 피리를 막았다.

　이내 지축이 흔들리기 시작했다. 석벽이 열릴 줄 알았는데 갑자기 뒤로 물러났다. 움직이는 물체를 보았더니 그것은 벽이 아니었다. 석문이었다. 그것이 엄청난 소리를 내며 물러가고 나자 뒤이어 거대한 석실이 밑에서부터 올라오기 시작했다. 딱 사람 하나가 들어가 결가부좌하기 좋도록 만들어진 석실.

　그들은 보았다. 거기 사람은 없었다. 붉은 방석이 하나 놓였고, 그 위에 궤 하나와 경전 한 권이 오롯이 놓여 있었다. 먼지가 그것들을 싸고 있었으나 형태는 분명했다.

석실이 올라온 곳은 그대로 천길 벼랑이었다. 천길 벼랑에 석실을 받치고 있던 것은 도대체 무엇이었을까.

의충이 그런 생각을 하는데 한순간 하종사관의 음성이 그들을 사로잡았다.

— 모두들 그 자리에서 움직이지 마라.

정목인은 시선을 돌리다가 깜짝 놀랐다. 오길이 어함으로 손을 뻗치려다가 엉거주춤 돌아보았다.

종사관이 능글능글 웃었다.

— 같이 이 문제를 풀자고 옷고름 잡을 때는 언제고 우리를 버리고 떠나다니, 그대들을 뒤쫓아 오면서 배운 것도 많았지. 계속 지켜보고 있었으니까. 자, 나도 그 궤에는 관심이 있지. 그 궤만 있다면 입신출세야 따놓은 당상 아니겠는가. 아니 반대파에게만 넘겨줘도 포청 생활 같은 건 안 해도 되겠지.

— 하종사관, 미쳤어?

정목인이 소리쳤다.

— 흐흐흐, 미쳤지. 이곳에서 그대들을 보내버린다 해도 감쪽같을 테니까 말이야. 어떻게 그대들을 찾겠는가. 자, 천천히 어함을 이쪽으로 가져오시지. 아니, 그럴 필요가 없겠군. 그대들을 먼저 처치하면 자연히 그것은 얻을 수 있는 것이지.

종사관이 칼을 빼들었다.

그때였다. 사나운 바람소리를 내며 비수 하나가 종사관의 가슴에 꽂혔다.

윽!

의충은 눈을 감았다.

정목인이 맞은 것인가?

그런 생각을 하는데 갑자기 정목인의 음성이 들려왔다.

— 아니, 사예님!

뒤이어 비명을 지르며 종사관이 풀썩 엎이졌다.

의충이 눈을 떠보니 황색 법의를 머리까지 둘러쓴 사내가 눈앞에 있었다. 천천히 얼굴을 가린 천을 벗자 사예 박필조였다. 지금까지 궤를 찾으라고 독려하던 바로 그 사람. 그 박필조가 비수를 겨누고 서 있었다.

— 그토록 찾아 헤매던 곳이 결국 여기였군. 내가 미련한 놈이었다. 골머리 썩지 말고 차라리 성균관을 통해 들어올 것을. 굴이 무너져 부하들을 잃고 말았으니.

— 박필조 사예?

의충이 멍하니 뇌까렸다.

— 그래 범인을 잡으셨나? 이한조가 그대의 작은아버지지. 그를 죽인 자를 알고 싶나? 바로 김이상이었어.

김이상이라면 사예 이한조를 모시던 학록이다. 이한조 사예가 시해되던 날 범인을 추격하다 실신한 끝에 정신을 차리지 못하고 있는.

생각이 거기까지 미쳤는데 박필조의 웃음소리가 들려왔다.

— 김이상이 누군지 아나? 바로 김춘택의 씨종자였지. 김춘택의 핏줄. 그래서 영조를 도운 것이야.

— 도대체 그대는 누구요?

의충의 물음에 박필조가 흐흐, 하고 웃었다.

— 나? 이곳 사람들은 나를 이평전이라고 부르지.

— 이평전? 그럼 박필조가 당신?

— 으하하하, 그랬지. 평생을 이렇게 살았어. 성균관에서 사예짓
하랴, 향도계 이끌랴, 본래 성을 버리고 두 성씨를 얻어 두 집 살림
이 쉽지 않더구만.

— 그러니까 향도계를 이끄는 검계의 두목이 성균관에 벼슬아치
로 들어앉아 모든 걸 조종하고 있었다? 그래서 복면을?

— 허허, 이제야 말이 통하는군.

한순간 김이상의 방에 쓰여 있던 김춘택이란 이름자가 의충의 뇌
리를 스치고 지나갔다.

— 그래서 학록을 시켜 이한조 사예를 죽였다?

— 그놈에게 이한조가 가진 궤를 찾아오라고 했더니 결국에는 이
한조를 죽여놓았지 뭔가. 그래 실패한 책임을 물어 반쯤 죽여 꼽추
가 학궁 입구에 갖다버린 것이야. 자, 이제 마무리를 지어야겠지. 그
궤 이리로 가져오시는 것이 좋을 게야.

— 어쩌시게?

오길이 갑자기 이평전을 향해 나서며 고함쳤다.

이평전의 그림자가 언뜻 흔들렸다.

— 당돌하구만. 그건 용기인가 뭔가?

— 용기도 아니고 뭐도 아니야.

— 죽고 싶은가?

그렇게 말하고 이평전이 비시시 웃었다. 가소롭다는 표정이 역력했다.

— 잔말 말고 궤를 이리 넘기시지. 사람 죽이기에도 이제 신물이 났어.

오길이 궤를 꺼내 내려다보았다.

— 내가 이것을 넘길 거라고 생각하시나?

눈을 치뜨고 말하는 오길의 얼굴에 조소가 흘렀다.

— 역시 생긴 대로 노는군. 넘기지 않겠다면 목숨이 성치 못할걸.

그때였다.

귀를 찢는 소리가 동굴 안을 흔들었다. 뒤이어 천둥이 치는 듯한 소리가 이곳저곳에서 들려왔다. 지축이 흔들리는가 했더니 동굴 천장에서 흙먼지가 흘러내렸다.

흔들리는 동굴 내부를 휘둘러보던 이평전이 자세를 곧추 세우고 오길을 향해 비수를 겨누었다.

— 궤를 넘기라니까!

오길이 궤를 든 채 벼랑 앞으로 돌아섰다. 그러고는 얼굴을 이평전 쪽으로 돌리며 머리를 내저었다.

— 그렇게는 못 하지.

— 죽고 싶은가?

오길이 성물을 높이 들어올렸다. 그리고 침착하게 말했다.

— 내려다보니 천길 벼랑이군.

떨어뜨려선 안 돼! 의충이 속으로 소리쳤다.

이평전이 주춤했다. 그는 잠시 흔들리는 것 같더니 이내 감정을 수습하고는 빙그레 웃었다.

─ 꽤 담력이 세군 그래. 하지만 잘됐지 않은가. 우리들의 걱정은 그것이 세상의 빛을 보는 데 있었어. 그대가 버린다면 비밀은 영원히 사라져버리겠지. 그렇다면 이제 그대들을 죽이는 일만 남은 게 아닌가.

의충이 오길을 가로막았다.

─ 궤를 건네주겠다.

의충이 소리쳤다.

─ 안 돼요!

오길이 소리쳤다.

의충이 오길을 돌아다보았다.

─ 죽을 수는 없지 않은가.

─ 으하하, 이의충. 넌 어미를 살리기 위해 동지들을 배신했지. 나도 그 바람에 이리 되었다만 여전하군 그래. 역시 머리가 잘 돌아가.

그러자 오길이 나섰다.

─ 넘긴다면 궤는 저자의 손으로 들어가 영원히 폐기되고 말 걸 알면서.

─ 그것이 궤의 운명이라면 어쩔 수 없는 것이지.

두 사람의 실랑이를 듣고 있던 이평전이 비수를 던졌는데 다시 석굴이 흔들리고 천둥 치는 소리가 여기저기서 들렸다. 그 바람에 비수는 오길의 발밑을 퉁겨 어디론가 소리를 내며 날아갔다.

— 이거 왜들 이러시나. 난 이제 그것을 받을 마음도 없고 너희들을 살려줄 마음도 없어졌다. 이 동굴을 보아하니 곧 무너질 것 같은데 그럼 그대들과 궤는 영원히 같이 묻어주면 되겠군. 그렇게 의심스런 눈으로 날 볼 것은 없다네. 그동안 수고하셨소. 그대들의 힘이 크구려. 나는 그대들이 궤를 찾아내리라 알고 있었다오.

의충의 시선이 사예의 신발로 달려갔다. 분명했다. 녹피혜와 특이한 문양이 박혔을 징신을 신고 있었다.

— 그대들이었군.

말뜻을 알아들은 사예가 흐흐흐, 하고 웃었다.

— 이제야 눈치를 채셨나 보군.

— 대단하오이다. 그런데 임금이 내린 보검은 언제 손에 넣은 것이오?

— 용파대사의 그 보검? 으하하하, 나를 잘못 보았구려.

— 무슨 소리요?

— 내가 그 따위 칼이나 훔칠 위인으로 보았던가. 아니지. 아니야.

— 뭐가 아니란 말이오?

— 그 칼 오성의 단상에 놓여 있었지.

— 대단하오. 그 칼에 피를 묻힐 생각을 하다니.

의충이 비아냥거리자 사예가 손을 내저었다.

— 오해하지 마시게. 이한조 사예가 넘어지면서 오성이 모셔진 단상의 보를 잡아 당겼던 것이야. 칼이 떨어졌고 그걸 피 묻은 손으로

사예가 잡은 것이니까.

— 그럼 죽어가는 이한조 사예가 칼집에서 칼을 뽑았다는 말이군.

— 아니지. 본시 계성사에서는 잡귀를 물리치기 위해 칼을 뽑아 세워놓으니까.

모든 걸 알고 난 의충의 눈가에 핏발이 섰다. 그는 무섭게 오길의 손에서 궤를 뺏어 들고 사예 앞으로 돌아섰다.

— 그렇다면 그대에게 이 궤는 필요없겠구려.

의충이 상자를 벼랑 아래로 던져버리려고 손을 높이 쳐들자 이평전이 눈을 시퍼렇게 치떴다.

— 이의충, 그렇다. 나는 중간에 있었다. 노론과 소론. 그 사이. 어찌 나만이 그렇겠는가. 이 세상의 모습이 그러한 것을. 하나가 아닌가. 소론도 서인이요, 노론도 서인이 아니던가. 내가 궤를 원했던 것은 그것으로 새로운 이상 세계를 열어가기 위해서다. 진정한 서인의 세계를 만들어 나갈 것이다. 노론과 소론이 갈라지기 이전의 세계.

— 미친놈. 너는 어차피 김춘택의 씨가 아니냐. 이제 김춘택의 씨를 죽여 왕위에 오르겠다?

오길이 소리쳤다.

이평전의 손에 어느 사이에 칼이 들려 있었다. 그의 눈에서 눈물이 흘러내리고 있었다.

— 그래. 나는 김춘택의 핏줄이다. 그 세계를 지켜야 해. 이제 금상에 앉은 내 형제를 노론이 엎으려 하고 있다. 세손에게 이 나라를 맡겨놓을 수가 없다. 모두가 살기 좋은 나라, 인과 의, 예, 도가 바로선

청정한 나라. 이제 나는 그런 나라를 세울 것이다.

그의 칼날이 의충을 향해 겨누어졌다. 지축이 흔들리고 있었으므로 그는 흔들거리며 칼을 겨누었다. 조금 전보다 더 많은 흙가루들이 그들의 머리 위로 흘러내렸다. 천둥 치는 소리를 내며 동방이 갈라지는 소리가 들려왔다.

— 나는 그 궤를 원한다. 그 궤를 준다면 너희들의 목숨을 보장하겠다. 궤를 이리 가져오라. 어서! 뭐 하느냐, 정목인. 그 궤를 가져오너라.

정목인이 갑자기 발악하기 시작했다.

— 이 더러운 늙은이. 그래도 사람이라고 오늘날까지 정성을 다해 모셨거늘……. 도대체 이것을 어디에 쓰려고…….

— 흐흐흐, 네놈도 죽어야 말을 들을 모양이구나.

— 이, 이 미친 늙은이!

휙, 칼을 맞은 정목인이 그대로 가슴을 틀어쥐고 엎어졌다.

의충이 정목인을 향해 달려들었다. 그 바람에 궤가 바닥에 떨어졌다.

— 움직이지 마라!

이평전이 다가오며 오길에게 소리쳤다.

의충이 정목인을 안고 흔들다가 반응이 없자 일어났다.

이평전이 두 사람을 앞으로 밀어붙였다. 오길이 어쩔 바를 몰라 하며 의충을 쳐다보았다.

의충과 오길을 향해 이평전이 칼끝을 흔들었다. 궤로부터 물러나라는 뜻이었다.

둘이 물러나자 이평전이 궤를 향해 다가들었다. 그제야 궤 앞면에 자그마한 자물쇠가 달려 있는 것을 의충은 보았다.

한순간 이평전이 떨리는 손을 목으로 가져갔다. 황색 법의 속으로 손을 집어넣은 이평전은 목에 걸린 무엇인가를 툭 하고 뜯어내었다. 네모진 목걸이가 그의 손에 들려나왔다. 이한조 사예가 살해되고 난 후 하종사관이 이한조의 목에서 가져간 것이었다. 이상스런 문양이 있던 바로 그 목걸이.

이평전이 목걸이를 열쇠 구멍 사이로 밀어 넣었다. 사각의 목걸이가 열쇠구멍 속으로 들어갔다. 찰칵 하는 소리가 났다.

이평전이 한 손에 칼을 든 채로 한 손으로 뚜껑을 열었다. 이상한 냄새가 의충의 코끝을 자극했다.

안의 내용물을 내려다보는 이평전의 눈이 점점 커졌다. 의충이 고개를 빼고 궤 안을 들여다보았다. 밑바닥은 보이지 않았지만 아주 낡은 종이 같은 것이 차곡차곡 접혀 넣어져 있었다.

이평전은 천천히 종이뭉치를 집어 들었다. 종이는 손만 닿아도 금방 모래알처럼 바스러져 버릴 것 같았다. 그만큼 낡아 보였다. 이평전은 조심조심 맨 위의 장을 들어내었다.

종이는 네모로 접혀 있었다. 종이를 들어낸 이평전은 그것을 살며시 폈다. 글씨가 보였다. 육필문을 쓴 작자는 용의주도하게 종이를 사등분해 접고 칸의 선을 따라 종이를 네모지게 접은 것이 분명했다.

이평전이 글을 읽어 내려갔다.

글을 읽고 난 그가 고개를 갸웃했다. 그는 그것을 궤 안으로 아무렇게나 구겨 넣고 다음 것을 황급히 뒤져보다가 의충을 멀거니 쳐다보며 뇌까렸다.

— 이게 무엇이야. 이게 뭐란 말인가?

이평전이 갑자기 고개를 쳐들고 미친 사람처럼 웃기 시작했다.

— 으하하하, 역시 영조로다. 이 고양이 늙은이!

이평전이 허망하게 바위를 손으로 짚고 허리를 굽혔다. 허리를 구부리고 바위를 짚고 있던 그가 몸을 뒤틀며 허공으로 얼굴을 쳐들었다.

잠시 후 그의 입에서 처절한 절규가 흘러나왔다.

— 오오 성현들이시여, 미망에 찬 이 인간을 용서하소서!

그때 그들은 보았다. 먼눈이 되어 앉아 있던 여인이 무엇에 홀린 듯이 일어나 어함이 나온 곳으로 다가가는 모습을.

여인이 어함과 함께 놓였던 비화밀경을 집는 것 같았다.

— 오호, 비화밀경이로다!

분명히 의충은 들었다. 뒤이어 어질 흔들렸다.

오길이 이상하다는 생각이 들어 뒤를 돌아보다가 털버덕 엉덩방아를 찧었다. 회오리바람이 일었다. 그 바람이 동방에 부딪칠 때마다 천둥 치는 소리가 일어났다. 동방이 흔들리는가 했더니 무너지기 시작했다. 석주가 부러지고 석벽이 갈라지고 터져 나갔다. 천장이 내려앉기 시작했다.

고개를 쳐들고 있던 이평전의 몸이 어디서 굴러왔는지 모를 돌덩이에 절벽 밑으로 굴러 떨어졌다.

빛줄기가 일으키는 회오리바람은 의충과 오길을 향해 달려들었다. 오길이 몸을 피하며 상자로 손을 뻗치려는 것을 의충이 잡아끌었다.

─ 나가자.

동방의 천장에서 돌덩이들이 무너져 내리기 시작했다. 그와 함께 어함이 벼랑 밑으로 굴러 떨어졌다.

─ 안 돼!

오길이 소리쳤다.

순식간에 의충의 손이 어함을 낚아챘다.

그 순간 이평전이 궤에서 꺼내보던 종이가 허공에 걸려 달리다가 오길의 얼굴에 찰싹 달라붙었다. 오길이 그것을 벗겨들고 의충과 함께 뛰기 시작했다.

2

의충이 어함을 두 손으로 받쳐 올리자, '그것이냐?' 하고 세손이 물었다.

세손의 눈이 붉어졌다.

영조가 열어보지 말라던 궤를 여는 세손의 손길이 떨렸다.

궤 안에서 잡다한 것이 나왔다. 숙종 임금이 갑오년과 정유년에 내린 호적 단자 2장. 펼쳐보았더니 하나는 영조를 왕자로 인정한 어찰이었고, 숙빈 최씨 한성부 여경방 탄생 호적단자였다.

숙종 25년 기묘년 10월 24일 봉작 때 관의 교지인 관교. 숙종 38년 임진년 총관 관교. 같은 해의 녹패 1장. 영조 집권 당시 중요 문서들. 영조가 평생을 아꼈다는 보석은 거기 없었다.

세손은 문서들을 확인해 나가다가 문서 하나를 집어내 찬찬히 읽기 시작했다.

읽어나가는 세손의 손끝이 점차 떨렸다.

— 할바마마!

글을 읽고 난 세손의 입에서 울음이 터졌다. 할바마마가 왜 궤를 열어보지 말고 그대로 재궁에 넣으라고 했는지 그 이유를 알 것 같다는 생각을 하면서 세손은 울었다. 햇살 한 줄기가 그런 그를 달래듯 어깨 위에서 설핏 거렸다.

잠시 후 세손은 문서를 도로 궤에 넣었다. 궤를 닫는 손길이 사시나무처럼 떨렸다.

그는 끝내 오열을 못 참고 어깨를 들먹였다.

여기가 어디일까. 사위는 칠흑처럼 어두웠다. 어둠 속에서 가끔 새소리가 들렸다. 그것은 혈조의 울음소리처럼 섬뜩했다.

어두웠던 공간이 점점 밝아지기 시작했다. 사람들이 보였다. 혈조가 울고 있었다. 남의 새끼라며 밀어버리는 금상의 모습이 보였다. 그게 서러워 우는 어미가 보였다. 그 아비를 죽이고 아비가 사랑하던 고양이 금손이 죽어가고 있었다. 형제가 형제를 죽이고 그 가족을 죽이고 아들을 죽이고 백성을 죽이고……

아!

어느 한순간 세손은 눈을 떴다. 불꽃같은 무엇이 섬광처럼 빠르게 스쳐간 느낌이었다.

꿈을 꾸었구나!

무엇을 보았던 것일까.

자신이 어함에서 보았던 내용들이 그대로 반영된 꿈자리였다.

어느 날의 풍경이 세손의 뇌리를 스쳤다. 그 모습은 할바마마 영조가 금상에 앉고 나서도 세상의 손가락질로부터 벗어나질 못하고 있던 모습이었다. 울적할 때마다 경종 임금의 묘를 찾아 하소연을 하던 할바마마.

― 형님, 모두가 날더러 형님을 죽였다고 하옵니다. 제가 형님을 죽였사옵니까? 말씀해보세요. 벌떡 일어나 아니라고 말씀 좀 하시란 말입니다.

그럼 그 넋두리조차 거짓이었던 말인가. 이 모든 의혹이, 이 모든 비극의 근원이 거기 있었단 말인가.

일어나는 세손의 눈가에 핏발이 섰다.

아버지. 뒤주 속에서 죽어간 아버지. 그 모든 비극이 거기 있었단 말인가.

대왕의 고백

세손은 영조의 침소로 천천히 다가들었다. 내관이 오더니 정신이 돌아와 찾는다고 했기 때문이었다.

사관이 보이지 않았다. 내관의 말대로 영조는 모처럼 정신이 돌아와 있었다.

세손이 부복하자 영조가 누운 채, '궤를 찾았느냐?' 하고 물었다.

어느 사이에 음성도 생기에 차 있고 정상이다.

— 그러하옵니다.

영조가 상체를 일으키려고 하자 내관이 달려들어 일으켜 앉혔다.

영조는 가까스로 손을 들어 올려 세손을 향해 까닥였다.

— 그것이냐?

세손이 곁에 놓은 궤를 보며 영조가 물었다.

—그러하옵니다.

—이리 가져오너라.

세손이 궤를 올렸다.

영조가 그 궤를 열었다. 갈퀴 같은 손끝이 떨리고 있었다. 궤 속을 들여다보는 영조의 눈빛이 붉어지면서 천천히 미소가 떠돌았다.

세손은 자신도 모르게 어금니를 씹었다.

할바마마의 대답을 직접 듣기 위해서라면 어떡해야 하는 것일까. 숙종 할바마마가 내린 호적단자가 어함 속에 들어 있다고 모든 것이 끝난 것은 아니다. 진실 여부는 할바마마의 입에서 직접 들어보는 수밖에 없다. 그렇다면 목숨을 걸어야 할 것이었다.

할바마마의 성질로 보아 만약 그런 말을 입에라도 올렸다면 그대로 죽음을 각오해야 할 것이다. 제 아들을 뒤주에 넣어 죽이는 사람이 무엇을 두려워하겠는가.

그렇다고 이대로 물러설 수는 없는 일이다. 오늘을 놓친다면 그것으로 끝이었다. 평생을 계속 의혹 속에서 살아야 할 것이었다.

그런 생각이 들자 세손은 이대로 물러서서는 안 된다는 생각에 허리를 세웠다. 오늘 이 기회를 놓친다면 살아생전 그에게 어떤 대답도 들을 수 없을 것이었다. 어찌 죽음을 각오하지 않고 그 대답을 들을 수 있겠는가.

냉정히 판단해보면 할바마마의 세상은 끝난 것이나 마찬가지다. 할바마마는 예전의 임금이 아니다. 이빨 빠진 호랑이다. 이미 노론이나 소론이나 권력의 실세가 누구인지 알고 있다. 그렇기에 서로 눈치나 보고 있는 세상이다.

할바마마가 이제 와 왕위를 뒤엎는다 하더라도 이미 세상은 수중에 들어와 있다. 그런 마당에 이 기회를 놓친다면 결코 마지막 대답을 얻어낼 수 없을 것이다. 이미 할바마마의 목숨은 경각에 달려 있다.

마지막 기회였다. 뒤주 속에서 참혹히게 죽어가던 아버지를 생각해야 한다. 아버지를 위해 참아왔던 세월. 그 세월을 버릴 수 없는 일이 아닌가.

병자답지 않게 훈훈하게 웃던 영조가 감상에서 벗어나며 상자를 세손에게 내밀었다.

— 열어보지 말고 보관했다가 나 가거든 재궁 속에 넣어 묻어다오.

— 할바마마!

— 물러가거라.

세손이 대답 없이 부복하고만 있자 누우려다 말고 이상하게 생각한 영조가, '왜 그러느냐?' 하고 물었다.

그제야 세손이 고개를 들었다.

— 할바마마, 실은…….

영조가 실은 왜, 하는 표정을 지었다.

— 실은…….

— 왜 그러느냐?

— 더는 기다릴 수 없어 그러하옵니다.

— 더 기다릴 수 없다니? 뭘?

이상하다는 표정을 지으며 영조가 물었다.

— 할바마마, 먼저 주위를 물리쳐주옵소서.

세손은 마음을 굳히고 전신에 힘을 주어 말을 뱉어내었다.

— 왜 그러느냐, 세손?

— 여쭐 것이 있사옵니다.

순간 영조는 기어이 올 것이 왔구나 생각했다.

그는 주위를 물리쳤다.

— 말해보라. 무엇이냐?

— 꿈을 꾸었나이다. 바로 아바마마의 꿈이었사옵니다.

영조의 미간이 저절로 찌푸려졌다.

세손은 영조의 흔들리는 감정을 느낄 수 있었지만 그대로 밀고 나갔다.

— 왜 갑자기 그놈 타령이냐? 말하고 싶지 않구나.

영조가 눈을 감으며 홱 고개를 돌려버렸다.

— 할바마마, 그래서 드리는 말씀이옵니다.

— 그래서라니?

영조가 고개를 돌리며 되물었다. 그의 눈이 싸늘했다. 도대체 네놈이 무엇을 물으려고 작정을 하고 달려드는 것이냐 하는 표정이었다.

— 오늘이 아니면 아니 될 것 같아서 솔직하게 물어보는 것이옵니다.

— 무슨 소리냐? 내가 뭐 이상한 헛소리라도 하더냐?

황급히 세손이 머리를 바닥에 대었다. 그는 기어들어가는 소리로 아뢰었다.

— 할바마마!

— 말하라. 내가 무슨 말을 하더냐?

— 할바마마, 바로 제 선친의 말을 하시고 계셨습니다. 할바마마
의 말을 들으려고 해서 들은 것이 아니오라…….

영조가 고개를 돌리고 있다가 성가시다는 얼굴로 돌아보았다.

— 내가 뭐라 했기에 그러느냐? 내 미리 너에게 부탁하지 않았느
냐. 정신이 혼미한 상태에서 내뱉은 말은 담아두지 말라고. 선포되지
않도록 네가 잘 막아달라고.

— 그러나 어제는 너무 이상한 말씀을 하시는지라…….

— 무엇을?

— 제 선친의 죽음에 대해서 말하시기에.

이놈 봐라, 하는 눈빛으로 영조가 세손을 노려보았다. 그리고 '짐
이 무엇이라 했기에?' 하고 물었다.

— 할바마마, 솔직히 어함을 찾으라는 할바마마의 명을 받잡고 궤
를 찾았나이다. 허나 사실은 할바마마가 우리에게 주신 의혹을 찾
고 있었다고 해야 옳을 것이옵니다.

— 내가 너에게 무슨 의혹을 주었기에?

— 그런데 어제 할바마마께서 그 말씀을…….

— 어제?

— 꿈을 꾸시는지 선친의 이름을 자꾸 불렀나이다. 그래 생각했나
이다. 선친을 그렇게 보낼 수밖에 없었던 할바마마의 심정이 오죽하
셨을까 하고. 그래서 이렇게 여쭙는 것이옵니다.

갑자기 영조의 눈빛이 매섭게 빛났다. 정신이 없을 때의 얼빠진 눈이 아니었다.

― 그러고 보니 알겠구나. 네놈이 궤를 찾고 있었던 게 아니라 나를 찾고 있었다 그 말이로다?

― 할바마마!

― 그래 좋다. 무엇을 알고 싶은 것이냐? 궁금한 것이 있으면 참지 못하는 너의 성미를 모르는 바 아니다. 말하라.

영조가 심기가 뒤틀린 음성으로 소리쳤다.

세손은 흠칫 놀랐으나 물러서서는 안 된다는 생각에 턱을 꼿꼿이 들었다.

― 사실이 그러하옵니다. 지금에 와 숨긴들 무슨 소용이 있겠사옵니까.

― 그러니 물으라 하지 않느냐.

영조의 어조에 칼날 같이 날이 섰다.

― 솔직하게 물어도 되겠사옵니까?

이때다 하고 세손은 이를 악물고 한 발짝 나아갔다.

― 남들은 날더러 음흉하다고 하지만 나도 가는 마당에 한 번이라도 솔직하고 싶구나. 물어보라. 허심탄회하게.

영조가 모처럼 가슴을 열 듯 호기 있게 말했다.

― 할바마마, 사실 늘 생각하고 있었나이다. 왜 선친이 뒤주 속에서 돌아가셔야 했을까 하고 말이옵니다.

예상은 했지만 설마 했던 물음이 세손의 입에서 터지자 영조는 눈을 크게 떴다가 갑자기 쩝 혀를 찼다.

─세손, 그것이 왜 갑자기 의심스러운 것이냐?

세손은 허물어지려는 심중을 곧추세우고 시선을 들었다.

─갑자기가 아니옵니다. 할바마마, 소저 그때 어렸으나 기억하옵니다. 선친이 돌아가시던 날 말이옵니다. 어린 제 생각에는 선친이 멀쩡했다고 알고 있사옵니다. 정말 제 선친이 미쳤기에 그렇게 죽인 것이옵니까?

듣고 있던 영조의 눈에서 불이 일었다. 그는 정말 얼이 빠졌던 병자의 모습이 아니었다. 금방이라도 번개가 치고 천둥이 눈 속에서 칠 것 같았다.

세손은 이를 앙다물고 버텼다. 이 기회를 놓친다면, 놓친다면 그는 그 생각만 하고 있었다.

─세손, 참으로 무례하구나!

결코 내뱉을 수 없는 말을 세손이 하고 있다는 생각에 영조는 일어나는 화를 삭이며 말했다.

─할바마마, 용서하시옵소서. 오늘만은 제발 용서해주시옵소서. 그리고 대답해주시옵소서. 저에게 정사를 맡긴 이상 알 것은 알고 넘어가야 후사가 없을 것 같사옵기에…….

─후사?

영조가 되뇌었다.

─그러하옵니다. 할바마마의 뒤를 이어 정사를 보려면 티끌만큼도 의혹 없이 나아가야 한다고 생각하옵기에. 그러함에도 어찌 선친

의 의혹을 가슴에 품고 선정을 베풀 수 있겠나이까.

그제야 영조의 미간이 풀어졌다. 그의 얼굴에 온화한 빛이 돌았다.

— 하기야 지금에 와 무엇을 숨기겠는가. 결과가 있으면 원인이 있는 법. 그래 물으라. 그 의혹에 거짓 없이 대답하리라.

영조가 그래도 세손 앞에서 할비의 체신을 잃지 않으려는 듯이 속을 숨기고 온화한 음성으로 말했다.

지금껏 어떻게 살아남아 이 나라를 다스렸는가. 그럼 세손은? 제 아비를 할비에게 잃은 세손은 이제 이 나라를 어떻게 다스려 나갈 것인가? 그것만 생각하면 세손 역시 자신의 전철을 밟을 것만 같아 오금이 저리는 마당이다. 그런데 이제 세손이 그 마디를 풀자고 한다. 언젠가는 올 줄 알고 있었지만 비로소…….

그런 생각이 들자 영조는 마음을 다잡았다. 이 나라, 세손을 위해서라도 풀고 갈 것은 풀고 가야 할 것이었다.

영조의 표정을 읽고 있던 세손이 그의 심중을 눈치채고 말을 이었다.

— 아무리 정신이 이상했다고 하나 어찌 꼭 뒤주에 넣으시었는지? 사사할 수도 있었고 유배할 수도 있었지 않사옵니까. 아니 다른 방법으로도 얼마든지 처리할 수 있는 문제가 아니었사옵니까. 그런데도 왜 꼭 뒤주여야만 했는지……?

작정을 하고 듣던 영조의 눈이 사납게 일그러졌다. 눈에서 불길이 쏟아져 나왔다. 뒤이어 입에서 귀신의 호곡 소리 같은 고함소리가 터져 나왔다.

— 세손! 아무리 참고 들으려고 해도 무례하다! 어찌 세손의 입에서

선왕의 치수를 그렇게 되물을 수 있는가? 네놈이 정말 죽기로 작정을 한 것이 아니라면. 이 할아비가 이제 허수아비로 보이는 것이냐?

눈을 감고 부복하고 있던 세손은 사시나무처럼 떨었다. 그러나 세손은 언젠가의 제 아비처럼 이 기회를 놓친다면 영원히 비밀 속에 누워 있을 것이라고 생각하고 있었다. 죽는 한이 있어도 그럴 수는 없었다.

— 할바마마, 용서하시옵소서. 할바마마의 병이 위중함을 모르는 바 아니오나…….

— 터진 입이라고 나오는 소리가 다 말이 되는 것이더냐.

— 그래서 이렇게 묻는 것이옵니다.

— 이놈! 네놈이 죽기를 각오하지 않고서야! 그래 좋다. 네놈이 물었으니 그럼 이제 내가 묻자. 왜 내가 하필이면 뒤주를 택했겠느냐?

오기에 치받힌 영조가 소리쳤다.

— 할바마마.

세손이 할 말을 잃고 멍하니 영조를 올려다보았다. 세손은 무슨 일일까 싶었다. 본시 성질이 오기스럽다는 걸 모르는 바 아니지만 북받치는 오기로 인해 질문을 되짚을 줄은 몰랐다. 매병의 특징인 감정장애. 감정의 기복이 심하다고 해도 그렇다. 분명히 그가 할 대답은 아니었다.

그렇게 생각하면서도 세손은 황망히 눈을 감았다. 오달지게 마음을 움켜쥐고 물었다.

— 할바마마께서 대답해주시지 않으신다면 저는 평생을 그 의혹 속

에서 정사를 돌봐야 할 것이옵니다. 그러하오니 대답해주시옵소서.

그렇게 말하고 세손은 바닥으로 납작 엎드렸다.

― 그래, 하자꾸나. 구중궁궐에 갇혀 한 번도 진실을 말해본 적이 없었느니라. 입만 열면 변명이요, 거짓을 말하고 있었으니 어디 해보자꾸나.

그러면서 영조는 언젠가의 꿈자리를 떠올렸다. 어허, 용하구나. 꼭 그날의 꿈자리 같지 않은가.

세손은 멍하니 그런 영조를 올려다보았다. 분명히 제정신이 아니라는 생각이었다. 그렇다면 여기서 그만두어야 한다. 이건 아니다. 아무리 모질다 하더라도 매병이 든 할아버지를 앞에 하고 이게 무슨 짓인가.

생각이 그러한데 입에서는 마음과는 전혀 달리 다음과 같은 말이 터져 나왔다.

― 그럼 말해주시옵소서. 소자의 모후 혜빈 말이옵니다. 선친의 죽음에 적극적으로 관여했다는 소문이 있사온데 사실이온지요?

영조가 부르르 떨었다. 그는 떨다가 북받치는 화를 토해내듯 입술을 달싹였다.

― 그렇다. 오죽했으면 그랬겠는가. 네 아비는 사람이 아니었느니라.

세손의 눈이 커졌다. 되돌려 묻는 그의 음성이 그 눈만큼이나 컸다.

― 사람이 아니었다니요?

영조의 눈이 새하얗게 뒤집어졌다. 그의 얼굴에 갑자기 파도처럼 광기가 일었다.

— 그만하지 못하겠는가. 참는데도 한계가 있거늘.

영조가 갑자기 곁에 놓인 물그릇을 잡아 세손을 향해 던졌다. 빈 그릇이 세손 앞에 소리를 내며 떨어져 굴렀다.

영조의 씩씩거리는 숨소리를 세손이 의식할 정도였다.

세손은 갑자기 이대로 목숨이 다할 것 같은 두려움에 휩싸였다. 한 번도 느껴보지 못한 공포였다. 세손은 꼭 어딘가에 들어앉은 것 같았다. 다락방? 아니 창고? 아아, 뒤주!

세손은 그만 눈을 감고 말았다. 그 속에 갇힌 아버지 사도. 그 아버지의 공포가 이랬을까 하고 생각했다.

세손은 고개를 내저었다. 분명히 감정을 조절하지 못하는 그놈의 매병이 살아나고 있었다. 하지만 물러서서는 안 된다고 생각했다. 그는 어금니를 지그시 물었다.

— 그래 네 아비는 사람이 아니었어.

— 할바마마, 정신이 잘못되었다는 것은 알고 있사옵니다.

맞장구를 치듯 세손이 말했다.

— 정말 제정신이 아니었어.

영조가 못을 박듯 소리쳤다. 그의 얼굴에 희미한 정한의 그림자가 스치고 지나갔다. 이상했다. 세손으로서 정녕 내뱉을 수 없는 말이라고 생각하면서도 영조는 화를 내기는커녕 갑자기 자신의 감정을 주체하지 못하고 있었다.

한동안 대답이 없자 세손이, '할바마마, 왜 그러시옵니까?' 하고 물었다.

영조의 일그러진 얼굴이 처연하게 세손을 내려다보았다.

— 세손, 필시 너는 이 할아비 죽는 꼴을 보자고 작정을 한 것이 분명하다. 그러나 가상하다. 죽음을 각오한 너의 신심이. 그렇다면 그동안 속을 숨긴 것이 아닌가. 속으로 칼을 갈고 있었다는 말이 아닌가. 허나 어찌 그렇지 않겠는가. 아비인 것을. 그래, 이제 와 숨기면 뭐할 것인가. 말해주마. 세손의 말대로 언제 또 이럴 수 있겠느냐. 사도세자. 말이 나왔으니 말을 하자. 생각해보아라. 내가 그렇게 죽이고 싶어서 죽였겠느냐. 솔직히 그때 그놈은 의대증이란 병을 앓고 있었느니라. 옷을 입지 못하는 병이었다. 왜 옷을 못 입겠는가. 바로 문디병에 걸려 있었기 때문이다.

영조의 청천벽력 같은 말이 떨어지자 세손이, '문디병?' 하고 펄쩍 뛸 듯이 놀라다가 뇌까렸다.

— 사실이었군요. 그 소문이……

— 흐흐흐.

웃는 영조의 눈가가 붉어졌다.

— 할바마마!

— 이제 정신이 드느냐, 세손. 네놈은 네 아비를 그대로 닮았다. 그래, 그게 핏줄이지. 언젠가 네 아비도 죽음을 불사하고 물었느니라. 그러나 짐은 알고 있다. 네가 네 아비와 그 심성이 다르다는 것을. 그러니 세손이 영특하게 현명하게 이 나라를 이끌어갈 것을. 내 오늘 모든 걸 밝힌다 하더라도 그것을 잘 여과시켜 이 나라를 튼튼하게 할 것을. 자고로 과거의 잘못을 오늘과 내일의 거름으로 써야

한다면 다행이지. 그래 어디까지 말하다 말았느냐? 아아, 그렇지! 네 아비는 피부병 중에서도 제일 더러운 병에 걸려 있었다. 종기가 난 곳에 옷이 닿을 수 없을 정도로 말이다. 그 고통이 오죽하겠는가. 하지만 누구도 세자의 병이 문디병이라고 말할 수 없었다. 그래서 세손 어미 혜빈도 안타까웠겠지만 차라리 미쳤다고 해버린 것이다. 왜 내가 모르겠는가. 그러나 짐은 그를 사랑했다. 그렇기에 대리청정도 시켰던 것이 아닌가. 그런데 노론이니 소론이니에 물들면서 점차 해서는 안 되는 꿈을 가지기 시작했다. 내가 모를 줄 알았겠지만 효종 임금이 못 이루신 북벌의 꿈을 꾸며 그분의 칼을 휘둘러댔으니 말이다. 그걸 상대편에서 가만 두겠는가. 그래서 노론에서 독을 주입한 것이야. 대국 어딘가에 가면 참파라고 하는 나라가 있는데 나병의 천국이라는 것이야. 그곳에서 나병을 일으키는 야생초를 대국을 통해 수입해온 것이야. 그걸 먹인 것이지. 그러니 옷을 입을 수 있겠는가. 그래 놓고 노론은 세자가 난잡한 생활을 해 그렇다며 미쳤다고 했다. 궁녀를 건드리고 여승을 업어와 겁탈했다고 했다. 난 불안해지기 시작했다. 이러다 우리 모두 다 죽이겠구나. 그래서 죽이기로 결심했던 것이야. 아들을 죽여 세손을 살리자고 생각했던 것이야. 아들도 죽일 수 있다는 걸 보여주려고 한 것이야. 여차하면 너희들도 죽는다. 이미 세손은 나이가 차 있었고 내가 뒤에서 조금만 잡아주면 될 것 같았으니까.

분명히 감정을 조절하지 못하는 매병의 증상이 그의 정신을 사로잡고 있는 것 같은데 세손이 보기에 할바마마는 줄광대처럼 묘하게 자신의 감정을 조절하고 있었다.

세손은 더 이상은 안 된다고 생각하면서도 그만 다시 묻고 말았다.

— 할바마마, 세상은 그렇게 생각하고 있지 않사옵니다.

— 무엇이라?

— 경종 할바마마께서 사시던 저승전에서 자란 아바마마께서는 숙종 할바마마와의 사이도 알고 계셨고 경종 할바마마의 사이도 알고 계셨다고 하옵니다. 그리고 선의왕후 할바마마의 사이도…….

— 방금 사이라고 했느냐? 그게 무슨 뜻이냐?

— 그것은 할바마마께옵서 더 잘 아실 일이 아니겠사옵니까.

— 이노옴!

이번에는 그의 황침이 세손의 머리로 날아와 바닥으로 굴렀다.

— 그러니까 결국 소저의 아비를 죽인 것도 그 때문이요, 소저를 살리기 위해 아들을 포기했던 것도 그 때문이다, 그 말씀 아니옵니까? 이 세상에 정적에게 겁을 주기 위해 새끼를 죽이는 군주가 어디 있사옵니까. 소자는 분명히 기억하고 있사옵니다. 아바마마는 진시 (오전 7~9시) 무렵에 창덕궁 휘녕전 뜰 널빤지 위에 엎드려 있었나이다. 그런 아바마마에게 할바마마는 칼을 빼들고 자결하라고 종용했었지요. 아바마마가 말씀하셨나이다. 부자관계는 하늘이 정해준 것이 아니냐고. 그러니 어떻게 아버지 앞에서 흉한 꼴을 보이겠느냐고. 궁밖에서 자결하겠다고. 그래도 할바마마는 이상하게 보는 앞에서 하라고 하셨나이다. 그 실랑이가 무려 신시(오후 3~5시)까지였나이다. 무려 여덟시각 가까이 진행되자 견디다 못한 아바마마는 허

리띠를 풀어 목을 매려 하였지요. 신하들이 말렸사옵니다. 할바마
마는 아바마마를 말리는 신하들을 그 자리에서 모두 파직하였나이
다. 사서 임성은이 보다 못하여 외할아버지(홍봉한)에게 간청했나이
다. 세자가 부덕한 점이 있다고 하나 전하께 말씀드려 살려달라고.
외할아버지는 일거에 거절했나이다. 임금이 분부가 저리 엄한데 어
쩔 수 없다고. 결국 할바마마는 아바마마를 추종하는 무리들이 반
란을 일으킬까 두려워 주변을 에워싸고 아바마마를 뒤주 속에 넣어
물 한 모금 주지 않고 죽였나이다.

영조가 어이가 없어 얼굴을 실룩대며 눈을 감았다. 그는 잠시 그
러고 있다가 상체를 벌떡 세웠다.

— 이놈, 이제 보니 네놈에게도 정신병이 있는 것이로다. 네 아비
처럼 네놈이 죽으려고 환장을 하지 않고는 이럴 수 없는 법이다.

— 할바마마, 소자가 미친 것이 아니라 진실이 그렇지 않느냐 그
말이옵니다.

— 진실? 으하하하, 진실? 이놈아, 네 아비도 그런 말로 짐을 능멸
했느니라.

영조가 그렇게 말하고 독살스럽게 쏘아보다가 갑자기 멍하니 허
공으로 시선을 던졌다.

— 그래, 언젠가 네 아비도 그런 말을 했느니라. 그때도 네 아비는
그렇게 묻고 있었다. 맞아. 사람들은 언제나 눈으로 날더러 그렇게
묻는다. 그래서 아들마저 죽였느냐고. 그래 죽였느니라. 짐은 분명
히 죽였느니라. 모두를 죽였느니라. 그러나 짐도 할 말이 있느니라.

왜 내가 너를 모르겠느냐. 세손만큼 가슴 아픈 이가 어디 있겠는가.

— 할바마마! 지금에 그런 말이 무슨 소용이 있겠사옵니까. 아들을 죽이고 그에게 사도라고 하여 무슨 소용이 있느냐는 말이옵니다. 할바마마는 결코 이 나라 종묘사직을 위해 아바마마를 죽이지 않았기 때문이옵니다.

영조가 멍하니 세손을 바라보았다.

그 표정을 보자 세손은 더 참지 못하고 벌떡 일어났다. 어쩌면 정말 종묘사직을 위해 아바마마를 죽였을지 모른다고 생각했는데 제정신으로 자식을 죽였을지 모른다는 생각이 들자 참을 길이 없었다.

아바마마를 묻을 때 보았던 지석의 그 글자. 그 글자가 망막으로 내달려왔다. 그때 보지 않았던가. 할바마마의 간악한 욕망을. 권좌를 지키기 위해서라면 아들도 죽일 수 있는 그 간악한 욕망을. 홍봉한이라는 외할아비는 그날의 기록을 거짓된 말로 백성들을 우롱했다. 권좌를 위해 멀쩡한 정신으로 너를 죽인다는 말을 종묘사직을 위해 백성을 위해 죽인다는 말로 오역해 사실을 숨겼다.

— 세손, 진정 미친 것인가? 세손을 살리기 위해 세손의 아비를 죽였다. 그런데 지금 이 할아비에게 그들을 죽이고 세자를 죽이지 않았느냐고 묻는 것이냐?

좀 전에 떠돌던 평화로운 기운은 간 곳 없고 영조는 부들부들 떨다가 갑자기 소리쳤다.

세손은 매병 때문이 아니라는 생각을 문득 했다.

영감이 교활하게 아들을 죽일 수밖에 없었던 자신을 교묘히 변명하고 있다.

그런 생각이 들자 세손은 시선을 들었다.

— 그러하옵니다. 정녕 이 나라의 종묘사직을 위해 아바마마를 죽였사옵니까?

— 무엇이?

— 할바마마가 앉은 권좌를 위해 아들을 죽인 것이옵니다. 소자는 기억하고 있사옵니다. 할바마마는 아바마마의 시를 보고 미워하고 있었다지만 아니었사옵니다. 저놈은 문인 군주가 될 놈이 아니다. 당신에게서 무인 기질을 먼저 보았기에 늘 자리에 불안을 느꼈던 것이옵니다. 무인 군주를 지향하는 아들, 북벌을 꿈꾸는 아들, 18가지 무예를 정리하여 〈무예신보〉 무예서를 간행한 아들. 이는 대국의 무예가 아니옵니다. 바로 우리의 18기였사옵니다. 조선의 국방을 위해 조선, 중국, 왜국의 무예를 정리해 우리 것으로 만든 특별한 무예였던 것이옵니다. 그렇게 아바마마야말로 진정한 무인이라 할 수 있었으니 어찌 할바마마의 근심이 없었겠사옵니까. 아바마마를 뒤주에 넣어 죽일 때 주위를 군대로 에워싼 것이 바로 그 증좌이나이다.

— ㅎㅎㅎ.

영조가 웃었다. 완전히 실성한 모습이었다.

— 이제 네놈이 네 아비가 이루지 못한 북벌을 이룰 것처럼 말하는구나. 그러나 아직도 먼 것을……. 이놈!

갑자기 발악하듯 영조가 고함쳤다.

— 이제 저마저 죽이시옵소서. 그들을 그렇게 죽이고 제 아비를

죽였는데 손자를 죽이지 못하겠사옵니까.

— 이, 이런 놈을 보았나! 제 아비가 하던 말을 그대로 하고 있지 않은가!

이미 제 아비처럼 죽음을 각오해버린 세손을 향해 영조가 고함을 내질렀다. 그러면서도 너무 놀라 부들부들 떨었다.

— 이놈, 네 아비와 네놈이 하나도 다른 것이 없구나. 설령 그렇다 하더라도 너희들이 나에게 물을 수 있는 질문이 아니다!

— 무슨 말씀이옵니까? 저 또한 죽이시라고 하지 않았사옵니까.

세손이 지지 않겠다는 듯이 영조를 향해 소리쳤다.

— 이놈, 네놈이 하도 간절하게 묻기에 내 마음을 열었거늘, 뭐라? 아주 작정을 하고 기다렸다는 말이 아니냐. 목을 내놓겠다고 하는 걸 보니. 네놈이 네 아비와 다른 것이 무엇이야? 그래, 언젠가는 이런 날이 올 줄 알고 있었느니라. 이놈아, 알려면 제대로 알아.

— 소자가 모르는 것이 뭐가 있겠사옵니까. 그러하오니 진실을 말해주시옵소서. 소자에게 이 나라를 맡기셨다면 알 것은 알고 다시는 그런 잘못된 역사를 만들지 말아야 한다고 하지 않았사옵니까.

매병 때문에 일어난 감정의 기복이 아니라는 생각 때문일까. 그래도 그랬다. 무슨 오기인지 몰랐다. 이렇게 된 이상 세손은 끝은 봐야 한다고 생각했다. 변덕 심한 할바마마가 죽인다고 달려들어도 어쩔 수 없는 일이었다. 이왕 터진 물꼬. 그 물꼬를 막기에는 너무 늦었다.

세손은 다시 아뢰었다.

— 아바마마가 북벌의 꿈을 키울 때 그걸 말리지 못한 책임을 삼

정승이 모두 졌었지요?

　희한하게도 영조가 눈을 감으며 고개를 내저었다. 그는 갑자기 숙연해져 있었다.

　— 아니지. 내 아들이 북벌의 꿈을 키워서가 아니라, 한 가닥 양심이라고 해야겠지.

　— 양심?

　세손이 되뇌었다.

　— 생각해보라. 그들은 노론의 핵심인물들이었다. 본시 천성이 곧은 분들이기는 했지만 세자가 나를 대신하기 전만 해도 세자의 사람이 되리라는 건 꿈도 꾸지 못했을 것이다. 그런데 세자가 정사를 보면서 그들은 세자 편으로 돌아서고 말았어. 솔직히 나는 불안했다. 아하, 이놈이 이제 나를 들어내겠구나. 북벌 어쩌고 하면서 젊은 혈기에 내 목에 칼을 들이대겠구나. 평소에 그놈은 경종의 복수를 하겠다고 어릴 때부터 입버릇처럼 되뇌어 왔으니까. 그런데 세 정승도 그걸 눈치채고 있었다. 그렇기에 관망했던 사실이 더 가슴 아프게 다가왔을 터이지. 그때쯤 세자의 몸은 온통 종기로 썩어가고 있었으니까. 생각해보아라. 문드러진 세자의 얼굴을. 살이 썩어 고통받는 세자를 보면서 그들은 점차 책임감을 느끼기 시작했고 그렇게 죽어갔던 것이야. 결국 세자를 그렇게 만든 것은 자신들이라고 생각한 것이야.

　— 지금 남의 말처럼 하고 계시지만 할바마마께서 그 중심에 서 있지 않았사옵니까. 설령 몰랐다고 해도 말이옵니다. 아비가 아들을

문둥병 환자로 만든 것이 아니옵니까. 그것은 죽음보다 더 무서운 일이지 않사옵니까. 그렇게 아들을 죽이고 또다시 아들을 뒤주 속에 넣어 죽여야겠다고 생각하신 것이옵니다. 그렇다면 아들을 두 번 죽이신 것이 아니옵니까?

펄쩍 뛰며 고함칠 줄 알았는데 이상했다. 영조가 이제 지쳤다는 듯이 맥없이 말을 이었다.

— 참으로 오랜 세월 많이 울었다. 어찌 아비가 문드러져가는 아들을 보며 눈물짓지 않을 수 있겠는가. 그래, 그렇더구나. 자꾸 그놈이 눈앞에 얼쩡거리니까 나중에는 신경이 곤두서서 일상을 영위하기가 힘들 정도더구나. 차라리 어디 가 죽어버렸으면 싶었다. 꼴도 보기 싫었다. 결국 그 방법밖에 없었느니라.

— 뒤주 말이옵니까?

— 홍봉한도 알고 있었지. 슬쩍 병조판서 이희명에게 큰 뒤주가 있다고 알려주던 이가 바로 그였으니까.

— 그런데 왜 하필이면 뒤주였사옵니까? 사사할 수도 있었을 것 아니옵니까? 아사만큼 어려운 죽음이 없다고 알고 있사옵니다. 왜 하필 그 지독한 형신을 택했사옵니까?

— 사약을 생각해보지 않은 건 아니었다. 그러나 주위 신하들이 반대했어. 사약이란 반역자에게 내리는 것이고 그러면 그 아비도 반역자가 된다는 거지.

— 거짓이옵니다. 이미 할바마마는 오전부터 오후까지 자진을 요구하고 있었나이다. 결국 자진하지 않자 뒤주 속에 넣은 것이 아니

나이까. 그러니 핑계일 뿐이옵니다. 또한 뒤주에 넣어죽이면 반역자의 아비가 아니란 말이옵니까? 어찌 사약을 내려죽이면 반역자고 뒤주에 넣어죽이면 반역자가 아니란 말이옵니까?

영조가 그렇다는 듯이 엷은 한숨을 휴 하고 몰아쉬었다. 그러고는, '그렇지. 그렇고말고. 하기야 이유가 딴 곳에 있긴 했었지' 하고 말했다.

세손이 무슨 말인가 하고 시선을 똑바로 들었다.

— 세자는 그때 문디병과 함께 비괴라는 병을 앓고 있었으니까.

— 네?

— 속으로 적괴를 가지고 있었어.

— 적괴?

세손이 무슨 말이냐 듯 되뇌었다.

— 보통 사람에게는 그게 어혈 덩어리로 남지만 피부병 환자에게는 그 적괴 덩어리 속에 구더기가 자라는 병이었어. 사약으로 죽으면 약기운에 의해 몸속에 숨어 있던 구더기들이 밖으로 나온다고 했었지. 속설이라고 처음에는 일소에 부쳤는데 소문은 계속해서 진실이 되어 가더구나. 효수나 급사나 돌발적 사고를 생각해보지 않은 것도 아니었다. 하지만 하나 같이 숨통이 끊어지면 구더기들이 기어나와 문디병이라는 사실이 드러난다고 하니 어쩌겠는가. 사실을 기록하는 그 죽일 놈의 사관들 말이다. 그것들이 셋이나 귀를 세우고 눈을 치뜨고 있는데 그게 쉬웠겠는가? 그래서 은밀히 뒤주에 넣기로 한 것이야. 백성의 주인인 왕가의 왕손이 문디병이라고 해보아. 무엇이라고 하겠는가.

끝까지 야비하게 진실을 은폐하려 드는 할바마마를 보는 세손의 입가에 경멸의 그림자가 스쳤다.

— 그러니까 사돈과 결탁해 아들을 그렇게 죽였다는 말이 아니옵니까. 어마마마는요? 혜빈 말이옵니다. 하기야 어찌 혜빈도 문둥이 남편을 원했겠사옵니까. 그렇기에 아바마마도 언제나 비아냥거리고 못되게 굴었던 것 아니옵니까. 미친 것이 아니라 화가 나 눈을 뒤집었던 게 아니옵니까. 내 아무리 하고 싶다는 말이 누구 입에서 나온 것이나이까? 아무리가 무슨 뜻이나이까. 아비를 죽이겠다는 말이 아니나이까. 그 말을 전해 듣고 할바마마는 결심을 굳혔던 것이옵니다. 아들을 죽여야 하겠다고. 그랬기에 그 말을 전한 사람더러 결정하라 하셨던 것이옵니다. 아들이냐, 지아비냐? 결국 아들을 택한 제 불쌍한 어미는 할바마마에게 자신의 지아비를 죽이라 하셨던 것이옵니다. 그러나 제 어미의 결정이 정녕 저 때문만이었겠나이까? 홍씨 일가를 살리려는 수작은 아니라고 말할 수 있나이까? 이미 아바마마는 알고 있었던 것이옵니다. 지어미의 마음을. 그래서 혜빈은 차라리 친정이나 살리고 아들이나 살리자고 마음먹었겠지요. 어마마마는 아바마마를 미쳤다고 했고, 궁녀를 범했다고 했고, 여승을 범했다고 했고……. 그래서 화가 난 아바마마는 어마마마에게 욕을 해댔던 것이옵니다. 너는 좋겠다고. 잘 먹고 잘 살아보라고. 그렇담 하나 같이 자살한 정승보다 못하다는 말이 아니옵니까. 책임이 자신들에게 있는데도 죽지 못하신 것을 보면 말이옵니다.

— 왜 낸들 죽고 싶지 않았겠는가. 내가 죽으면? 이 나라 종사는?

나 역시 권력의 희생물 아닌가.

— 할바마마가 아니면 안 된다는 그 자아도취병 때문에 할바마마 스스로 희생물이 되신 것이옵니다. 할바마마에게 보위를 물려주신 경종 할바마마는 그걸 알고 있었던 것이옵니다. 왜 이 나라의 물꼬가 바뀐다는 것을 알면서도 보위를 넘겼사옵니까? 왜 스스로 목숨을 주었겠사옵니까? 그럴 줄 알았던 것이옵니다. 그 지옥을 물려준 것이옵니다.

영조가 부들부들 떨다가 뒤로 넘어졌다.

세손이 놀라 눈을 크게 뜨는데 넘어졌던 영조가 벌떡 상체를 세우고 세손을 노려보았다.

— 이놈, 미쳤느냐? 네 아비처럼 정말 미쳐버린 것이야? 물꼬라니? 그럼 너 역시 그렇게 생각하는 것이냐?

— 할바마마, 그 의혹은 세상 사람들이 다 알고 있는 것이옵니다. 그래서 아니라면 아닌 대로 바로잡아가자 하는 것이옵니다.

— 이노옴!

— 그렇지 않고서야 이인좌의 난이 어떻게 일어날 수 있었겠사옵니까?

영조가 벌떡 일어나 머리맡에 걸린 칼을 벗겨들어 그대로 세손을 향해 내던졌다. 칼이 세손의 가슴에 부딪혀 바닥으로 떨어졌다.

세손은 잠시 눈을 감았을 뿐 물러서지 않고 그대로 말을 내뱉었다.

— 생각해보시옵소서. 그렇지 않고서야 어찌 할바마마의 아들이 그리고 내 아버지가 그 병에 걸릴 수 있었겠사옵니까? 그리고 할바

마마께서 아들을 뒤주 속에 넣어 죽일 수 있었겠느냐는 말이옵니다.

— 멈추라! 멈추라! 멈추라!

영조가 부들부들 몸을 떨며 입을 벌리고 고함쳤다. 이미 제정신이 아니었다. 용발은 흐트러져 이마를 덮었고 옷섶은 헤어져 가슴이 비쳤다.

— 할바마마! 아바가 뒤주 속에서 주린 창자를 안고 죽어가는 사이 할바는 때 한 번 거르지 않고 수라를 받아 드셨나이다. 아무 일 없었다는 듯이. 밥을 씹어 삼켰나이다. 제 새끼를 뒤주 속에 넣고 그렇게 밥을 씹고 계셨나이다.

— 그래, 내가 죽였느니라. 내가 모두를 죽였느니라. 짐에게 왕위를 물려준 그도 그의 아내도 그들의 신하도 내가 모두 죽였느니라. 내 아들 사도! 사람답게 못 죽을 바에야 차라리 모질게 죽이자고 생각했다. 그래 죽였다. 뒤주에 가두고 살이 썩어가는 아들을 누구도 얼씬하지 못하게 했다. 세손도, 혜빈도……. 그러지 않고는 이 나라를 지켜낼 수 없을 것 같기에.

— 그래서 지금 무엇이 남았사옵니까? 8일 동안 물 한 모금 먹지 못하고 똥과 오줌이 되어 죽어갔나이다. 말하고 싶었겠지요. 왕가를 보존하고 싶었겠지요. 권력을 탐하는 인간들에게 자식새끼를 죽여서라도 보여주고 싶었겠지요. 내 아들도 죽이는데 너희들이라고 죽이지 못하겠느냐고. 그래서 8일이 필요하셨던 겁니다. 할바마마는 아바마마가 문디병이라고 하시지만 정작 이유는 그것이었던 것이옵니다. 내 아들을 죽이는 모습을 똑똑히 보아라. 똑똑이 보아라. 그래서 무려 여덟 시각을 칼를 던져주며 자진하라 하시었던 것이옵

니다. 그래도 안 되시자 결국 뒤주 속에 넣어 8일 동안 굶겨 죽이신 것이옵니다. 그래 놓으시옵고 이제 와 문디병을 운운하시는 것이옵니다.

허허허…….

갑자기 영조가 미친 듯이 웃기 시작했다.

— 맛아. 그랬느니라. 그러나 이상하디구나. 그놈에게 자진하라 칼을 던져주고 무려 여덟 시각을 싸웠는데도 왜 그놈이 문디병을 앓고 있다는 생각을 그때 잊고 있었는지 말이다. 뒤주를 생각해서야 왜 갑자기 그놈이 적괴라는 병을 앓고 있다는 생각이 들었는지 말이다. 그제야 정신이 번쩍 들더구나. 그러고 보면 그때 내가 그놈을 죽일 생각을 하고 있었던 것이 분명해.

— 그렇사옵니다. 바로 그 말이 진실이옵니다. 그렇게 명분은 충분했사옵니다. 삼종의 예가 있어 세손을 죽일 수 없었다. 그렇게 대통을 위해, 왕가를 위해……. 그래서 이제 무엇이 남았나이까?

세손 역시 모질고 질겼다. 할아버지가 당장 넘어갈 것 같았지만 물러서지 않았다.

영조가 머리카락을 실없이 쓸어 올리며 넋이 나간 음성으로 중얼거렸다.

— 무엇이 남았겠는가? 남은 것은 회오뿐. 나도 인간이다, 인간이야. 부끄럽구나, 부끄러워.

— 뭐가 말이옵니까?

세손의 살쾡이 같은 음성이 그를 쫓았다.

— 나를 위해서 살아온 세월이. 묻고 있다. 그렇게 나를 지켜서 모두를 죽이고 도대체 무엇을 했던 것일까 하고. 왜 나를 위해서가 아니라 남을 위해서 더 살지 못했을까 하고.

— 할바마마!

— 그래, 이제 그 사실을 확인하고 나니 속이 시원하느냐?

비로소 정신이 든 듯 영조가 그렇게 물었다.

— 할바마마!

세손이 머리를 조아리자 영조가 눈을 감았다. 한 줄기 눈물이 주르륵 흘러내렸다.

— 알고 있다. 세손의 마음을. 모르겠구나. 왜 이제 와 내 신념이 이렇게 허물어지는지. 내뱉고 나니 정말 속이 시원하구나. 이렇게 가슴이 시원해지니 말이다.

— 할바마마, 마지막으로 하나만 더 묻겠나이다. 소자는 어릴 때부터 이 나라는 이씨가 다스리는 나라인가 김씨가 다스리는 나라인가 그것이 언제나 궁금했사옵니다. 지금 생각해보면 이 모든 것이 그로 인한 것이 아니겠사옵니까. 이 나라는 김씨가 다스리는 나라이옵니까? 이씨가 다스리는 나라이옵니까?

근근이 진정되던 영조의 이맛살이 다시 꿈틀 놀라 일어났다. 서서히 옆머리에 혈관이 드러났다.

영조는 순간 어금니를 물었다. 그는 자신의 표정을 숨기고 사이를 두었다가 입을 열었다.

— 백성의 나라이다.

그렇게 대답하고 영조는 더 할 말이 없다는 듯이 자리로 무너졌다.

— 물러가라.

세손의 눈에서 뚝하고 눈물이 떨어졌다.

왕조의 그늘 3

영조 대왕의 나이 83세 병신년(1776년).

그가 숨을 거둔 것은 봄이 시작되던 3월 5일이었다.

세손 정조의 즉위 첫성은 이랬다.

― 나는 사도세자의 아들이다!

그의 왕권 강화에 한몫을 담당한 이는 영조의 명으로 금등을 휘령전 요 밑에 숨긴 채제공이었다. 영조가 세자의 죽음을 뉘우치고 글을 써 남긴 금등을 찾아내 정조에게 주었기 때문이었다.

정조는 그 금등을 뒤로 하고 이의충이 찾아낸 태령전의 금등을 영조의 재궁에 그대로 넣어 묻었다.

정조는 그렇게 종묘사직을 위해 비밀을 안고 가려는 사람을 경건

하게 보냈다. 숙빈 최씨 출생의 비밀을 속이기 위해 만들어진 숙빈 최씨 한성부 여경방 탄생 호적단자. 연잉군을 왕자로 인정한다는 숙종 임금의 어찰. 영조 집권 당시 중요 문서들…….

정조는 정성을 다해 그 비밀을 안고 가는 사람을 묻었다. 그리고는 오래도록 홀로 할아버지 영조의 방에 앉아 있었다. 어둠이 그를 에워쌌다. 그는 닐이 어두워졌다는 사실도 모르고 있었다.

모든 것이 끝났다는 데서 오는 허기인지 몰랐다. 아니 이제 시작일지 모른다는 생각에서일지 몰랐다. 아무튼 이제 첫발을 내디뎠다는 생각이었다. 그는 할아버지를 당신이 원하던 택지에 묻지 않았다. 할아버지를 묻은 곳은 파묘해 쓸모없는 흉지였다.

영조는 원비 정성왕후의 능을 만들면서 그 옆에 묻히기를 원했다. 그 능을 조성하면서 자신의 자리를 만들어놓았다.

그러나 정조는 할아버지를 그 자리에 묻지 않았다. 정성왕후의 오른쪽 우허제를 비워버렸다. 정조는 그곳을 의도적으로 비워버린 것이다. 이는 있을 수 없는 일이었다.

정조는 영조의 뜻을 거스르고 동구릉 자리에 영조의 능을 조성했다. 그러니까 왕기의 파묘 자리에다가 할아버지를 집어넣었던 것이다.

정조는 사도세자의 천장 대상지를 언급하면서 다음과 말을 할 정도로 풍수에 일가견이 있는 사람이었다.

신당 앞이나 절의 뒤나 폐가 또는 고묘에 묘를 쓰는 것은 옛사람들이 꺼린 바이다.

그런 그가 왕기의 파묘 자리인 흉지에다 할아비의 시신을 넣었다.

파묘 자리에 묘를 쓰지 않는 것은 상식이요, 원칙이라는 것을 천명했던 그가 파묘 자리에다 영조를 묻으며 이런 말을 했다.

— 옛 사람들이 그 자리를 잘못 봤기에 바로잡는 것이다.

그렇게 파묘 자리에다 할아버지를 모시고 그는 아버지의 복수를 끝냈다.

밝아오는 새벽

그로부터 며칠 후.

의충은 오길과 함께 산정 위에 앉아 있었다.

산 아래는 그대로 거대한 한 폭의 수묵화가 펼쳐져 있었다. 산과 산 또 산, 끝없이 이어지는 강줄기. 의충은 그 풍경을 내려다보며 오길과 술을 마셨다.

— 어젯밤 꿈을 꾸었어요.

오길이 잔을 놓으며 말하였다.

— 무슨 꿈? 그러고 보니 나도 꿈을 꾼 것 같구나.

— 정목인 학보가 보이더군요. 바람 속에 서서 웃고 있더라고요.

— 그러고 보니 나도 본 것 같네.

— 그래요?

그렇게 물으며 오길이 눈을 감았다.

어디선가 흘러오는 향기를 맡으며 의충은 문득 허불이를 생각했다.

어젯밤에도 꿈속에서 그녀를 보았던가. 바로 이 산정이었다.

그녀가 산정을 뒤덮고 있는 마른 억새풀 사이로 들어가 등을 돌리고 앉아 옷을 벗기 시작했다. 검고 긴 머리, 하얀 어깨의 선, 기름기 도는 등이 드러났다.

의충은 보았다. 그 길고 흰 목에 감겨 있는 하나의 목걸이, 거기 드러나는 팥알만 한 하나의 결절물.

그녀가 말했다.

— 아버지가 살았을 때 물었어요. 이게 무엇인지 아느냐고. 내가 보았더니 어떤 결절물이었어요. 팥알 같기도 했고 보석 같기도 했고……. 언제나 먼저 간 할머니를 그리워하던 분이 내 할아버지였어요. 늘 말했죠. 할머니의 초상을 앞에 하고. 조금만 기다리시게, 내 그대와 하나가 될 테니. 할아버지는 새벽마다 눈을 감고 할머니를 만나러 가곤 했어요. 내가 방으로 들어가 보면 할아버지는 척추를 세우고 눈을 감고 명상에 잠겨 있었죠. 그 할아버지가 죽었어요. 할아버지를 화장했죠. 화장을 해 쇠절구통에 뼈를 넣고 콩콩 찧었는데 결코 부서지지 않는 결절물이 있었어요. 바로 이것이었죠. 나중에야 알았어요. 이 세상에서 제일 강한 물질이 바로 이 결절물이라는 것을. 바로 내 할아버지와 할머니의 사랑의 결과물이죠.

그것은 얼른 보아 꽃송이 같기도 했고 빛나는 보석 같기도 했고 몸을 뒤트는 소룡의 모습 같기도 했다. 아니 산맥이 굽이굽이 구불거리고 있는 것 같기도 했다. 의충은 그 위에 술을 뿌리며 입술을 가져다 대었다. 몸이 달아오를수록 그 결절물은 색색으로 살아나기 시작했다.

의충은 아름다움에 미쳐버린 듯 그녀의 몸을 안고 뒹굴었다. 그녀가 격정에 겨워 울기 시작했다. 의충은 그 눈물을 손으로 가만히 닦았다. 그녀의 눈물을 닦고 있자 의충은 어쩐지 서러워지기 시작했다. 서러워지면 서러워질수록 두 사람은 더욱 더 부둥켜안았다. 어느 사이에 그들은 하나가 되었다.

어디선가 짐승의 울부짖는 소리가 들려 왔다. 울음소리는 새벽까지 이어졌다.

동터오는 새벽 앞에서 의충은 그녀와 나란히 누워 먼 옛날 사랑을 노래했던 사랑의 화신을 떠올렸다.

그리고 그 옛날 사랑을 가르치던 노사는 바로 이 사랑을 가르치고 싶었을 것이라는 생각을 했다.

〈끝〉

평범한 구절에 감춰진 역사

어느 날 『조선왕조실록』 숙종편(29권 7월 15일자)을 보다가 이상한
문구와 마주쳤다.

    禊嬪朴氏卒. 第二王子之母也
    명빈 박씨가 죽었다. 명빈 박씨는 두 번째 왕자의 어머니다.

이게 무슨 말인가? 제2왕자?
숙종은 슬하에 6남 2녀를 두었다. 그 중에서 세 왕자는 일찍 죽고
세 왕자가 살아남았다. 먼저 당시 살아남은 왕자를 보면,
이윤(경종).

연잉군(영조).

연령군.

그렇게 셋이다.

살아 있는 왕자와 죽은 왕자를 모두 합쳐 서열을 따져보면 이렇다. 정빈에게서는 왕자를 얻지 못했고 옹주만 얻었다. 왕자는 모두 계비 소생이다.

제1왕자, 이성수. 이 왕자는 태어난 지 10일 만에 죽었다.

제2왕자, 이윤. 이 사람이 경종이다.

제3왕자, 이영수. 이 왕자는 난 지 2달 만에 죽었다.

제4왕자, 이금— 연잉군. 이 사람이 영조다.

제5왕자, 이 왕자는 태어나자마자 이름도 없이 죽었다.

제6왕자, 이헌— 연령군. 명빈 박씨의 소생으로 21살에 죽었다.

그 당시 살아 있는 왕자나 죽은 왕자를 모두 살펴보아도 명빈 박씨 소생 연령군이 제2왕자가 될 수 없다. 그럼 명빈 박씨가 조산한 경험이 있다? 그래서 제2왕자의 어머니라고 칭했다?

천만의 말씀이다. 왕실 족보인 〈신원계보기략〉에 보면 그때의 상황이 상세히 기록되어 있다. 다른 계비에게서 제5왕자가 태어나자마자 죽자 그 사실을 정확하게 기록하고 있기 때문이다. 무슨 말이냐 하면 만약 명빈 박씨에게 다른 핏줄이 있었다면 왕실족보에 그렇게 기록되었을 것이라는 말이다. 죽은 왕자나 옹주는 분명하고 자세하게 〈출조졸, 생조졸〉 이렇게 정확히 기록해놓고 있기 때문이다.

숙종실록 24년(무인년1698) 11월 4일(을해) 4번째 기사가 그것을 증명한다.

> 임금이 비망기를 내리기를,
> "상궁 박씨가 빈어의 자리에 있은 지 거의 10년이 되었다……. 지금 임신을 하였고, 내전이 이것 때문에 말을 하니 숙원에 봉하라."
> 영빈 박씨가 연령군 이헌을 수태했을 때의 기록이다. 명빈이 은총을 입은 지 10년 만에 수태했다는 기록이다.

　결국 나는 정빈에게서 난 왕세자를 제1왕자라 하고 그 동생들은 제2왕자라 지칭한 것일지도 모른다는 결론에 이르렀다. 그 생각은 대보를 이을 적장자를 제1왕자로 칭하고 그 외 왕자들을 제2왕자로 칭했을지도 모른다는 생각이었다.

　그러나 이내 그것도 말이 되지 않는다는 사실을 알았다. 그런 법도 없거니와 정비에게서 아들을 보지 못했기 때문이다 .그리고 무엇보다 통념상 하나 같이 제1왕자, 제2왕자, 제3왕자 그렇게 서열 순으로 부르고 있기 때문이다.

　예를 들어 보자. 태종의 제1왕자는 양녕대군이다. 제2왕자가 호령대군, 제3왕자가 충녕대군이다. 태종이 충녕대군에게 마음을 빼앗기기 전까지 왕세자 양녕대군이 왕위를 이어받으리라는 것을 의심한 사람은 없었다. 그러나 그는 폐세자 되고 말았다. 왕세자는 제2왕자인 효령대군도 아니고 제3왕자인 충녕대군이 되었다.

　문제는 그렇다고 실록에 양녕대군을 제2왕자라고 부르지 않는다는 것이다. 이 말은 곧 충녕대군이 대보를 잇는다고 해서 제1왕자로 칭하지 않는다는 말과도 같다.

정빈에게서 낳은 아들 중에서 다음 왕이 될 왕자는 몇째가 되었든 대군으로 불린다. 그 다음 후궁이 낳은 아들은 누구라도 군이다. 하지만 왕자라고 칭할 때는 임금의 후손을 뜻하는 것이므로 이유가 될 수 없다. 더욱이 경종을 낳은 장희빈은 나중에 중전이 되었지만 역시 후궁 출신이다. 왕의 정실이 낳은 아들인 적자 중 장자는 태어나자마자 '원자' 정호를 받는다. 따로 '대군'에 봉작되지 않는다.

적자가 늦게 태어나서 서자가 원자 정호를 받았다가 '세자'에 책봉된 경우에는 왕의 적장자라 하더라도 원자 정호를 받지 않는다.

물론 이는 조선왕조의 산물이다. 조선왕조에 들어 정비에게서 난 아들은 대군, 후궁에게서 난 아들은 군이라는 위호를 붙여 적서의 구별을 분명히 했기 때문이다. 한마디로 하나 같이 임금의 아들을 왕자라 한다고 한국고전용어사전에도 밝히고 있다.

그러므로 어느 쪽으로 분석해도 맞지 않다.

그런데 제2왕자라니? 살아있는 왕자 중에서 그렇게 불렸다 하더라도 명빈의 아들은 분명 제3왕자임에 분명하고 보면 어떻게 제2왕자가 될 수 있는가.

결국 사관의 실수다 하고 생각하고 말았다.

그러나 실록은 사관의 사초로 만들어지는 것이다. 그 사초가 실록이 되려면 어떠한 과정을 거쳐야 하는지는 군이 설명할 필요가 없다.

그럼 어떻게 되는 것인가?

거기까지 생각이 미치자 영조가 숙종의 혈통이 아니라 하여 사관들에게까지 배척되었을지 모른다는 생각이 들었다. 그렇다면 그때 세상의 인심을 알 수 있다. 그로 인해 일어난 이인좌의 난. 경종의 비 선의왕후가 북촌의 사대부가(家) 바람둥이이자 야심가인 김춘택이란 인물에 의해 왕조의 씨가 바뀌었으니 바로잡으라는 밀령을 내린 후 일어난 사건이 바로 이인좌의 난이다.

그럼 왕조를 탈취하기 위해 김춘택이란 인물이 피 한 방울 흘리지 않고 성씨를 바꾸었다?

김씨의 무혈입성?

혹시나 하는 생각에 나는 그 길로 『조선왕조실록』과 그에 관련된 기록들을 열심히 뒤져나갔다. 점차 윤곽이 드러나기 시작했다. 연잉군(영조)이 왜 숙종의 혈통으로 인정받지 못했는지 전모가 드러나기 시작했다.

김씨와 이씨의 피 터지는 전쟁 속으로 휘말리면서 나는 솔직히 당황할 수밖에 없었다. 비로소 이씨의 울 안에서 살아남기 위한 영조의 비상식적 행동들이 이해되기 시작했다. 그를 이용해 정치판을 장악하려는 노론, 살아남기 위해 몸부림치는 연잉군. 그리하여 점점 괴물이 되어가는 영조. 결국 아들(사도세자)까지 죽여야 하는……. 그러나 그 역시 정치적 희생물이라는…….

어느 여름날 내가 보았던 그 짧은 글귀는 당시 연잉군이 공식적으로 숙종의 혈통이 아니라는 사실을 인정하는 증거였던 것이다. 어떻게 시작되었든 간에 지금까지 영조가 숙종의 친자냐 아니냐, 갑론

을박한 것도 바로 그 문구를 깊이 생각하지 않아 생긴 오류였다. 그냥 넘어갈 수 있는 말이지만 그 평범한 구절 속에 진실이 숨어 있었던 것이다.

　역사적 진실 앞에서 숨죽이고 짚어가던 시간들이 꿈만 같다. 그들의 꿈이, 그들의 슬픔이, 그들의 희망과 열정이 그리고 좌절과 절망이…… . 아직도 손에 잡힐 듯이 이렇게 느껴지고 선한데…… .
　되돌아볼 수밖에 없는 우리의 역사는 바로 우리들의 미래라는 희망이 아닌가.

백금남

| 숙종 가계도 |

현종 ── 명성왕후 김씨

　　숙종 ── 인경왕후(정비) ── 옹주 2명을 낳았으나 이름 불명
　　　　 ── 인현왕후
　　　　 ── 인원왕후 김씨
　　　　 ── 희빈 장씨 ──── 경종(제20대). 성수. 낳은 지 10일만에 사망
　　　　 ── 숙빈 최씨 ──── 영수. 낳은 지 2달 만에 사망. 영조(제21대)
　　　　　　　　　　　　　　이름 불명 남. 낳자마자 사망
　　　　 ── 명빈 박씨 ──── 연령군
　　　　 ── 영빈 김씨
　　　　 ── 귀인 김씨
　　　　 ── 소유 유씨

※ 부인 9명. 자녀 6남 2녀. 능 명릉

 | 경종 가계도 |

숙종 ── 희빈 장씨

　　경종(제 20대) ── 단의왕후 심씨
　　　　　　　　　 ── 선의왕후 어씨

※ 부인 2명. 후사 없음. 능 의릉

| 영조 가계도 |

숙종 ── 숙빈 최씨

영조(제 21대) ── 정성왕후 서씨
├── 정순왕후 김씨
├── 정빈 이씨 ── 효장세지(진종), 화순옹주
├── 영빈 이씨 ── 사도세자(장조) 화평옹주
│   화협옹주
│   화완옹주
├── 귀인 조씨 ── 화유옹주
└── 숙의 문씨(폐출) ── 화령옹주. 화길옹주

※ 부인 6명. 자녀 2남 7녀. 능 원릉

1720. 6. 8	숙종	졸. 연잉군 관련(숙종실록65)
1721. 6. 13.– 1724. 8. 25	경종	등극— 졸
1724. 10. 16	영조	등극
1728. 3. 15. 3. 26	이인좌	이인좌의 난 발발. 졸
1730. 6. 29	선의왕비	졸
1735. 1. 21	사도세자	출생
1740. 11. 5	김복택	졸. 장살 이유(영조실록 52권)
1762. (윤)5. 21	사도세자	졸
1776. 3. 5	영조(52년)	경희궁 집경당에서 졸하기 전 태령전의 어함(궤)을 찾아 만세후(사후) 재궁(왕의 관)에 넣어 묻으라 유교 (영조실록 127권)